Wolfgang Santjer

Gänseblut

Kriminalroman

LEDA

Dieses Buch ist ein Roman.
Handlungen und Personen sind frei erfunden. Ähnlichkeiten mit lebenden oder toten Personen sind nicht gewollt und rein zufällig.

Autorität wie Vertrauen werden durch nichts
mehr erschüttert als durch das Gefühl,
ungerecht behandelt zu werden.

Theodor Storm

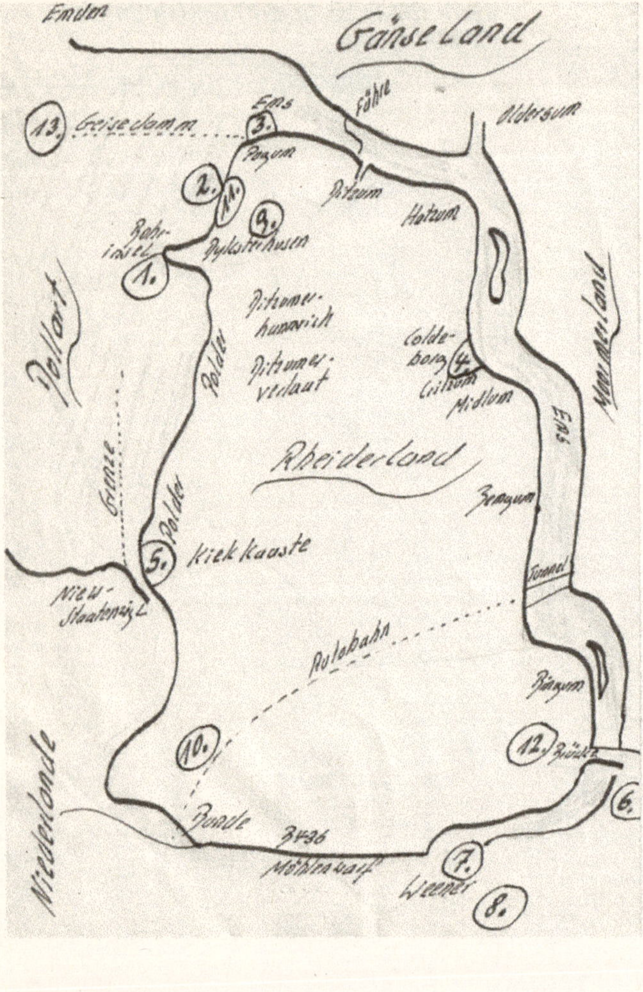
Emden
Gänseland
Ems
Fähre
Oldersum
13.
Geisedamm
3.
Pogum
2.
11.
Ditzum
9.
Hatzum
Rohr-
insel
Dyksterhusen
1.
Dollart
Ditzumer-
hammrich
Ditzumer-
verlaat
Polder
Colde-
borg
4.
Midlum
Moormerland
Ems
Rheiderland
Grenze
Jemgum
Polder
5.
Kiek Kaaste
Tunnel
Nieuwe-
Statenzijl
Autobahn
Bingum
10.
12.
Brücke
Niederlande
6.
Bunde
B436
Mühlenwarf
7.
Weener
8.

Legende zur Karte Rheiderland

1	Bohrinsel Dyksterhusen im Dollart
2	Fundstelle in den Salzwiesen
3	Ortschaft Pogum, Emsblick
4	Coldeborger Siel am Emsdeich
5	Vogelbeobachtungshütte »Kiekkaaste« im Dollart
6	Polizeiinspektion im Stadtgebiet Leer
7	Polizeikommissariat Weener
8	Haus der Familie Alting
9	Bauernhof der Familie Hortema
10	Lohnunternehmen Böltjer
11	Haus der Familie Driever
12	Jann-Berghaus-Brücke über die Ems
13	Geisedamm

Personen der Handlung

Polizisten:

Kriminalbeamte:
Chef Renko Dirksen, Vorgesetzter von
Jan Broning
Maike de Buhr, Freundin von Jan Broning

Spurensicherung: Egon Kromminga und Albert Brede

Polizeidienstgebäude in der Stadt (Mutterhaus):
Chef Thomas Sprengel/Klaus Hensmann (Schichtleiter)

Soko *Nimrod*: Jan Broning, Maike de Buhr, Stefan Gastmann, Onno Elzinga und Klaas Leitmann

Polizeistation Weener: Chef Taleus (Talle) Borchers

Staatsanwalt Grohlich

Gerichtsmedizin Oldenburg
1. Gerichtsmediziner: Dr. Knoche
2. Gerichtsmediziner: Dr. Andresen

Jäger/Hegering Nord-Rheiderland:

Chef des Hegerings Hero Hortema, Polderfürst, Ehefrau Feekeline (Lini)

Kuno Hortema, Sohn von Lini und Hero Hortema, ehemaliger Zeitsoldat, Bundeswehrpionier

Sven Richter, Freund von Kuno Hortema, beide waren zusammen im Afghanistaneinsatz

Jakobus Böltjer, Stellvertreter von Hortema, Ehefrau Jannette (Jani), Chef des Lohnunternehmens Böltjer

Siefko Specker, Dollartjäger und Angestellter von Böltjer, Spitzname Max, Ehefrau Erna

Wirtje Hummers, Dollartjäger und Angestellter von Böltjer, Spitzname Moritz, Ehefrau Trienette (Trientje)

Freerk Wienna, Ehefrau Ulrike (Ulli)

Sonstige Personen:

Menno Alting, Naturschützer
Gretje Alting, Freundin von Kuno Hortema, Naturschützerin

Prolog

1986 Nördliches Rheiderland

Das alte Arbeiterhaus lag direkt am Deich zum Dollart. Es war eingeteilt wie ein Gulfhaus: Vorne der schmale Wohnteil, der hintere Teil des Hauses war breiter und diente als Stall.

Dies war aber die einzige Gemeinsamkeit mit den beeindruckenden großen Gulfhöfen, diesen steinernen Symbolen für Wohlstand, mit denen sich die Polderfürsten selbst Denkmäler gesetzt hatten.

Der alte Mann ging um das Haus herum und betrat den Stall durch die Außentür. Sie drohte aus den Angeln zu fallen. Als ich noch gesund war, dachte der Mann, hätte ich das sofort repariert.

Er stöhnte unwillkürlich auf, als er den leeren Stall sah. Früher hatten sie zwei Kühe gehabt, Hühner und Kaninchen. Alles weg, versoffen von seinem faulen Sohn.

Der Alte zog den Wehrmachtsmantel aus und wickelte den Karabiner darin ein. Seine Andenken an diesen elenden Zweiten Weltkrieg. Später würde er das Gewehr auseinandernehmen, putzen und einölen, so wie er es bei der Wehrmacht gelernt hatte. Das Paket versteckte er sorgfältig im alten Kaninchenkäfig an der Stallseite. Die geschossenen Gänse legte er daneben. Die Türchen verriegelte er mit einem Vorhängeschloss. Morgen würde es wieder Gänsebraten geben. Das Wasser lief ihm im Mund zusammen. Er ging zu der einfachen Holztür, die den Stall mit der kleinen Wohnküche verband, und zog dort seine Stiefel aus. Die Tür war niedrig und er musste sich bücken, um hindurchzugehen.

Als er den Wohnraum betrat, richtete sich nur sein Körper auf, seine Stimmung blieb unten. Die Enge in den

Arbeiterhäusern war bedrückend. Die Decke war nur zwei Meter hoch. Jeder kleine Winkel wurde benötigt. Die Kartoffeln lagerten deshalb unter den Schlafbutzen an der Seite des Raums. Rote Backsteine dienten als Fußboden.

Im Raum standen ein alter Stangenherd, ein Tisch und ein Ostfriesensofa. Der alte Mann schüttelte verzweifelt den Kopf. Andere Arbeiterhäuser waren längst abgerissen oder renoviert worden. Kein Wunder, dass seine Schwiegertochter es hier nicht mehr ausgehalten hatte.

Dieser Taugenichts hatte wieder alles hinter sich liegen lassen. Seit seine Schwiegertochter nach Süddeutschland geflohen war, ging hier alles zum Teufel. Sein Sohn lag auf dem durchgelegenen Ostfriesensofa. Die ungepflegten Haare, das schmutzige Unterhemd, und er trug auch noch die schmutzigen Gummistiefel aus dem Stall ... Auf der Wachstuchtischdecke standen eine leere Flasche Korn und etliche Bierflaschen.

Von seinem sechsjährigen Enkel keine Spur. Sicher hatte er sich wieder auf dem Heuboden im Stall versteckt. Das Beste, was er tun konnte, um seinem besoffenen Vater aus dem Weg zu gehen.

Der alte Mann ging zurück in den Stall. »Hallo, mein Junge, hier ist Opa«, sagte er, als er die Leiter hinaufstieg. Er achtete darauf, wohin er trat, der Boden war an vielen Stellen morsch. Im Bodenraum stand Gerümpel, unter anderem ein alter wackeliger Hörnstuhl. Darin saß sein Enkel und lächelte ihn an. Durch ein Loch im Dach fiel ein wenig Licht auf ein aufgeschlagenes Buch, das der kleine Junge in der Hand hielt. Ein Buch von seiner Mutter.

»Opa, wann kommt Mama zurück?«

Der alte Mann nahm seine Taschenuhr und einen kleinen Schlüssel in die Hand. Er sah seinen Enkel bittend an. »Ziehst du deinem Opa noch einmal die Uhr auf?« Das war ein Ritual zwischen den beiden. Meistens benutzte er es, um von einer Sache abzulenken.

Während sein Enkel den Deckel der Taschenuhr öffnete und den kleinen Schlüssel in die Aufzugsöffnung steckte, strich sein Großvater ihm übers Haar. »Die Taschenuhr ist von meinem Vater und später«, er räusperte sich, damit seine Stimme den traurigen Klang verlor, »später wird sie einmal dir gehören. Hast du mitgezählt? Nur siebenmal den Schlüssel rum, sonst wird die Feder krumm.« Sie lachten immer an dieser Stelle. Sein Enkel lächelte ihn an und gab ihm die Uhr und den kleinen Schlüssel zurück.

»Opa, die anderen Kinder sagen, dass du ein Wilderer bist.«

»Wir armen Leute müssen doch auch leben. Der Dollart und die Tiere gehören niemandem und deshalb nehme ich für uns einen kleinen Teil.« Dieses Thema behagte dem älteren Herrn nicht, wieder Zeit für eine Ablenkung. »Stell dir vor, was ich heute im Dollart gefunden habe, mien Jung?«

»Opa, was hast du denn gefunden?«

»Ja, mien Jung, ich glaube, ich habe den Kirchturm von Torum gefunden! Dieses sagenhafte Dorf, das damals versunken ist, ich hab dir doch davon erzählt.«

Der Junge klappte das Buch zu und sah ihn erwartungsvoll an.

»Also, ich lauf durch das Watt und plötzlich spüre ich unter meinem Fuß einen Stein. Ich bück mich und tatsächlich ist es nicht nur ein Stein, sondern der Rest einer Mauer aus Backsteinen! Nicht so mickrige, wie wir sie jetzt haben – ganz große Steine wie die, aus denen man früher die alten Kirchen und Klöster baute. Leider hatte ich nichts zum Graben dabei. Aber morgen soll es wieder Nebel geben und dann geht dein Opa noch mal los. Ich finde bestimmt einen Schatz und dann bauen wir hier alles wieder auf.«

»Kommt Mama dann zurück?«

Der nächste Tag, im Dollart

Der Dollart: circa 121 Quadratkilometer in der Fläche (elf Kilometer Nord/Süd, elf Kilometer Ost/West). Bei Niedrigwasser fallen 70-80 % des Dollarts trocken. Die Grenze zwischen den Niederlanden und Deutschland verläuft durch den Dollart. Die deutsche Seite beginnt bei Pogum und endet an der Grenze bei Nieuw Staatenzijl (Richtung Nord-Süd). Ungefähr drei Kilometer von der Landecke Pogum entfernt liegt die kleine Bohrinsel Dyksterhusen (siehe Karte Nr. 1). Auf dieser künstlichen Insel wurde früher nach Gas gebohrt. Genau genommen handelt es sich um eine Halbinsel, weil eine kurze Straße die Insel mit dem Festland verbindet. Im Norden, von der Bohrinsel aus gesehen, liegen der Geisedamm und die Ortschaft Pogum, im Süden die Wattflächen des Kanalpolders bis zur niederländischen Grenze.

Die beiden Jäger waren auf der Pirsch. Aber diesmal nicht nach Gänsen oder Enten, nein: nach diesem verfluchten Wilderer. Auf der Bohrinsel stellten sie den Wagen ab. Sie zogen ihre Gummistiefel an, überprüften ihre Waffen und überlegten, wie sie vorgehen wollten.

Gestern hatten sie wieder Schüsse gehört. Der Nebel war ideal für den Wilderer. In dieser weitsichtigen Landschaft hatte er sonst keine Chance, unentdeckt zu bleiben. Der Dollart war groß und jetzt mussten sie auf ihr Glück setzen, um den Mann zu erwischen. Sie waren sich einig, dass sie getrennte Wege gehen wollten. Ein Jäger lief in nördliche, der andere in südliche Richtung. Schon nach kurzer Zeit verloren sie sich im Nebel aus den Augen.

Im ehemaligen Kuhstall des alten Arbeiterhauses hatte der alte Mann seinen langen Mantel angezogen und darunter sein Gewehr versteckt. Auf dem Weg zum Deich war ihm sein Sohn nachgelaufen und es war zu einem heftigen Streit gekommen.

»Dann geh doch«, hatte sein Sohn ihm hinterhergeschrien, »eines Tages kommt du nicht zurück. Entweder der Jagdaufseher erwischt dich, oder du fällst in einen Priel und ersäufst!«

Sein Sohn hatte es nötig, ihn zu beschuldigen. Dieser Althippie. Es blieb ihm doch nichts anderes übrig, als zu wildern.

Nun stand er auf dem Deich und sah sich um. Links lag die Bohrinsel Dyksterhusen verborgen durch die Nebelfelder. Rechts der Geisedamm. Dieser lange Steindamm trennte die Ems vom Dollart. Von Pogum aus verlief der Damm in westliche Richtung. Am westlichen Ende liefen Dollart und Ems wieder zusammen.

Den Geisedamm konnte er ebenfalls im Nebel nicht sehen. Der Nebel war für ihn ideal. Er lief den Deich hinab, kletterte über einen Weidezaun und überquerte die Salzwiesen. Als sie in das Watt des Dollarts übergingen, vermischten sich die Geräusche seiner Schritte mit den Nebelsignalen von Schiffen auf der Ems. Die Schreie der Vögel klangen seltsam gedämpft und die kalten weißen Schwaden berührten sein Gesicht so sanft und eisig wie Geisterhände. Auch bei diesem Wetter war der Dollart wunderschön. Es war, als sei er alleine auf der Welt, eingehüllt von Wolken in seinem eigenen Kosmos.

Aber die düsteren Gedanken holten ihn ein. Der Streit mit seinem Sohn ging ihm nicht aus dem Sinn. Das beklemmende Gefühl konnte er nicht abschütteln. Er konzentrierte sich auf sein Ziel, die Stelle im Watt, wo er die Mauerreste mit den besonderen Steinen gefunden hatte. Sie lag in Richtung der Bohrinsel, im Süden, von seinem Standort aus gesehen. Mit etwas Glück konnte er ein paar Enten schießen, bevor er die Mauerreste erreichte. Den Spaten und den Karabiner hatte er über seine Schulter gelegt. Der Nebel dämpfte seine Schritte und alle Geräusche. Ideale Bedingungen.

Plötzlich hörte er das Schnattern von Enten. Lautlos steckte er den Spaten ins Watt, legte das Gewehr auf den Spatengriff und entsicherte die Waffe. Der Zeigefinger suchte den Druckpunkt des Abzugs. Der Nebelvorhang riss für einen Moment auf und gab die Sicht auf mehrere Enten frei. Der Schuss traf die Ente am Boden. Kurz darauf hatte er wieder Glück, diesmal war es eine schöne fette Gans. Er hängte sich sein Gewehr um, denn für heute reichte es. Seine Jagdbeute in der linken, den Spaten in der rechten Hand marschierte er weiter durch das einsame Watt.

Endlich hatte er die Stelle mit den Steinen gefunden. Das Gewehr konnte er nirgends ablegen, also blieb es, wo es war. Die Jagdbeute legte er neben sich.

Der Spaten drang leicht in den Schlick ein.

Einer der Jäger hatte die Schüsse gehört und beschleunigte seine Schritte. Der Nebel hüllte ihn ein und er war froh, dass er den Kompass mitgenommen hatte. Ab und zu hörte er ein rhythmisch klatschendes Geräusch, waren das Schritte oder grub da jemand?

Dann war wieder alles still. Zwecklos, der Nebel war zu dicht und die Geräusche hatten aufgehört. So konnte er den Wilderer nicht finden.

Der alte Mann konnte kaum glauben, was er gerade ausgegraben hatte – eine kleine Glocke. Teufel auch, wenn die nicht aus Gold war! Ob sie noch funktionierte? Vorsichtig entfernte er den Schlick aus dem Gehäuse und bewegte die Glocke hin und her. Kling-Klong ... Das schönste Geräusch, das er je gehört hatte.

Der Jäger hatte sich schon umgedreht und wollte die Suche aufgeben, als er plötzlich das Klingeln einer

Glocke hörte. Da, schon wieder. Kling-Klong … Dieses Geräusch passte nun gar nicht in diese verlassene Gegend. Spukte es hier im Dollart, oder wollte ihn jemand verarschen? Er folgte dem Geräusch.

Die Welt um ihn herum hatte der Wilderer vergessen, deshalb sah er den Jäger zu spät. Der hatte das Gewehr auf ihn angelegt. Im nächsten Moment verschwand er wie eine Spukerscheinung in einer Nebelschwade. »Wirf dein Gewehr weg!«, klang es dumpf aus dem Nebel. Der Alte legte die Glocke ins Watt und griff nach seinem Gewehr, um es abzulegen.

In diesem Moment entstand wieder ein Loch in der dichten Nebelwand und die Kontrahenten hatten Blickkontakt. Der Jäger sah, dass der Wilderer sein Gewehr in der Hand hielt. Er fühlte sich bedroht und feuerte sofort. Der Schuss hallte dumpf nach und der Alte wurde nach hinten ins Watt geworfen. Der Jäger lief zu ihm und bückte sich. »Verflucht, warum hast du das Scheißgewehr nicht weggeworfen?«

Der Mann am Boden konnte keine Antwort mehr geben. Seine toten Augen waren weit aufgerissen.

Der Jäger konnte den Anblick kaum ertragen. Was sollte er tun? Würde man ihm glauben? Der Tote war ein armes Schwein, ein Hungerleider, und er selbst ein geachteter Mann. Das bedeutete jede Menge Ärger und Gerüchte, weil viele an der Notwehrsituation zweifeln würden. All seine Hoffnungen auf die angestrebten Ämter könnte er vergessen. Sein Blick fiel auf die Glocke im Watt. Als er sie aufhob, schlug der Klöppel an das Gehäuse. Kling-Klong.

Diese Glocke würde er niemals hergeben.

Nun wusste er, was er zu tun hatte. Der arme Sack hatte ja die Schaufel für sein eigenes Begräbnis gleich mitgebracht. Er durchsuchte den Toten. Das Einzige, was der bei sich trug, war eine alte Taschenuhr. Er nahm sie an sich und legte die Uhr zur Glocke. Dann zog er den Toten zurück in Richtung der Salzwiesen. Dort bedeckte er ihn und die Ausrüstung mit Treibsel aus abgestorbenen Schilfhalmen, das sich an der Flutkante angesammelt hatte. Danach ging er zurück zur Bohrinsel.

Sein Jagdkumpan wartete dort schon auf ihn. »Mann, wo bleibst du denn, ich steh hier schon eine Ewigkeit!«

Er zwang sich, ruhig zu bleiben. »Ich hab mich wohl ein bisschen verlaufen, aber von dem Wilderer keine Spur ... Hast du was gesehen?«

»Nein, aber mehrere Schüsse habe ich gehört.« Sein Freund sah ihn misstrauisch an.

»Ja, ich auch. Ich dachte, du hättest sie abgegeben. Ist ja auch egal, die Suche im Nebel war sowieso sinnlos – lass uns nach Hause fahren.«

Als sie sich ins Auto setzten, sah er noch einmal Richtung Norden zurück. Später würde er alleine wiederkommen und den Toten in den Salzwiesen begraben.

Seine Hand streichelte unbewusst die Glocke in seiner Manteltasche.

Frühjahr 2009,
Weener im Rheiderland, Haus der Familie Alting
(Karte Nr. 8)

Er saß in seinem Auto und beobachtete das Haus von diesem Alting. Das kleine Überraschungspaket lag im Fußraum vor dem Beifahrersitz. Vier Uhr morgens, die schwache Zeit der Menschen, Tiefschlafzeit und genau der richtige Zeitpunkt für sein Vorhaben. Vorsichtig öffnete er die Tür, nahm das Paket und schlich sich zum Haus.

Alting hing sicher sehr an dem Modell der Marker Mühle in seinem Vorgarten. Der Mann lächelte grimmig, als er sich vorstellte, wie viel Handarbeit darin steckte. Das Paket passte genau durch das kleine Tor der Modellmühle. Er befestigte es im Innenraum des Modells und wickelte die Angelschnur ab, die aus dem Paket hing. Mit dem anderen Ende der Schnur ging er zur Eingangstür und befestigte es an der Klinke. Vorsichtig prüfte er die Spannung. Optimal, nicht zu fest und nicht zu lose.

Er schlich zurück zu seinem Auto. Das gemeine Grinsen auf seinem Gesicht wollte einfach nicht verschwinden.

Menno Alting hatte schlecht geschlafen. Seine Tochter Gretje hatte ihn noch gewarnt. »Reg dich doch nicht so auf, Papa, das ist nicht gut für deine Nerven.«

Natürlich hatte sie wieder recht gehabt, aber dieses letzte Zusammentreffen mit den Jägern ... Seine Wut kochte noch einmal hoch, als er daran dachte.

Vorgestern hatte er zusammen mit Naturschützern aus den Niederlanden eine große Anzahl verschiedener Gänse auf einer Wiese beobachtet. Alting wies seine Kollegen gerade auf zwei seltene Gänse hin, als ein Geländewagen auf ihren Standort zufuhr war und circa 200 Meter entfernt auf dem Seitenstreifen anhielt. Alting beobachtete mit dem Fernglas, wie das Seitenfenster des Autos heruntergelassen wurde. Der Fahrer streckte einen Arm aus dem Seitenfenster und warf einen Gegenstand in Richtung der Gänse. Der laute Knall eines Silvesterböllers ließ die Naturschützer zusammenzucken und die Gänse flogen in Panik davon. Gleichzeitig heulte der Motor des Geländewagens auf, der Fahrer fuhr rückwärts auf eine Grundstücksauffahrt und wendete dort. Alting rannte und stieß dabei das Stativ mit dem Fernglas eines niederländischen Kollegen um. Als er sich dem Wagen näherte, gab der Fahrer langsam Gas und beschleunigte immer etwas, sobald Alting wieder näher an ihn herankam. Dieses Spiel wiederholte sich einige Male. Schließlich war Alting völlig außer Atem stehengeblieben und hatte nur noch den ausgestreckten Stinkefinger aus dem Seitenfenster des davonfahrenden Geländewagens gesehen.

Besonders ärgerte ihn, dass dies ausgerechnet vor den Augen der niederländischen Kollegen geschehen war. Das teure Fernglas musste er dem niederländischen Naturschützer auch noch ersetzen. Außerdem war das Autokennzeichen des Geländewagens so verschmutzt gewesen, dass er es nicht hatte lesen können. Es war ihm auch nicht gelungen, den Fahrer zu identifizieren, aber natürlich war das einer der Jäger gewesen.

Direkt nach dem Vorfall hatte Alting voller Wut einen Leserbrief per Internet an den Redakteur des *Rheiderlandkuriers* geschickt. Der war gestern in der Zeitung erschienen. Jetzt war er gespannt auf die Gegenreaktion. Alting war sich sicher, einen Leserbrief der Jäger in der heutigen Ausgabe der Zeitung zu finden. Dieser Kleinkrieg zwischen Jägern und Naturschützern wurde mit Leserbriefen und wechselseitigen Anzeigen und Gegenanzeigen bei den Behörden geführt.

Menno Alting ging zur Eingangstür, um die Zeitung aus dem Postkasten zu holen. »Mist! Scheißtür, seit wann klemmt das Ding?!«

Er zog kräftiger. Die Tür öffnete sich, die außen angebrachte Schnur spannte sich und der Mechanismus im Kasten wurde in Gang gesetzt.

Die Schnur zog einen feinen Stahldraht in die beiden Kontakte der eingebauten Batterie. Die Stahlwolle entzündete sich in dem Moment, in dem Alting einen zärtlichen Blick auf seine Mühle warf. Die brennende Stahlwolle zündete das Schwarzpulver und das Sprengstoffpaket explodierte. Menno Alting hielt sich reflexartig die Hände vors Gesicht. In seinen Ohren summte es und als er die Augen wieder öffnete, war von seiner Mühle nur noch ein qualmender Rest übrig. Der Vorgarten war mit Holzsplittern übersät.

Dienststelle des Polizeikommissariats in Weener (Karte Nr. 7)

»Polizei in Weener, Benninga am Apparat, was kann ich für Sie tun?« Polizeikommissarin Swantje Benninga saß mit dem Hörer in der Hand hinter dem Wachtresen.

»Die Jäger haben die Mühle gesprengt! Sie müssen diese Terroristen verhaften!«

Die aufgebrachte Stimme war viel zu laut. Swantje stellte das Telefon auf Außenlautsprecher, damit ihre Kollegen mithören konnten. Sie war hochkonzentriert und brauchte zunächst Informationen »Nun beruhigen Sie sich erst mal. Wer sind Sie und was ist passiert?«

»Alting – diese Jäger haben die Mühle in die Luft gejagt! Sie müssen sie verhaften.«

Swantje atmete tief durch. »Hören Sie, so kommen wir nicht weiter. Also noch einmal: Wie heißen Sie und was ist passiert?«

»Menno Alting heiße ich, aus Weener, und sie haben die Marker Mühle in meinem Garten gesprengt, diese verfluchten Jäger!«

»Die Marker Mühle wurde gesprengt von Jägern.« Swantje hielt den Hörer in der linken Hand und schrieb mit der rechten in die Wachkladde. »Hab ich das so richtig verstanden, Herr Alting?« Die Verhaltensregeln im Hinblick auf Straftaten mit terroristischem Hintergrund schwirrten in ihrem Kopf. Terroristen, Explosion, Sprengung und Jäger … Die Marker Mühle befand sich in Mitling Mark, also auf der anderen Seite der Ems.

»Genau …« Altings Stimme klang nicht mehr wütend,

sondern traurig. »Diese Mühle habe ich selber zusammengebaut. Zwei Winter habe ich daran ganz allein gesägt und geschraubt und jetzt ist alles …«

Swantje beruhigte sich etwas. Kein Terroranschlag, nur der normale Wahnsinn. Sie fragte nach Verletzten und notierte sich die Adresse. Sie versprach Alting, gleich mit einem Kollegen vorbeizukommen, und beendete das Gespräch. Zur Sicherheit schickte sie über die Leitstelle erst einmal einen Rettungswagen und die Feuerwehr hin.

»Der arme Mann«, sagte sie.

Ihr Kollege Stinus Wurps fügte hinzu: »Die schöne Mühle …!«

Neben ihm stand Taleus Borchers, der Leiter der Polizeidienststelle, von seinen Kollegen Talle genannt. Talle hatte die Haare extrem kurz geschnitten. Er achtete sehr auf sein Äußeres. Perfektes Auftreten von der Uniform bis zum dezent aufgetragenen Rasierwasser.

Stinus war sozusagen der Kontrast zu seinem Chef. Die Haare trug er im Stil der Siebziger, also ziemlich lang. Sein Erscheinungsbild war eher lässig, die Uniform eine eher gewagte Zusammenstellung und was die Leute von ihm hielten, war ihm wohl schon immer egal gewesen.

»So so«, sagte Talle, »Menno Altings Modellmühle. Stinus, Swantje, fahrt ihr bitte zur Adresse von Alting und seht euch die Sache erst mal an. Ich halte hier die Stellung.«

»Machen wir«, sagte Stinus. »Wir melden uns, sobald wir vor Ort sind.«

Swantje und er packten ihrer Einsatztaschen und gingen zum Streifenwagen. »Hier!« Stinus warf seiner Kollegin die Autoschlüssel zu. »Du fährst, dann lernst du die Gegend am schnellsten kennen.«

Swantje war erst seit einigen Tagen auf der Dienststelle in Weener. Vorher war sie bei der Autobahnpolizei in Leer gewesen. In Weener wurden zwei Sprachen gesprochen – erstens Plattdeutsch und zweitens Hochdeutsch.

Mit dem Plattdeutschen haperte es bei ihr noch ein wenig. Verstehen konnte sie es gut, nur aussprechen ... na ja. Stinus unterhielt sich mit ihr deshalb lieber auf Hochdeutsch.

Sie folgte seiner Fahrwegbeschreibung. »Stinus, der Name Alting ... irgendwie kommt der mir bekannt vor.«

»Hier links abbiegen!« Stinus warf seiner Kollegin einen Blick zu. Ein schöner Anblick. Der blonde Zopf stand ihr gut. In den Siebzigern hatten viele Mädchen die Haare so getragen. Aber nicht nur die Haare gefielen Stinus an seiner neuen Kollegin. Swantje versuchte nicht, wie ein Kerl aufzutreten, und auch nicht wie eine Dame. Die Kollegen von der Autobahnpolizei waren mit ihr sehr zufrieden gewesen. Ihm waren Gerüchte zu Ohren gekommen, dass Swantje bei einem Einsatz sehr handfest zugepackt hatte. Sie hatte ihrem Kollegen bei einer Schlägerei den Rücken freigehalten. Das hatte ihr zwar ein blaues Auge, aber auch Respekt eingebracht.

»Stinus, Menno Alting!«

»Also: Menno Alting ist führendes Mitglied im Naturschutzbund. Er stand schon einige Male im Zusammenhang mit der Gänsejagd in den Zeitungen und seine Tochter Gretje, die kann sich sehen lassen. Die sieht richtig toll aus und die hat ...«

»Mich interessiert nicht die Tochter, sondern Menno Alting!«

Stinus atmete tief durch. »Menno Alting ist begeisterter Naturschützer, insbesondere Gänseschützer, du kannst dir vorstellen, dass er sich nicht besonders gut mit unseren Jägern versteht. Dazu kommt noch seine besondere Art.« Stinus suchte nach den richtigen Worten. »Er greift die Leute immer direkt an, zu laut und zu unsachlich. Alle lassen sich das nicht gefallen und wir hatten schon eine Menge Ärger mit ihm und seinen erklärten Gegnern, den Jägern.«

Inzwischen hatte er seine Kollegin in eine Wohnsiedlung etwas außerhalb gelotst. Vor einem Einfamilienhaus standen ein Rettungswagen und ein Fahrzeug der Feuerwehr. Ein Feuerwehrmann stand mit einem Wasserschlauch in der Hand im Vorgarten, der mit bunten Holzsplittern übersät war.

Swantje parkte hinter dem Rettungswagen. Die beiden Polizisten stiegen aus. Die Schiebetür des RTW stand offen und auf der Liege saß ein großer Mann, dem zwei Sanitäter sehr laut Fragen stellten.

Einer der Sanitäter bemerkte die Polizisten und sagte: »Knalltrauma ... sonst ist er okay.«

Nun hatte auch der Mann auf der Liege die Polizisten gesehen und sprang auf. Die Sanitäter versuchten vergeblich, ihn im Wagen festzuhalten. »Da sind Sie ja endlich!« Er zeigte anklagend in Richtung Vorgarten. »Da ... sehen Sie selber!«

Stinus legte ihm beschwichtigend die Hand auf die Schulter, und Swantje sah sich Alting genau an. Groß, kräftig, mit einer Glatze. Der graue Vollbart machte ihn älter. Vermutlich war er um die fünfzig und für Swantje damit ohnehin ein alter Mann.

Stinus beging einen verhängnisvollen Fehler, als er sagte: »Herr Alting, regen Sie sich doch nicht so auf, es ist ja nur die Mühle draufgegangen.« Zum Glück erschien in diesem Moment Gretje Alting, um ihren Vater zu beruhigen. Mit sanfter Gewalt dirigierte sie ihn zurück in den Rettungswagen.

Swantje warf ihrem Kollegen einen Blick zu und verdrehte die Augen himmelwärts.

Gretje Alting stieg wieder aus dem RTW. Ihr Gesicht war sehr blass, wodurch die Sommersprossen deutlich hervortraten. Swantje fand, dass sie ein bisschen aussah wie eine ältere Version von Pippi Langstrumpf. Die langen roten Zöpfe machten jedenfalls Eindruck bei ihrem Kollegen. Stinus sah Gretje mit schmachtendem Blick an, wie unter Hypnose. Swantje zog eine Schnute und blickte hilfesuchend in den blauen ostfriesischen Himmel. Typisch Männer.

Menno Altings Tochter erzählte, dass sie gerade von der Nachtschicht im Krankenhaus kam. Sie hatte sich fast zu Tode erschrocken, als sie die Einsatzfahrzeuge vor ihrem Haus gesehen hatte. »Irgendwann musste das hier mal passieren.« Sie schüttelte verzweifelt den Kopf. »Diese Wut … und Hass … Ich verstehe das nicht!«

»Ich kann Ihnen jetzt nicht folgen.« Swantje schaute sie fragend an.

»Am Anfang haben sie ja noch miteinander gesprochen«, sagte Gretje.

»Wer ist ›sie‹, wer hat noch miteinander gesprochen?«, hakte Swantje nach.

»Oh, bitte entschuldigen Sie mich, ich bin noch so aufgeregt …« Gretje lächelte sie kurz an. »Die Umweltschützer, insbesondere mein Vater, und die Jäger meine ich. Anfangs haben sie noch zusammen an einem Tisch gesessen und diskutiert. Aber jetzt …« Wieder schüttelte Gretje Alting den Kopf. »Sie sehen ja: Nur noch Wut und Hass.«

Deichvorland bei Pogum

Piep … Piep. Der Schatzsucher Peter Kowalski aus Bochum sah auf das Display des Metallsuchgerätes. Der Zeiger schlug wild aus. Seit einer Stunde war Peter unterwegs im Deichvorland am Dollart. Seinen Wagen hatte er am Aussichtspunkt Emsblick in Pogum geparkt. Von dort aus hatte er mit der Schatzsuche begonnen. Inzwischen lag der Dollart rechts und der Deich links von ihm. Voraus konnte er die Bohrinsel Dyksterhusen sehen. Er befand sich auf den sogenannten Salzwiesen, einem Grünstreifen mit spärlichem Bewuchs zwischen dem Deich und den grau-bräunlichen Wattflächen des Dollarts.

Vorsichtig legte er das empfindliche lange Metallsuchgerät auf der Salzwiese ab und nahm ein handliches kleineres aus seinem Rucksack. Er hatte sich den Bereich auf dem Boden gemerkt, wo das große Gerät ausgeschlagen hatte. Das Schatzfieber hatte ihn jetzt voll im Griff. Die nächsten Gegenstände, die Peter aus dem Rucksack nahm, waren eine kleine Schaufel, ein Klappspaten und ein Kniepolster.

Er kniete sich auf den Boden und schob sich das weiche Polster unter. Dann schaltete er das kleine Suchgerät an, das wie eine Taschenlampe aussah, und kreiste damit den im Boden verborgenen Gegenstand ein. Mit der linken Hand hielt er die Schaufel und grub vorsichtig kleine Grassoden und Erde zur Seite. Immer wieder schlug das Suchgerät aus. Inzwischen hatte er die kleine Schaufel gegen den Klappspaten getauscht.

In Gedanken sah er sich schon als Entdecker des versunkenen Ortes Torum. Schliemann war auch ein Hobbyarchäologe gewesen und hatte trotzdem angeblich Troja entdeckt. Die Geschichte der versunkenen Dörfer im Dollart hatte Peter schon immer fasziniert und jetzt stand er selbst kurz vor einer sensationellen Entdeckung.

Klong ... Der Spaten war auf einen harten Gegenstand gestoßen. Das kleine Suchgerät zeigte einen länglichen Gegenstand aus Metall an. Peter Kowalski legte den Klappspaten zur Seite und nahm wieder die kleine Schaufel.

Den langen Gegenstand konnte er deutlich fühlen. Während er ihn vorsichtig freilegte, konnte er ihn immer besser erkennen. Hatte es in Torum damals schon Gewehre gegeben? Falls ja, dann sicher keine Karabiner ...

Die Enttäuschung schwemmte seine Hoffnungen davon, als berühmter Entdecker in die Geschichte einzugehen. Unter dem Lauf des Gewehrs fühlte er eine

Art Stoff. Mit den Fingerspitzen fasste er vorsichtig eine Ecke davon an. Als er den Stoff zur Seite zog, grinsten ihn die Zähne eines Totenschädels an.

Peter Kowalski schrie entsetzt auf und sprang hoch. Es dauerte eine Weile, bis er sich so weit beruhigt hatte, dass er sein Handy heraussuchte und den Notruf wählte.

Altstadt von Leer,
Wohnung des PHK Jan Broning

Das Klingeln des Telefons drang nur langsam in den Schlaf von Hauptkommissar Jan Broning. Er brauchte einen Moment, um sich zurechtzufinden. Sein erster Blick fiel auf den Wecker: neun Uhr. Beim Blick nach links auf die leere Seite seines Bettes verzog er missmutig sein Gesicht. Maike war erst seit einigen Tagen in Spanien und ihm kam es jetzt schon vor wie eine Ewigkeit. Ihr Vater Johann de Buhr hatte sie kurzerhand mitgenommen, als er zusammen mit seiner Freundin Karin für einige Wochen Urlaub machen wollte. Maikes Lunge war noch sehr angegriffen von den Folgen ihrer Entführung auf der Autobahn. Das sanfte Klima in Spanien sollte den Heilungsprozess beschleunigen.

Jan Bronings Hand griff zum Telefon und bevor er die grüne Taste drückte, sah er auf dem Display, dass der Anruf von seiner Dienststelle kam. Eigentlich sollte er heute Überstunden abbauen. In sein Schicksal ergeben nahm er den Anruf an.

Die laute Stimme seines Kollegen Klaus Hensmann von der Wache in Leer dröhnte aus dem kleinen Lautsprecher. »Guten Morgen, Jan, sorry, dass ich dich so früh stören muss. Die Kollegen von der Tatortgruppe haben mir gerade eine Lage durchgegeben. Sie sind im Deichvorland bei Pogum. Ein Schatzsucher aus dem Ruhrgebiet hat dort ein bewaffnetes Skelett gefunden.« Lachen hallte aus dem Hörer. »Das ist doch ein Superwitz, oder? Ach ja, Spaß beiseite, dein Chef Renko Dirksen war gerade auf der Wache und lässt dir ausrichten, dass du deine Überstunden ein anderes Mal abfeiern sollst, damit du den Fall übernehmen kannst.«

»Okay, Klaus, ich komme zur Dienststelle.« Jan Broning beendete das Gespräch.

Ohne Maike war es zu Hause ohnehin öde. Was ihn störte, war eher der Einsatzort. Der Dollart ... das weckte böse Erinnerungen. Sein erster Fall mit Maike an seiner Seite. Seine Rettung aus dem Watt. Schöne und schreckliche Erinnerungen.

Jan Broning war als Leiter des 1. Fachkommissariates zuständig für Todesermittlungen. Er ahnte, dass dieser Fund im Deichvorland erhebliches Aufsehen erregen würde. Renko, der alte Fuchs, ging entsprechend auf Nummer sicher und überließ ihm großzügig den Fall.

Jetzt ging alles sehr schnell – Kaffeemaschine an, Dusche, in die Klamotten. Mit einem Thermobecher Kaffee in der Hand verließ Jan Broning seine Wohnung und lief die Treppen hinunter zum Fahrradkeller.

Dabei verbrannte er sich den Mund an dem zu heißen Gebräu. »Verflixte Axt!« Er wunderte sich wieder mal darüber, dass nichts mehr Zeit hatte. Alles sollte immer schneller gehen, Kaffee trinken im Gehen ... und ich mach auch noch mit.

Er schwang sich auf sein Elektrorad und fuhr zur Georgstraße. Den Thermobecher hatte er verschlossen in der Fahrradtasche verstaut.

Das Tor zum Innenhof öffnete sich wie von Geisterhand. Er stellte sein Rad vor dem Nebeneingang der Dienststelle ab und ging den Schichtleiter Klaus Hensmann auf der Wache begrüßen. »Hallo, Klaus, warum schmeißt du mich eigentlich immer aus dem Bett?«

»Sorry, Jan, aber das ist wirklich eine sonderbare Geschichte. Als die Meldung reinkam, haben wir oben Bescheid gesagt und …«

»Schon gut. Was haben wir denn bis jetzt?«

»Abgelaufen ist es wie folgt …« Klaus sah auf seine Notizen. »Der Notruf eines Herrn Peter Kowalski aus Bochum ging bei der Leitstelle ein. Herr Kowalski hat bei der Schatzsuche am Dollart ein Gewehr und ein Skelett gefunden. Der Notruf wurde an das PK Weener weitergeleitet. Die Kollegen haben das zunächst für einen schlechten Scherz gehalten, sind aber erst mal hingefahren. Dann hat mir Swantje dieses Foto geschickt.« Klaus Hensmann nahm sein Smartphone und wischte mit dem Finger über das Display. »Scheißtechnik! … Ah ja, jetzt hab ich es.« Er hielt es Jan hin.

Jan sah den Lauf des Gewehrs, den alten Stoff und einen Teil des Totenschädels.

»Was sagen die jungen Leute immer?« Klaus überlegte. »Ganz schön krass! – Jedenfalls, Swantje und Stinus haben alles abgesperrt. Swantje sichert den Tatort. Stinus wartet im Streifenwagen auf dich am Deich bei Pogum. Treffpunkt ist der Parkplatz am Aussichtspunkt Emsblick.«

»Kenn ich.« Jan gab ihm das Smartphone zurück. »Hast du einen Wagen für mich?«

»Hier.« Klaus nahm einen Schlüssel vom Haken. »Den Zivilwagen, steht in der zweiten Garage. Egon Kromminga und Albert Brede von der Spurensicherung wissen Bescheid, die sind gerade an der Wache vorbei, in Richtung Garage.«

Egon arbeitete erst seit kurzem mit Albert zusammen. In der Garage sah Jan die beiden ihre Ausrüstung im Bulli verstauen und begrüßte sie.

»Tatort, Skelett, Dollart«, sagte Albert mit mürrischem Gesicht. Egon sah kurz zur Garagendecke.

Albert Brede war für seine Ausdrucksweise berüchtigt.

Je schlechter er gelaunt war, desto kürzer seine Sätze. Er war ihr bester Spurensicherer, ein alter Fuchs und er gab sein Wissen weiter. Jan hatte trotzdem Mitleid mit Egon. Alberts Launen ertragen zu müssen, war der Preis für die an der Praxis orientierte Ausbildung als Spurensicherer.

»Das Beste wird sein, wir fahren gemeinsam zum Tatort«, schlug Jan vor. »Ich fahr im Zivilwagen voraus.« Keine Antwort von Albert. Egon nickte nur schicksalsergeben. Offensichtlich passten sich die Kollegen bereits einander an. »Okay, dann bis gleich am Dollart.« Jan verkniff sich das Lachen.

Er fuhr Richtung Emstunnel, hinter sich den weißen Bulli der Spurensicherer. Es gab von Leer aus zwei Wege ins Rheiderland, das durch die Ems vom Stadtgebiet Leer getrennt war. Der erste führte über die Emsbrücke, benannt nach Jann Berghaus, im Verlauf der Bundesstraße 436. Beim zweiten Weg handelte es sich um die Autobahn, die A31, den »Ostfriesenspieß«. Der Autobahn-Emstunnel verband die Leeraner Seite mit dem Rheiderland.

Die Jann-Berghaus-Brücke wurde umgebaut und war immer noch eine Großbaustelle. Die Brücke war wasserseitig eine von mehreren Engstellen entlang der Ems. Die Überführungen der immer größeren neuen Kreuzfahrtschiffe waren kompliziert und nur durch etliche teure Baumaßnahmen am Fluss möglich. Eine davon war die Verbreiterung der Schifffahrtsöffnung dieser Brücke. Die Fertigstellung verzögerte sich erheblich, und die betroffene Bevölkerung war verärgert.

Der Autoverkehr wurde durch den Emstunnel umgeleitet, aber es konnten nicht alle dieses Nadelöhr im Verlauf der Autobahn benutzen. Fahrradfahrer oder die Trecker der Landwirte blieben außen vor. Deshalb hatte man die alte Fähre Julius zwischen den Emsufern Leerort und Bingum eingesetzt.

Die Polizeiwagen fuhren an der Anschlussstelle Leer-

West auf die Autobahn und nach nur einem Kilometer durch den Emstunnel. An der Anschlussstelle Jemgum/Bingum verließen sie direkt an der Tunnelausfahrt die Autobahn. Nun waren sie im Rheiderland und bogen an der Kreuzung der Deichstraße links in Richtung Ditzum ab. Die Fahrt ging weiter durch die Emsdörfer, die alle mit der Silbe »um« endeten. Der Deich lag rechts und die Landschaft zeigte sich Jan Broning jetzt von ihrer schönsten Seite. Die Farben der Natur waren im Mai am intensivsten. Die großen Kastanien vor den Bauernhöfen blühten weiß, das Rot der Buchen leuchtete und in den Poldern verwandelte der blühende Raps die Landschaft in ein gelbes Meer.

Er hasste es dennoch, allein im Wagen zu sitzen, wenn er zu einem Einsatz fuhr. Jan Bronings Gedanken wanderten zu Maike. Ob die Landschaft in Spanien jetzt wohl ebenso schön war? Ging es ihr gut? Dachte sie auch immer an ihn?

Vor ihm bremste ein Fahrzeug stark und ohne jeden erkennbaren Grund. Der Wagen blieb mitten auf der Straße stehen. Broning war wegen des Gegenverkehrs gezwungen, dahinter zu warten. Plötzlich wurden die Türen aufgestoßen und zwei Männer sprangen heraus. Bronings Hand wanderte zu seiner Waffe. Sollte das ein Anschlag werden?

Dann erkannte er die Ferngläser und Kameras. Die beiden richteten ihren Blick auf die Wiese links von der Fahrbahn. Graugänse! Broning schätzte die Schar auf fünfzig Vögel. Das Auto mit den Gänsebeobachtern war im Ruhrgebiet zugelassen.

Im Rückspiegel sah er, wie die Tür des Bullis aufgestoßen wurde. Albert Brede sprang mit rotem Kopf aus dem Fahrzeug und ging mit finsterer Miene auf die zwei Fremden zu. Oha, dachte Broning, jetzt knallt es. Er wollte gar nicht hören, was da gesprochen wurde. Jedenfalls fand Albert wohl die richtigen Worte. In

Windeseile sprangen die Gänsebeobachter in ihr Auto und rasten davon. Ohne Regung ging Albert an Bronings Auto vorbei und setzte sich wieder in den Bulli.

Sie fuhren am schönen Fischerdorf Ditzum vorbei und vor ihnen lag Pogum. Das Ende der Welt wurde das Dorf auch genannt. Es war die äußerste Ecke des Rheiderlandes. Nördlich verlief die Ems und im Westen lag der Dollart.

Der Treffpunkt mit den Kollegen aus Weener befand sich am Schöpfwerk des Sieltiefs. Dieser Ort wurde Emsblick genannt, weil man von der Deichkrone aus einen schönen Ausblick auf die Ems hatte. Auf dem Parkplatz standen ein Streifenwagen und ein Kastenwagen mit Bochumer Kennzeichen. Darin saß ein junger Mann und machte ein bedrücktes Gesicht.

Broning parkte den Zivilwagen daneben und stieg aus. Der Bulli der Spurensucher hielt ebenfalls. Albert Brede kurbelte das Seitenfenster herunter und blieb stur sitzen. Jan Broning ging hin, blieb neben dem offenen Fenster des Bullis stehen und erwartete den Kollegen in Uniform.

Stinus Wurps begrüßte sie kurz, man kannte sich von verschiedenen Einsätzen. Jan Broning ließ sich von ihm die Situation erklären. Stinus zeigte auf den Mann im Kastenwagen. »Dies ist unser Schatzsucher Herr Kowalski, er hat die Leiche gefunden. Den Schlüssel für die Deichpforten habe ich inzwischen organisiert, wir können jetzt den Fundort mit dem Auto erreichen. Sonst müssten wir von hier aus laufen und es ist mindestens noch ein Kilometer.« Stinus zeigte in westliche Richtung.

»Danke dir!« Broning war erleichtert. Das fehlte noch, ein schlechtgelaunter Albert, der seine Ausrüstung zu Fuß zum Fundort schleppte ... »Stinus, fahr doch bitte voraus, ich nehme den Schatzsucher mit und Albert und Egon folgen uns im Bulli.«

Broning bat den Schatzsucher in seinen Zivilwagen,

und die drei Einsatzfahrzeuge starteten. »Und, geht's wieder?« Broning sah besorgt zu Kowalski hinüber.

Der sah ihn mit blassem Gesicht an. »Dieser Anblick war schrecklich, als wenn mich der Schädel angrinsen würde. Ich hab mich so erschrocken!«

»Sie brauchen sich die Leiche nicht noch einmal anzusehen«, beruhigte ihn Broning. »Sie müssen uns vor Ort nur noch mal genau erklären, was passiert ist.«

»Kriege ich Ärger?«, fragte Kowalski ängstlich. »Ich meine, weil ich im Naturschutzgebiet rumgegraben habe? Ihr Kollege in Uniform hat so was angedeutet.«

»Da machen Sie sich mal keinen Kopf drüber.« Broning sah Kowalski eindringlich an. »Wichtig ist, dass Sie zunächst Stillschweigen über den Fund bewahren.«

»Ich schweige wie ein Grab …« Beim letzten Wort räusperte sich Kowalski laut. Er war noch angesäuert, weil ihm der Uniformierte einen Anschiss verpasst hatte. Was ihm einfiele, im Naturschutzgebiet rumzubuddeln. Denen würde er es noch zeigen. Er hatte Torum nicht gefunden, aber dafür hatte er einige gute Aufnahmen von der Leiche mit seinem Smartphone gemacht. Die Bilder würde er an die Medien weitergeben. Vielleicht konnte er das kleine Video sogar bei YouTube einstellen. Er grübelte über eine passende Überschrift nach. Dieser Ötzi in den Bergen damals … Die uralten Überreste des Jägers hatten tagelang die Schlagzeilen der Medien beherrscht, nachdem das geschmolzene Gletschereis die Mumie freigegeben hatte.

Nun, so lange lag diese Leiche noch nicht in den Salzwiesen, aber Ötzi war mit Pfeil und Bogen unterwegs gewesen. Sein Toter hatte ein Gewehr dabei. Und jetzt habe ich die Überschrift, dachte Kowalski. *Sensationsfund: Junger Archäologe entdeckt den »Rheiderländer Ötzi«.*

Die Einsatzwagen fuhren an der Innenseite des Deiches entlang, die Straße verlief weiter über den Deich und endete schließlich an einer Pforte im Außendeichsgelände.

Beim Anblick des Dollarts fröstelte es Jan Broning. Verdrängte Erinnerungen an seinen Kampf im Watt. Die Stimmung im Zivilwagen hatte sich gedreht. Kowalski hatte sich überraschend schnell erholt und lächelte sogar für einen Moment. Broning versuchte die negativen Gefühle abzuschütteln. Im Süden konnte er die Bohrinsel Dyksterhusen sehen. Von dort aus war damals die Rettungsaktion durchgeführt worden.

Die Straße entlang des Deiches wurde mehrfach durch Zäune mit Pforten gesperrt. Stinus stieg jedes Mal aus und schloss die Pforten auf. Die Fahrt ging weiter und Broning sah am Rande der Salzwiesen ein Absperrband im Wind flattern. Sie hatten nur noch eine geschlossene Pforte vor sich. Am Rand des abgesperrten Bereiches stand die Kollegin Swantje Benninga. Sichtlich erleichtert darüber, dass sie nicht mehr alleine bei der Leiche war, kam sie auf die Einsatzwagen zugelaufen. An der Pforte gab sie Jan Broning die Hand. »Moin, Herr Broning, Swantje Benninga, hier ist nichts weiter passiert.«

Er lächelte sie kurz an. »Hallo, Swantje. Grundsätzlich duze ich mich mit den Kollegen, also für dich auch Jan.«

Egon Kromminga und Albert Brede hatten sich die weißen Kombis der Spurensicherer angezogen. Nun ließen sie sich von dem Schatzsucher Kowalski erklären, wo genau er gelaufen war, womit er gegraben hatte und wie er die Leiche berührt hatte. Inzwischen hatte Stinus die Pforte aufgeschlossen. Albert Brede fluchte, während er die Aluminiumkoffer zum Fundort schleppte. Routiniert begannen die beiden Spurensicher mit der Tatortarbeit. Egon Kromminga fotografierte sich von außen an die Leiche heran. Zunächst Übersichtsaufnahmen der Umgebung, dann immer näher an den Absperrungsbereich, und schließlich die Detailaufnahmen der Leiche.

Während Jan Broning darauf wartete, dass Brede den Tatort freigab, befragte er die uniformierten Kollegen und den Schatzsucher Kowalski. Die Kernpunkte ihrer

Aussagen notierte er sich auf einem Schreibblock. Er hatte dafür eine spezielle Schreibunterlage, eine sehr flache Aluminiumkiste im Din-A4-Format. Oben konnte man einen Schreibblock festklemmen, und in der flachen Kiste waren Spurensicherungstüten, eine kleine Digitalkamera, Einmalhandschuhe und verschiedene Pinzetten. Das hatte sich schon oft bewährt. Bei der ersten Inaugenscheinnahme wurden die Leichen nach Personaldokumenten, Brieftaschen und Handys durchsucht. Mit der Minimalausrüstung konnte man kleine Gegenstände ohne Übertragung von Fremdspuren anfassen, in spezielle Tüten verpacken und sicher verstauen.

Broning stieg auf die Deichkrone und skizzierte von dort aus die Umgebung. Als er in Richtung Schöpfwerk blickte, bemerkte er einen Wagen, der sich ihnen näherte, und ging zurück zu seinen uniformierten Kollegen. »Stinus, Swantje, ich glaube, wir bekommen Besuch von der Presse. Könnt ihr die fernhalten? Wenn sie maulen, verweist auf die Presseinfo, die wir nachher verteilen.«

Stinus nickte und ging dem Wagen entgegen. Jan Broning hörte, wie sein Name gerufen wurde, und sah, dass Albert Brede ihm zuwinkte. Er hob die Hand zum Zeichen, dass er verstanden hatte. »Swantje«, Broning drehte sich zu seiner Kollegin um, »bleibst du bitte hier bei Herrn Kowalski und rufst diese Nummer hier an?« Er nahm aus seiner Schreibunterlage eine Visitenkarte und gab sie ihr. »Bestatter Erdmann aus Leer, er soll bitte herkommen und die Leiche abholen.«

»Okay, mach ich sofort.« Swantje griff zum neuen digitalen Funkgerät, mit dem man auch telefonieren konnte.

Egon und Albert standen bei einer länglichen Vertiefung im Boden, neben der mehrere Erdhaufen lagen. Die Überreste eines menschlichen Körpers, der auf dem Rücken lag, waren vom Kopf bis ungefähr zur letzten Rippe freigelegt. Halb über dem Skelett lagen die Reste von grauem Tuch und seitlich am Körper sah man den verrosteten Lauf eines Gewehres. Der Totenschädel blickte in den ostfriesischen Himmel. Es wollte nicht zur Umgebung passen. Die frischen Farben und Gerüche der aus dem Winterschlaf erwachten Natur waren ein starker Kontrast zu diesem Symbol des Todes.

»Unser Schatzgräber hat ganze Arbeit geleistet. Alles zerwühlt und zertrampelt.« Egon klang wütend. »Trotzdem haben wir schon einiges gefunden. Hier!« Er hielt Jan eine durchsichtige Spurensicherungstüte hin. »Die lagen in der ausgehobenen Erde. Sieht aus wie Knöpfe von einer Wehrmachtsuniform und das hier könnte ein Koppelschloss sein.«

»Das Gewehr ...?« Broning sah Brede fragend an. Albert war Ballistiker und kannte sich sehr gut mit Waffen aus.

»Karabiner, Zweiter Weltkrieg.«

Broning wartete vergeblich auf weitere Ausführungen. »Wenn ich euch richtig verstehe, seid ihr der Meinung, es handelt sich bei der Leiche um einen Kriegsteilnehmer, einen Soldaten?«

»Genau«, bestätigte Egon, Albert nickte nur.

Jan massierte seine Schläfen. »Vielleicht haben wir Glück und finden die Erkennungsmarke, die trug doch jeder Soldat. Was meint ihr, wie machen wir weiter?«

»Leiche freilegen, abtransportieren und die gesamte Erde im Grab durchsieben«, schlug Egon vor. Albert Brede nickte.

»Erdmann ist unterwegs«, sagte Broning. »Braucht ihr hier noch Hilfe oder mehr Ausrüstung?«

»Zwei große Siebe für die Erde und ein Wasserschlauch wären super«, sagte Egon. »Bei einem ähnlichen Einsatz hat uns die Feuerwehr gut unterstützt.«

»Ich kümmere mich darum.« Jan Broning griff zum Handy.

Zeitgleich mit dem Bestatter traf die Feuerwehr ein.

Unter Anleitung der Spurensicherer wurde die Leiche vollständig freigelegt und im Leichensack des Bestatters abtransportiert. Die Feuerwehr stellte zwei Siebe auf und die gesamte Erde aus dem Grab und der Aushub wurden gesiebt.

Bei dem grauen Stoff, der über der Leiche gelegen hatte, handelte es sich tatsächlich um die Überreste eines Wehrmachtsmantels. Verrostete Patronen, Teile des Gewehrs und Uniformknöpfe wurden gefunden, zur Enttäuschung der Spurensicherer aber nicht die Erkennungsmarke.

Jan Broning brauchte für den späteren Bericht die genaue Position des Grabes. Bisher hatten sie als Ortsangabe nur den Deichkilometer gehabt. Jetzt wurde der Fundort mit einem speziellen Navigationsgerät in Koordinaten eingemessen.

Den Schatzsucher Peter Kowalski hatte Broning bereits entlassen. Er sah auf die Uhr. Jetzt suchten sie bereits Stunden vergeblich nach weiteren Spuren. Bei den Kameraden der Feuerwehr handelte es sich um Freiwillige, er wollte sie nicht zu sehr beanspruchen. Broning bedankte sich bei ihrem Leiter für den Einsatz, entließ die Frauen und Männer und versprach, einen kurzen Bericht über die Anforderung zu mailen. Zurück blieben zwei Kübel mit Wasser zum Reinigen der Ausrüstung und ein Gestell mit einem Sieb. Albert und Egon wollten noch alleine weiterarbeiten.

»Egon, Albert, erst mal danke für euren Einsatz. Ich fahr zurück und fang mit dem Bericht an. Die Presseleute rennen uns sicher schon die Bude ein.« Broning formulierte schon in Gedanken den Bericht. »Was haltet ihr davon: Es handelt sich vermutlich um ein aufgefundenes Opfer aus dem zweiten Weltkrieg. Bei der Leiche wurden Ausrüstungsgegenstände aus dieser Zeit gefunden.«

»Genaueres können wir noch nicht sagen«, antwortete Egon.

Alberts Laune hatte sich inzwischen gebessert, weil

man ihn ungestört hatte arbeiten lassen. Er lächelte sogar kurz, als er sagte: »Irgendetwas musst du ja reinschreiben, ist okay so.«

Jan Broning verabschiedete sich von Swantje und Stinus. »Danke für eure Unterstützung, die Presseleute haben euch sicher auf Trab gehalten.« Er sah sich um. »Komisch – wo sind die denn alle?«

Stinus wirkte nachdenklich, als er sagte: »Als wir diesen Schatzsucher entlassen haben, ist der zu Fuß zurück zum Parkplatz. Dabei hat er mit den Presseleuten gesprochen.«

»Er hat die angesprochen, und dann sind alle gleichzeitig verschwunden«, fügte Swantje hinzu.

»So viel zu seinem Versprechen.« Jan presste die Lippen aufeinander und atmete tief durch. In Gedanken konnte er schon die Schlagzeilen sehen.

Tag 1 nach der Entdeckung des unbekannten Toten in den Salzwiesen des Dollarts, Stadt Weener, Redaktionsbüro des Rheiderlandkuriers

Der *Rheiderlandkurier* war am schnellsten. Im Redaktionsbüro las der Reporter Hilko Cordes noch einmal den Artikel, der morgen erscheinen würde. Überschrift: *Sensation – Rheiderländer Ötzi gefunden!* Der Artikel füllte eine ganze Seite. Es folgten Bilder der Leiche, Detailaufnahmen der Ausrüstung und vom Fundort. Sogar ein Video wurde in der digitalen Ausgabe der Zeitung angekündigt.

Die sachliche Pressenotiz der Polizei wurde nur kurz erwähnt.

Hilko Cordes sortierte noch einmal die Fotos. Der Schatzsucher hatte ihn am Deich angesprochen. Cordes hatte sich als Erster die Story gesichert. Kowalski wollte als Archäologe in der Zeitung erscheinen und hatte ihm außerdem den Artikel diktieren wollen. Das wäre ja noch schöner, wenn sich ein Rheiderländer unter Druck setzen lassen würde … Also blieb es beim »Schatzsucher« und auch den Artikel hatte Cordes selbst verfasst. Er wusste, dass dieser Fund in den Medien Wellen schlagen würde, zumal es keine anderen aktuellen Themen gab. Das hier war Stoff für mehrere Artikel in den Zeitungen, Berichte in den sozialen Netzwerken und den Fernsehnachrichten, zumindest dem *NDR*.

Seine Einschätzung sollte sich als zutreffend erweisen. Hilko Cordes konnte zu diesem Zeitpunkt nicht ahnen, dass der Tote über Jahrzehnte still in seinem Grab gelegen und sein Geheimnis bewahrt hatte. Die Entdeckung und der Medienrummel setzten Ereignisse in Gang und die Büchse der Pandora war geöffnet worden.

Tag 2, vormittags,
Polizeidienstgebäude in der Stadt Leer,
Büro des Fachkommissariatsleiters Jan Broning

Jan Broning saß mit dem *Rheiderlandkurier* am Schreibtisch. Sie hatten Bilder der skelettierten Leiche, sogar mit Detailaufnahmen der Ausrüstung, abgedruckt. Das verrostete Gewehr, die Uniformknöpfe und das Koppelschloss … Seine Pressemeldung stand am Ende des Artikels.

Es klopfte. Sein Chef Renko Dirksen kam mit rotem Kopf ins Büro, ebenfalls mit dem *Rheiderlandkurier* in der Hand, und fuchtelte damit in der Luft herum. »Das hättet ihr verhindern müssen! Hast du eine Ahnung, was jetzt hier los ist?!«

»Anrufe, Medieninteresse, Presserummel ...« Jan verkniff sich ein Grinsen. »Renko, setz dich doch erst einmal hin. Was hätten wir denn machen sollen mit unserem Schatzsucher? Maulkorb verpassen, nach Fotokameras durchsuchen und Bilder beschlagnahmen?«

»Klingt doch gut!«

»Renko, mit Smartphones kannst du sofort Fotos weiterleiten. Das konnte er in Ruhe erledigen, lange bevor wir am Fundort waren.«

Dirksen atmete tief durch. »Und wie weit seid ihr mit unserem ... Ötzi?«

Broning sah auf seine Notizen. »Im Moment gehen wir davon aus, dass es sich um einen Kriegsteilnehmer aus dem Zweiten Weltkrieg handelt. Dabei müssen wir aber vorsichtig sein.«

»Wieso? Der Fall ist doch klar. Das Gewehr ein Karabiner aus dem Krieg, da war sich unser Albert doch sicher. Der Wehrmachtsmantel mit Uniformknöpfen. Die Reste vom Gürtel mit dem Koppelschloss.«

»Ich weiß«, unterbrach Jan Broning seinen Chef. »Sogar mit der Aufschrift *Gott mit uns*. Alles ziemlich eindeutig, aber da sind noch einige Ungereimtheiten.«

Dirksen sah zur Zimmerdecke. »Jan, warum wird es bei dir immer so kompliziert?!« Er merkte, dass Broning ihn unterbrechen wollte, und hob abwehrend die Hände. »Ich weiß, du liegst oft richtig mit deiner Einschätzung oder deinem Bauchgefühl. Was stört dich denn an dieser schönen, einfachen und unkomplizierten Geschichte?«

»Erstens haben wir keine militärische Erkennungsmarke gefunden. Zweitens das Koppelschloss. Mir ist aufgefallen, dass da etwas nicht stimmt. Hier ...« Broning reichte ihm zwei Fotos. »Das eine da ist das Original so eines Koppelschlosses. Die Überschrift *Gott mit uns*, der Adler in der Mitte und darunter das Hakenkreuz. Hier ...«, Broning zeigte auf die Detailaufnahme vom Fundort, »fehlt das Hakenkreuz. Ich kann mir nicht vorstellen, dass es damals ein Soldat gewagt hätte, das Symbol der Nazis zu entfernen.«

Renko Dirksen presste die Lippen kurz aufeinander. »Du könntest recht haben, aber können die Rechtsmediziner nicht zweifelsfrei feststellen, wie lange der Tote dort schon gelegen hat?«

»Die Überreste liegen bei dem Bestatter Erdmann. Für die Obduktion brauchen wir eine Anordnung von der Staatsanwaltschaft. Vorab habe ich schon mit dem Gerichtsmediziner Dr. Knoche gesprochen. Dort haben sie alle Hände voll zu tun. Er meldet sich noch bei mir wegen des genauen Termins für die Obduktion.«

»Okay, Jan, ich ruf bei Staatsanwalt Grohlich an.« Dirksen stand auf. »Halt mich auf dem Laufenden. Insbesondere unsere Pressestelle. Da wird heute der Teufel los sein.«

Broning nickte. »Mach ich, Renko. Stefan und ich fahren gleich noch mal zum Fundort der Leiche. Ich möchte die Anwohner befragen und vielleicht hat ja das Medieninteresse auch was Positives. Leute, die sich wieder an damals erinnern. An Ereignisse vom Krieg in dieser Gegend, oder an Ereignisse aus einer ganz anderen Richtung.«

Renko schüttelte leicht den Kopf und verließ das Büro.

Tag 2, vormittags,
Truppenübungsplatz in Süddeutschland

Sven Richter war ein letztes Mal zur Baracke des Übungsplatzes gegangen, um sich von seinem Nachfolger zu verabschieden. Er trug Zivil. Seine Uniform hatte er zusammen mit der anderen Dienstausrüstung bereits bei der Auskleidung abgegeben.

Sein Nachfolger musste kurz raus auf den Platz und nun saß Sven wieder alleine in der alten Baracke. Seine Stimmung war auf dem Nullpunkt. Er konnte sich noch gut an das Gefühl erinnern, als er das erste Mal hier alleine gewesen war. Ausgestoßen, abgeschoben und entsorgt wie menschlicher Abfall. Wie Robinson Crusoe war er hier langsam aber sicher vereinsamt.

Die Entlassungsuntersuchung vor vier Wochen hatte seine Dienstuntauglichkeit amtlich bestätigt. Befund: Diabetes und posttraumatische Belastungsstörung, abgekürzt PTBS. Die Zuckerkrankheit hatte er sich vermutlich bei diesen Pflichtimpfungen vor dem Afghanistaneinsatz zugezogen. Auch als Reservist kam er nun nicht mehr in Frage.

Sven Richter war ausgebildeter Feuerwerker beim Heer, deshalb hatte man ihn hierher abgeschoben. Er hatte bis zum Ende seiner Dienstzeit auf dem Gelände nach Blindgängern suchen und sie möglichst entschärfen sollen. Sven vermisste die Kameradschaft mit den anderen Soldaten schmerzlich. Heute war offiziell sein letzter Tag bei der Bundeswehr. Am Nachmittag war Schluss und er hatte sich von seinem Nachfolger auf dem Übungsplatz persönlich verabschieden wollen. Der teilte sein Schicksal, weil er ebenfalls unter PTBS litt. Diesen Übungsplatz verglich Sven verbittert mit dem Papierkorbsymbol auf dem Computer.

Sein Nachfolger war immer noch unterwegs. Sven

schaltete aus Langeweile sein Smartphone ein und koppelte es mit seinem Tablet-Computer. Nun konnte er – wenn auch langsam – im Internet surfen. Auf seiner Lieblingsseite las er die neuesten Nachrichten. Heute sogar mit einer Schlagzeile aus seiner alten Heimat, dem Rheiderland: *Sensation! Rheiderländer Ötzi gefunden.*

Er vergaß fast zu atmen, als er sich die Bilder der Leiche ansah. Ein großer Kloß bildete sich in seinem Hals, als er die Detailaufnahmen der Ausrüstung betrachtete, das verrostete Gewehr, die Uniformknöpfe und das Koppelschloss. Konnte es sein …? Er vergrößerte die Aufnahme des Koppelschlosses und war wie elektrisiert.

Vor seinem geistigen Auge erschien sein Opa Trinus in dem alten Wehrmachtsmantel, unter dem er bei seinen speziellen Jagden den Karabiner versteckt hatte. Der Gürtel in Opas Hose hatte sich damals in Svens Augenhöhe befunden, wenn er vor ihm gestanden hatte. Der Schriftzug *Gott mit uns* und der Adler hatten ihn fasziniert. Sein kleiner Finger hatte oft über eine raue Stelle im Metall unter dem Adler gestrichen und Opa Trinus hatte das Interesse seines Enkels bemerkt. »Dieses Symbol unter dem Adler, das so vielen Menschen unendliches Leid gebracht hat, das habe ich abgefeilt. Damit wollte ich nicht mehr rumlaufen.«

Später hatte Sven verstanden, was er damit gemeint hatte. Aber sein Opa war damals spurlos verschwunden. Was hatte sein Vater mit bitterer Stimme gesagt? »Entweder ist er beim Wildern im Dollart ersoffen, oder die Jäger haben ihn erwischt.«

Danach war alles schnell gegangen. Sein Vater hatte sich den goldenen Schuss gesetzt, eine Überdosis. Svens Mutter hatte zu dieser Zeit schon in Süddeutschland bei ihrem neuen Freund gelebt. Sie war ins Rheiderland zurückgefahren, hatte sich um die Beerdigung gekümmert und ihren Sohn Sven mit nach Süddeutschland genommen.

Sven wusste sofort, wen man dort in den Salzwiesen vergraben hatte. Sein heiß geliebter Opa war verscharrt worden wie ein totes Tier. Svens Tränen tropften auf das Display des Tablets. Seit diesem Schicksalstag in Afghanistan hatte er nicht mehr geweint. Seine Schultern zuckten und er vergrub sein Gesicht in den Handflächen.

Wut verdrängte langsam seine Trauer. Svens Gesicht verhärtete sich. Der Wut folgte etwas Neues: der Wunsch nach Rache.

Sven war es gewohnt, seine Gefühle zu kontrollieren. Angst lässt die Hände zittern und lähmt den Verstand, das hatte er bei den Entschärfungsaktionen sehr schnell lernen müssen. Kälte breitete sich in ihm aus.

Er betrachtete noch einmal die Bilder. Schaute sich an, wie sein Opa mit dem Mantel über dem Gesicht abgedeckt worden war. Wer seinen Opa vergraben hatte, hatte dabei nicht ins Gesicht des Toten sehen wollen. Opa Trinus war entweder ertrunken oder ein Jäger hatte ihn erwischt. Sven wusste sofort, dass die zweite Möglichkeit die Zutreffende war.

Es konnte kein Zufall sein, dass er diesen Artikel gelesen hatte, und das ausgerechnet an seinem letzten Tag bei der Bundeswehr. Das Schicksal hatte seine Weichen gestellt.

Nun gut, es war sowieso Zeit für einen Tapetenwechsel. Zeit für einen Besuch bei den Jägern im Rheiderland. Es gab sogar einen Kontakt. Sein Kamerad Kuno Hortema war ihm noch einen großen Gefallen schuldig. Kunos Vater war Jäger im Rheiderland und hatte einen großen Bauernhof. Dort gab es bestimmt genug Arbeit für Sven. Bei diesem Gedanken presste er die Lippen fest zusammen. Arbeit für ihn … eine doppelsinnige Formulierung aus dem Unterbewusstsein.

»Opa«, flüsterte er, »ich erwisch das Schwein, kannst dich drauf verlassen.«

Tag 2, vormittags,
Gelände der Firma Lohnunternehmen Böltjer
im Rheiderland (Karte Nr. 10).

Jakobus Böltjer saß in dem schmuddeligen kleinen Büro und fluchte. Es war Saison zum Grasschneiden und diese Trottel von Angestellten hatten die Maschinen immer noch nicht fertig. Siefko Specker und Wirtje Hummers, auch Max und Moritz genannt, standen kleinlaut vor ihrem Chef. Der war inzwischen rot angelaufen und brüllte die zwei an. »Was heißt hier ›Die Teile sind noch nicht da‹? Draußen ist Hauptsaison und meine Maschinen stehen kaputt in der Halle.«

Das Donnerwetter nahm kein Ende. Siefko biss sich auf die Unterlippe, wagte kein Wort zu sagen und sah hilfesuchend zu seinem Freund Wirtje. Der knautschte verkrampft die Schirmmütze in seinen Händen. Endlich warf ihr Chef sie aus dem Büro.

Böltjer hatte ordentlich Dampf abgelassen und griff etwas erleichtert erst einmal nach dem *Rheiderlandkurier*, der vor ihm auf dem Tisch lag. Er stutzte, als er die Überschrift las: *Sensation! Rheiderländer Ötzi gefunden*. Während er den Artikel las, gingen seine Gedanken zurück zu dem Tag, an dem er mit seinem Kumpel den Wilderer im Dollart gesucht hatte. Ein gemeines Grinsen erschien auf seinem Gesicht. Die Schüsse, die er damals gehört hatte … Das merkwürdige Verhalten seines Kollegen, der damals angeblich nichts gesehen hatte … Der Wilderer war seit diesem Tag nicht wieder im Dollart gesehen oder gehört worden.

Jetzt wusste er mit Sicherheit, dass sein Kollege den Mann umgebracht und später in den Salzwiesen vergraben hatte. Das war doch einmal eine gute Nachricht. Nun hatte er seinen Jagdkumpel in der Hand. Böltjer rieb sich erfreut die Hände. Endlich gab es eine Möglichkeit, gewisse Ziele zu erreichen. Sein Kumpel wollte doch sicher nicht, dass er der Polizei oder der Presse diese Geschichte von damals erzählte.

Siefko Specker und Wirtje Hummers standen neben der Erntemaschine und fluchten. Siefko Speckers Daumen bewegte sich über seinen Hals, von einem Ohr zum anderen. Wirtje nickte und sagte mit Wut in der Stimme: »Genau, Siefko – eines Tages, ich schwör es dir, ist Böltjer fällig. Dann hängen wir ihn tot wie eine Schlachtsau an die Leiter.«

Siefko sah zur Firmeneinfahrt, als ein Auto vor dem Büro hielt. Der Fahrer stieg aus und knallte die Tür zu. Mit gerötetem Gesicht stürmte der Mann ins Büro. »Scheint so, als wären wir beide nicht die Einzigen, die mit Böltjer noch ein Hühnchen zu rupfen hätten«, sagte er zu Wirtje.

»Das war doch unser Gänseschützer Alting, der scheint ja ganz mies drauf zu sein«, stellte Wirtje fest. Die Bürotür stand noch offen und sie konnten den lauten Streit zwischen Alting und Böltjer hören. Dann wurde Alting aus dem Büro gestoßen und der Streit ging auf dem Hof weiter.

»Du hast meine Mühle gesprengt!«, schrie Alting.

»Scheiß auf deine Mühle, du tickst doch nicht richtig!«, brüllte Böltjer.

Die Sache eskalierte zu einer Schlägerei. Siefko und Wirtje genossen das Schauspiel, bis die Stimme von Böltjers Frau Jani aus dem Bürofenster schrillte. »Max, Moritz – steht da nicht rum, sondern trennt die beiden!«

»Schade«, murmelte Siefko.

Nur mit Mühe gelang es ihnen, die Kontrahenten festzuhalten. Alting riss sich los und lief zu seinem Wagen. Bevor er einstieg, drehte er sich noch einmal um und schrie: »Dafür wirst du büßen, Böltjer! Ich erwisch dich noch und dann dreh ich dir den Hals um, so wie du es mit den Gänsen machst!«

»Verpiss dich, du Arschloch!«, rief Böltjer zurück. Dann drehte er sich zu seinen Angestellten um. »Und ihr, habt ihr nicht anderes zu tun?! Seht zu, dass die Maschinen fertig werden!«

Tag 2, vormittags,
ein Bauernhof im Rheiderland.

Der Jäger saß kreidebleich am Küchentisch und hielt den *Rheiderlandkurier* in den zitternden Händen. Das konnte doch nicht wahr sein. Sie hatten den Wilderer gefunden, den er erschossen und vergraben hatte …

Tag 2, nachmittags,
am Dollartweg in der Nähe des Fundortes der Leiche

Jan Broning und Stefan Gastmann hatten den Zivilwagen vor dem Deich geparkt, hinter dem in den Salzwiesen das Skelett gefunden worden war. Eine lange Reihe von Häusern, der Dollartweg, lief parallel zum Deich bis zu einer Kreuzung. Rechts ging es über den Deich zur Bohrinsel Dyksterhusen. Links verlief die hoch gelegte schmale Straße über ein historisches Sieltor weiter in Richtung Ditzumerhammrich.

Die beiden hatten sich die Arbeit aufgeteilt und trafen sich zwischendurch immer wieder an dieser einzigen Straße, nur um festzustellen, dass der andere auch niemanden angetroffen hatte. Die Ausstrahlung der Häuser lag irgendwo zwischen einsam und trist. Der verhangene Himmel, der Nieselregen und die heruntergelassenen

Rollos versetzten Jan Broning in düstere Stimmung. Die Nähe zum Dollart brachte wieder mal Erinnerungen, die er sonst verdrängte.

Er ging gerade an einem eingefallenen alten Arbeiterhaus vorbei. Die Büsche und Sträucher wuchsen ungehindert zwischen den Mauern. Man konnte noch erkennen, dass es sich einmal um ein kleines Wohnhaus mit einem angesetzten Stall gehandelt hatte. Die Ruine sah verwunschen aus, Kinder würden es als Hexenhaus bezeichnen.

Daneben stand ein noch bewohntes Haus. Keine heruntergelassenen Rollos, und das davor geparkte Auto mit dem Leeraner Kennzeichen ließ hoffen.

Als er klingelte, öffnete eine Frau misstrauisch die Tür einen Spalt breit. Die Kette war vorgelegt. Früher hatte hier keiner sein Haus abgeschlossen, aber die zunehmende Kriminalität hatte auch die Menschen in dieser einsamen Gegend vorsichtiger gemacht.

»Moin, entschuldigen Sie bitte die Störung.« Er zeigte ihr die Dienstmarke. »Mein Name ist Jan Broning von der Kriminalpolizei Leer. Nichts passiert, es handelt sich nur um eine Befragung.«

»Sicher wegen dem Ötzi.« Sie entfernte die Kette und öffnete die Tür. »Hab schon davon gelesen.«

»Genau, Frau …?«

»Gretchen Driever.« Sie wurde rot. »Oh, wie unhöflich von mir, kommen Sie doch bitte herein.«

Sie ging voraus, Broning schätzte ihr Alter auf fünfundsechzig bis siebzig Jahre, sie war etwas übergewichtig. Ihre Haare trug sie in einem dicken Knoten. Ständig wischte sie sich ihre abgearbeiteten Hände an der altmodischen Schürze ab. Sie erinnerte ihn an die Bronzefigur der alten Fischerin vor dem Ditzumer Sieltor. Im Flur roch es nach Tabak – Pfeifentabak, da war er sich sicher, sein Vater hatte auch immer diese Marke geraucht. Irgendetwas mit einem Grafen hatte auf der Packung gestanden. »Ist Ihr Mann auch zu Hause, Frau Driever?«

Er erhielt keine Antwort. Frau Driever stand vor dem Elektroherd und schaute auf den glimmenden Ascherest auf einer Herdplatte. »Herr Kommissar, mein Mann ist schon vor Jahren gestorben.« Sie lief schon wieder rot an. »Ich hab immer geschimpft, wenn er im Haus geraucht hatte. Wegen der Gardinen und so.« In ihren Augenwinkeln bildeten sich Tränen. »Ist doch verrückt ... jetzt streue ich seinen Lieblingstabak auf die heiße Herdplatte. Ich schließe die Augen, rieche den Tabak und denke, er sitzt neben mir.« Sie räusperte sich. »Nehmen Sie doch Platz.« Frau Driever zeigte auf das Sofa, das zusammen mit einem großen Rattanstuhl vor dem Küchentisch stand. »Ich wollte mir gerade einen Tee machen, sie trinken doch sicher auch gerne eine Tasse.«

Jan Broning glaubte die Einsamkeit in diesem Haus mit den Händen greifen zu können. Deshalb nahm er das Angebot an. Als Frau Driever Tassen auf den Tisch stellte, klingelte sein Handy. Er drückte auf die grüne Taste. »Stefan, was gibt's?«

»Jan, hier scheint alles ausgestorben zu sein. Entweder stehen die Häuser leer, oder die Leute wollen nicht mit mir sprechen. Jedenfalls geht hier keiner an die Tür.«

»Du, ich bin hier gerade bei Frau Driever in der Küche.«

»Ihr Kollege möchte doch sicher auch einen Tee«, unterbrach sie ihn. »Er soll ruhig zu uns kommen.«

Broning nickte. »Danke, Frau Driever. Stefan, du bist zum Tee eingeladen. Das Haus neben der Ruine.«

Kurz darauf saßen die Polizisten auf dem Ostfriesensofa und Frau Driever neben ihnen auf dem Stuhl. Auf der Wachstuchtischdecke standen drei dampfende Tassen. Als Stefan den Tee mit dem Löffel umrührte, traf ihn ein strafender Blick von Frau Driever.

Sie erklärte, dass es sich bei den meisten anderen Häusern in der Straße um Ferienhäuser handelte. Deshalb hätten sie niemanden angetroffen. »Ja, meine Herren, verdammt einsam hier und kein Ort zum Altwerden. Früher hatten wir hier eine gute Nachbarschaft, jeder kannte jeden und heute ...« Frau Driever sah verzweifelt aus. »Ich glaube, ich werde auch verkaufen und wegziehen. Keine Verwandtschaft mehr und wenn ich erst nicht mehr mit dem Auto fahren kann ...«

Broning befragte sie zu dem aufgefundenen Toten. Sie hob bedauernd die Hände. »Da weiß ich gar nichts von, ich hab mir auch schon den Kopf darüber zerbrochen.« Sie bemerkte die Enttäuschung in den Gesichtern der Polizisten. »Aber ...« Jetzt lächelte sie zum ersten Mal. »Mein verstorbener Opa war ein berüchtigter Ahnenforscher und hat sich auch für das Kriegsende interessiert. Moment bitte!«

Sie verließ die Küche und kam kurz darauf mit einem altmodischen Schulheft zurück. »Opas Kriegserinnerungen als Volkssturmmann!« Sie wedelte mit dem Heft. »Ich hätte nicht gedacht, dass wir die noch einmal in die Hand nehmen.« Eine Weile blätterte sie konzentriert darin herum. »Haben Sie bei dem Toten eine Erkennungsmarke gefunden?« Sie sah die Polizisten fragend an. Jan Broning verneinte. »Das hätte Ihnen sicher weitergeholfen, oder?« Frau Driever lächelte wieder, gab jeweils einen Kluntje in die leeren Tassen und schenkte nach.

»Allerdings, Frau Driever.« Broning lächelte respektvoll. »Sie scheinen sich ja auch schon Ihre Gedanken gemacht zu haben.«

»Wenn Sie wüssten, wie viel Zeit ich habe ... – Bei Kriegsende war hier richtig was los. Der Volkssturm, das letzte Aufgebot, war eilig organisiert worden. Es fehlte an allem, Waffen, Uniformen und Soldbüchern. Mein Opa gehörte auch zum Volkssturm und hatte große Angst, als Partisan behandelt zu werden, weil er weder ein Soldbuch noch eine Erkennungsmarke hatte.« Gretchen Driever suchte eine bestimmte Stelle in dem Heft. »Hier, Kanadier im südlichen, deutsche Marinestellungen im nördlichen Rheiderland. Im Rheiderland dauerten die Rückzugsgefechte mit versprengten deutschen Einheiten noch bis Ende April 1945.«

»Hier herrschte also bei Kriegsende Chaos«, stellte Broning fest.

»Ich glaube, bei dem armen Schwein, das sie in den Salzwiesen gefunden haben, handelte es sich auch um einen Volkssturmmann.« Gretchen Drievers Stimme klang traurig. »Alte Männer und halbe Kinder, schlecht bewaffnet, gegen Panzer und Tiefflieger.«

Für einen Moment schwiegen alle.

»Frau Driever«, Broning unterbrach die gedrückte Stille, »das Heft von Ihrem Opa, können wir uns das ausleihen?«

»Sicher, Herr Kommissar. Können Sie Sütterlinschrift lesen?« Frau Driever drehte das Heft so, dass die Polizisten das Schriftbild sehen konnten. Jan und Stefan wechselten einen skeptischen Blick.

»Jedenfalls, wenn Sie gar nicht klarkommen«, Frau Driever lächelte beide an, »hier gibt es immer eine Tasse Tee und eine Übersetzung.«

Sie beantwortete noch einige Fragen zu den Nachbarn. Ihr wurde dabei selbst deutlich, wie wenig sie von diesen Leuten wusste. Schließlich wollte sie die Polizisten gar nicht mehr gehen lassen, so sehr freute sie sich über etwas Gesellschaft. Inzwischen kannten die zwei ihren gesamten Lebenslauf.

»So, Frau Driever, wir müssen weiter, danke für den Tee und Ihre Zeit.« Broning legte seine Visitenkarte auf den Tisch. »Sollte Ihnen oder Ihren Nachbarn noch etwas einfallen zu unserem unbekannten Toten, dann rufen Sie uns bitte an! Ihre Idee mit dem Umzug finde ich übrigens gut. Ich weiß, wie die Nachkriegsgeneration an ihren Häusern hängt, aber letztlich ist es doch nur ein Steinhaufen und manchmal sogar ein Riesenklotz, der einen behindert. Tabak kann man auch auf andere Herde streuen.«

Die Polizisten verabschiedeten sich und gingen zurück zum Dienstwagen.

»Also doch ein Kriegsteilnehmer«, sagte Stefan im Auto. »Das letzte Aufgebot, ein Volkssturmmann.«

Broning nickte. »Das würde erklären, warum wir kein Soldbuch und keine Erkennungsmarke gefunden haben. Die Ausrüstung war auch dürftig, passt alles schön zusammen. Vielleicht finden wir noch etwas im Notizheft, das uns weiterhilft.«

Bronings Handy klingelte. Die Verbindung war schlecht. Die nette Dame von der Gerichtsmedizin Oldenburg stellte das Gespräch zu Dr. Knoche durch.

»Moin, Herr Broning, ich sollte mich doch noch einmal bei Ihnen melden, es handelt sich um Ihren Ötzi. Der Termin für die Obduktion wurde jetzt noch weiter nach hinten verlegt. Tut mir leid, wir haben hier sehr viel zu tun und vermutlich handelt es sich bei dem aufgefundenen Skelett, sagen wir es einmal salopp, um eine Altlast. Die aktuellen Fälle haben Vorrang.«

»Okay, Dr. Knoche.« Broning wusste, dass es keinen Sinn hatte, mit dem Gerichtsmediziner zu verhandeln. »Was meinen Sie, wie lange wird es dauern bis zur Obduktion?«

»Frühestens in einer Woche, ich kann es nicht ändern, Herr Broning!« Dr. Knoche legte auf.

Während der Fahrt zur Dienststelle dachte Broning ständig an Frau Driever. Gleichzeitig ärgerte er sich über seine gedrückte Stimmung. Im Gegensatz zu ihr konnte er noch seinen liebsten Menschen in den Arm nehmen. Eine Idee bildete sich langsam, und als er den Dienstwagen in der Polizeigarage parkte, lächelte er vergnügt. »Stefan, ich hab ein Attentat auf dich vor. Ich möchte

Maike in Spanien besuchen. Die Sachlage bei unserem Ötzi scheint klar zu sein. Die restlichen Ermittlungen, könntest du die für eine Woche übernehmen?«

»Ich komme eine Woche auch ohne dich aus!« Stefan klopfte ihm kameradschaftlich auf die Schulter. »Fahr zu deiner Maike.«

Kurz darauf befand sich Broning im Büro seines Chefs und erstattete Bericht.

»Wie ich schon sagte, Jan: klarer Fall!« Dirksen lehnte sich gut gelaunt zurück.

Broning eierte nicht lange herum. »Renko, ich möchte eine Woche raus aus der Mühle!«

Dirksen grinste. »Maike besuchen?«

»Du hast es erfasst. Stefan kommt klar und die Gerichtsmedizin meldet sich auch vorerst nicht. Morgen früh steht eigentlich nur die Leichenschau beim Bestatter Erdmann auf dem Programm, danach könnte ich dann ...«

»Fahr zu deiner Maike«, Dirksen lachte, »und grüß sie schön von mir.«

Als Nächstes bestellte sich Broning telefonisch ein Wohnmobil für eine Woche. Seine Laune wurde immer besser. Morgen Nachmittag konnte er das Fahrzeug abholen.

Tag 3, vormittags,
Wohnung von Jan Broning

Jan Broning hatte unruhig geschlafen. Das schlechte Gewissen, weil er seinen Kollegen allein weiterermitteln lassen wollte, und die Vorfreude auf die Reise zu seiner Maike wechselten sich ab. Er hatte schon einige Sachen zusammengesucht. Seine Nachbarin hatte ihm versprochen, die Post und die Zeitungen aus dem Briefkasten zu nehmen. Dann rief er in Spanien bei den de Buhrs an.

»Hallo, Jan!« Karins Stimme klang gut gelaunt. »Du, Maike ist am Strand.«

»Das hab ich gehofft, weil ich dich sprechen wollte«, antwortete er ebenfalls gut gelaunt. »Ich brauch eure Adresse, für einen Überraschungsbesuch.«

»Kommst du mit dem Flieger, Jan?«

»Nein, mit einem geliehenen Wohnmobil. Du hast doch erzählt, dass es ganz in der Nähe Campingplätze am Meer gibt. Da wollte ich das Wohnmobil für einige Tage abstellen.«

Karin lachte. »Ihr wollt sicher mal einige Tage für euch sein, kann ich gut verstehen. Die Campingplätze sind genau an der Bucht, wo Maike immer spazieren geht.«

»Morgen werde ich auf dem Platz mit dem Wohnmobil stehen und ebenfalls einen Spaziergang am Strand machen.«

Karin war begeistert. »Und zufällig werdet ihr euch dort treffen. Oh, wie schön! Jan, du bist doch ein Romantiker.«

Sie erklärte Jan noch Maikes Spazierweg und versprach, nichts zu verraten.

Tag 3,
Bestattungsinstitut Erdmann

Stefan Gastmann und Jan Broning saßen im Zivilwagen und waren unterwegs zum Bestatter. Nach der Leichenschau wollte Jan abreisen.

»Stefan, ich hab immer noch ein schlechtes Gewissen.«

»Ich bin froh, mal meine Ruhe zu haben.« Stefan grinste. »Auch wenn es nur für eine Woche ist.«

»Danke, Stefan!«

Der Kollege zog eine Schnute. »Erdmann, der singende Bestatter. Hast du dir eigentlich mal seine CD angehört? Ich meine, falls er fragen sollte.« Die hatte ihnen der Bestatter bei ihrem letzten gemeinsamen Fall überreicht. Eine Zusammenstellung, sozusagen *Best of Erdmann*. Seine Hobbys waren Gesang und feierliche Reden.

»Mist«, Broning verzog schuldbewusst sein Gesicht, »habe ich nicht, muss ich wohl vergessen haben. Na ja, gleich bekommen wir ja die Live-Version.«

Ein gut gelaunter Bestatter öffnete die Tür des Instituts. Seine Singsang-Stimme war unverkennbar. »Ah, die Herren von der Kriminalpolizei! Bitte folgen Sie mir in meine bescheidenen Räumlichkeiten.« Er ging voraus, die Polizisten folgten ihm. In den Händen trugen sie die Aluminiumkoffer mit der Ausrüstung.

»Diesmal haben wir aber einen sehr speziellen Gast«, bemerkte Erdmann und begann eine Melodie zu summen. Gastmann bekam große Augen und Broning hörte noch mal genauer hin ... Ja, ein Antikriegslied, und es handelte vom Schicksal eines Soldaten. Eigentlich sehr passend und einfühlsam gesummt.

Im Behandlungsraum lag auf einem Chromtisch ein Leichensack. Der Reißverschluss war komplett geöffnet. Schimmel, ein großer Feind der Spurensicherer – die Trocknung der Spuren vor der Asservierung war deshalb so wichtig. »Sofort, als wir unseren Gast einquartiert hatten, habe ich dafür gesorgt, dass die Sachen trocknen können«, erklärte der Bestatter.

»Sehr gut, Herr Erdmann!« Broning nickte anerkennend. »Stefan, fängst du schon mal mit den Fotos an?«

Stefan Gastmann entnahm einer Alu-Kiste die Spiegelreflexkamera und machte als Erstes die Übersichtfotos. Die Reste des alten Wehrmachtsmantels umhüllten das Skelett. Außer dem dicken Mantelstoff war von der Kleidung der Leiche nichts mehr zu erkennen.

Erdmann unterbrach sein Summen und bemerkte aus dem Hintergrund: »Die Todesursache zu bestimmen, dürfte schwierig sein, Herr Broning.«

»Ich weiß. Vielleicht haben wir Glück und finden ein Einschussloch im Mantel, Spuren einer Gewehrkugel, eines Messers oder eines Granatsplitters an den Knochen.« Broning beugte sich über das Skelett, das von starken Strahlern beleuchtet wurde. Mit einer großen Pinzette hob er die Reste des Mantels an. Ausgerechnet im Brustbereich hatte sich der Stoff stark zersetzt. Ein muffiger Geruch, wie in einem Keller, stieg ihm in die Nase.

Stefan machte weiter Fotos, auch im Nahbereich. Erdmann summte weiter das Lied vom unglücklichen Soldaten. Stefan sprach aus, was Broning dachte. »Der Stoff ist so vergammelt, da finden wir kein Einschussloch.«

Jetzt untersuchte Broning das Skelett, insbesondere den Schädel. Er sah in die leeren Augenhöhlen und hielt stumme Zwiesprache mit dem Toten. Was hast du als Letztes gesehen? Die Mündung eines Gewehrs, ein zustechendes Messer oder die Explosion einer Granate?

Wenn es Spuren im Knochenbereich gab, so konnte er sie bis jetzt nicht sehen. Am Fundort hatten sie keine Spuren gefunden. Ein Gewehrprojektil, das den Oberkörper durchschlagen hätte, ohne einen Knochen zu berühren, würde irgendwo in der Umgebung liegen und wäre längst verrostet. Bis auf die Knochen war kein organisches Gewebe mehr vorhanden. Ein Stich ins Herz mit einem Messer ließ sich nicht nachweisen, weil das Herz verwest war.

Broning sah seinen Kollegen an und schüttelte enttäuscht den Kopf. »Nada, nichts. Letzte Hoffnung Gerichtsmedizin.«

Aus dem Hintergrund fragte Erdmann: »Und, hatten Sie schon Gelegenheit, sich meine CD anzuhören?«

Jan Broning und Stefan Gastmann sahen sich entsetzt an.

Tag 3, nachmittags,
Mietwohnung von Sven Richter

Sven Richter hatte schlecht geschlafen. Immer wieder dachte er an seinen Opa Trinus, den man wie einen toten Hund in den Salzwiesen vergraben hatte. Er hatte seinen Opa über alles geliebt. So ein Ende hatte der nicht verdient. Irgendwann in der Nacht hatte Sven die doppelte Dosis Schlaftabletten genommen. Bis zum Mittag hatte er wie betäubt im Bett gelegen. Als er endlich wach wurde, fühlte er sich wie gerädert und es fiel ihm schwer, klar zu denken. Wie sollte es jetzt weitergehen?

Er war kein Soldat mehr. Diesen ersten Tag in Freiheit hatte er herbeigesehnt und gleichzeitig gefürchtet. Bis zu dem verhängnisvollen Einsatz hatte es ihm sehr gut bei der Bundeswehr gefallen. Die Kameradschaft mit den anderen Soldaten hatte ihm die Familie ersetzt.

Mit einer Tasse und einem Fotoalbum in den Händen setzte er sich an den kleinen Küchentisch, schlürfte den heißen Kaffee und blätterte im Album. Außer

Fotos befanden sich Zeitungsausschnitte, Lehrgangsbescheinigungen und Teilnehmerlisten mit Adressen und Telefonnummern darin. Auf einem Foto saßen er und sein Kamerad Kuno Hortema nebeneinander in einem Bus der Bundeswehr. Ein Kamerad auf der Bank vor ihnen hatte auf den Kameraauslöser gedrückt. Ihr erster Einsatz in Afghanistan.

Als er das Foto betrachtete, wanderten seine Gedanken zurück zum Tag der Abreise. Er trug seine Bundeswehruniform mit dem neuen Abzeichen der Feuerwerker. Neben ihm standen seine Kameraden und verabschiedeten sich von ihren Frauen, Freundinnen oder der Familie. Er fühlte sich allein und verlassen. Niemand, der ihn in den Arm nahm, keine Träne für ihn zum Abschied.

Die Soldaten warteten im Regen auf den Bus, der sie zum Flughafen Köln-Wahn bringen sollte. In Afghanistan würden sie am ISAF-Einsatz der Bundeswehr teilnehmen. Sechs Stunden Flug aus ihrer Heimat in eine andere Welt lagen vor ihnen, mit einer Zwischenlandung im usbkekischen Termes, dann ging es weiter in den Norden. Ihr Einsatzgebiet: Kundus und Faizabad.

Der Bundeswehrbus hielt vor den wartenden Soldaten an. Sven wurde auf einen Kameraden aufmerksam, der von innen an die Scheibe klopfte und ihm zuwinkte. Die trübe Wolke über seiner Seele löste sich sofort auf, als er seinen Kumpel Kuno erkannte.

Sven verstaute seine Ausrüstung im Gepäckraum unter dem Bus. Er stieg als Erster ein, weil seine Kameraden sich noch nicht von ihren Angehörigen trennen konnten. Kuno winkte ihn zu sich und klopfte einladend auf den freien Sitz neben ihm. »Sven, setz dich zu mir, mein allerbester Kamerad und Freund des Longdrinks!« Die Männer lachten und gaben sich die Hand.

Kuno und Sven hatten sich bei der Grundausbildung im Heer kennengelernt. Der Ostfriese Kuno und der Bayer Sven hatten sich sofort verstanden. Vielleicht lag es daran, dass beide im Rheiderland das Licht der Welt erblickt hatten. Das war aber die einzige Gemeinsamkeit. Kuno Hortema, der Sohn reicher Eltern, war immer gut bei Kasse. Sven Richter, Geburtsname Visser, das Kind armer Leute, der Vater als Drogensüchtiger gestorben, hatte ständig Ebbe in der Geldbörse. Außerdem war sein Opa Trinus ein Wilderer gewesen. Nein, warum sollte er Kuno von den sechs Jahren seiner Kindheit im Rheiderland erzählen! Das ging nur ihn noch etwas an.

Kuno und Sven hatten sich erst einmal aus den Augen verloren. Ihre Wege hatten sich getrennt, als Sven zum Feuerwerker ausgebildet worden war. Und nun trafen sie sich hier, bei der Abfahrt zum Auslandseinsatz, wieder. »Na, wo wollen wir denn hin?«, fragte Kuno scheinheilig.

»Mallorca, sechs Monate Wellness am Ballermann«, antwortete Sven lachend. »Es ist doch der richtige Bus, oder?«

»Oh wat bün ick blied, dat du ock hier büst!« Als Kuno das fragende Gesicht seines Kollegen bemerkte, beeilte er sich, die Übersetzung nachzuliefern. »Sven, ich bin froh, dass du auch hier bist!«

Das war der Augenblick, den die Kamera festgehalten hatte.

Die Erinnerung verblasste und Sven blätterte weiter in seinem Fotoalbum.

Dann dieser entsetzliche Einsatz. Danach ein letztes Foto von ihm. Keine weiteren, nur noch leere Seiten.

Es fiel sofort auf, wie sich sein Gesicht nach diesem Vorfall verändert hatte. – Vorfall … was für eine kalte und nüchterne Beschreibung für das Töten eines Menschen. Wie oft hatte er schon an diesen Tag gedacht! Hätte er es verhindern können, was wäre wenn, und hätte ich doch. Er schloss die Augen, seine Hände stützten den Kopf und seine Schultern sanken herab.

Dieser schreckliche Tag in Afghanistan hatte zunächst

wie die anderen Einsätze begonnen. Die Beseitigung einer Straßenbombe an einer Zufahrtsstraße zu ihrem Lager. Kuno war als Sicherungsposten auch dabei. Er gähnte ständig, weil er mit einigen Kameraden bis spät in die Nacht gepokert hatte. Sven hatte ihn dabei noch auf den bevorstehenden Einsatz hingewiesen. Kuno hatte nur abgewinkt, seine Glückssträhne hatte er nicht unterbrechen wollen. Sven war in der Nacht zweimal wachgeworden, weil die Kameraden beim Kartenspiel zu laut gewesen waren. Und drei Stunden Schlaf bis zum Einsatz waren dann doch wohl zu wenig für Kuno.

Sven legte sich gerade seine Ausrüstung zurecht, als er auf den Afghanen aufmerksam wurde. Irgendetwas war seltsam, wo war der Mann auf einmal hergekommen? Je näher der den Sicherungsposten kam, desto schneller wurden dessen Schritte. Der Afghane rannte jetzt auf Kuno zu. Mit Entsetzen sah Sven, dass sein Kumpel sich an das Sicherungsfahrzeug gelehnt hatte und eingeschlafen war.

Der Rest lief in Svens Erinnerungen immer in Zeitlupe ab. Sven schrie, seine Stimme klang dumpf und unnatürlich gedehnt. Er bückte sich zu seinem Gewehr. Kuno wurde endlich wach und begriff die Situation noch nicht. Der Afghane schrie jetzt auch, griff unter seinen Umhang und hielt eine Kalaschnikow in den Händen. Sven entsicherte seine Waffe, zielte und drückte ab. Der Afghane wurde in den Kopf getroffen und zur Seite geschleudert. Die anderen Sicherungsposten rannten zu dem am Boden liegenden Afghanen, nahmen die Kalaschnikow an sich. Sven stand da wie versteinert und hielt immer noch seine Waffe in der Hand. Er sah wie erstarrt auf den am Boden liegenden Afghanen, konnte sich nicht bewegen. Ein Sanitäter kniete inzwischen neben dem Mann und untersuchte ihn. Dann suchte der Sani den Blickkontakt zu Sven, der immer noch regungslos da stand. Der Sani schüttelte den Kopf und machte ein betroffenes Gesicht.

In diesem Moment begriff Sven, dass man dem Mann, auf den er geschossen hatte, nicht mehr helfen konnte. Dann stand ein Kamerad neben Sven, redete beruhigend auf ihn ein und nahm ihm langsam die Waffe aus der Hand.

Danach war nichts mehr so, wie es vorher war.

Bei der späteren Untersuchung des Vorfalls stellten seine Vorgesetzten fest, dass Sven richtig gehandelt hatte. Der erschossene Afghane gehörte zu den Taliban. Ob es ein Selbstmordkommando gewesen oder ob der Afghane einfach durchgedreht war, konnte im Nachhinein nicht mehr festgestellt werden.

Seine Kameraden behandelten ihn mit Respekt. Ständig klopften sie ihm auf die Schulter. Kuno wusste genau, dass Sven ihn gerettet hatte. Trotzdem hatte Sven Schuldgefühle. Wieso hatte er nicht besser gezielt und den Afghanen nur kampfunfähig geschossen? Warum musste er ausgerechnet den Kopf treffen? In einer Endlosschleife drehten sich seine Gedanken. Es folgten Arztbesuche und man stellte schließlich eine Depression fest. Mit den Auslandseinsätzen und der Kameradschaft war es vorbei. Am Ende landete er einsam auf dem Truppenübungsplatz.

Sven Richter schloss das Fotoalbum und rieb sich seine Augen. Schluss mit diesen Grübeleien, er hatte jetzt ein neues Ziel. Sein Opa Trinus getötet und wie ein totes Tier vergraben. Wer war verantwortlich für dessen Tod und warum hatte sein Opa sterben müssen?

Die Antworten auf diese Fragen konnte er nur im Rheiderland bekommen. Sven suchte die Telefonnummer von Kuno Hortema, der genau wie sein Vater Hero Hortema Jäger war. Jäger in dem Gebiet, wo Svens Opa gestorben war.

Obwohl Sven damals noch klein gewesen war, hatte er gewusst, dass sein Opa im Dollart wilderte. An dem Tag, an dem Opa Trinus verschwand, war er auf der Jagd im Dollart gewesen. Svens Vater hatte immer davon gesprochen, dass Trinus einem Jäger in die Arme gelaufen war. Wer trieb sich denn sonst im Dollart rum? Entweder Fischer, die Reusen leerten, oder eben Jäger. Warum sollte ein Fischer seinem Opa etwas antun? Nein, für Sven gab es keinen Zweifel!

Er musste in diesen inneren Kreis der Jäger eindringen, ihr Vertrauen gewinnen, um Antworten zu erhalten. Da hatte er aber ein Riesenproblem. Ohne weiteres würde er nicht Mitglied bei denen werden. Er war schließlich ein Fremder aus Süddeutschland. Auch dabei musste ihm Kuno helfen.

Sven Richter griff zum Telefon.

Tag 3,
ein Bauernhof im nördlichen Rheiderland

Kuno Hortema legte den Hörer auf, in Gedanken noch bei seinem Kameraden Sven Richter. Das schlechte Gewissen stellte sich immer ein, wenn er an diesen Zwischenfall in Afghanistan dachte. Ja, hätte Sven damals nicht so schnell reagiert, dann stünde der Name Kuno Hortema jetzt auch auf dem Ehrenschrein für gefallene Kameraden in Afghanistan.

Sie waren gute Kameraden gewesen bis zu diesem verhängnisvollen Tag. Danach hatte sich Sven verändert. Niemand hatte ihn damals erreichen können; auch seine Versuche, Sven aus diesem Emotionsloch herauszuholen, waren gescheitert. Dann hatte man Sven auf diesen Übungsplatz abgeschoben. Kuno atmete schwer, als er daran dachte, dass er den Kontakt zu Sven verloren hatte. Die Wahrheit war, dass Kuno alles vergessen wollte, was in Afghanistan passiert war. Dazu hatte auch Sven gehört.

Kuno gab sich innerlich einen Ruck. Jetzt konnte er etwas für seinen Kameraden tun. Etwas von der Schuld abtragen. Er würde das kleine Ferienhaus neben dem Bauernhof für Sven herrichten, seinen Vater überreden, ihn einzustellen, und ihn auch in der Freizeit nicht hängen lassen. Die Aufnahme in den Hegering war nicht einfach, aber die Kameradschaft würde Sven sicher gut tun.

Aber eins nach dem anderen, zunächst lag das Gespräch mit seinem Vater vor ihm. Das würde ebenfalls nicht einfach werden, Hero Hortema war ein schwieriger Mensch. Manchmal dachte Kuno, sein Vater sei eine gut funktionierende Maschine. Keine Gefühle, berechnend und gnadenlos, wenn es um seine Interessen ging. Er war ein Polderfürst, der Hegeringleiter der hiesigen Jäger und Chef der Sielacht. Alle Konkurrenten um diese Ämter hatten schnell begriffen, dass man Hero besser nicht im Wege stand.

Kuno atmete tief durch und ging zum Büro, wo sein Vater zu dieser Zeit immer anzutreffen war. Er klopfte an die Tür und trat ein.

In dem kleinen Büro saßen sein Vater und seine Mutter, Lini. »Was willst du?«, fragte Hero Hortema schlecht gelaunt.

Kuno räusperte sich und erklärte die Situation.

»Nur um das mal klarzustellen«, Heros Stimme klang eiskalt, »ich soll einem Fremden das Ferienhaus langfristig überlassen, ihn einstellen und in den Hegering aufnehmen?«

»Genau, Vater. Es ist kein Fremder, sondern der Mann, der mir das Leben gerettet hat«, sagte Kuno. »Außerdem ist Sven ein fleißiger und geschickter Handwerker!«

»Ich bin auch der Meinung, dass wir diesem Sven sehr viel schulden«, sagte Lini Hortema mit fester Stimme.

Wütend sah Hero seinen Sohn und seine Frau abwechselnd an. »Ihr seid euch ja wohl wieder mal einig.

Aber du, Kuno, du bürgst mir für deinen Freund! Geld bekommt er erst einmal nicht und wenn er Mist baut, schmeiße ich ihn eigenhändig vom Hof. Lebensretter hin oder her.«

Tag 4,
Spanien, Costa Brava, Küste am Mittelmeer

Maike de Buhr spazierte über ihren Lieblingsstrand. Es war später Nachmittag und die Sonne brannte nicht mehr so heiß. Sie liebte es, barfuß durch Wasser zu laufen, immer an der Wasserkante entlang. Die Küste verlief in einem weiten Bogen. Die lange Bucht war von Hügeln umgeben. Am kilometerlangen Strand befanden sich drei große Campingplätze.

Das klare, warme Meerwasser umspülte Maikes Füße. Sie atmete tief ein und aus und genoss die Zeit für sich alleine. Ihr Vater und seine Freundin Karin saßen bestimmt auf der Terrasse. Karin gehörte das Ferienhaus in den Hügeln an der Costa Brava. Maikes Vater Johann de Buhr hatte Karin am Uphuser Meer kennen und lieben gelernt. Wie Pech und Schwefel, die beiden, dachte Maike. Karin hatte sie eingeladen, damit sie sich von dieser Autoabgasvergiftung erholen sollte. Ihr Lächeln verschwand, als sie daran dachte, wie knapp sie bei ihrem letzten Einsatz dem Tod von der Schippe gesprungen war. Die spanische Luft würde ihrer angegriffenen Lunge sicher gut tun.

Aber Maike saß zwischen zwei Turteltauben, und heute Morgen war es besonders schlimm gewesen. Karins gute Laune ging ihr langsam auf den Keks. Ständig sah sie Maike an und lächelte dabei. »Hab ich Marmelade an der Schnute kleben?«, hatte Maike schließlich schlecht gelaunt gefragt. Dauernd hatte sie das frisch verliebte Paar vor Augen und sie saß ohne ihren Jan daneben. Prima, tolle Wurst, da konnte einem ja schon mal die gute Stimmung abhandenkommen. Als auch noch ihr Vater angefangen hatte, ihr Blicke zuzuwerfen und zu grinsen, hatte Maike beschlossen, es sei Zeit für den zweiten Spaziergang am Strand – und zwar allein. Und dann hatte ihr Vater mit Karin vor dem Haus gestanden und ihr nachgesehen. Maike hatte sich noch einmal umgedreht und bemerkt, wie die Turteltauben um die Wette lachten. Sie hatte die Augen zum spanischen Himmel verdreht und tief ein- und ausgeatmet, so wie es ihr der Arzt verordnet hatte.

Am Strand waren viele Leute unterwegs. Maike beobachtete, wie Surfer mit dem Wind und ihrem Brett kämpften. Kleine Kinder buddelten im Sand und andere Menschen lagen tief entspannt auf dem warmen Strand.

Beim dritten Campingplatz drehte sie meist um. Heute wollte sie etwas weiter gehen. Die Luft flimmerte vor Hitze. Ihre Gedanken waren wieder bei Jan Broning. Was machte er gerade, und dachte er auch an sie? In diesem Moment sah sie ihn tatsächlich, nur undeutlich, wie eine Fata Morgana.

Der Mann, der ihr entgegenkam, hatte große Ähnlichkeit mit Jan. Und dann begann die Fata Morgana ihren Namen zu rufen und rannte auf sie zu. In diesem Moment begriff sie und begann ebenfalls zu rennen. Kurz darauf lagen sie sich in den Armen.

»Jan, kneif mich, ich kann nicht glauben, dass du tatsächlich hier bist!«

»Ich weiß was Besseres als kneifen.« Er küsste sie auf den Mund.

»Wieso ... womit ... woher?«, stammelte sie.

Jan lachte und drückte sie fest an sich. »Weil ich Sehnsucht nach dir hatte, mit einem geliehenen Wohnmobil ... und woher ich wusste, dass ich dich am Strand treffen kann ...?«

»Karin!«, beantwortete sie seine Frage. »Sie hat dir erzählt, dass ich hier immer spazieren gehe. Deshalb haben sie sich heute Morgen so komisch verhalten. Na, wartet ...«

»Sei ihnen nicht böse«, sagte Jan gut gelaunt. »Sie mussten mir versprechen, nichts zu verraten, es sollte doch eine Überraschung werden.«

Hand in Hand gingen sie weiter. Immer wieder blieben sie stehen, um sich zu umarmen und zu küssen.

»Du, Jan«, flüsterte Maike, »ich möchte mit dir allein sein. Richtig allein.«

»Das Wohnmobil steht da vorne auf dem Campingplatz«, sagte er mit rauer Stimme.

»Na, worauf warten wir noch«, lachte sie, »ich möchte es mir von innen ansehen.« Dabei kniff sie ein Auge zu.

Tag 5,
Polizeidienstgebäude Stadt Leer

Stefan Gastmann saß in seinem Büro und starrte entnervt auf den Zettel vor ihm. Aufgelistet hatte er die Namen, Adressen und Telefonnummern der Nachbarn von Gretchen Driever. Alle waren laut Einwohnermeldeamt Eigentümer der Häuser, die in der Nähe des Fundortes des »Ötzi« standen. Klinkenputzen per Telefon nannte Stefan inzwischen die telefonischen Befragungen von Zeugen, die eventuell etwas Licht in das Mysterium des Toten in den Salzwiesen, quasi vor deren Haustür, bringen konnten.

Bis jetzt blieb es allerdings dunkel. Gretchen Driever, die nette alte Dame von der Deichstraße, lag richtig mit ihrer Einschätzung. Die Häuser an der Deichstraße waren nur einige Wochen im Jahr bewohnt, weil ihre

Eigentümer sie als Ferienhäuser nutzten. Die älteren Eigentümer waren weggezogen oder bereits verstorben. Gerade hatte er den Hörer aufgelegt. Wieder Fehlanzeige, und er hakte den Namen auf der Liste ab.

Vor ihm lag das Heft mit den Kriegserinnerungen von Frau Drievers Opa. Diese Sütterlinschrift verursachte ihm Kopfschmerzen. Schließlich hatte er mit einer speziellen Software versucht, den Text in die moderne Schrift zu übertragen. Die Handschrift des Mannes war undeutlich, eine Sauklaue, und das Programm funktionierte einfach nicht.

Stefan klappte das Heft zu, legte es zur Seite und stand auf. Er blieb vor einer weißen Metalltafel mit Fotos von der Leiche, dem Fundort und den Detailaufnahmen stehen. Die Identität des Toten war noch nicht geklärt, deshalb nannte auch Stefan ihn inzwischen Ötzi.

Tag 6,
Redaktion des Rheiderlandkuriers

Der Reporter Hilko Cordes griff zum Telefon. »*Rheiderlandkurier* ...?«

»Ich hab eine Story für Sie!«, sagte der Mann am anderen Ende der Leitung.

»Mit wem spreche ich denn?«, wollte Cordes wissen.

»Das möchte ich lieber nicht sagen«, antwortete der Anrufer.

Hilko Cordes grinste. Die Stimme des Gänsevaters Menno Alting war ihm schon von anderen Zusammentreffen bestens bekannt. Alting lag im Dauer-Clinch mit den Jägern. Streitthema war meistens die Gänsejagd. Wie viele Artikel hatte er schon darüber geschrieben ...!

Menno hatte einen Hang zum Cholerischen, was nicht immer gut für seine Sache war.

»Eine Riesensauerei«, schrie die Stimme aus dem Hörer.

Jetzt war sich Cordes sicher, dass er mit Alting sprach. »Beruhigen Sie sich erst einmal, anonyme Hinweise mögen wir hier in der Redaktion überhaupt nicht.« Er wollte auflegen.

»Mein Name interessiert nicht, dann ende ich so wie die armen Tiere auf dem Deich!«

Jetzt wurde Cordes doch neugierig. »Welche Tiere und wo auf dem Deich?«

»Tote Gänse auf dem Deich am Coldeborger Siel. Fahren Sie doch hin und sehen sich die Sauerei selber an!« Der Anrufer legte auf.

Cordes überlegte, was er von dieser Meldung halten sollte. Menno Alting nannte sonst immer seinen Namen. Jetzt dieser anonyme Anruf ... Angst vor einer eventuellen Rache seiner Gegner? Ein Unbekannter hatte ja vor einigen Tagen Mennos Modellmühle gesprengt, und die Gerüchteküche in Weener brodelte. Insgeheim vermutete man, ein Jäger sei dafür verantwortlich.

Hilko Cordes hatte als Reporter eine feine Nase für Strömungen und Stimmungen in der hiesigen Bevölkerung. Er spürte, dass sich seit der Sprengung der Mühle etwas verändert hatte. Vorher war es zwischen den Jägern und den Umweltschützern nur zu Wortgefechten gekommen, jetzt herrschte eine aggressivere Atmosphäre. Ein Beispiel dafür war die Prügelei zwischen Alting und dem Jäger Böltjer, von der er natürlich gehört hatte.

Schluss mit der Grübelei. Hilko Cordes nahm seinen Koffer mit der Fotoausrüstung und stieg in seinen Wagen. Die Fahrt ging über die Landstraße zum Coldeborger Siel bei Emskilometer 27, in einer Flusskurve. Das Fahrwasser führte sehr dicht am Siel vorbei. Die

Strömung verursachte in der Kurve eine enorme Wassertiefe. Böse Zungen behaupteten, dass eines Tages der gesamte Deich in dieses Loch rutschen würde.

Cordes stellte seinen Wagen ab, schnappte seinen Fotokoffer und ging die Betontreppe zur Deichkrone hinauf. Rund fünfzig Meter entfernt, in Richtung Leer, flogen Krähen auf. Cordes näherte sich der Stelle. Zwei tote Graugänse lagen auf der Deichkrone auf dem Rücken. Als er näher kam, sah er zu seinem Entsetzen, dass man ihnen nur das Brustfleisch herausgeschnitten hatte. Das war das begehrteste Stück der Gans. Mit der Kamera machte Cordes einige Aufnahmen von der Umgebung und den toten Gänsen. Später würde er die Bilder am PC auswerten und entscheiden, welche in der morgigen Ausgabe des *Rheiderlandkuriers* erscheinen sollten.

Tag 7,
unterwegs auf der Autobahn in Richtung Norden

Sven Richter war mit seinem alten Geländewagen unterwegs in Richtung Norden. Aus dem Radiolautsprecher dröhnten die Bässe einer Hardrock-Band. Der Text gefiel ihm sehr gut und war durchaus passend. Es ging um TNT und darum, dass man sich besser nicht mit ihm anlegen sollte. Im Rückspiegel sah er die Aluminiumkisten, die hinter ihm standen. Heute besser keinen Unfall – mit dem Teufelszeug im Gepäckraum ...

Im doppelten Boden der Kisten befand sich seine Spezialausrüstung. Dazu gehörten zwei Handgranaten, mehrere Pakete mit Sprengstoff und die entsprechenden Zünder. Den Sprengstoff hatte er aus den Blindgängern gekratzt und gesammelt. Außerdem hatte er mit neuartigen kleinen Drohnen experimentiert. Auf dem

Schießplatz hatte ihn niemand bei seinen Versuchen damit gestört. Zuletzt war es ihm gelungen, mehrere kleine Sprengsätze unter den Drohnen zu montieren. Mit einer Fernsteuerung konnte er sie von der Drohne auf sein Ziel herabfallen und kontrolliert explodieren lassen.

Im Rheiderland, seiner alten Heimat, wollte er bewusst erst nachts ankommen. Seine Ausrüstung musste versteckt werden. Im Auto oder im Ferienhaus, das direkt neben dem Bauernhof der Familie Hortema stand, konnte das Zeug nicht bleiben. Für seinen Plan waren Aktionen nötig, die natürlich Folgen haben würden. Es war deshalb wichtig, dass sein Auto und das Ferienhaus, in dem er wohnen würde, sauber blieben.

Also wohin mit dem Zeug? In der letzten Nacht hatte er wieder von seinem Opa Trinus geträumt. Gemeinsam waren sie mit dem alten Holzboot über die Kanäle gerudert. Das Boot war natürlich auch zum Schwarzangeln oder zum Wildern eingesetzt worden. Sein Opa hatte es immer unter einer Brücke versteckt und Bug und Heck mit dicker Angelschnur am Geländer befestigt. So blieb es immer auf gleicher Position, war vor Regen geschützt und für Autofahrer und Fußgänger unsichtbar. Auf dem Wasserweg über die Kanäle und Tiefs kam man mit einem Boot im Rheiderland fast überall hin. Sie waren miteinander verbunden und sollten zusammen mit den Siel- und Schöpfwerken eine sichere Wasserentsorgung gewährleisten.

In der Nähe seines geplanten neuen Wohnortes lief ein Kanal vorbei, das hatte eine Satelliten-Aufnahme ihm am Computer gezeigt. Der Plan war wie von selbst in seinem Kopf entstanden. Sven Richter war davon überzeugt, dass ihm sein Opa Trinus im Schlaf dabei geholfen hatte.

Mit einer Internet-Kleinanzeige hatte er schnell gefunden, was er zusätzlich für seinen Plan benötigte: ein aufblasbares Kanu in Tarnfarbe. Es war gut zu tragen und robust. In der Nacht würde er am Kanal im Rheiderland an einer einsamen Stelle parken, das Kanu aufblasen und die Ausrüstung darin verstauen. Die Alukoffer mit dem Sprengstoff und den Zündern und die Drohnen würde er unter mehreren Brücken mit Tarnnetzen verstecken. Das Kanu würde er ebenfalls unter einer Brücke festbinden und zwar genau so, wie es ihm sein Opa gezeigt hatte.

Tag 8, morgens
Hof der Familie Hortema

Sven war hundemüde, als er sein Auto am frühen Morgen auf die lange Auffahrt zum Polderhof lenkte. Die lange Fahrt und dann der nächtliche Einsatz mit dem Kanu …

Er war beeindruckt vom Anwesen der Hortemas. Die Auffahrt säumte eine Allee alter Bäume. Vor dem Hof standen riesige Rotbuchen. Das Haus war zweigeschossig, die Mauern aufwändig verziert, mit Rundbogenfenstern und einem prachtvollen Eingangsportal. Hinter dem Wohnhaus lag die riesige Gulfscheune. Durch zwei große Torflügel konnten auch die neuen Traktoren hineinfahren.

Im krassen Gegensatz zu diesem offensichtlichen Wohlstand wirkte das kleine Haus rechts neben der Scheune armselig. Vermutlich sein neues Zuhause. Er parkte sein Auto zwischen der Scheune und dem Häuschen. Als er ausstieg, kam ihm ein Mann aus der Scheune entgegen.

»Mensch, Kuno!« Sven lachte. »Hast dich ganz schön verändert, hätte dich fast nicht erkannt!«

Kuno Hortema umarmte seinen Kameraden spontan. »Hallo, Sven, schön, dich zu sehen!« Er sah ihn besorgt an. »Die lange Fahrt hat dich sicher geschlaucht, du siehst müde aus. Komm mit, ich stell dich meiner Familie vor!«

Sven folgte ihm in das Wohnhaus. Im Flur betrachtete er kurz sein Spiegelbild. Schwarze Augenränder, tiefe Falten im Gesicht und sein Haar begann vorzeitig grau zu werden. Kunos besorgter Blick wunderte ihn nicht, sein Freund hatte ihn jahrelang nicht gesehen.

Teure antike Möbel standen in dem breiten Flur. Sven wurde klar, wie unterschiedlich ihrer beider Leben verlief. Kuno der Erbe eines Polderfürsten, und er selbst hatte seinen ganzen Besitz in seinem Auto …

Seine Gedanken wurden vom lauten Schreien eines Mannes unterbrochen. Sven hörte Wortfetzen heraus: Zeitungsartikel, verstümmelte Gänse und irgendein Idiot, der dafür verantwortlich war.

Kuno blieb unsicher vor der Bürotür stehen. »Ist vielleicht kein günstiger Moment. Komm, wir gehen in die Küche und holen den Schlüssel vom Ferienhaus.«

In der Küche trafen sie Kunos Mutter. »Darf ich dir meinen alten Kameraden Sven Richter vorstellen? Sven, meine Mutter Feekeline Hortema.«

Sie drückte Sven fest die Hand. »Nennen Sie mich bloß nicht so. Sie dürfen Lini zu mir sagen. Da ich die Ältere bin, schlage ich das Du vor. Du Ärmster bist bestimmt hundemüde von der langen Autofahrt. Möchtest du einen Tee oder lieber einen Kaffee?«

Sven nickte dankbar und unterdrückte ein Gähnen. »Ehrlich gesagt möchte ich mich gerne ein bisschen hinlegen, Frau Hortema, entschuldige bitte – Lini.«

Kuno Hortema zeigte in Richtung des Büros. »Was hat Vater denn? Den kann man ja draußen schreien hören!«

»Oha …!«, antwortete seine Mutter. »Heute Morgen auf Seite eins im *Rheiderlandkurier*: *Gänse ohne Brustfleisch am Deich gefunden!* Den Rest kannst du dir denken.« Sie nahm einen Schlüssel vom Schlüsselbrett und gab ihn Sven. »Bitte – der ist für dein neues Zuhause und entschuldige meinen schlecht gelaunten Mann. Der beruhigt sich auch wieder.«

Als er das kleine Ferienhaus betrat, dachte Sven sofort an seine Kindheit. Das alte Arbeiterhaus am Deich.

Frau Hortema hatte alles vorbereitet. Todmüde ließ er sich in das frisch bezogene Bett fallen.

Tag 8

Jan Broning und Maike der Buhr hatten schöne Tage auf dem Campingplatz an der Costa Brava verbracht. Abends besuchten sie die Turteltauben, wie Maike ihren Vater Johann und dessen Freundin Karin scherzhaft nannte.

Für Jan wurde es langsam Zeit, den Heimweg anzutreten. Für Maike gab es jetzt zwei Möglichkeiten: Sie konnte in Spanien bei den Turteltauben bleiben oder mit zurück nach Leer fahren. Die Wahl fiel ihr nicht schwer, und so verabschiedeten sich die beiden. Maike und Jan hatten eine Zwischenübernachtung in Frankreich geplant. Die Fahrt zurück sollte Maike nicht überanstrengen.

Jan und Maike waren seit Stunden mit dem Wohnmobil unterwegs. Maike saß auf dem Beifahrersitz und war glücklich, weil sie endlich wieder zusammen waren.

»Stell dir mal vor, Jan, wir könnten immer so weiterfahren.«

»Wenn wir Rentner sind, haben wir Zeit genug«, antwortete er gut gelaunt.

»Wo wollen wir denn übernachten?« Sie blätterte im Straßenatlas und sah ihn fragend an.

»Ein Geheimtipp, lass dich überraschen!«, antwortete er und freute sich schon diebisch darauf.

Kurze Zeit später fuhren sie auf einer Landstraße in Frankreich. Die Gegend wurde immer einsamer und Maike sah ihn zweifelnd von der Seite an. In diesem

Moment setzte Jan den Blinker und fuhr auf ein Schloss zu. Er bremste das Wohnmobil vor einem Torbogen ab und Maike konnte vom Beifahrersitz aus durch den Bogen in den Schlosspark sehen. Dass es sich nicht um einen normalen Park handelte, wurde ihr klar, als sie die vielen Wohnwagen zwischen den großen Bäumen sah.

Jan freute sich über ihren überraschten Gesichtsausdruck. »Da staunst du, was? Ein Campingplatz in einem Schlosspark. Hinter dem Park verläuft der Fluss Saône und dort gibt es ein wunderschön gelegenes Restaurant. Komm mit, wir melden uns bei der Rezeption an.« Sie stiegen aus.

Hinter dem Tresen saß ein Mann und lächelte sie an. Maike kramte ihr verstaubtes Französisch heraus. Nach ihren ersten mühsamen Worten hob er seine Hände und lachte. »Bitte! Sie können Deutsch mit mir sprechen. Ich komme aus Ter Apel und das liegt ja bekanntermaßen in der Nähe von Leer, nur in den Niederlanden. Ein Campingplatz in einem französischen Schlosspark unter der Leitung eines Niederländers.«

Es stellte sich heraus, dass der Campingplatz bei den niederländischen Nachbarn sehr beliebt war. Er lag etwa auf der Hälfte der Strecke nach Spanien und wurde gerne als Zwischenübernachtungsplatz benutzt, wobei die Camper gern auch mal ein paar Tage länger blieben.

Kurze Zeit später spazierten Jan und Maike durch den Park, vorbei an alten Bäumen, riesigen Hecken, und sogar der Schlossteich mit einem Graben, der um das Gebäude herumführte, fehlte nicht. Sie gingen über einen schmalen Weg durch Wiesen zu dem kleinen Restaurant am Fluss.

Nach zwei Flaschen Rotwein und einem köstlichen Menü wanderten sie zurück zum Campingplatz. Maike umarmte Jan und flüsterte ihm etwas ins Ohr. Sie grüßten noch schnell einige Camper, die vor ihren Wohnwagen saßen, und verschwanden in Windeseile im Wohnmobil. Sie rissen und zerrten an ihrer Kleidung und fielen im

Bett übereinander her. Schließlich lag Maike erschöpft in Jans Armen. Plötzlich hörten sie draußen Applaus.

Maike lief rot an. »Meinen die uns?«

Jan fasste sich an die Stirn. »Ich hab vergessen, die Stützen vom Wohnmobil herunterzudrehen und …«

»… unser Wohnmobil hatte dann wohl eben schweren Seegang!«, vermutete Maike. Sie prusteten los.

Tag 9

Sven Richter stand im Büro des Polderfürsten. Vor ihm saß Hero Hortema, sein zukünftiger Boss. Er sah aus wie sein ehemaliger Ausbilder beim Heer. Groß, athletische Figur, graues Haar und ein markantes Kinn. Hortema sah ihn geringschätzig von oben bis unten an.

»So, Sie sind also dieser Held aus Afghanistan, der meinem nichtsnutzigen Sohn den Arsch gerettet hat. Damit wir uns gut verstehen: Ich erwarte bedingungslosen Einsatz von meinen Leuten. Ich habe gehört, dass Sie nicht ungeschickt sein sollen. Bei uns gibt es einiges zu tun. Hier!« Hortema stand auf und drückte Sven eine Liste in die Hand. »Ihr Wochenplan.« Er lachte fies, als Sven sprachlos auf die lange Liste starrte. »Ja, Ihre kostenlose Unterkunft im Ferienhaus müssen Sie sich schon verdienen. Kennen Sie sich auch mit Dieselmotoren aus?«

Sven nickte. Ein Fehler, wie er kurz darauf feststellte.

»Dann fahren Sie jetzt erst einmal zum Lohnunternehmen Böltjer, die haben dort ein Problem mit einem Motor. – Kuno sagte mir, dass Sie bei uns Jäger werden möchten.«

»Ja, ich …«

Hortema unterbrach Sven sofort. »Dann geben Sie sich Mühe bei Böltjer, der ist nämlich mein Stellvertreter im Hegering und jetzt raus hier, an die Arbeit.«

Kuno Hortema traf seinen Freund Sven vor der Scheune. Sven zeigte ihm den Zettel mit seinen Aufträgen. Sprachlos starrte Kuno auf die lange Liste. »Für eine Woche!«, sagte Sven und atmete tief durch. Kuno war entsetzt, dafür brauchte Sven ja den ganzen Monat! Er sah seinen Freund mitleidig an. »Ich rede noch mal mit Vater, so ist das nicht in Ordnung. Lass den Zettel hier.«

»Jetzt soll ich zu einem Böltjer in die Firma, irgendetwas mit einem defekten Motor«, sagte Sven.

»Was, zu Böltjer?!«, fragte Kuno fassungslos. »Mensch, Sven, pass bloß auf, dieser Böltjer ist ein arroganter Arsch. Lass dich nicht provozieren. Der und seine Angestellten Specker und Hummers sind auch Jäger in unserem Hegering.« Er beschrieb Sven den Weg zum Lohnunternehmen Böltjer in Bunde. Sven setzte sich in seinen alten Geländewagen und fuhr los.

Kuno Hortema sah ihm hinterher. Vor einigen Tagen war passiert, was er schon lange befürchtet hatte: Ausgerechnet Böltjer hatte ihn und seine Freundin Gretje Alting bei ihrem Schäferstündchen im Hammrich überrascht. Böltjer hatte plötzlich von außen an die beschlagene Seitenscheibe des Autos geklopft. Gretje hatte sich furchtbar erschrocken, als der Mann durch die Scheibe auf ihre nackten Körper starrte. Böltjer hatte laut gelacht. »Schau an, Romeo Hortema und Julia Alting, das ist ja sehr interessant!« Dann war er verschwunden und Kuno hatte versucht, seine Freundin zu beruhigen.

Ihm wurde flau im Magen, als er daran dachte, was nach Böltjers Entdeckung nun alles passieren konnte. Menno Alting und Hero Hortema hatten keine Ahnung vom Verhältnis ihrer beiden Sprösslinge. Böltjer hatte den Nagel auf den Kopf getroffen – es war wie bei Romeo und Julia: ein unglückliches Liebespaar, weil ihre Väter sich leidenschaftlich hassten. Böltjer, dieses Schwein, würde versuchen, Vorteil aus seinem Wissen zu ziehen! Kunos Hände verkrampften sich zu Fäusten.

Unterwegs nach Bunde
zum Lohnunternehmen Böltjer

Sven hielt sich genau an Kunos Wegbeschreibung. Auf dem Parkplatz des Lohnunternehmens stellte er seinen Wagen ab. Kurz darauf stand er wieder in einem Büro, diesmal saß Jakobus Böltjer vor ihm.

Böltjer war das genaue Gegenteil seines Jagdkollegen Hortema. Klein, eine schlechte Körperhaltung, und der lange Schnurrbart sollte wohl die fehlende Haarpracht ersetzen. Seine linke Hand fummelte ständig an den Bartspitzen herum. Kleine, dunkle Augen sahen Sven prüfend an.

Wie eine Ratte, dachte Sven, und war auf der Hut. Er hatte sich kurz vorgestellt und wartete vergeblich darauf, dass ihm Böltjer die Hand gab oder ihm einen Stuhl anbot.

Böltjer stand schließlich auf, ging zu einer Tür, riss sie auf und schrie: »He, Max und Moritz, antraben!« Sven konnte in eine große Werkstatt sehen, wo einige Trecker und Arbeitsmaschinen standen.

Kurz darauf kamen zwei Männer in das Büro. Ihre Körpersprache war eindeutig, Angst und Unterwerfung. Sie wagten nicht, Böltjer anzusehen, sondern stierten auf den Fußboden. Böltjers Stimme triefte vor Sarkasmus. »Darf ich vorstellen, meine Chefmechaniker Siefko Specker, genannt Max, und sein ebenso ahnungsloser Gehilfe Wirtje Hummers, genannt Moritz.« Er drehte sich zu Sven um. »Haben Sie auch einen Spitznamen?«

Sven schwieg. »Na gut, dieser Mann wird euch Idioten zeigen, wie man einen Motor zum Laufen bringt. Los, an die Arbeit!«

Wie geprügelte Hunde drehten sich Max und Moritz um und gingen in die Werkstatt. Sven wollte ihnen folgen, wurde aber von Böltjer aufgehalten. »Herr Richter, noch auf ein Wort.«

Er drehte sich zu Böltjer um. Dieser Mann hatte ihn in eine unmögliche Situation manövriert. Brachte er den Motor zum Laufen, hatte er Max und Moritz gegen sich aufgebracht. Schaffte er es nicht, war er bei Hortema und Böltjer unten durch und konnte gleich wieder nach Bayern zurückfahren. Das fiese Grinsen in Böltjers Gesicht wollte nicht verschwinden. Du Drecksack weißt genau, was du angerichtet hast, dachte Sven, und du freust dich noch darüber.

»Ich mag Sie nicht, Richter.« Böltjers Stimme war eiskalt. »Wir haben schon diese armen Schlucker Max und Moritz im Hegering. Noch so ein Niemand ... Das Beste wird sein, Sie verpfeifen sich gleich wieder. Aber wer weiß«, Böltjer Hand spielte mit den Bartspitzen, als er mit arrogantem Ton sagte: »Jeder braucht doch einen nützlichen Idioten. Wenn Sie was können und mir den Arsch küssen, dürfen Sie vielleicht einmal mein Gewehr tragen und es saubermachen.« Er lachte hämisch und zeigte mit dem Finger in Richtung Werkstatt.

Sven wollte sich auf ihn stürzen und ihn erwürgen. Aber er hatte einen Plan und er durfte nicht auffallen.

In der Werkstatt standen Max und Moritz ratlos vor einem Trecker. Max, also Siefko Specker, war wohl der Wortführer. Er war größer als Wirtje Hummers. Ein seltsames Paar. Dick und Doof hätte auch gut auf die beiden gepasst.

Sie starrten ihn wütend an. Sven hob abwehrend die Hände. »Ich heiße Sven und Böltjer hat mich auch gerade angemacht ...«

Siefko Specker, alias Max, unterbrach ihn. »Denk bloß nicht, du kannst dich bei uns ausheulen. Wir haben gehört, dass du hier Jäger werden möchtest. Damit eins klar ist: Wir beide, Wirtje Hummers und ich, sind arme Deichjäger und werden wie Dreck behandelt. Nach uns kommen nur die Jagdhunde, aber du stehst jetzt ganz unten. Du bist nichts und jetzt bring den Motor zum Laufen.« Der blanke Hass schlug Sven entgegen. Ihre Wut auf den Chef ließen sie in den nächsten Stunden an Sven aus.

Nachdem er den Motor endlich zum Laufen gebracht hatte, wusste Sven, warum man sich für Max und Moritz als Spitznamen entschieden hatte. Ungeziefer im Bett verstecken, Mühlen ansägen und Hühner quälen, so was hätten Dick und Doof nicht getan.

Tag 9, nachts
Emsdeich beim Coldeborger Siel (Karte Nr. 4)

Jakobus Böltjer war unterwegs zum Treffpunkt am Emsdeich beim Coldeborger Siel. In Gedanken war er noch in seiner Firma. Dieser Sven Richter hatte Potential. Den Motor hatte er zum Laufen gebracht, obwohl Max und Moritz behaupteten, es sei ihr Werk gewesen. Richter musste jetzt nur noch lernen, wo sein Platz war, nämlich ganz unten.

Böltjer konzentrierte sich wieder. Rechts verlief ein Kanal und man kam besser nicht von der Straße ab. Am Ende des Geiseweges in Jemgum bog er links ab. In Richtung Ditzum sah er eine dunkle Wand am Himmel. Ferner Donner kündigte ein Gewitter an. Die Fahrt entlang der Landesstraße führte ihn durch Midlum und Critzum. Nach der Brücke über das Sieltief Coldeborg bog er rechts ab. Gut gelaunt stellte er den Wagen unten am Deichfuß ab und stieg aus.

Er sah sich um. Sein Auto war das einzige auf dem kleinen Parkplatz. Vorsichtig, einen Fuß vor den anderen, ging er die Treppe zur Deichkrone hinauf. Es war kurz vor Mitternacht und ziemlich dunkel. Aber wenn er schon mal hier war, wollte er auch einen Blick auf die Ems werfen.

Er blickte auf die Flusskurve vor ihm. Dies hier war ein beliebter Aussichtspunkt. Das Fahrwasser verlief dicht am Deich vorbei. Bei den Überführungen der großen Kreuzfahrtschiffe waren hier etliche Schaulustige.

Böltjer schaute zurück auf den Parkplatz und die Zuwegung. Sein Auto stand immer noch allein auf dem Platz. Ein Blitz erleuchtete, wie das Blitzlicht einer Kamera, für einen Moment die Umgebung. Aus den Augenwinkeln bemerkte er eine Bewegung an der Mauer des Schöpfwerkgebäudes. Während aus der Ferne der Donner rollte, löste sich ein Schatten von der Wand. Mein Gott … der war doch schon da! »Hallo, spielst du den Kapuzenmann?« Böltjers Stimme klang unsicher, weil er die Person, die auf ihn zukam, nicht erkennen konnte. »Willst mich wohl erschrecken?«

Er erhielt keine Antwort. Die Person war ganz in Schwarz gekleidet. Die Kapuze verbarg das Gesicht, die Hände steckten in den Jackentaschen.

Angst kroch in Böltjer hoch und lähmte ihn. Der Reflex, davonzulaufen, kam zu spät. Die dunkle Gestalt hatte ihn fast erreicht und riss die Hände aus den Taschen. Im kurzen Licht eines weiteren Gewitterblitzes schimmerte etwas Riesiges in der rechten Hand kurz auf. Böltjer erkannte eine beidseitig geschliffene Lanzenspitze, eine Jagdwaffe namens Saufeder. Sein Gegenüber hielt die Waffe jetzt mit beiden Händen, die Spitze nach oben gerichtet. Als die Lanze auf seine Brust zustieß, versuchte Böltjer sie mit den Händen abzuwehren.

Die scharfe Klinge schnitt durch die Handinnenfläche und zwei Rippen, drang von unten in seine Brust ein. Eine tiefe und schnelle Seitenbewegung mit der Klinge hinterließ tödliche Verletzungen. Er brach zusammen.

»Diesen schnellen Tod hast du eigentlich nicht verdient.« Die dunkle Gestalt zog die Klinge aus der Brust und begann die Kleidung des Toten im Brustbereich zu öffnen.

Tag 10, frühmorgens

Der Deichschäfer fuhr wie jeden Morgen mit seinem alten Lada-Geländewagen über die ziemlich kaputte Straße in Richtung Emsdeich, um nach seiner Herde zu sehen. Sein Schäferhund Peppi saß auf dem Beifahrersitz.

Eiso Remmers fiel schon von weitem auf, dass die Schafe nicht wie sonst verteilt auf dem Deich weideten, sondern sich eng aneinandergedrängt in einer Ecke am Zaun aufhielten. Irgendetwas musste die Tiere verängstigt haben. »Sicher wieder dieser streunende Hund, oder schlimmer: ein Wolf…« Peppi bellte wie zur Bestätigung.

Eiso hielt an und stellte den Motor aus. Als er die Fahrertür öffnete, sprang Peppi nach draußen und jagte sofort den Deich hinauf. Auf der Deichkrone blieb er plötzlich stehen und bellte ohne Pause, was eigentlich untypisch war.

Eiso Remmers stieg über den Zaun. »Peppi, aus, du machst mir noch die Schafe verrückt, Ruhe!«, rief er, während er sich schnaufend den Deich hochquälte.

Das Erste, was Eiso sah, waren zwei Stiefelspitzen, die in Richtung des blauen Himmels über Ostfriesland zeigten. »Was zum Teufel …?« Eiso verstummte, als er das Summen der Fliegen hörte. Langsam, mit einem flauen Gefühl im Bauch, näherte er sich der Deichkrone. Nun sah er, dass dort ein Mensch auf dem Rücken lag.

Dieser Mensch trug Jagdkleidung und bewegte sich nicht. Die Arme und Beine waren weit ausgestreckt. Eisos Gehirn brauchte einen Moment, um zu verarbeiten, was seine Augen sahen. Das rote Viereck auf der entblößten Brust war eine klaffende Wunde. Ein Stück der Haut fehlte und die Rippenknochen waren zu sehen. Mit zitternden Händen griff der Schäfer zum Telefon und wählte den Notruf.

Tag 10, früh am Morgen,
Wohnung von Jan Broning und Maike de Buhr,
Altstadt Leer

Jan und Maike waren spät zu Hause angekommen. Das gemietete Wohnmobil musste heute zurückgegeben werden.

Das Klingeln des Telefons riss Jan aus dem Schlaf. Maike an seiner Seite zog sich die Bettdecke über den Kopf.

Jan ging mit dem Telefon in die Küche. »Broning!«, meldete er sich verschlafen.

»Hallo, Jan, hier ist Stefan, ich bin auf der Dienststelle im Büro. Tut mir leid, dich zu stören, aber ich glaube, es ist wichtig – und ich hatte dir versprochen, dich auf dem Laufenden zu halten. Die Kollegen von der Tatortgruppe haben einen Toten auf dem Emsdeich, ziemlich krass. Die Leiche weist starke Verstümmelungen im Brustbereich auf. Angeblich fehlt ein Stück des Brustfleisches. Den Kollegen ist ja bekannt, dass du dir gerne selbst einen Eindruck vor Ort machen willst. Wir glauben, du solltest rauskommen und dir das ansehen.«

»Okay, Stefan, wer ist vor Ort?«

»Egon Kromminga und Albert Brede. Der Fundort der Leiche ist am Emsdeich bei Coldeborg, im Rheiderland. Kann ich dir am besten auf der Karte zeigen.«

Jan wurde langsam wach. »Ich komme zur Wache. Wartest du auf mich, Stefan?«

»Na klar, ich setz schon mal einen starken Kaffee auf. Bis gleich!«

Jan ging zurück ins Schlafzimmer, hob die Bettdecke an und gab seiner Maike einen Kuss. Sie sah ihn müde an. »Maike, ich muss zur Dienststelle, schlaf erst mal weiter, ich melde mich später.«

Dann beeilte er sich. In die Klamotten und rauf auf sein Elektrorad. Jans Knie protestierte mit stechenden Schmerzen. Er fluchte. Was für ein blöder Tagesbeginn! Er hätte gern noch mit Maike im Bett gekuschelt und dann Brötchen für ein ausgedehntes gemeinsames Frühstück geholt. Stattdessen wieder mal leerer Magen und Schnellstart. Er radelte durch die Altstadt, fuhr nach links über die Rathausbrücke, weiter über die Nesse zum Polizeidienstgebäude.

Die Kollegen von der Wache hatten ihn schon mit der Außenkamera entdeckt und das Tor geöffnet. Jan sauste ungebremst in Richtung Fahrzeughalle. Dort stellte er sein Rad ab und ging über den Innenhof zur Eingangstür. Auch die wurde ihm per Fernbedienung geöffnet. Jan ging zur Wache und begrüßte die Kollegen.

Stefan Gastmann erwartete ihn dort schon. »Respekt, Jan, bist du geflogen? Nimm dir erst mal einen Kaffee, und dann erklär ich dir, was los ist.«

Jan nahm dankbar die Tasse entgegen, dabei richtete sich sein Blick in den Vorraum der Wache. In dieser sogenannten Schleuse saß in sich zusammengesunken eine Frau. Ihre Arme stützten sich auf ihre Oberschenkel. Ihre Hände umfassten ihr Gesicht. Sie schüttelte immer wieder leicht ihren Kopf und ihr Schluchzen war so laut, dass es das Sprechmikro aktivierte. Neben ihr saß

Kollege Klaus Hensmann und versuchte sie mit leiser Stimme zu beruhigen.

Jan zog die Stirn kraus und sah Stefan fragend an. Der atmete tief aus. »Die arme Frau, sie hat die Dienststelle seit Mitternacht ständig angerufen. Sie war der festen Überzeugung, dass ihrem Mann etwas zugestoßen ist. Dann ist sie vor knapp«, Stefan sah in die Wachkladde, »ja, fast gleichzeitig mit der Meldung über die Leiche am Deich hier eingetroffen. Sie weigert sich, die Schleuse zu verlassen, und will nicht eher gehen, bis sie weiß, was mit ihrem Mann geschehen ist. – Moment.« Er drückte auf den Sprechknopf zum Mikro in die Schleuse. »Klaus, komm doch bitte mal in die Wache.«

Der Kollege nickte und Stefan entriegelte die Verbindungstür. Klaus Hensmann lachte Jan Broning an. »Moin, Jan – aus dem Bett gefallen?«

»Sieht man das so deutlich?«

Klaus übergab die Wache an seinen Stellvertreter und gab Jan und Stefan ein Zeichen, damit sie ihm in den ruhigeren Nebenraum folgten. Er schloss die Tür. »Also, Frau Böltjer hatte mehrmals über Notruf bei uns angerufen. Sie war überzeugt davon, dass ihrem Mann Jakobus Böltjer etwas zugestoßen ist. Ich hatte sie zunächst telefonisch befragt und gebeten, abzuwarten, ob ihr Mann doch noch nach Hause kommt. Jedenfalls ... gegen fünf Uhr meldet sich ein Deichschäfer und schreit panisch ins Telefon, er hätte eine Leiche gefunden. Der Leiche hat man ein großes Stück aus der Brust herausgeschnitten.«

Klaus Hensmann verdrehte die Augen, als er an das Telefongespräch dachte. »Ich kann dir sagen, das war ein schweres Stück Arbeit, den Mann zu beruhigen. Zu dieser Zeit erscheint Frau Böltjer aufgelöst in der Schleuse und ist nicht mehr zu beruhigen. Eine Streifenbesatzung habe ich sofort zum Fundort der Leiche geschickt und wir haben uns hier um Frau Böltjer gekümmert. Die Streifenbesatzung bestätigte den gemeldeten Sachverhalt und ich hab die Kollegen von der Spurensicherung rausgeschickt. Egon und Albert sind noch draußen und warten auf euch.«

Hensmann nahm sein Merkbuch aus der Hemdtasche. Darin lag ein Foto. Er gab es Jan. »Hier, ein Foto von Jakobus Böltjer, Frau Böltjer hatte es bei sich. Nehmt es mit für die Identifizierung. Es ist unheimlich, Frau Böltjer ist sich sicher, dass ihr Mann tot ist. Ihr Mann ist Jäger und gestern hat er einen Anruf erhalten und ist ohne Erklärung mit dem Auto weggefahren.«

Er nahm einen Zettel aus dem Merkbuch und gab ihn ebenfalls Jan Broning. »Typ und Kennzeichen des Geländewagens. Der Wagen des Herrn Böltjer steht noch auf dem kleinen Parkplatz direkt am Deich.« Klaus Hensmann steckte sein Merkbuch zurück in die Hemdtasche und sah Jan fragend an. »Soll ich Frau Böltjer jetzt zum Wartebereich begleiten?«

»Mach das und lasst sie bitte nicht alleine.« Jan steckte das Foto und den Zettel in seine alte Lederjacke. »Klaus, der Tatort … ist das der Aussichtspunkt am Coldeborger Siel zwischen Critzum und Hatzum?«

»Genau, direkt auf dem Deich beim Sielgebäude! Findest du den Weg?«

»Klar.« Broning rieb sich die müden Augen. »Der schönste Aussichtspunkt an der Ems, zumindest im Rheiderland.«

»Okay, aber denkt dran, die Jann-Berghaus-Brücke ist noch gesperrt!«, rief Klaus Jan Broning und Stefan Gastmann hinterher.

Unterwegs zum Coldeborger Siel sagte Stefan: »Du bist ja richtig braun geworden«, und schaute seinen Kollegen auf dem Beifahrersitz kurz an. »Tut mir leid, dass ich dich so früh stören musste.«

»Euch!«, sagte Jan mit einem Lachen. »Maike liegt noch bei mir im Bett. Sie hat es nicht mehr in Spanien ausgehalten und ist mit mir zurückgefahren.«

»Daher deine gute Laune! Wie geht's ihr denn? Hat sie sich erholen können?«

»Ja, das Klima in Spanien war gut für ihre angegriffenen Lungen.«

Stefan langte in die Ablage und gab Jan eine Akte in die Hand. »Neues Thema: unser Ötzi. Hier steht alles drin. Allerdings bin ich nicht weit gekommen. Die Identität ist immer noch unbekannt. Die Befragungen der Anwohner verliefen negativ, wie es Frau Driever schon vermutet hatte.«

Jan blätterte in der Akte herum. »Und wie ist es mit diesem Heft von Frau Drievers Opa?«

Stefan stöhnte. »Diese Sütterlinschrift hat mich fast in den Wahnsinn getrieben. Sorry, ich hab es noch nicht übersetzen können.«

»Macht nichts. Hat sich schon die Gerichtsmedizin gemeldet wegen der Obduktion?«

»Nein, auch Fehlanzeige. Irgendwie geht's nicht weiter mit unserem Ötzi.«

Jan schmunzelte. »Der Name hat's dir wohl angetan. Na ja, dabei wird es vorerst bleiben müssen, das können wir jetzt nicht ändern.« Er legte die Akte zur Seite. »Wir sollten uns jetzt erst einmal auf unseren Toten auf dem Deich konzentrieren. Dessen Namen haben wir jedenfalls, sogar schon ein Foto.« Er nahm es in die Hand.

»Jan, falls da wirklich der Lohnunternehmer Böltjer auf dem Deich liegt und die Beschreibungen der Verletzungen im Brustbereich zutreffen, dann gibt's hier eine Menge Ärger.«

»Wieso? Hilf mir auf die Sprünge.«

»Als du in Spanien warst, gab es hier ordentlich Ärger wegen zweier toter Gänse auf dem Deich bei Coldeborg.« Stefan sah kurz hinüber zu seinem Kollegen. »Den Gänsen hatte man nur das begehrte Brustfleisch herausgeschnitten.«

Tag 10,
beim Coldeborger Siel

Inzwischen waren sie am Coldeborger Siel angekommen. Ein Streifenwagen des Polizeikommissariates Weener versperrte den Weg. Stefan hielt an, und sie begrüßten kurz Stinus Wurps und seine Kollegin Swantje Benninga. Stinus fuhr den Streifenwagen für sie an die Seite, und Stefan parkte den Zivilwagen neben dem weißen Bulli der Spurensicherung. Sie stiegen aus, holten zwei Overalls aus dem Kofferraum und zogen sie an.

»Albert, Egon«, rief Stefan in Richtung des weißen Zeltes, das die Polizisten aufgestellt hatten. »Habt ihr einen Moment Zeit für uns?« Albert schätzte es gar nicht, wenn Kollegen ungefragt in seinem Tatort herumtrampelten. Besser, man wartete auf sein Okay.

Egon Kromminga kam heraus. Er schaute zu ihnen auf den Parkplatz herunter, hob kurz die Hand, ging zurück ins Zelt und kam kurz darauf mit einer Digitalkamera in der Hand den Deich herunter. Dabei benutzte er nicht die Treppe. »Hallo, Stefan, Jan ...« Er zeigte zum Zelt. »Wir haben es bald. Albert ist fuchsteufelswild, wartet lieber noch einen Moment. Ich kann euch ja schon mal die Aufnahmen zeigen.«

Er holte ein Computertablet aus der Tasche und verband es mit der Kamera. Die Kriminalbeamten hatten schon etliche schreckliche Tatortaufnahmen gesehen. Aber diese waren eine Klasse für sich. Stefan musste kurz schlucken und wurde etwas blass um die Nase. Jan schüttelte entsetzt und ungläubig den Kopf. Der Kontrast zwischen der weißen Haut und dem blutigen Rechteck der Verstümmelung, und das verzerrte Gesicht des Toten ... Das Blitzlicht hatte alle düsteren Einzelheiten beleuchtet, trotzdem vermittelten die Fotos eine Distanz zur Wirklichkeit. Deshalb verzichtete Jan

Broning niemals darauf, den Tatort mit eigenen Augen zu besichtigen. Er brauchte die direkte Nähe, um alle Sinne zu schärfen.

»Das Zelt aufgebaut, Schaulustige, Kameras ...«, erklärte Egon abgehackt.

Jan sah ihn kurz von der Seite an. »Du klingst schon wie Albert, aber ich weiß, was du mir sagen willst. - Wenn man vom Teufel spricht ...« Er sah zum weißen Zelt auf dem Deich hinüber, wo Albert Brede vor dem Eingang stand und winkte.

Stefan und Jan schlossen die Reißverschlüsse der Overalls, zogen die Kapuzen über und gingen den Deich mit Abstand zur Treppe hinauf, weil sie noch untersucht werden musste. Jan hatte sich seine flache Aluminiumkiste unter den Arm geklemmt.

Der Spurenexperte Albert Brede war so schlecht gelaunt, dass er zur Begrüßung nur kurz nickte. Kurz darauf wusste Jan auch, wieso. Etliche Fußspuren im weichen Untergrund waren rund um die Leiche zu erkennen. Albert hatte schon fleißig speziellen Gips angerührt und Rahmen um die Eindrücke im Boden gelegt. Wenn der flüssige Gips darin trocknete, würden diese Formen ein deutliches Profil der Eindrucksspuren zeigen. Die Rahmen waren notwendig, um eine Mindeststärke der Gipsformen zu erreichen. Zu dünne verformten sich zu leicht oder brachen.

»Gewitter, Nacht, aufgeweicht, Idioten rumgetrampelt«, murmelte Albert.

Jan konzentrierte sich auf den Toten. Das viele Blut hatte das Gras um die Leiche verfärbt. Der Geruch stieg ihm in die Nase, als er sich hinkniete. Trotz des verzerrten Gesichts des Mannes gab es keinen Zweifel, vor ihm lag Jakobus Böltjer. Das Brustbein und die Rippen lagen zum Teil frei. Ein großes Stück der Hautschichten über dem Brustbein war in Form eines Viereckes herausgeschnitten worden.

Um die Hände des Toten hatten die Kollegen von der Spurensicherung bereits durchsichtige Plastiktüten mit einem Gummi um die Handgelenke befestigt. Spurenmaterial, zum Beispiel unter den Fingernägeln, durfte beim Transport nicht verlorengehen. Als Jan sich die Handinnenflächen ansah, fielen ihm sofort zwei tiefe Schnitte auf. Abwehrverletzungen. Böltjer hatte versucht, die Waffe mit beiden Händen festzuhalten. Die Einstichstelle konnte Jan wegen der getrockneten Blutreste fast nicht erkennen.

»Was für eine Sauerei, die Verletzung im Brustbereich sieht aus wie bei den Gänsen. Auch hier hat man ein Bruststück herausgeschnitten«, sagte Stefan, der neben ihm stand.

»Ja, so eine Verstümmelung hatten wir noch nicht. Eine Botschaft des Täters? Sicher kein Zufall, dass man hier auch die toten Gänse gefunden hat.« Jan drehte die Handinnenflächen des Toten so, dass Stefan sie besser sehen konnte.

»Ein Messer, beidseitig geschliffen«, sagte Stefan.

»Ja, und eine breite Klinge, sieh dir den großen Abstand der Schnitte an.«

Stefan kniete sich auf der anderen Seite hin, um sich den Brustbereich genauer anzusehen. »Bei dem ganzen Blut sieht man keine Einstiche.«

»Lass uns den Toten auf die Seite legen«, sagte Jan. Vorsichtig drehten sie ihn halb um. Der Kopf- und Nackenbereich war bereits starr. Die Leichenstarre begann am Kopf und würde sich später auch in den unteren Körperbereich ausweiten. »Hältst du ihn so fest? Ich möchte mir den Rücken ansehen.«

Stefan nickte und fixierte den Toten in der Seitenlage.

Jan stellte Leichenflecke auf dem Rücken fest, aber keine Austrittswunde. Die Flecken konnte er noch wegdrücken.

»Okay, Stefan, jetzt die andere Seite.« Gemeinsam

drehten sie den Toten um. »Auch hier keine Verletzungen, soweit ich das bei dem ganzen Blut sehen kann.«

Als der Tote wieder auf dem Rücken lag, durchsuchte Jan die Taschen der Kleidung und fand eine Brieftasche mit Führerschein, Jagdschein und Bargeld. Er verglich die Bilder aus den Dokumenten mit dem Gesicht. Es gab keinen Zweifel, das war Böltjer. Aus seiner Aluminiumkiste nahm sich Jan eine Plastiktüte und legte die Brieftasche hinein.

»Raubmord scheidet dann wohl aus«, sagte Stefan, der auch in die Brieftasche gesehen hatte, »das Geld ist noch da.«

»Okay, aber vielleicht hatte es der Mörder auf etwas anderes abgesehen. Böltjer ist – beziehungsweise war - Jäger und sein Auto steht unten am Deich.«

»Waffen Fehlanzeige«, unterbrach Albert Brede. »Schon im Auto nachgesehen.«

»Na gut, der Wagen muss sowieso noch kriminaltechnisch untersucht werden«, erwiderte Jan.

Die Kriminalbeamten waren aufgestanden und sahen von oben auf den Toten hinab. Jan dachte laut nach: »Die Leichenschau beim Bestatter können wir vergessen. Die Leiche muss professionell gereinigt werden. Außerdem besteht noch die Möglichkeit, dass sich der Täter bei dieser Aktion selbst verletzt hat. Vielleicht haben wir Glück und seine Spuren haben sich auf das Opfer übertragen.«

»Dann können wir die Leiche auch gleich zur Obduktion nach Oldenburg verlegen«, meinte Stefan.

»So machen wir es«, entschied Jan. »Erdmann könnte den Transport durchführen. Und wie sieht es aus mit dem Totenschein?«

»Dr. Gruthe aus der Nachbargemeinde war da und hat den Schein ausgestellt«, antwortete Egon.

Jan drehte sich zu Albert und Egon um. »Womit können wir euch noch unterstützen?«

»Bereitschaftspolizei, Suche nach der Waffe in Umgebung, Bestatter«, antwortete Albert in seinem typischen Telegrammstil.

Jan verkniff sich ein Lachen, räusperte sich und fasste zusammen: »Wir fahren dann zurück zur Dienststelle und kümmern uns um die Durchsuchung der Umgebung durch die Bereitschaftspolizei. Die Taucher könnten auch im Siel nach der Waffe suchen und Metallsuchgeräte wären auch nicht schlecht bei dem hohen Gras. Hab ich noch was vergessen?«

»Das herausgeschnittene Stück Hautgewebe vom Opfer könnte auch noch hier irgendwo liegen«, ergänzte Stefan.

Jan nickte. »Okay, dann brauchen wir wohl auch noch einen Hundeführer.«

Egon begleitete Jan und Stefan nach draußen. »Ich mach jetzt mit der Treppe weiter, dann können wir sie wieder benutzen.«

»Gute Idee«, lobte Jan. »Das fehlt uns noch, dass Erdmann mit dem Sarg den Deich runterrutscht.«

Stefan und Jan zogen die Overalls aus und fuhren zur Dienststelle. In Höhe Jemgum klingelte das Diensthandy in der Ablage. *Unbekannter Anrufer* stand auf dem Display. Jan drückte die Verbindungstaste. »Kriminalpolizei Leer, Broning.«

»Ach, da hab ich ja genau den Richtigen, hier ist Dr. Knoche von der Gerichtsmedizin.«

Jan war überrascht. »Oh, Dr. Knoche, das ist ja fast Gedankenübertragung, ich wollte Sie heute noch wegen eines aktuellen Todesfalles anrufen.«

»Ich habe Neuigkeiten zu unserem Ötzi, dem Toten aus den Salzwiesen«, erwiderte der Gerichtsmediziner. »Wir müssen uns dringend unterhalten. Haben Sie einen Moment Zeit?«

»Ja, legen Sie los.«

»Also, wir gingen doch davon aus, dass es sich um ein Kriegsopfer handelt.«

»Wenn Sie sagen ›gingen davon aus‹, ist meine Neugier geweckt.«

»Zu Recht, zu Recht, Herr Broning. Ich hatte ein schlechtes Gewissen, weil ich die Obduktion, sagen wir mal, auf die lange Bank geschoben habe. Ich habe mir den Toten in der Zwischenzeit kurz angesehen. Mir fielen die Plomben in den Zähnen auf. Da hatte ich einen, wie würden Sie es formulieren, ›Anfangsverdacht‹? Jedenfalls habe ich eine Plombe schon einmal untersuchen lassen. Gerade ist das Ergebnis hereingekommen. Ich versuche es kurz und verständlich auszudrücken. Bei der Amalgamfüllung handelt es sich um ein Non-Gamma-2-Phasen-Silberamalgam.«

»Kurz und verständlich«, unterbrach ihn Jan. »Hatten Sie mir versprochen.«

»Oh, natürlich, also: Diese Plombe besteht aus einem Material, das erst seit den 1980ern angewandt wird. Er ist also nicht im Zweiten Weltkrieg gestorben. Jetzt wissen Sie, warum ich Sie direkt angerufen habe. War das kurz und verständlich genug, Herr Broning?«

»Absolut, Herr Dr. Knoche.« Jan dachte bereits über die Folgen der Info nach. »Wir haben einen aktuellen Todesfall, kann ich Sie nachher unter dieser Nummer erreichen?«

»Ich erwarte Ihren Anruf und natürlich können wir die Obduktion jetzt vorziehen«, antwortete der Gerichtsmediziner und unterbrach die Verbindung.

Stefan sah Jan fragend von der Seite an, als er das Handy zurück in die Ablage legte. »Stefan, unser Ötzi ist keiner«, erklärte er.

»Und jetzt?«

»Zunächst die Anforderung der Unterstützungskräfte. Kannst du das übernehmen?« Stefan nickte. »Okay, dann Konferenz mit unserem Chef und der Staatsanwaltschaft. Die Obduktionen müssen jetzt schnell erfolgen.«

Tag 10,
Polizeidienstgebäude in der Stadt Leer

Die Fahrt vom Tatort Coldeborger Siel im Rheiderland zur Dienststelle in Leer verzögerte sich, weil am Emstunnel ein Lkw die Höhenkontrolle ausgelöst hatte. Alle Fahrstreifen waren durch rote Ampeln gesperrt. Ihr Zivilwagen stand im Stau vor der Einfahrt in den Tunnel. Die Polizisten nutzten die Zeit und überlegten, wie sie weiter vorgehen wollten. Schließlich hatten sie jetzt zwei Todesfälle.

Jan Broning starrte auf die roten Ampelsignale und versuchte die bisherigen und die neuen Informationen zu ordnen, indem er den Handlungsbedarf in kurz-, mittel- und langfristig einteilte. Eine seiner Stärken, wobei ihm sein Bauchgefühl half, die emotionale Intelligenz.

»Wo stehen wir im Moment, Stefan, haben wir an alles gedacht? Der Tatort wird aufgenommen. Die Kollegen Albert und Egon brauchen noch Unterstützung – angefangen beim Diensthundeführer bis zur Sicherstellung der Stiefel von unserem Schäfer, für die Ausschlussmethode der gesicherten Fußspuren.«

»Darum kümmere ich mich gleich im Büro«, unterbrach ihn Stefan.

»Okay, aber bitte das volle Programm. Hunde, Taucher und Bereitschaftspolizei. Die Suche nach der Tatwaffe hat absoluten Vorrang.«

»Dabei finden wir vielleicht auch das fehlende Stück Hautgewebe«, ergänzte Stefan.

Jan nickte und war schon beim nächsten Punkt auf seiner langen Liste. »Dann müssen wir unbedingt mit der Frau des Opfers sprechen. Hatte Böltjer Waffen bei sich? Hoffentlich ist sie noch auf der Dienstelle. – Dann wird uns die Presse gewaltig auf die Pelle rücken.« Jan Broning verzog das Gesicht. »Besser, unser Chef weiß schnell Bescheid und ist auf dem neuesten Stand.«

»Ja, und zwar bevor die Staatsanwaltschaft ihn anruft und er keine Auskunft geben kann.« Stefan verzog das Gesicht, weil er aus bitterer Erfahrung wusste, wie Dirksen in solchen Situationen reagierte.

»Ist aber auch Mist, wenn du als Vorgesetzter im Nebel stehst.« Jan konnte sich gut in Dirksens Lage hineinversetzen. »So viel zum Kurzfristigen ...« In Gedanken hakte Jan die Sofortmaßnahmen ab. »Jetzt für die weitere Planung, da haben wir die Obduktionen der beiden Toten und ...«

»Endlich geht es weiter«, warf Stefan ein, »die Ampeln stehen wieder auf Grün.«

Nur langsam setzte sich der Verkehr in Bewegung. »Nadelöhr Emstunnel«, sinnierte Jan. »Stell dir vor, wir haben eine Sofortlage im Rheiderland und stehen im Stau.«

»Nicht so gut«, bestätigte sein Kollege.

»Langfristig müssen wir dieses Problem lösen.« Jan dachte laut nach. »Außerdem brauchen wir mehr Kollegen für die anfallende Arbeit.«

Die weitere Fahrt verlief langsam, weil sich der Verkehr hinter dem Emstunnel an der Deichstraße in Richtung Stadtgebiet staute.

»Dafür, dass wir oben an der Deichstraße links abbiegen und Vorfahrt achten müssen, kommen wir noch erstaunlich gut voran«, stellte Stefan überrascht fest. Ihr Wagen näherte sich weiter der Kreuzung. »Und jetzt haben wir auch eine Erklärung dafür ... Das sind doch Onno Elzinga und Klaas Leitmann von der Autobahnpolizei!«

An der Kreuzung parkte ein Polizeibulli. Die Kollegen standen auf der Straße und regelten den Verkehr. Jan öffnete das Seitenfenster, bevor sie an ihnen vorbeifuhren. »Hallo, Onno, Klaas – danke!« Die beiden winkten ihnen gut gelaunt zu. In der Sonderkommission *Autobahngold* hatten die beiden Autobahnpolizisten mit den Kollegen von der Kripo zusammengearbeitet.

Endlich erreichten sie das Polizeidienstgebäude im Stadtgebiet Leer. »Was ist denn hier los?«, fragte Stefan, als er die vielen Autos und Menschen vor dem Haupteingang sah.

»Presse«, stellte Jan trocken fest. »Fahr hinten rum, wir nehmen die zweite Einfahrt zum Innenhof.«

Zum Glück war dort noch alles ruhig. Sie gingen durch den Nebeneingang. Im Bereich der Wache herrschte Hektik, und Jan verzichtete lieber darauf, die uniformierten Kollegen zu begrüßen, wie er es sonst tat. Er winkte ihnen nur kurz zu. Als sie an der Schleuse in Richtung Fahrstuhl gingen, erkannten ihn die Pressevertreter. Sofort entstand ein kleiner Tumult in der Schleuse, es wurde laut gerufen und sogar an die abgesperrte und verglaste Tür getrommelt. Jan und der Wachschichtleiter sahen sich kurz an und verdrehten die Augen Richtung Decke. Der Kollege war im Stress und in dieser Situation nicht zu beneiden, aber Jan konnte ihm im Moment auch nicht helfen.

Zum Glück stand die Tür zum Fahrstuhl offen. Stefan und Jan betraten die Kabine. »Stefan, wir treffen uns gleich im Büro. Sollte Frau Böltjer noch da sein, werden wir ihr gemeinsam die Todesnachricht überbringen. Dann muss Renko halt noch ein bisschen warten.«

Als sie im oberen Stockwerk den Lift verließen, stand ihr Chef mit einem Handy am Ohr auf dem Flur. Jan blieb vor ihm stehen und wartete.

Renko Dirksen unterbrach das Gespräch und atmete erst einmal tief durch. »Wo bleibt ihr denn?«, schimpfte er. »Die Presse …«

»Ist Frau Böltjer noch hier?«, unterbrach Jan.

»Im Wartebereich, die Kollegin Swantje ist bei ihr.«

»Renko, ich bin gleich bei dir, zuerst möchten wir Frau Böltjer die Todesnachricht überbringen, das ist jetzt am wichtigsten.« Jan drehte sich um und ging in Richtung Büro, bevor sein Vorgesetzter protestieren konnte. Er spürte die wütenden Blicke in seinem Rücken. Aber er musste Schwerpunkte setzen. Die Frau des Opfers hatte Vorrang vor der Presse. Außerdem ließ man einen Kollegen nicht allein, wenn man Todesnachrichten überbrachte.

Stefan kam ihm entgegen. »Jan, Frau Böltjer sitzt im Wartebereich …«

»Ich weiß Bescheid, ist Swantje noch bei ihr?« Jan atmete tief durch.

»Ja, sie war zufällig auf der Wache und Klaus hat sie gebeten, uns zu unterstützen und bei Frau Böltjer zu bleiben«, antwortete Stefan.

Die beiden Frauen saßen im sogenannten Wartebereich, vor dem Flur mit den einzelnen Büros, vor einer Tasse Tee. »Moin, Frau Böltjer, mein Name ist Jan Broning«, er zeigte auf Stefan, »mein Kollege Stefan Gastmann. Bitte folgen Sie mir in mein Büro.« Er sah seine Kollegin an. »Hallo, Swantje, nett von dir, dass du uns hilfst. Kommst du auch bitte mit?«

Er ging voraus in sein Büro, zeigte auf eine kleine Sitzgruppe und bat die beiden Frauen, Platz zu nehmen. Jan nahm einen Stuhl und setzte sich Frau Böltjer gegenüber. Stefan setzte sich seitlich hin, damit er Blickkontakt mit ihm halten konnte.

Jan räusperte sich und sah Frau Böltjer direkt in die Augen. »Frau Böltjer, ich muss Ihnen leider mitteilen, dass wir Ihren Mann gefunden haben.« Jan umfasste sanft ihre zitternden Hände, ließ ihr etwas Zeit. Er suchte nach den richtigen Worten. »Er ist tot.« Mein Gott … Jan hätte sich ohrfeigen können, warum war ihm nichts anderes eingefallen?! Aber war es andererseits nicht wirklich besser, klare Worte zu sprechen, so wie es ja auch meistens besser ist, ein Pflaster mit einem Ruck abzureißen, statt es langsam abzupulen? Da schieden sich die Geister.

Die Stimme von Frau Böltjer war sehr leise und brüchig. »Wie ist er gestorben?«

Wieder riss Jan das Pflaster mit einem Ruck herunter. »Durch fremde Gewalteinwirkung.«

»Jemand hat ihn ermordet.« Frau Böltjer sah ihn direkt an. Es war eher eine Feststellung als eine Frage. Sie schüttelte ihren Kopf. »Ich hab ihm immer wieder gesagt, behandele die Menschen nicht so. Irgendwann musste so etwas passieren.«

Stefan suchte den Blickkontakt mit ihm und tat so, als hätte er ein Telefon in der Hand. Jan nickte und sein Kollege verließ das Büro, um die wichtigen Telefonate zu führen.

Frau Böltjer erzählte Jan Broning, dass ihr Mann sich bei vielen Menschen unbeliebt gemacht hatte. Mehrfach fiel das Wort Hass. Im Verlauf des Gespräches wirkte sie zunehmend gefasst. Auf keinen Fall wollte sie einen Notfallseelsorger. Jan stellte nüchtern fest, dass Frau Böltjer robust eingestellt war. Er hatte sie richtig eingeschätzt, sie war wirklich eine Frau, die sich ein Pflaster lieber mit einem Ruck abriss. Nein, ihre Ehe mit Jakobus Böltjer war nicht mehr glücklich gewesen. Böltjers schlechter Umgang mit Menschen hatte sich nicht aufs Berufsleben beschränkt. Zusammenfassend konnte Jan heraushören, dass sich Jakobus Böltjer, auf Deutsch gesagt, wie ein verdammtes Arschloch benommen hatte. An möglichen Tatverdächtigen würde es sicher nicht mangeln.

Er stellte noch einige Fragen. Insbesondere wollte Jan wissen, ob ihr Mann bewaffnet gewesen war, als er von zu Hause wegfuhr. Frau Böltjer war sich sicher, dass dies nicht der Fall war. Jan verabschiedete sich erst einmal von ihr und ließ sie in Swantjes Obhut zurück.

Im Flur blieb er kurz stehen und dachte über das Gespräch nach. Was hatte Böltjer noch so spät am Deich in Coldeborg zu suchen gehabt? Seine Waffen hatte er nicht mitgenommen. Also keine späte Jagd am Deich.

Noch in Gedanken betrat er Stefans Büro. Der Kollege telefonierte gerade und Jan ging zum Fenster und sah in den Innenhof hinunter. Er drehte sich um, als er Stefan den Hörer auflegen hörte. »Du, falls wir eine Soko bilden, machst du mit?«

»Natürlich! So einen Fall lasse ich mir doch nicht entgehen.« Stefan grinste. »Geh jetzt lieber rüber zu unserem Chef, bevor der explodiert.«

»Frau Böltjer...«

»Ich sorg dafür, dass sie nach Hause gebracht wird. Vielleicht ist Swantje ja so nett und übernimmt das«, erwiderte Stefan.

»Danke«, sagte Jan erleichtert. »Im Moment ist es ein wenig viel für dich, aber ...«

Stefan winkte ab und zeigte in Richtung Dirksens Büro.

Renko Dirksen erwartete Jan Broning schlecht gelaunt. Bevor er losschimpfen konnte, erklärte Jan, warum sie so lange für die Fahrt vom Tatort bis zur Dienststelle gebraucht hatten. Dann schilderte er in kurzen Sätzen die Situation am Tatort.

Als er von einem möglichen Zusammenhang zwischen den aufgefundenen toten Gänsen und dem Toten berichtete, entstanden Sorgenfalten in Renkos Gesicht. »Da könnte natürlich ein Zusammenhang bestehen.«

»Zumal der Fundort der Gänse mit dem des Toten identisch ist«, fügte Jan hinzu, »Coldeborger Siel im Rheiderland. Eine Rache für die Gänse? Böltjer war Jäger und zwischen den hiesigen Naturschützern und den Jägern herrscht Eiszeit.«

Renko nahm den Gedanken auf. »Ein Naturschützer als möglicher Täter, die Verstümmelung des Opfers eine Botschaft?«

»Oder ein Ablenkungsmanöver des Täters, die Naturschützer als Sündenbock«, gab Jan zu bedenken. »Die Sache mit den verstümmelten Gänsen stand in den Medien und hat eine Menge Staub aufgewirbelt.«

»Mein Gott ...« Renko dachte bereits an die Auswirkungen in der Öffentlichkeit. »Wenn das die Presse erfährt ... Das mit den Verletzungen am Opfer darf auf keinen Fall ...«

»... in die Medien!«, vervollständigte Jan den Satz. »Es handelt sich um Täterwissen, kann noch wichtig werden. Renko, wir brauchen Unterstützung, bei Stefan glühen sicher schon die Telefondrähte. Wir haben zwei Todesfälle im Rheiderland. Die Ermittlungen zu beiden Fällen werden zum großen Teil auch dort geführt. Die Sperrung der Jann-Berghaus-Brücke ist ein Problem. Bei Sofortlagen dürfen wir nicht vor dem Tunnel im Stau stehen.«

»Moment.« Renko ahnte bereits, wohin der Hase lief. »Du willst die Ermittlungen vom Rheiderland aus führen?«

»Genau«, antwortete Jan. »Noch genauer gesagt, vom Polizeikommissariat Weener aus.«

»Dann zum nächsten Punkt«, hakte Renko nach, »die angesprochene personelle Unterstützung. Was stellst du dir da so vor?«

»Eine Sonderkommission, bestehend aus erst mal fünf Beamten, inklusive meiner Wenigkeit.«

»Einverstanden, allerdings unter einer Bedingung.« Renko grinste. »Du bist Leiter der Soko und hältst mich hier im Mutterhaus auf dem Laufenden.«

»Ich hab freie Hand bei der Auswahl des Teams?«, fragte Jan nach.

Renko nickte. »Das hat doch immer gut funktioniert. Ich ruf jetzt beim Chef an und kümmere mich um die Einrichtung der Sonderkommission in Weener. Du kannst erst einmal mit Stefan weitermachen.« Aber als Jan aufstand, hielt er ihn noch einmal mit einer Frage auf. »Jan, ich weiß, es ist eigentlich unwichtig, aber hast du schon einen Namen für die Soko in Weener?«

Jan dachte einen Moment nach ... Das Sinnbild des leidenschaftlichen Jägers ... »Wir nennen sie *Nimrod*. Passt doch gut, das Opfer war Jäger und wir sind doch im weitesten Sinne auch Jäger, weil wir seinen Mörder jagen werden.«

Tag 10,
Wohnung von Jan Broning und Maike de Buhr,
Altstadt Leer

Maike hatte ausgeschlafen. Heute stand der Termin beim Lungenarzt auf dem Plan. Außerdem hatte sie sich mit ihrer Freundin in der Fußgängerzone zum Shoppen verabredet. Jan hatte angerufen und ihr mitgeteilt, dass es spät werden könnte. Also war auch noch Zeit genug, auf dem Wochenmarkt Lebensmittel einzukaufen. Ihr Jan sollte wenigstens ein vernünftiges Essen bekommen, wenn er spät nach Hause kam.

Von ihrer Oma hatte sie ein altes Rezept für eine Kartoffelsuppe. Die mochten Jan und sie sehr gerne. Außerdem war so ein Eintopf praktisch, wenn man nicht so genau wusste, wann man Zeit zum Essen hatte. Sie tauchte in Jans Küchenschrank und suchte nach einem sehr großen Topf. Es war sinnvoll, eine große Menge zu kochen und den Rest für mehrere Tage einzufrieren.

Jans Töpfe waren alle viel zu klein. Junggesellenküche, typisch. Na, dann wurde es auch Zeit, mal einige neue Kochgeräte einzukaufen. Der Kartoffelstampfer war nicht zu gebrauchen, alt und verbogen. Die Messer waren wohl zu oft in der Spülmaschine gewesen. Schließlich nahm sich Maike einen Zettel und schrieb auf, was sie alles wollte. Die Einkaufsliste wurde immer länger.

Das Telefonklingeln unterbrach sie.

»Hallo, Maike.« Die Stimme ihres Vaters klang besorgt. »Wie geht's euch, was macht die Lunge?«

»Gut, Paps.« Sie lächelte in sich hinein, ihr Vater machte sich immer Sorgen um sein kleines Mädchen. Seit dem Anschlag auf sie war es nicht besser geworden. »Das Kratzen in der Stimme ist auch fast weg, der Doktor wird nachher sicher zufrieden sein.«

»Das freut mich … – Ja, mein Täubchen, ich grüß sie von dir!« Maike hörte Karins Stimme im Hintergrund. »Ja, mein Täubchen, ich komme mit an den Strand.« Sie biss sich auf die Unterlippe und stellte sich die Turteltauben in Spanien vor.

»So ein Mist, schon wieder an den Strand.« Die Stimme ihres Vaters war sehr leise. »Den ganzen Tag faul im Sand liegen, ich werde bekloppt, ich will in meine Werkstatt!«

»Aber Paps!« Maike lachte. »Andere würden dich beneiden.«

»Ich bin aber nicht andere und nachher muss ich ihr noch den Rücken einschmieren mit diesem ekligen Kokosöl, pfui Deibel.«

Maike bekam einen kleinen Hustenanfall. Ihr Vater tat ihr fast schon leid. Johann de Buhr musste immer etwas zum Basteln haben, dann war er der glücklichste Mensch. Dass er das Lotterleben mit Karin schon so lange aushielt, zeigte, wie sehr er sie liebte.

»Sonnenallergie«, sagte Maike, »sag ihr doch, dass du eine Sonnenallergie hast und lieber die Holzterrasse ausbessern möchtest.«

»Glaubst du, das klappt?« Sie konnte die Hoffnung in seiner Stimme heraushören.

»Einen Versuch ist es wert, kannst dich ja ständig am Arm kratzen«, schlug sie gut gelaunt vor.

Ihre Nachuntersuchung beim Lungenarzt verlief positiv, ihre Lungenfunktionswerte hatten sich verbessert. Danach traf sie sich mit ihrer Freundin beim Café *Schöne Aussichten* am Hafen. Sie hatten sich viel zu erzählen und die Zeit verging wie im Flug. Anschließend beriet ihre Freundin sie beim Schuhkauf und half ihr später, die Mischung aus Schuhen und Küchenutensilien in die Wohnung zu tragen. Danach verabschiedete sie sich.

Die Schärfe der Messer war nicht optimal, Maike nahm den neuen Wetzstein und begann alle Messer in der Schublade zu schärfen. Ihr Vater hatte ihr das gezeigt – und wie man Bohrmaschinen bediente und Ikea-Schränke zusammenbaute.

Maike war glücklich. Während sie das Gemüse putzte und kleinschnitt, sah sie immer wieder ihre neuen bunten Leinenschuhe an. Aber etwas fehlte noch, wie bei einer guten Suppe. Maike ahnte, dass sie sehr viel mit ihrem Vater gemeinsam hatte. Ihr fehlte die Ermittlungsarbeit bei der Polizei und sie hatte bestimmt keine Lust, auf Dauer das Hausmütterchen zu spielen.

Während die Suppe vor sich hin köchelte, räumte sie die Küchenschränke auf und um.

Wie lange halt ich das noch aus, dachte sie und lächelte darüber, dass sie vergessen hatte, sich noch länger krankschreiben zu lassen.

Am späten Abend hörte sie endlich, wie die Eingangstür aufgeschlossen wurde und Jan in den Flur trat. Sie lief ihm entgegen und drückte ihn an sich. Nach dem ersten Kuss schnüffelte er an ihrem Haar und flüsterte ihr ins Ohr: »Maike, du riechst so verführerisch nach … Kartoffelsuppe.«

Während sie ihre Suppe löffelten, erzählte er von der großen Suchaktion am Coldeborger Siel. »Wir haben weder die Tatwaffe gefunden noch das fehlende Stück Haut aus der Brust des Toten. Zum Glück war Böltjer ohne Schusswaffen unterwegs. Sein Wagen geht jetzt zur kriminaltechnischen Untersuchung und stell dir vor«, Jan pustete auf die Suppe in seinem Löffel, »wen ich heute noch gesehen habe: Onno und Klaas beim Verkehrsregeln an der Deichstraße.«

Maike lächelte ihn an. »Und da hast du dir gedacht,

dass die beiden mal wieder etwas anderes machen möchten als ihren normalen Dienst und …«

»… und ich möchte Onno und Klaas bei der Soko *Nimrod* dabeihaben, genau, mein Schatz.«

»Zumal Renko dir bei der Personalzusammenstellung freie Hand gelassen hat, oder?« Sie lächelte unschuldig.

»Du führst doch was im Schilde!« Jan sah sie konzentriert an.

Maike lächelte wieder. »Ich hab doch heute beim Arzt glatt vergessen, mich länger krankschreiben zu lassen.«

»Aha … und …« Jan ahnte, was kam.

»Für die Soko brauchst du doch erst einmal zwei Teams, die auch zusammen rausfahren«, begann Maike aufzuzählen. »Dann hätten wir dafür Onno und Klaas. Dann Stefan und du, weil du ja am liebsten draußen ermittelst. Eine Stelle wäre aber ja noch zu besetzen und zwar im Büro, wo alle Fäden zusammenlaufen. Das könnte doch auch jemand machen, der noch etwas geschont werden soll.«

»Lass mich raten«, Jan zog eine Schnute, »zufällig kann diese Person auch hervorragend Kartoffelsuppe kochen. Maike, dein Vater tritt mich zu Recht in den Hintern, wenn ich dich jetzt bei unserem Fall einsetze.«

Sie lachte. »Mein Vater hätte sehr viel Verständnis, glaube mir.«

Maike drehte sich im Bett auf die andere Seite und dachte an die letzte Nacht. Gestern war es noch spät geworden. Jan war noch zu aufgedreht gewesen, um schlafen zu können und auch ihr ließ der Fall keine Ruhe. Sie hatte sich an Jan gekuschelt und ihn zunächst am Bauch gekitzelt. Am schweren Atmen hatte sie bemerkt, dass sie seine volle Aufmerksamkeit hatte, und langsam war ihre Hand weiter nach unten geglitten … Der anschließende Sex hatte sie beide entspannt und später waren sie glücklich eingeschlafen.

Sie hörte mit einem Ohr, wie Jan in der Küche rumorte. »Verdammt, wo ist mein Eitopf?!« Was für ein Eitopf? Das Scheppern klang, als seien mehrere Töpfe aus dem Schrank gefallen. »Aua, verdammt!«

Nun hielt es Maike nicht mehr im Bett.

In der Küche sah sie ein Messer auf der Arbeitsfläche liegen und Jan, der an seinem Daumen lutschte. »Die Messer habe ich gestern geschliffen«, sagte sie mit einem Gähnen.

»Ach, was du nicht sagst«, knurrte er und sah auf seinen blutenden Daumen.

»Was ist denn ein Eitopf?«, fragte sie ihn scheinbar interessiert. Ihr Grinsen wollte nicht aus dem Gesicht verschwinden.

Er suchte in einer Schublade nach einem Pflaster. »So ein kleiner Topf, in dem ich immer meine Frühstückseier koche.«

»Ach so, der Eitopf.« Maike konnte dieses Wort nicht oft genug aussprechen. »Der Eitopf befindet sich im mittleren Topf und dieser wiederum befindet sich jetzt im großen Topf. Aber wie ich sehe«, sie betrachtete das Durcheinander auf dem Fußboden, »hast du ihn ja doch noch gefunden. Die Pflaster sind jetzt in der mittleren

Schublade. Nachher werde ich deinen Kleiderschrank aufräumen und …«

»Okay, okay, du hast gewonnen. Du bist dabei, aber nur im Büro und falls du übertreibst …«

Geht doch! Maike fiel ihm um den Hals und küsste ihn.

Nach dem Frühstück küsste sie Jan zum Abschied und flüsterte ihm ins Ohr: »Denk an dein Versprechen!«

»Mach ich«, sagte er und drückte sie noch einmal.

Es dauerte eine Stunde, bis er anrief. »Grünes Licht vom Chef, allerdings nur für den Bürojob. Da bin ich mit Renko mal ausnahmsweise einer Meinung«, sagte er bestimmt. »Sobald du dich nicht mehr an unsere Abmachung hältst, war's das!«

»Jawohl, Herr Hauptkommissar«, sagte Maike mit einem Lachen in der Stimme. »Wann kann ich anfangen?«

»Von mir aus sofort. Zunächst brauche ich Onno und Klaas für unsere Soko und du kannst doch so gut mit den beiden.«

»Wo sollen wir uns treffen, und wann?«, fragte sie ihn.

»Die Einsatzzentrale für die Soko *Nimrod* wird im Moment im alten Polizeidienstgebäude in Weener eingerichtet.«

»Der große Raum, wo immer dieses spezielle Einsatztraining stattfindet?«

»Genau, direkt gegenüber vom Bahnhof. Die Computer werden gerade angeschlossen und heute Nachmittag sollte alles fertig sein. Stefan Gastmann wird ab dreizehn Uhr dort sein und ihr müsst dann mal sehen, was wir noch benötigen. Stefan wird euch in die Fälle einweisen. Das würde ich lieber selber tun, aber ich habe am Nachmittag die beiden Obduktionstermine in Oldenburg.«

»Okay, Jan, wir kriegen das hin. Ich ruf jetzt erst mal bei Onno und Klaas an.« Sie nahm ihr Smartphone, sah in ihre Kontaktdaten und wählte die Nummer von Klaas.

»Klaas Leitmann.«

»Hallo, hier ist Maike de Buhr.« Ein Husten am anderen Ende der Leitung. »Klaas, ist alles in Ordnung bei dir?«

»Entschuldige, nur ein Kekskrümel. Wie geht's dir denn, Maike? Bist du noch in Spanien?«

»Nein, ich bin schon zurück.«

»Du, gestern haben Onno und ich noch an euch gedacht.«

»Ja, Jan hat mir erzählt, dass er euch gesehen hat. Ist Onno denn auch bei dir?«

»Jo, das ist er, nur liegt er wieder mal unter einem Lkw und sieht nach irgendeiner Bremse oder einem Stoßdämpfer. Frag mich nicht, irgendetwas Technisches. Dabei ist schon längst Pausenzeit und ich muss Kekse futtern, dabei wartet auf der Dienststelle eine ganze Fleischwurst auf mich. Dieser verdammte Kerl ...«

Maike schmunzelte, sie konnte sich die Situation genau vorstellen. »Sag mal, habt ihr wieder Lust, bei einer Soko mitzumachen?«

»Der Jäger am Deich?«, vermutete Klaas.

»Genau. Heute Nachmittag geht es im alten Dienstgebäude in Weener los. Ich wollte euch persönlich fragen und nicht über den offiziellen Dienstweg.«

»Warum nicht, mal was anderes«, sagte Klaas, »aber vor vierzehn Uhr schaffen wir es nicht. Ich rede mit Onno darüber. Du – wenn man vom Teufel spricht ...« Maike hörte seine laute Stimme etwas weiter entfernt. »Ja, Onno, Ent-schul-di-gung! Ich bring dir die Kamera!« Dann wieder näher: »Du, ich muss Onno unterstützen, sonst kommen wir hier nie weg.«

»Okay, vielleicht bis später. Grüß Onno schön.« Maike unterbrach die Verbindung.

Tag 11, vormittags
Redaktion des Rheiderlandkuriers

Hilko Cordes hielt die aktuelle Ausgabe des *Rheiderlandkuriers* in den Händen. Die Überschrift auf der Seite eins lautete: *Grausamer Mord an einem Jäger.*

Gestern, am frühen Morgen, hieß es weiter in dem Artikel, *fand ein Schäfer einen Toten auf dem Emsdeich beim Coldeborger Siel. Der Schäfer war entsetzt, als er feststellte, dass der Mann ermordet worden war. Er berichtete von einem herausgeschnittenen Stück Haut in Form eines Vierecks aus der Brust des Toten. Die Polizei sperrte den Tatort weiträumig ab. Spezialisten waren vor Ort und bauten über dem Fundort der Leiche ein Zelt auf. Anfragen über die Identität des Toten beantworteten die Beamten nicht. Jedoch war sich der Zeuge sicher, den Lohnunternehmer Böltjer aus Bunde erkannt zu haben. Der Wagen des Unternehmers stand auf dem Parkplatz am Tatort. Vor einigen Tagen hatten wir von toten Gänsen berichtet, die man genau an derselben Stelle aufgefunden hatte. Den Tieren hatte man das Brustfleisch herausgeschnitten. Die Polizei wollte sich zu einem möglichen Zusammenhang bislang nicht äußern. Die Bevölkerung ist über den brutalen Mord schockiert. Ist dies der traurige Höhepunkt der Auseinandersetzung zwischen den Jägern und den Umweltschützern?*

Cordes hatte ein mieses Bauchgefühl, als er den Artikel noch einmal las. Nicht die Art und Weise, wie er an seine Informationen gekommen war, störte ihn. Das war schließlich sein Beruf. Gestern am Deich hatte er sofort Böltjers Wagen auf dem Parkplatz erkannt. Der andere Wagen gehörte dem Schäfer Remmers, der seine Tiere auf dem Deich grasen ließ. Die Polizisten hatten Cordes an der Absperrung aufgehalten, und als er den Schäfer davonfahren sah, war er ihm gefolgt und hatte ihn vor seinem Haus angesprochen.

Zunächst hatte Remmers ihm nichts sagen wollen, aber dann war es Cordes doch gelungen, etwas aus ihm herauszukitzeln. Was er hörte, ließ ihm eine Gänsehaut über den Rücken laufen. Hilko Cordes ahnte, was sein Artikel für eine Reaktion auslösen würde. Das konnte der berühmte Tropfen sein, der das Fass zum Überlaufen brachte. Aus der Eiszeit zwischen den Jägern und den Naturschützern konnte ein offener Krieg werden. Cordes ahnte, dass der Täter genau dies beabsichtigt haben könnte. In diesem Fall würde sein Artikel dem Täter in die Hände spielen. Cordes fühlte sich benutzt, aber die Öffentlichkeit hatte ein Recht auf Information.

Tag 11, nachmittags,
Gerichtsmedizin in Oldenburg

Jan Broning begrüßte die Rechtsmediziner Dr. Knoche und Dr. Andresen und sah sich in dem Obduktionsraum um. Zwei der drei Chromtische waren belegt.

»Es ist mir ein bisschen peinlich, dass wir Sie mit der Obduktion unseres Ötzis haben warten lassen«, sagte Dr. Knoche.

»Kein Problem, ich habe die Zeit gut genutzt.« Broning verkniff sich ein Grinsen.

»Ja, wie dem auch sei, lassen Sie uns doch beginnen.« Dr. Knoche zeigte auf die Chromtische. »Bitte sehr, entscheiden Sie, welcher unserer Gäste soll zuerst …«

Der Tote aus den Salzwiesen hatte schon so lange auf Beachtung gewartet, da kam es jetzt auf ein paar Stunden mehr nicht an. »Bitte den Herrn Böltjer zuerst«, entschied Broning.

»Gut, wie Sie meinen.« Die Gerichtsmediziner begannen systematisch mit der Obduktion. Dr. Knoche untersuchte den Brustbereich des Toten. »Diese Stichwunden sind sehr interessant, Herr Broning, sehen Sie, die Wundwinkel sind beidseitig spitz. Das weist auf ein doppelschneidiges Werkzeug oder eine Klinge hin.«

»Ja, die sind uns auch sofort aufgefallen.« Broning zeigte auf die Hände des Toten. »Diese Abwehrverletzungen könnten durch eine beidseitig geschliffene Klinge entstanden sein.«

»Nicht nur beidseitig geschliffen«, Dr. Knoche sondierte die Wunden, »auch eine sehr breite Klinge. Könnte eine Art Lanze gewesen sein. Sehen Sie, keine blauen Flecken von einem Messergriff um die Einstichstellen herum. Die Verdickung des Messergriffs hinterlässt oft typische Hämatome, hier Fehlanzeige.«

In Gedanken versuchte sich Broning die Waffe vorzustellen. Wer benutzte denn heute noch Lanzen? »Der Täter könnte sich selbst verletzt haben.«

»Diese Möglichkeit besteht«, bestätigte der Gerichtsmediziner. »Wir nehmen zur Sicherheit noch verschiedene Blutproben. Herr Broning, diese fehlende Hautpartie im Brustbereich, haben Sie dafür eine Erklärung?« Dr. Knoche inspizierte die Rippen des Toten. »Man kann gut erkennen, wie die Klinge geführt wurde. Eine Art Viereck?«

Jan Broning erzählte den Gerichtsmedizinern von den toten Gänsen auf dem Deich.

»Interessant, Herr Broning. Jetzt verstehe ich, Sie vermuten einen Zusammenhang zwischen den geschlachteten Gänsen und unserem Toten. Dann hätte diese Verstümmelung allerdings einen makabren Sinn.«

Broning hasste Obduktionen, aber die Beteiligung der Polizei war aus gutem Grund vorgeschrieben. Es gab immer wieder Situationen wie diese, in denen es wichtig war, sich direkt miteinander verständigen zu können.

Am Ende fasste Dr. Knoche zusammen: »Todesursache sind die Stichverletzungen, diese wurden mit enormer

Wucht durchgeführt. Der oder die Täter haben nach dem Einstich die Waffe zwischen den Rippen hin- und hergerissen. Dabei wurden die Organe zerschnitten. Außerdem haben wir eine Drehstichverletzung gefunden. Die schwalbenschwanzartige Wunde ist eindeutig. Brutal, aber effektiv.« Dr. Knoche räusperte sich. »Derjenige der dies tat, wusste genau, wie man mit einer Klinge umgeht.«

Die Obduktion des zweiten Toten verlief unspektakulär. Die fortgeschrittene Verwesung erschwerte die Untersuchung. Dr. Knoche schüttelte bedauernd den Kopf, als Broning nach der Todesursache fragte. »Wir können nur von dem zur Verfügung stehenden Material ausgehen. Gifte könnten wir feststellen, aber ohne Spuren am Skelett müssten wir eine Glaskugel bemühen. Tut mir leid, Herr Broning.«

»Und wie sieht es mit dem Todeszeitpunkt aus?«

»Auch da haben wir Probleme, weil der Tote über einen längeren Zeitpunkt an der Oberfläche gelegen hat. Vielleicht hat ihn ein Tier ausgegraben«, antwortete der Gerichtsmediziner.

»Oder die Flut hat ihn freigelegt und anschließend wieder begraben«, ergänzte Broning. »Der Tote wurde in den Salzwiesen, im Flutbereich, gefunden.«

»Was ich Ihnen unter Vorbehalt sagen kann: dass unser Ötzi in etwa Mitte der achtziger Jahre gestorben ist.« Dr. Knoche wirkte sichtlich unglücklich mit dieser vagen Aussage. » Also 1985 plus minus ein Jahr.«

»Wie alt war er denn, als er starb?«, fragte Broning.

Der Rechtsmediziner wirkte zerknirscht, als er antwortete: »Siebzig Jahre, aber auch diese Zahl ist nicht sicher, sorry, Herr Broning!«

»Wir können es nicht ändern, Dr. Knoche.« Broning versuchte den Gerichtsmediziner etwas aufzumuntern: »Zum Glück sind Ihnen noch die Zahnplomben aus den Achtzigern aufgefallen, sonst wären wir immer noch von einem Kriegsteilnehmer ausgegangen.«

»Wie wollen Sie unter diesen Umständen den Fall aufklären?«, fragte ihn Dr. Knoche.

»Ehrlich gesagt, ich hab keine Ahnung.« Jan Broning hob resigniert die Schultern. »Wir können unserem Toten ja noch nicht einmal seinen Namen zurückgeben.«

Tag 11, nachmittags,
ehemaliges Dienstgebäude des Polizeikommissariates
Weener

Maike war in ihrem roten Mini auf dem Weg nach Weener. Direkt hinter dem Tunnel verließ sie die Autobahn und bog an der Landesstraße rechts ab, fuhr durch Bingum und bog an der Bundesstraße wieder rechts ab. Sie bemerkte einen Trecker und viele Radfahrer, die über den Deich in ihre Richtung fuhren. Die Fähre *Julius* musste gerade angelegt haben.

Es war eine gute Idee von Jan gewesen, die Sonderkommission von Leer nach Weener zu verlegen. Die Tatorte lagen alle hier im Rheiderland und eine eventuelle Sperrung des Tunnels würde sofort ein Verkehrs-Chaos auslösen.

Sie nahm die zweite Einfahrt in die Stadt Weener und blieb am Ende einer Autoschlange vor einer roten Ampel in Höhe des *Rheiderlandkuriers* stehen. Ein kleiner Auflauf sichtlich aufgeregter Menschen stand vor dem Schaufenster der Zeitung, in dem die aktuelle Ausgabe hing. Ungläubiges Staunen, Kopfschütteln und laute Stimmen. Was hatte die sonst so ruhigen Rheiderländer so in Fahrt gebracht? Kurz entschlossen setzte Maike den Blinker und fuhr rechts ran. Sie überquerte die Straße und schaute nach.

Grausamer Mord an einem Jäger. Sie las den Artikel und

stellte entsetzt fest, dass die Verstümmelung des Opfers genau beschrieben wurde. Das konnte doch nicht wahr sein, woher hatten die Presseleute ihre Informationen?

Zwei Männer neben ihr fingen an, sich zu streiten. »Das waren die Umweltschützer, ist doch klar, denk an die geschlachteten Gänse auf dem Deich«, sagte der eine, worauf der andere schrie: »Bist du bescheuert, so was macht doch kein Naturschützer, das sind doch keine Bambikiller, so wie ihr!«

Maike ging zurück zum Auto. Die Streithähne mussten inzwischen von anderen Passanten getrennt werden. Sie fädelte sich in den Verkehr ein. An der Ampel bog sie rechts ab und an der nächsten Kreuzung rechts in die Wiesenstraße ein. Links voraus befand sich der Bahnhof und auf der anderen Straßenseite die Realschule. Dazwischen lag das ehemalige Dienstgebäude, und nach einer Rechtskurve kam direkt dahinter das neue.

Sie parkte und drückte auf die Klingel an der Tür. Der Kollege in Uniform, der kurz darauf erschien, war der Leiter der Dienststelle, Taleus Borchers. »Moin, Maike, wir haben dich schon erwartet.«

»Moin, Talle.« Maike folgte ihm, begrüßte die anderen Kollegen und kam dann gleich zur Sache. »Ich habt sicher schon gehört, dass wir eure alte Dienststelle kurzfristig als Zentrale für die neue Soko benutzen möchten.« Sie grinste. »Dann wären wir vorübergehend Nachbarn.«

»Ja, ehrlich gesagt bin ich froh, dass ihr uns hier unterstützt.« Talle atmete tief aus. »Seit dem Zeitungsartikel ist hier der Teufel los.« Er nahm sich ein Schlüsselbund, sie verließen das Gebäude durch einen Nebeneingang und er schloss die Tür der alten Dienststelle auf. Es roch ein bisschen muffig und Talle riss erst einmal die Fenster auf. »Soll ich dich noch rumführen?« Er sah sie fragend an.

»Lass man, Talle, die Bude kenn ich hier ganz gut von den Lehrgängen.«

»Na, dann schau dich erst einmal in Ruhe um und falls

du Fragen hast, wir sind ja nebenan.« An der Tür wandte er sich noch einmal zu ihr um. »Die Techniker müssten jeden Moment anrücken.« Er griff in seine Hosentasche und übergab ihr das Bund mit den Schlüsseln.

»Danke dir. Ich kümmere mich um die Verteilung der Schlüssel und weise die Techniker ein.« Maike sah Talle nach und verkeilte dann die Eingangstür, so dass sie weit offen stehen blieb. Sie stand noch draußen, als drei Autos und ein Motorroller anhielten. Aus einem Zivilwagen stieg Stefan Gastmann aus, aus dem zweiten Auto Klaas Leitmann und aus dem VW-Kombi ein Mann im Overall, vermutlich der angekündigte Techniker. Der Rollerfahrer setzte den Helm ab, und Maike erkannte Onno Elzinga, den Streifenpartner von Klaas Leitmann.

Stefan gab Maike die Hand. Onno und Klaas umarmten sie. Der Techniker grüßte und trug mit beiden Armen einen Computer ins Gebäude. Die Polizisten blieben noch kurz draußen stehen und plapperten durcheinander. Sie alle hatten sich lange nicht gesehen und es gab viel zu erzählen.

Tag 11, später Nachmittag

Jan Broning parkte seinen Dienstwagen vor dem alten Dienstgebäude in Weener. Für den Abend war eine Pressekonferenz bei der Leeraner Polizei angesetzt worden. Er sah auf seine Uhr. Ihm blieb noch etwas Zeit, sich mit den Kollegen abzustimmen. Er drückte die Klingel beim Eingang. Der Summer entriegelte die Tür. Auf der ehemaligen Wache saßen Stefan, Onno, Klaas und Maike an einem großen Tisch und tranken Tee.

Normalerweise hielt Jan nichts von Umarmungen unter Männern, aber bei Onno und Klaas machte er eine

Ausnahme. Sie hatten schließlich seine Maike gerettet, und außerdem waren die beiden ihm menschlich sehr sympathisch. Jan hatte eine Theorie, warum ihm manche Menschen sympathischer waren: Konnte er sich bei Erwachsenen noch vorstellen, wie sie als Kind ausgesehen hatten, war das ein gutes Zeichen. Bei seinen Kollegen war dies der Fall.

Beim Tee stellte er fest, dass Stefan die Autobahnpolizisten gut eingewiesen hatte.

»Ich bin ehrlich froh, dass ihr uns wieder unterstützen wollt. Allerdings gibt es diesmal eine neue Zusammenstellung, und zwar wisst ihr ja, dass Maike noch nicht wieder ganz fit ist.« Sie wollte ihn unterbrechen, aber Jan hielt die Hand hoch und redete weiter. »Deshalb wird sie hier im Büro bleiben und wir anderen werden draußen ermitteln. Zwei Teams: Klaas und Onno und Stefan und ich.«

Er bemerkte Maikes langes Gesicht. »Ich weiß, du bist auch lieber draußen unterwegs, aber darüber gibt es keine Diskussion.« Sie grüßte militärisch mit der rechten Hand an der Schläfe zum Zeichen, dass sie verstanden hatte.

Stefan Gastmann stand auf. »Möchtest du dir ansehen, was wir bis jetzt zusammengestellt haben?«

»Na klar.« Jan folgte ihm durch den Flur in einen größeren Raum. Durch das große Fenster konnte man auf den Bahnhof sehen. In der Mitte standen zusammengeschobene Schreibtische, darauf drei Rechner mit provisorisch verlegten Kabeln. An der linken Seite standen lange Tische an der Wand, auf denen verschiedene Ausrüstungsgegenstände lagen, Mobiltelefone, Digitalfunkgeräte und Ferngläser. An der rechten Wand standen weiße Tafeln, die Flipcharts. Jan trat näher an die linke heran. Bilder von dem Toten aus der Salzwiese, einige Skizzen vom Fundort und Detailfotos der Kleidung und des Gewehrs.

Auf der anderen Tafel waren Fotos vom toten Jakobus Böltjer auf dem Deich bei Coldeborg, seinem Wagen und auch Fotos von den geschlachteten Gänsen befestigt, die man einige Tage vor dem Mord an derselben Stelle gefunden hatte.

Darunter hatte Stefan die Seite eins aus der aktuellen Zeitung geheftet. Jan bekam große Augen, als er den Artikel las. »Das kann doch nicht wahr sein!«

»Ja, wir waren auch von den Socken«, sagte Stefan hinter ihm. »Woher hat dieser Hilko Cordes seine Informationen?«

»Täterwissen in der Tageszeitung abgedruckt«, stellte Jan fest, »nicht gut für uns.« Er bemerkte den fragenden Gesichtsausdruck von Klaas. »Die Verstümmelung des Opfers im Brustbereich sollte nicht an die Öffentlichkeit«, erklärte er. »Täterwissen hilft uns, sobald sich irgendwelche Verrückte bei uns melden und den Mord gestehen.« Jan tippte mit dem Finger auf den Artikel. »Aber jetzt wissen alle von der Verstümmelung. Außerdem wollten wir nicht, dass den Leuten die Übereinstimmungen zwischen diesen Fotos«, Jan zeigte auf die mit den Gänsen und die mit der Brustverletzung des Opfers, »ins Auge springt. Das gibt unnötig böses Blut in der Bevölkerung.«

»Schon passiert.« Maike erzählte von dem Menschenauflauf vor dem *Rheiderlandkurier* und dem Streit der beiden Männer.

»Hauptsache, die drehen jetzt nicht durch«, sagte Onno und alle schwiegen für einen Moment.

Tag 11, abends,
Büro des Hegeringleiters Hortema

Sven Richter drehte an der Lautstärke seines Richtmikrofons. Das hatte man ausgemustert, für wertlos erachtet, genau wie ihn. Trotzdem ein schönes Souvenir an seine Zeit bei der Bundeswehr.

Er hatte es auf das Fenster des Büros ausgerichtet und konnte deutlich die Stimmen hören. Die Atmosphäre war aufgeladen, die Männer schäumten vor unterdrückter Wut.

»Beruhigt euch!« Sven erkannte die Stimme von Hero Hortema, seinem Chef. »Verdammt, haltet die Schnauze, jetzt rede ich!« Es wurde tatsächlich ruhig im Raum. »Dieser Mord geht mir genauso an die Nieren wie euch.« Hortemas Stimme wurde leiser und Sven drehte den Verstärker weiter auf. »Aber wir müssen uns jetzt genau überlegen, wie wir uns klug verhalten.«

Eine andere Stimme unterbrach ihn, vermutlich Siefko Specker, Spitzname Max. »Scheiß drauf, klug verhalten, wir wissen doch alle, wer unseren Jakobus umgebracht hat …« Für einen Moment wurde es sehr still. Siefkos Stimme triefte vor Sarkasmus und Wut, als er weitersprach. »Gänsevater Menno Alting war es, ist doch klar, und den schnappen wir uns jetzt und dann …«

»Halt deine Fresse, Max!« Hortema klang bestimmt und eindringlich. »Das fehlt uns jetzt noch …! Ihr verhaltet euch ruhig, wir warten erst einmal ab. Was wir im Moment brauchen, sind kühle Köpfe und keine rachsüchtigen Amokläufer.« Hortema schwieg für einen Moment. »Deshalb schlage ich Freerk Wienna als Nachfolger für unseren Jakobus Böltjer vor – jemand was dagegen?« Man konnte heraushören, dass er keinen Widerspruch dulden würde.

Wieder eine Pause. Dann: »Okay, Freerk, du bist der

Besonnenste von uns. Du wirst mit der Polizei und der Presse reden. Ich bin doch manchmal etwas ...«, Hortema suchte nach dem richtigen Wort, »unbeherrscht ... Die anderen halten die Schnauze bei der Presse und verweisen auf Freerk. Habt ihr das verstanden?«

Es folgte ein Murmeln, aber kein Widerspruch. Sven schaltete das Mikrofon aus und schlich sich langsam zurück. In seiner Ferienwohnung verstaute er das Gerät im doppelten Boden seiner Kiste. Er legte sich aufs Bett und dachte nach. Die aufgeladene Stimmung konnte er gut für seine nächsten Pläne ausnutzen.

Polizeidienstgebäude in Leer,
Sitzungssaal,

Am langen Tisch der Polizisten saßen Jan Broning, Stefan Gastmann, Jans Chef Renko Dirksen und der Dienststellenleiter Thomas Sprengel, vor dem Tisch die Vertreter der Presse und der anderen Medien. Alle warteten gespannt auf den Beginn der Pressekonferenz.

Jan Broning verkniff sich ein Lächeln, als er an Maikes Gesicht bei ihrem Abschied im Büro der Soko *Nimrod* dachte. Er hatte ihr ein Schulheft in die Hand gedrückt. »Das ist Sütterlin-Handschrift und du kannst ja mal einen Blick darauf werfen, dann hast du was zu tun und bringst nicht wieder das Küchensystem durcheinander.«

»Aha, die Rache für den Eitopf und die kleine Überredung zur Mitarbeit«, hatte Maike vermutet.

Die Stimme des Leeraner Polizeichefs holte ihn in die Gegenwart zurück. Der begrüßte zunächst die Pressevertreter und übergab dann weiter an Renko Dirksen. Renko verlas die stark verkürzte Zusammenfassung der polizeilichen Situation. Den Toten aus den Salzwiesen ließ er dabei unberücksichtigt. Jan Broning vermutete, dass ›Ötzi‹ für die Medienvertreter im Moment zweitrangig geworden war.

»Herr Dirksen, besteht ein Zusammenhang zwischen den geschlachteten Gänsen und dem toten Jäger?«, wollte eine Reporterin wissen.

»Die Gänse wurden einige Tage vor dem Mord aufgefunden«, erklärte Dirksen, »einen Zusammenhang sehen wir noch nicht ...«

Die Reporterin hakte sofort nach: »Und was ist mit den Verstümmelungen bei den Gänsen und dem Toten? Gänse und der Tote beide abgelegt auf dem Deich bei Coldeborg?«

Renko warf Jan einen hilfesuchenden Blick zu. Schließlich wich er aus: »Wir ermitteln in alle Richtungen und auch ein möglicher Zusammenhang wird dabei natürlich berücksichtigt.«

»Hören Sie doch auf, um den heißen Brei zu reden.« Die Reporterin drehte sich zu ihren Kolleginnen und Kollegen um. »Wir wissen hier doch alle, wovor Sie Angst haben - und deshalb mauern Sie fleißig: Vor einer gewalttätigen Eskalation zwischen Umweltschützern und Jägern.«

Jetzt schaltete sich Jan Broning ein. »Dann sollten Sie sich auch im Klaren darüber sein, was eine übereilte Meldung in den Medien anrichten kann.«

»Sehen Sie, Herr Kommissar«, sagte die Reporterin aufgebracht, »Eskalationen zu verhindern ist Ihre Aufgabe, nicht unsere. Unsere Aufgabe ist es, die Öffentlichkeit zu informieren, und das verhindern Sie gerade.«

»Aber Sie haben eine Mitverantwortung und sollten sich an die Fakten halten«, erwiderte Jan Broning sehr ruhig. »Vermutungen gehören nicht dazu.«

Die Veranstaltung wurde unter allgemeinem Murren für beendet erklärt. Jan atmete tief durch und freute sich auf den Feierabend.

Tag 11, abends,
Altstadtwohnung Maike de Buhr, Jan Broning

Zu Hause fragte Maike, wie es mit der Presse gelaufen war.

Jan zog eine Schnute und fragte, ob er etwas zum Essen besorgen sollte.

»Nein, ich hab uns schon die Kartoffelsuppe warmgemacht, dazu gibt es frisches Brot und eine Tasse Wein«, antwortete Maike. »Übrigens, die Sache mit diesem Schulheft: Da hab ich schon eine Idee.«

»Stefan ist beim Versuch, das in unsere moderne Schrift zu übertragen, fast durchgedreht.« Jan Broning grinste. »Und meine liebe Maike kann das?«

»Nee, kann sie nicht«, Maike lächelte siegessicher, »aber eine pensionierte Deutschlehrerin kann es. Ich habe heute mit der Leiterin der Seniorenanlage in Weener telefoniert. Dort wohnt eine sehr nette und rüstige Dame, die Sütterlinschrift kann, außerdem kennt sie sich mit allen möglichen Sauklauen aus. Allerdings hat die Sache einen Haken.«

»Als da wäre?« Jan ahnte bereits, worauf es hinauslief.

»Na, ich bin ja zum Innendienst verdonnert worden und da bräuchte ich eine Ausnahmegenehmigung fürs Seniorenheim. Es sei denn, der gestrenge Herr Kommissionsleiter möchte selber dort hin?«

Jan gab sich geschlagen. »Okay, aber nur dieses eine Mal und nur ins Seniorenheim.«

»Übrigens habe ich uns einen elektrischen Eierkocher gekauft und deinen Eitopf wegge…« Maike bemerkte aufsteigende Röte in Jans Gesicht und beeilte sich, den Satz zu beenden: »weggestellt.«

Tag 12, morgens,
Büro der Soko »Nimrod«

Jan Broning setzte Maike auf dem Weg zum Dienstgebäude in Weener beim Seniorenheim ab. »Du meldest dich bitte, sobald du fertig bist.« Er gab ihr einen Kuss.

»Mach ich.« Maike nahm ihren Rucksack und stieg aus.

Bevor sie die Beifahrertür zuschlug, rief er: »Ich hab noch was vergessen!«

Sie sah ihn fragend an.

»Ich liebe dich, Maike!«

Sie beugte sich in den Wagen und küsste ihn zärtlich.

Im Büro duftete es verführerisch nach frischem Kaffee. »Wo ist denn Maike?«, wollte Klaas wissen. »Ihr geht es doch gut, oder?«

»Ja, alles bestens.« Die ist vollkommen wiederhergestellt, dachte Jan, insbesondere die freche Schnute. »Ich hab Maike gerade bei der Seniorenanlage abgesetzt.«

Onno kam grinsend um die Ecke. »Wollte sie schon ein Zimmer für dich buchen?«

»Na, die Herren Ermittler sind ja gut drauf«, stellte Jan lachend fest und erklärte Maikes Plan.

Gemeinsam gingen sie mit ihren Kaffeetassen in der Hand in das große Büro, wo Stefan schon vor der rechten Tafel stand. »Moin, na, wie war's mit der Presse?«

Jan gab ihm die Hand. »Nicht gut, Stefan, aber das werden wir ja gleich lesen.« Er legte eine aktuelle Zeitung auf den Tisch. Onno nahm sie sich und las den Bericht über die Pressekonferenz laut vor. Insbesondere wurde auf eine mögliche Botschaft des Täters hingewiesen, die sich aus dem Vergleich der Verletzungen der Gänse und des Toten ergaben.

»Zurückhaltung konnten wir wohl nicht erwarten.«

Jan Broning atmete laut aus. »So ein Mist ... Wird uns die Arbeit nicht erleichtern.«

»Wie machen wir jetzt weiter?«, wollte Stefan Gastmann wissen.

»Wir beide fahren gleich zum Jägerchef ...«, Broning kramte in seinem Gedächtnis, »Hegeringleiter Hero Hortema. Rufst du dort bitte an, Stefan?« Er sah Onno und Klaas an. »Ihr wartet bitte, bis Maike anruft, und bringt sie dann hierher. Anschließend fahrt ihr zur Firma des Toten und sprecht noch einmal mit Frau Böltjer und den Angestellten. Bitte haltet ständig Kontakt mit Maike hier im Büro.«

Unterwegs ins nördliche Rheiderland

Auf dem Weg zum Bauernhof der Hortemas in Heinitzpolder Nord waren Jans Gedanken schon bei der Befragung des Hegeringleiters. »Wie hat er denn reagiert, als du unseren Besuch angemeldet hast?«, fragte er Stefan, der am Steuer saß.

»Unterkühlt trifft es am besten. Er hat uns wohl schon erwartet.«

Sie fuhren durch die Ortschaft Bunde und bogen rechts ab, in Richtung Bunderhee. Weiter ging es auf der Landesstraße 16. An der breiten Straße wohnten Arm und Reich nebeneinander. Prachtvolle Villen, große Bauernhöfe und im Kontrast dazu Arbeiterhäuser in Siedlungen spiegelten die Geschichte des Rheiderlandes wider. An einem besonderen Schmuckstück aus der Vergangenheit fuhren sie gerade vorbei: Das alte Steinhaus in Bunderhee, eine der ältesten Häuptlingsburgen in Ostfriesland, befand sich an der rechten Straßenseite.

»Man kann sich heute nicht mehr vorstellen, dass diese

ehrwürdige Burg einmal direkt an einem Hafen zum Meer lag«, sagte Jan.

Stefan runzelte ungläubig die Stirn.

Jan grinste, als er den zweifelnden Gesichtsausdruck bemerkte. »Bunde hat ja auch ein Segelschiff im Wappen«, ergänzte er. »Links von uns lag einmal der Dollart, jetzt sind es Polder. Unsere Vorfahren haben das fruchtbare Land dem Meer abgerungen.«

Es folgten die Ortschaften Bunderhammrich und Ditzumerverlaat. Dort verlief die Hauptstraße auf einem alten Deich. Jan Broning sah rechts aus dem Fenster, die Landschaft lag deutlich tiefer. Etliche Gräben, Kanäle und Tiefs durchzogen die Wiesen und erinnerten ihn an die Venen und Adern im menschlichen Körper.

In einer Rechtskurve gab es eine Abzweigung nach links in Richtung Heinitzpolder. »Halt dich rechts.« Broning hatte die Unsicherheit seines Kollegen bemerkt. »Wir müssen weiter Richtung Ditzumerhammrich.« Stefan nickte dankbar und folgte der Hauptstraße. Die hatte jetzt wieder das Niveau der Landschaft erreicht. Rechts gab es einen Hinweis auf den tiefsten Punkt Niedersachsens. Jan Broning bemerkte den fragenden Gesichtsausdruck seines Kollegen. »Dort kannst du eine der letzten Wasserschöpfmühlen besichtigen, damit entwässerte man früher das tief liegende Land.«

»Mühlen scheinen ja immer schon eine wichtige Rolle in Ostfriesland gespielt zu haben«, stellte Stefan fest.

»Kommt sicher daher, dass es den Wind hier im Überfluss und umsonst gibt«, erwiderte Jan. »Erst Getreide mahlen, die Landschaft entwässern, und jetzt liefern wir Ostfriesen den Bayern den Windenergiestrom.«

»Was ist das denn?« Stefan hatte gerade das Hinweisschild auf die Aaltukerei gesehen.

»Ein Ortsname.« Jan grinste. »Lass dich nicht ablenken, du musst hier links abbiegen.«

»Ach du Scheiße!« Stefan setzte den Blinker und

schaffte es im letzten Moment. »Bist du sicher, dass wir hier richtig sind? Die Straße wird ja immer enger.«

Jan lachte. »Achtung, Doppelkurve – und Gegenverkehr gibt es auch noch!«

Stefan fuhr langsamer und extrem rechts, weil ihm ein Trecker entgegenkam.

»Ist nicht mehr weit«, tröstete ihn Jan.

Er sah links aus dem Fenster, wo die Reste einer Flakstellung aus dem Zweiten Weltkrieg zu sehen waren. Er wusste, dass die Abzweigung zur Bohrinsel Dyksterhusen rund 500 Meter vor ihnen lag. Die Straße zur Bohrinsel war noch enger als diese und verlief über einen alten Deich. Aber so weit brauchten sie nicht zu fahren, denn Jan konnte schon den Hof der Hortemas sehen. »Jetzt abbiegen, die Auffahrt gehört zum Polderhof.«

Sie folgten einer kleinen Allee mit alten Bäumen, die zu dem zweigeschossigen, imposanten Hof führte. Hinter dem Haupthaus befand sich eine riesige Scheune, rechts ein kleines Häuschen, ein extremer Kontrast zum Polderhof. Zwischen den beiden Häusern standen mehrere Autos auf einem Schotterplatz.

Stefan und Jan parkten neben einem alten Geländewagen und stiegen aus. Sie gingen zwischen den Rotbuchen entlang zur reich verzierten alten Eingangstür des Haupthauses, über der sich ein Balkon mit Skulpturen auf dem Geländer befand. Fünf Stufen bis zur Tür. Jan drückte den Klingelknopf aus Messing.

Sofort hörten sie ein lautes Bellen aus dem Inneren des Hauses. Die Eingangstür wurde einen Spalt geöffnet. Eine Stimme schrie: »Verdammt, holt den Köter endlich in die Küche!«

Stefan verdrehte die Augen Richtung Balkon.

Die Tür ging jetzt ganz auf und ein großer Mann mit athletischem Körperbau und grauem Haar stand ihnen gegenüber. »Die Herren von der Polizei?«

»Genau. Jan Broning«, er zeigte auf seinen Kollegen, »mein Kollege Stefan Gastmann – und Sie sind …?«

»Hero Hortema!« Der Mann hob sein markantes Kinn. »Sollte Ihnen eigentlich bekannt sein – aber kommen Sie doch herein.«

Die Beamten folgten ihm in den Flur. Die Decke war sehr hoch und die antike Einrichtung vermittelte den Eindruck eines Museums, düster und kalt. Am Ende des Flurs öffnete Hortema eine Tür und sie betraten ein großes Büro. Dort saß ein Mann auf einem Stuhl vor einem großen antiken Schreibtisch. Er stand auf, gab den Polizisten die Hand und stellte sich als Freerk Wienna vor. Wienna hatte lockige Haare, war schlank und hochgewachsen und hatte ein freundliches Gesicht.

Hortema deutete auf die anderen einfachen Holzstühle vor dem Schreibtisch und setzte sich dahinter in seinen riesigen Bürostuhl. Als sie saßen, bemerkte Jan Broning, dass Hortema sehr hoch saß und sie sehr tief. Er wusste sofort, dass dies kein Zufall war. Sie sahen sich an und Jan bemerkte ein leichtes Grinsen auf dem Gesicht seines Gegenübers.

Als Polizist war er gezwungen, die Persönlichkeit eines Menschen schnell einzuschätzen. Eine seiner Theorien war, dass man bei Menschen, die sich überhaupt nichts Kindliches bewahrt hatten, vorsichtig sein sollte. Jan Broning konnte sich nicht vorstellen, wie Hero Hortema als Kind ausgesehen hatte.

Die Sozialisierung, der Druck der Eltern, der Schule und der Kampf um Anerkennung hatten alles Weiche, die freundliche Neugier und das ehrliche Spiegelbild der Gefühle aus Hortemas Gesichtszügen vertrieben. Übrig geblieben waren Härte, Egoismus ohne Grenzen und ein Pokerface. Eine eiserne Maske, die er sich freiwillig aufgesetzt hatte. Sogar das Lächeln wirkte falsch und abstoßend. Ein Schüttelmensch, weil man sich unwillkürlich schütteln musste, wenn man ihn sah.

Hero Hortema sah kurz zu Freerk Wienna. »Mein Stellvertreter Herr Wienna hat sich ja gerade vorgestellt – um gleich eins klarzustellen: Er wird bei unserem Gespräch dabei sein.« Hortema sah die Polizisten eindringlich an. »Sie sind ja auch zu zweit. Herr Wienna ist sozusagen unser Parlamentär, ein Unterhändler zwischen Krieg führenden Parteien.«

»Sehen Sie uns denn als Kriegsgegner?«, wollte Jan wissen.

Wienna ergriff das Wort: »Selbstverständlich nicht! Was Herr Hortema meint, sind natürlich die Spannungen, die sich zwischen den Naturschützern und uns Jägern aufgebaut haben.«

Hortema lachte freudlos auf. »Pah!«

»Hero, bitte!« Wienna sah seinen Jagdkameraden eindringlich an. »Herr Broning«, er lächelte die Polizisten an, »bitte, was verschafft uns die Ehre Ihres Besuches? Doch sicher der gewaltsame Tod unseres Kameraden Jakobus Böltjer?« Es war offensichtlich, dass Freerk Wienna die Gesprächsführung übernommen hatte.

»Zunächst möchten wir Ihnen unser Beileid zum Tod Ihres Kameraden bekunden«, sagte Jan Broning, »und ja, wir sind tatsächlich deshalb hier.«

»Sie möchten etwas über Jakobus Böltjer in Erfahrung bringen?« Wienna lächelte. »Nur zu, fragen Sie!«

»Hatte Ihr Jagdkamerad Feinde?« Broning beobachtete genau die Reaktionen der Jäger. »Seine Ehefrau deutete an, dass Herr Böltjer nicht überall beliebt war.«

»Pah!«, kam es wieder von Hortema.

Freerk Wienna warf dem Mann einen ungnädigen Blick zu und sagte dann in einem freundlichen Ton: »Hero, wie ungastlich von dir, möchtest du nicht Tee für unsere Gäste besorgen?« Er wies mit einer Bewegung des Kinns in Richtung Bürotür. Hortema knurrte etwas, stand auf und verließ sein Büro. Wienna stieß hörbar Luft aus und sah die Polizisten lächelnd an. »Entschuldigen Sie bitte den frostigen Empfang hier«, er sah zur Tür, »aber genau diese Art von Hero ist Teil unseres Problems. Er hat sich bis hier oben durchbeißen müssen, wahrscheinlich kann er nicht anders. Krieg mit den Umweltschützern, so ein Unsinn!« Wienna schüttelte resigniert den Kopf. »Kennen Sie den Gänsevater Menno Alting?«

»Noch nicht«, antwortete Jan Broning.

»Na, dann stellen Sie sich mal vor, Menno Alting ist genauso ein Querkopf wie mein Kamerad hier.« Wienna zog die Augenbrauen hoch. »Dann können Sie sich denken, dass die einfach nicht miteinander reden können. Sie sind sich zu ähnlich, keiner gibt nach. Betonköpfe und ich dazwischen.«

Die Tür ging auf, Hero Hortema kam herein und setzte sich wieder auf seinen Thron. »Tee kommt gleich«, murmelte er.

»Ja, ein einfacher Mensch ist ... äh, war er nicht«, Wienna sah Hortema dabei an, »unser Jakobus. Hätte wohl auch einen schlechten Diplomaten abgegeben. Sie werden es ja doch erfahren, vor einigen Tagen kam es zu einer Schlägerei bei dem Lohnunternehmen Böltjer. Menno Alting und der Verstorbene sind sich in die Haare geraten. Zwei Kameraden, auch Jäger, Siefko Specker und Wirtje Hummers«, Wienna lächelte gequält, »wir nennen sie Max und Moritz, arbeiten bei der Firma. Sie haben die Streithähne getrennt und gehört, wie Alting Böltjer massiv bedroht hat.«

»Kennen Sie den Grund für den Streit?«, fragte Stefan Gastmann.

Wienna kramte in seinem Gedächtnis und blickte auf einen Kalender an der Wand. »Ja, vor ungefähr einer Woche haben diese Dussels Max und Moritz geschlachtete Gänse auf dem Deich liegen lassen. Haben nur das Brustfleisch mitgenommen. Alting hat sie gefunden und die Presse informiert.«

Es klopfte und eine Frau kam mit einem Tablett in

der Hand herein. »Moin!« Sie verteilte die Tassen und wartete einen Moment. »Da mein Ehemann mich nicht vorstellt«, sie sah Hortema finster an, »Lini Hortema, die Ehefrau dieses Gentleman.« Sie verließ mit einem weiteren bösen Blick auf ihren Mann das Büro.

Wienna schüttelte den Kopf, verteilte Kluntje und schenkte Tee ein.

Broning rührte in seiner Tasse und sagte beiläufig: »Für die Ermittlungen brauchen wir eine Liste der Mitglieder im Hegering.« Er sah, wie sich Hortemas Gesicht verdüsterte. »Darüber gibt es keine Diskussion, Herr Hortema, wir brauchen die Namen und die Erreichbarkeiten aller Mitglieder.«

Für einen Moment sah es so aus, als würde Hortema explodieren. Sein Kopf wurde knallrot und seine Hände verkrampften sich. »Na gut, wenn es denn sein muss«, sagte er schließlich verdrießlich.

»Allerdings, Herr Hortema«, erwiderte Jan bestimmt. Hortema startete den Computer und Jan wandte sich wieder an Wienna. »Die Sache mit den Gänsen auf dem Deich war also der Anlass für den Streit zwischen Alting und Böltjer«, fasste er noch einmal zusammen.

Wienna zog einen Flunsch. »Dieser, wie formuliere ich es am besten ...?«

»Krieg!«, schlug Hero Hortema vor.

»Hero!« Wienna strafte seinen Kameraden mit einem unfreundlichen Blick. »Dieser Konflikt zwischen den Naturschützern und uns Jägern schwelt schon lange. Modern ausgedrückt: Die Gänsejagd polarisiert. Entweder ist man dafür oder dagegen. Ein Mittelmaß oder ein Kompromiss: Fehlanzeige!«

Jan Broning nickte. »Wir Deutschen haben ja leider einen Hang zum Übertreiben und Schulmeistern.«

Wienna lächelte. »Sie haben es auf den Punkt gebracht. Wir sind ja nicht nur Jäger. Fast alle von uns betreiben Landwirtschaft. Die hohe Anzahl der Gänse bereitet uns erhebliche Probleme. Außerdem haben wir Jäger schon Umweltschutz betrieben, da gab es noch keine Grünen, Greenpeace und die ganze ökologische Bewegung.« Er winkte ab. »Aber wir schweifen vom Thema ab. Jedenfalls hat sich der Konflikt immer weiter aufgeschaukelt. Als man dann Altings Mühle in die Luft gesprengt hatte, ging es richtig los ...«

»Das mit der Mühlensprengung habe ich mitbekommen«, sagte Jan Broning. »Was haben die Jäger damit zu tun?«

»Vor dieser Sprengung gab es ordentlich Zoff in der Zeitung zwischen Alting und uns.« Wienna wirkte angesäuert. »Jedenfalls gab er uns die Schuld.«

»Hier, die Liste!« Hortema reichte Jan Broning mehrere Blätter.

Jan überflog sie kurz. »Ist die aktuell?«

»Böltjer wird noch gestrichen und durch unseren Kameraden Wienna ersetzt«, antwortete Hortema verdrießlich.

»Haben Sie, die Jäger, auch Drohbriefe erhalten?«, wollte Stefan Gastmann wissen.

Jan sah von der Liste auf.

Wienna und Hortema schauten sich kurz an und schwiegen.

»Meine Herren«, sagte Jan energisch, »das war doch eine einfache Frage meines Kollegen. Sie wollen doch auch, dass wir Böltjers Mörder fassen, also wenn Sie so etwas wie Drohbriefe haben, her damit!«

Hortema zog eine Grimasse und sah seinen Jagdkameraden an. Wienna nickte und Hortema stand auf und zog eine dicke Akte aus seinem Regal. Er ließ die Papiere über den Daumen laufen und musterte die Beamten abschätzend.

Freerk Wienna bemerkte sein Zögern und sagte: »Ich schlage vor, dass ich Ihnen die Unterlagen heute Nachmittag vorbeibringe.«

Dann könnt ihr die Akte noch einmal durchsehen und bereinigen, dachte Broning.

Wienna konnte offensichtlich Gedanken lesen. »Herr Broning, wir hatten es ja gerade über Kompromisse. Dies ist so eine Gelegenheit …«

»Okay.« Jan wusste, dass er keine rechtliche Grundlage für eine Beschlagnahme hatte. »Unsere Dienststelle ist in der ehemaligen Polizeidienststelle in Weener.«

»Kenne ich, Herr Broning.« Wienna lächelte und übergab ihm eine Visitenkarte. »Sie bekommen die Unterlagen und Sie können mich jederzeit anrufen!«

Jan Broning und Stefan Gastmann sahen sich kurz an und standen auf. Sie gaben den Jägern zum Abschied die Hand.

Im Flur stand die Tür zur Küche auf, wo Lini Hortema werkelte. »Frau Hortema, danke für den Tee«, rief Jan.

»Gern geschehen! Tschüss!«

Als sie im Wagen saßen, griff er zum Telefon.

Tag 12, morgens,
vor dem Seniorenheim in Weener

Onno und Klaas saßen in einem blauen Einsatzfahrzeug, einem unauffälligen VW-Bulli. Klaas hatte Rückenprobleme und konnte in einem Bulli am besten sitzen und, noch wichtiger, ein- und aussteigen. Onno parkte vor dem Seniorenheim. Sie warteten auf Maike de Buhr.

»Komisches Gefühl«, Klaas sah an sich herab, »mit Zivilklamotten im Dienst.«

»Stimmt, aber du weißt ja, die lebendigen Blumentöpfe auf den Fensterbänken. Ist doch immer interessant, wenn ein bunter Streifenwagen bei deinem Nachbarn hält«, sagte Onno und dachte dabei an die Unterschiede zwischen Stadt- und Landbevölkerung. Im ländlichen Raum achteten die Leute noch sehr darauf, was beim Nachbarn passierte. Dies war eine sehr positive Besonderheit und durchaus wünschenswert. Leider gab es auch eine negative Seite. Tratsch entstand auch durch diese Beobachtungen. Ein Streifenwagen vor der Tür des Nachbarn ließ Raum für Spekulationen und Getuschel. Besuch von der Polizei bedeutete in der Regel nichts Gutes. Deshalb war es vielen Bürgern unangenehm, wenn ein Streifenwagen vor ihrer eigenen Haustür stand. Ein schlechter Start für eine polizeiliche Befragung. Onno und Klaas waren darauf angewiesen, dass die Befragten kooperierten und nicht aus Ärger Informationen zurückhielten. Deshalb war es taktisch vorteilhafter, Leute, die zu Hause befragt werden sollten, mit einem Zivilwagen aufzusuchen.

Das Handy in der Ablage klingelte. Onno sah auf das Display, der Anruf kam von einem anderen Diensthandy. Er drückte den grünen Knopf. »Elzinga!«

»Hallo, Onno, hier ist Jan, wir sind fertig bei den Hortemas und fahren zurück. Wo seid ihr?«

»Wir stehen vor dem Seniorenheim und warten auf Maike«, antwortete Onno.

Jan Broning erzählte kurz, wie das Gespräch mit den Jägern Hortema und Wienna verlaufen war. »Onno, ihr müsst bitte die Angestellten Siefko Specker und Wirtje Hummers – die nennt man auch Max und Moritz – zum Streit zwischen Alting und Böltjer befragen.«

»Okay, machen wir!« Onno beendete das Gespräch. »Da ist sie ja!« Er sah, wie Maike ihnen entgegenkam.

Sie öffnete die Schiebetür des Bulli und stieg ein. »Na, Jungs, danke fürs Abholen«, sagte sie gut gelaunt.

»Hat es sich denn gelohnt?«, fragte Klaas.

»Da haben wir mal Glück gehabt«, antwortete Maike. »Die nette ältere Dame überträgt uns dieses Schulheft von der Sütterlinschrift in die moderne. Früher hat sie sich als Deutschlehrerin mit den Sauklauen ihrer Schüler herumgequält. Ich hab ihr die Problematik mit unserem unbekannten Toten aus den Salzwiesen erklärt, damit sie weiß, wonach sie suchen soll. Bevor sie beginnt, will sie erst mal das ganze Heft lesen und dann bei den für uns interessanten Passagen anfangen. Sie war sehr nett, interessiert und hilft uns gerne – also genau die Richtige für unser Problem.«

Onno startete den Motor und erzählte auf dem Weg zur Dienststelle von dem Telefongespräch mit Jan. Er sah in den Rückspiegel und stellte fest, dass Maike glücklich aussah. »Na, das macht dir richtig Spaß!«, sagte er nach hinten gewandt.

»Ja.« Sie strahlte übers ganze Gesicht. »Endlich mal wieder Ermittlungsarbeit und nicht diese öden Strandspaziergänge.«

»Was?!« Klaas drehte sich entsetzt zu ihr um. »Das sehen viele aber ganz anders! Jetzt schön an den Texeler Strand und dann bei meinem Lieblingsstrandrestaurant Kaffee schlürfen mit Meerblick ...!«

Inzwischen waren sie bei der Dienststelle eingetroffen. Maike schmunzelte. »Vielleicht spendiert euch ja Frau Böltjer einen Kaffee. Meldet euch bitte, sobald ihr etwas Neues habt.« Sie stieg aus.

Tag 12, mittags,
unterwegs zum Lohnunternehmen Böltjer in Bunde

Onno gab Gas und fuhr wieder los. Hinter der Rechtskurve und der neuen Dienststelle befand sich die Realschule Karl Bruns. Es folgte eine Linkskurve und Onno schaute nach links auf eine kleine Halle. Klaas bemerkte, dass er wehmütig lächelte. »Erinnerungen?«

»Hier habe ich mich früher immer rumgetrieben.« Onno räusperte sich ausgiebig. »Meine Schule. Und gegenüber in der kleinen Halle, damals war das eine Zweiradwerkstatt, habe ich schrauben gelernt. Fahrrad flicken, Moped zerlegen und Peter Karlsen zuhören. Peter war der Inhaber der Werkstatt, ein Philosoph und konnte einfach alles reparieren.« Onno lachte auf. In Gedanken sah er Peter mit einer Zigarre in der Hand an die Werkbank gelehnt stehen und philosophieren. »Stell dir vor, der hatte eine große Funkanlage und Funkkontakte bis nach Australien. Hab viel gelernt bei ihm.«

»Ja, davon profitieren besonders unsere osteuropäischen Lkw-Fahrer heute noch.« Klaas lachte. »Insbesondere die, die du immer stilllegen lässt, wegen technischer Mängel.«

Inzwischen waren sie durch die Hüthaus-Siedlung gefahren. Viele Straßennamen erinnerten an Ostpreußen und Schlesien. Onno musste sofort an seine Oma aus Breslau denken. Es war sicher nicht einfach gewesen, in der neuen Heimat Fuß zu fassen. »Meine Oma hat immer gerne das Lied *Hohe Tannen* gesungen und gehört«, Onno bemerkte Klaas' fragenden Gesichtsausdruck. »Das Schlesienlied – Rübezahl, Wälder und so.«

»Na, das passt ja«, Klaas sah auf die Weite des Hammrichs, »wo es hier doch so viel Wald gibt!«

»Ja, dann noch ein bisschen Danziger Goldwasser und

die Tränen meiner Oma flossen.« Onno schüttelte den Kopf. »Ich glaub, ich werde alt und sentimental.«

»Das kommt, weil wir ständig in deiner alten Heimat rumkurven.« Klaas grinste. »Da kommen die Erinnerungen von alleine. Gut, dass wir im Dienst nicht trinken dürfen, sonst fängst du noch an zu flennen.«

Sie befanden sich auf der Bundesstraße in Höhe der Ortschaft Lüchtenborg. »Mein Heimatdorf!« Onno sah rechts aus dem Fenster.

Klaus folgte seinem Blick. »Komischer Name!«

»Als der Dollart seine größte Ausdehnung erreicht hatte«, Onno zeigte nach rechts, »befanden sich in der Nähe Ausläufer, quasi Nordseeanschluss, und Schiffer sahen vom Wasser aus Lichter, also Lüchten. Und daher der Name.«

»Können wir uns denn mal wieder auf das Hier und Jetzt konzentrieren, Herr Heimatforscher?« Klaas verdrehte die Augen. »Tote Jäger und Ermittlungen bei der Firma Böltjer. Vielleicht geht dir ja dabei auch ein Licht auf, oh Erleuchteter.«

»Hast ja recht, Klaas.« Onno dachte an das Gespräch mit Jan Broning. »Die Angestellten, diese Herren Max und Moritz, sollen wir die getrennt befragen? Was meinst du?«

»Macht doch Sinn, wir können es zumindest versuchen«, erwiderte Klaas.

Inzwischen hatten sie Bunde erreicht. Sie befuhren die Hauptstraße, links ging es in die Ortsmitte. Onno fuhr geradeaus weiter und folgte einer Rechtskurve. Auf der linken Seite der Mühlenstraße lag das Lohnunternehmen Böltjer.

Onno hielt vor dem Bürogebäude an. Sie stiegen aus, gingen in das Gebäude und standen vor einer Glastür mit der Beschriftung *Büro*. Onno klopfte an. Er wartete einen Moment und öffnete. »Hallo, Elzinga von der Polizei!«, sagte er laut.

Das Büro war nüchtern eingerichtet. Hinter einem großen Schreibtisch saß eine Frau auf einem Stuhl. Sie stützte ihren Kopf mit den Händen und rieb sich ihre übermüdeten Augen. Vor ihr auf dem Tisch lagen mehrere aufgeschlagene Akten. »Kommen Sie nur herein.« Sie stand auf und kam um den Schreibtisch herum, gab den Polizisten die Hand und stellte sich als Jannette Böltjer, die Witwe des Mordopfers, vor.

»Moin, Frau Böltjer«, sagte Onno. »Elzinga und mein Kollege Leitmann von der Polizei. Unser Beileid zum Tod Ihres Mannes!«

»Danke.« Sie zeigte auf mehrere Stühle vor dem Schreibtisch. »Bitte, setzen Sie sich doch!« Sie schaute auf die aufgeschlagenen Aktenordner. »Ich weiß nicht, wo mir der Kopf steht ... Er hat sich in der Firma immer um alles gekümmert und sich nicht in die Karten schauen lassen, noch nicht einmal von mir.« Sie machte ein entschlossenes Gesicht. »Jetzt wird mir nichts anderes übrig bleiben, als mich möglichst schnell mit allem vertraut zu machen. Die Firma soll und wird weiterlaufen.« Sie ging zu einer kleinen Kaffeemaschine in der Ecke und schaltete sie ein. »Sie möchten doch sicher eine Tasse?«

»Wenn es keine Umstände macht«, sagte Onno.

»Macht es nicht«, sagte sie, »aber Sie sind sicher nicht zum Kaffeetrinken hierher gekommen. Also schießen Sie los – wie kann ich Ihnen helfen, damit Sie den Mörder meines Mannes finden?«

»Wie möchten zunächst Ihre Angestellten Specker und Hummers befragen«, erklärte Onno. »Anschließend hätten wir dann noch ein paar Fragen an Sie.«

»Max und Moritz«, Frau Böltjer lachte freudlos auf. »Wollen Sie die Befragung hier im Büro durchführen?«

»Ja, gerne, könnten wir mit Herrn Specker anfangen?« Onno freute sich über den praktischen Vorschlag.

»Getrennte Befragung«, stellte Frau Böltjer fest und grinste, »ich soll aber nicht dabei sein, schon klar ...

Dann hole ich Ihnen mal den Max. Kaffee ist gleich durch, bedienen Sie sich.« Sie stellte die Aktenordner vom Schreibtisch zurück in ein Regal und verließ den Raum.

Onno und Klaas tauschten einen Blick und nickten anerkennend. »Respekt!«, sagte Klaas. »Frau Böltjer steht mit beiden Beinen im Leben. Sicher ihr Glück, wenn man bedenkt, was ihr noch bevorsteht.«

»Ja, Jan war auch schon von ihr beeindruckt«, erwiderte Onno.

Es klopfte. »Herein«, sagte Onno.

»Specker mein Name«, sagte der Mann und gab ihnen die Hand. »Meine Chefin sagte mir, dass Sie mich sprechen wollen.«

Onno musste sich das Lachen verkneifen, weil ihm klar wurde, woher der Mann seinen Spitznamen Max hatte. Das breite Gesicht, die kurze Stupsnase und die langen schwarzen Haare, die ihm ins Gesicht fielen … auch das Grinsen fehlte nicht. Genau wie aus der Geschichte von Wilhelm Busch.

Siefko Specker wurde zunächst als Zeuge belehrt. Anschließend befragten sie ihn zum Streit zwischen Alting und Böltjer.

Das gutmütige Lächeln verschwand, und Onno sah jetzt ein von Hass und Wut verzerrtes Gesicht. »Alting hat unseren Chef umgebracht.« Speckers Stimme wurde sehr leise, als er murmelte: »Aber den schnappen wir uns noch!«

»Moment, was haben Sie gerade gesagt?«, fragte Onno nach, aber Specker presste die Lippen fest aufeinander und schwieg. »Herr Specker, ich kann ja verstehen, dass Sie wütend sind«, Onnos Stimme wurde lauter, »aber Drohungen helfen uns nicht weiter. Also, wie war das genau mit dem Streit?«

Die Befragung verlief schwierig, weil Specker, wenn überhaupt, nur nach mehrfachen Nachfragen antwortete.

Nach ihm war Wirtje Hummers an der Reihe. Onno war nicht überrascht, dass auch Hummers Ähnlichkeit mit der entsprechenden Figur bei Wilhelm Busch hatte. Eine spitze Nase, blondes langes Haar im Nacken und auch die nach oben toupierte Locke fehlte nicht.

Auch die Befragung von Moritz war anstrengend. Offensichtlich fühlte der sich ohne seinen Kollegen unsicher und schwieg größtenteils.

Als die Polizisten wieder allein im Büro waren, fasste Onno zusammen. »Der Look ist ja wohl ein schlechter Witz. Die machen das absichtlich.«

»Na ja, genau betrachtet sind Max und Moritz alles andere als witzig«, sagte Klaas. »Hühner meucheln, Witwen beklauen und Brücken zersägen ...«

Onno schmunzelte. »Pfeifen mit Sprengstoff füllen, Onkel Fritz mit Käfern quälen, Bäcker und Müller ärgern ... Haben wir noch was vergessen?«

»Modellmühlen sprengen?«, schlug Klaas vor. »Naturschützer bedrohen?«

»Ja, Klaas, ich fand auch, dass sie merkwürdig reagierten, als ich sie über die Sprengung von Altings Modellmühle befragt habe.«

»Viel gesagt haben sie ja nicht, aber ich hab mir ihre Gesichter dabei genau angesehen«, sagte Klaas. »Insbesondere, wenn du nach unten gesehen hast, um dir Notizen zu machen.«

»Und?«, wollte Onno wissen.

»Da war mehr als Schadenfreude zu sehen bei beiden, die haben was damit zu tun. Außerdem teilen sie den Hass auf Alting, denk an die Drohung von Max, Entschul-di-gung: Specker.«

»Ich glaub auch, dass sie nicht so harmlos sind, wie sie vorgeben. Besonders dieser Specker ist doch ein lachendes Fallbeil«, ergänzte Onno.

Es klopfte und Frau Böltjer kam mit einem Teller mit

Keksen ins Büro. »Ich dachte mir, dass Sie vielleicht etwas Leckeres zum Kaffee möchten«, sagte sie mit einem kurzen Lächeln und stellte ihn auf den Tisch.

»Ja, die gehen immer!« Klaas griff sich dankbar einen Keks.

»Setzen Sie sich doch.« Onno deutete auf einen Stuhl vor sich. »Wir hätten da noch ein paar Fragen.«

»Dann man to!« Frau Böltjer nahm Platz.

»Hatte Ihr Mann Feinde?«, wollte Onno wissen.

»Ich hatte es ja schon Ihrem Kollegen Herrn Broning erklärt«, sie schüttelte resigniert den Kopf, »Jakobus war schwierig. Man kann wohl sagen, dass er wesentlich mehr Feinde als Freunde hatte.«

»Als da wären ...?«, hakte Onno nach.

»Darüber habe ich natürlich auch schon nachgedacht.« Wieder schüttelte sie leicht den Kopf. »Dieser Hass, dieser entsetzliche Tod. Wo soll ich anfangen ... Also, normalerweise arbeiten wir im Bereich der Landwirtschaft. Nur haben wir einen großen Fuhrpark und Landwirtschaft ist Saisonarbeit. Also hat mein Mann auch Aufträge im Tiefbaubereich angenommen.«

»Wo ist da ein Problem?«, unterbrach sie Klaas.

»Es ist ein Graubereich.« Sie sah ihn an. »Die Tiefbauer haben uns verflucht, weil wir ihnen die Aufträge abgenommen haben. Das Gewerbeaufsichtsamt hat uns mehrfach ...«, sie verzog das Gesicht, »besucht und ermahnt. Aber mein Mann konnte es einfach nicht lassen. Dann haben wir noch die Naturschützer, insbesondere den Gänsevater Alting. Was da abgegangen ist, Feuer und Wasser ... Der traurige Höhepunkt: die Schlägerei hier auf dem Hof.«

»Ja, Ihre beiden Angestellten erzählten uns davon«, sagte Onno.

Frau Böltjer lachte freudlos auf. »Max und Moritz, auch solche typischen Kerle ... Sehen zu, wie die zwei sich kloppen, und unternehmen nichts.«

»Aber die Kameradschaft im Hegering ist doch sicher sehr gut?«, fragte Onno.

»Das könnte man meinen«, Frau Böltjer zog eine Schnute, »aber da gibt's auch genug Stunk.« Sie bemerkte den fragenden Gesichtsausdruck der Polizisten. »Ich kann es Ihnen ja auch erzählen, ist jetzt sowieso egal. Also: Bei Max und Moritz handelt es sich um Deichjäger, arme Schweine, die kein eigenes Land haben. Sehen Sie, mein Mann und zum Beispiel Hero Hortema haben eigene Ländereien. Das lassen sie die Deichjäger spüren. Die Jäger ohne eigenes Land werden ausgenutzt und selten zu Jagden eingeladen. Eine strenge Hierarchie innerhalb der Jägerschaft. An der Spitze Hero Hortema und mein Mann, ganz unten Max und Moritz.«

»Gab es denn schon mal einen Streit zwischen den Jägern?«, wollte Onno wissen.

»Nicht offen«, antwortete sie, »dazu fehlt zum Beispiel Max und Moritz der Mut. Aber erst neulich habe ich zufällig mitgehört, wie die zwei meinen Mann verfluchten.«

»Jeder schimpft doch mal auf den Chef«, unterbrach Onno.

»Aber nicht jeder will seinen Chef wie eine Schlachtsau an die Leiter hängen«, erwiderte sie. »Diese beiden, Max und Moritz, sind mir unheimlich geworden und sie sind nicht so harmlos, wie sie aussehen.«

Die Polizisten bedankten sich für den Kaffee und setzten sich wieder in ihren Bulli.

Onno ließ den Wagen an. »Ist der Motor kaputt?«, wollte Onno wissen, »oder woher kommen diese mahlenden Geräusche?«

»Ent-schul-di-gung, Herr Asket!« Klaas sah Onno finster an. »Schon mal auf die Uhr geschaut? Ich hab Kohldampf und mein Magen redet gerade mit uns.«

»Okay …« Onno wollte seinem Kollegen einen Nebenjob als Bauchredner empfehlen, unterließ es aber, als er Klaas' finsteres Gesicht sah. Onno kannte sein Schwein auch am Gang und wusste, dass Klaas ohne seine regelmäßigen Mahlzeiten nicht zu genießen war. »Ruf doch mal Maike an und frag, ob die anderen Kollegen auch was möchten«, sagte er kleinlaut.

Tag 12, nachmittags,
Polizeidienstgebäude in Weener, Büro der Soko Nimrod

Polizisten wussten immer, wo es leckeres Essen gab. Die beiden Autobahnpolizisten machten da keine Ausnahme. Auf der Dienststelle angekommen, packte Onno seine Schätze aus.

Nachdem die Angehörigen der Soko *Nimrod* gegessen und anschließend die kleine Küche aufgeräumt hatten, saßen alle im großen Büro mit Blick auf den Bahnhof.

»Vielleicht fassen wir mal zusammen, was die Befragungen bis jetzt ergeben haben«, sagte Jan. »Ich fang mal mit den Jägern Hortema und Wienna an.«

»Wenn man vom Teufel spricht ...« Stefan sah nach draußen. »Wir bekommen Besuch von Herrn Wienna!«

»Sicher die versprochenen Unterlagen«, vermutete Jan. Es klingelte an der Eingangstür. »Ich geh hin.« Im Flur drehte er sich noch einmal um. »Ihr könnt euch ja schon mal austauschen und ich kümmere mich auf der Wache um Herrn Wienna.« Er deutete auf die Tafeln mit den Fotos. »Davon braucht er nichts zu sehen.«

Jan ging zur Wache und drückte den Entriegelungsknopf für die Eingangstür. Wienna betrat die Schleuse, den kleinen Flur zwischen der Außentür und der Tür zum Innenbereich der Dienststelle. Von der Wache aus konnte Jan durch ein kleines Fenster in die Schleuse sehen. Wienna trug typische Jägerkleidung und hatte einen Aktenordner unter den Arm geklemmt.

Jan entriegelte die Tür zum Innenbereich und ging ihm entgegen. »Moin, Herr Wienna, kommen Sie doch herein!«

»Moin, Herr Broning.« Wienna zeigte auf den Aktenordner. »Wie versprochen: die Unterlagen.«

Jan ging voraus in die Wache und zeigte auf einen Stuhl vor dem Doppelschreibtisch. »Bitte setzen Sie sich doch.«

»Danke, Herr Broning.« Wienna nahm Platz und legte den Ordner vor sich auf den Tisch. »Zunächst möchte ich mich noch einmal für meinen Kameraden Hortema entschuldigen, insbesondere für den frostigen Empfang.«

»Danke, Herr Wienna«, sagte Jan und setzte sich ihm gegenüber. »Wir Polizisten sind es leider gewohnt, dass man uns bei unserer Ermittlungsarbeit nicht sehr viel Sympathie entgegenbringt. Insbesondere, wenn unser Gegenüber davon selbst betroffen ist.«

Wienna nickte mitfühlend und schob den Aktenordner hinüber. »Die Unterlagen ... Ich hoffe, Sie blicken durch. Von allem etwas, Zeitungsartikel, Mitteilungen der Jägerschaft und Drohbriefe.«

Jan blätterte schnell durch die Seiten.

»Manchmal frage ich mich, wieso wir uns das eigentlich antun«, seufzte Wienna. »Das Einzige, was es uns einbringt, sind Ärger und Anfeindungen.«

»Sie meinen die Jagdausübung«, vermutete Jan.

»Genau.« Wienna schüttelte den Kopf. »Immer mehr Vorschriften, Einschränkungen und der Ärger mit den Naturschützern ...« Er atmete tief durch. »Jetzt haben sie sogar einen von uns ermordet ...«

Für einen Moment herrschte Stille auf der Wache.

Jan Broning hatte das Gefühl, dass Wienna einen inneren Kampf führte. Dem Mann lag etwas auf der Seele, das spürte er sehr genau. Hatte der deshalb die Unterlagen persönlich vorbeigebracht? Für ein Gespräch ohne Zeugen?

»Herr Wienna«, Jan sah ihn eindringlich an, »wenn Sie mir etwas anvertrauen möchten … Wir können über alles reden, auch vertraulich!«

Wieder breitete sich die Stille aus. Jan Broning wartete geduldig.

Schließlich schüttelte Wienna offenbar eher unbewusst den Kopf, Jan wusste, der Mann hatte eine Entscheidung getroffen und würde schweigen.

»Herr Broning«, Wienna sah auf seine Uhr, »ich habe noch einen Termin …«

»Sie können immer mit mir reden«, wiederholte Jan.

»Danke!« Wienna stand auf und reichte ihm zum Abschied die Hand. »Tschüss, ich muss jetzt wirklich los. Ein sehr wichtiger Termin, den ich nicht verschieben kann.«

Jan begleitete ihn vor die Tür und ging mit dem Aktenordner unter dem Arm zurück ins große Büro der Soko. Er berichtete seinen Kollegen von dem Gespräch. »Irgendetwas verschweigt er uns. Ich dachte, er würde es mir erzählen wollen, aber dann hat er es sich anders überlegt.«

»Ich vermute, es hat etwas mit seinen Jagdkameraden zu tun.« Onno Elzinga sah in die Runde. »Es gibt verschiedene Strukturen innerhalb des Hegeringes.«

»Was meinst du damit?«, wollte Maike wissen.

»Eine Art Hierarchie, zum Beispiel haben wir da die sogenannten Deichjäger.« Onno bemerkte die fragenden Gesichter. »Frau Böltjer hat es uns so erklärt: Deichjäger haben kein eigenes Land und stehen in der Hierarchie ganz unten. Hortema und Böltjer dagegen befinden beziehungsweise befanden sich an der Spitze.«

»Na, Onno, Hierarchie gibt's doch in jeder Organisation.« Maike lachte. »Wir zum Beispiel … Die Polizei hat auch eine strenge Hierarchie.«

»Dann sind wir wohl die Deichjäger«, murmelte Klaas und sah Onno an.

»Dann will ich es euch an einem Beispiel verdeutlichen,

warum diese Hierarchie bei unseren Jägern speziell ist.« Onno sah Klaas an und grinste. »Essen ist das Schlüsselwort.« Onno freute sich, als er sah, wie sich das Gesicht seines Kollegen verfinsterte. »Stellt euch vor, eine gebratene Gans wird serviert. Nach dem Tranchieren werden die einzelnen Stücke verteilt. Zuerst bekommen die Jäger an der Spitze die besten Stücke. Zum Beispiel das begehrte Brustfleisch. Und den Rest bekommen die Deichjäger. Außerdem werden die Deichjäger gerne ausgenutzt und selten zu Jagden eingeladen, beziehungsweise man tut so, als hätte man es vergessen.«

»Deichjägermobbing?«, fragte Maike.

»Ich glaube, ich weiß, worauf Onno hinauswill«, sagte Jan Broning. »Bis jetzt gehen wir davon aus, dass es sich bei dem Mörder von Böltjer um einen Naturschützer handeln *könnte.*« Jan betonte das letzte Wort extra. »Die Verstümmelung der Brust beim Opfer haben wir bis jetzt als Rache für die Gänse angesehen. Quasi eine Botschaft der Naturschützer. Aber man kann sie auch anders deuten. Was ist, wenn der Mörder zum inneren Kreis des Hegeringes gehört? Ein gemobbter Deichjäger tötet den stellvertretenden Hegeringleiter und hinterlässt diese grausame Verstümmelung als Botschaft?«

»Gleichzeitig lenkt er den Verdacht in Richtung Naturschützer«, ergänzte Maike.

»Trotzdem müssen wir in alle Richtungen ermitteln«, sagte Jan. »Auf keinen Fall dürfen wir uns verrennen. Onno, du hast erzählt, dass Böltjer Probleme mit den anderen Tiefbauunternehmern hatte. Du hast doch Verbindungen zum Gewerbeaufsichtsamt, kannst du da mal nachhaken?« Dann sah er Maike an. »Wir brauchen alles über diesen Gänsevater Alting. Hintergrund und jede Art von polizeilichen Eintragungen, du weißt schon. Vielleicht kannst du ihn erreichen, dann könnten wir einen Termin vereinbaren. – Und ihr beide«, Jan sah Stefan Gastmann und Klaas Leitmann an, »bitte anhand der Mitgliederliste des Hegeringes die einzelnen Jäger überprüfen. Ich brauche einfach alle Informationen, angefangen von Gerüchten bis zu eventuellen Einträgen in Kriminalakten. Und ich beschäftige mich damit.« Jan zeigte auf den Ordner, den Wienna gebracht hatte. Er machte ein besorgtes Gesicht.

»Was ist?«, wollte Maike wissen.

Er schüttelte leicht den Kopf. »Nur so ein blödes Gefühl. Der Besuch von Wienna hat mich etwas beunruhigt. Die Atmosphäre ist so aufgeladen, dass ich jeden Moment mit Blitz und Donner rechne.«

Tag 12, abends,
Vogelbeobachtungshütte Kiekkaaste am Dollart

Der Tarnanzug ließ ihn mit der Umgebung verschmelzen. Die Kapuze verhüllte sein Gesicht. Dieser Standort war optimal, weil er mit dem Fernglas alle wichtigen Punkte im Blick hatte. Die Distanz zu seinen Sprengfallen durfte nicht zu groß sein. Die Reichweite für die elektronischen Auslöser war begrenzt.

Von seinem Standort aus konnte er die Zufahrt zum Dollart einsehen. Das Sperrwerk Nieuwe Staatenzijl auf der niederländischen Seite befand sich im Hintergrund. Der Fluss, die Westerwoldsche Aa, wurde durch dieses Sperrwerk, das sich genau auf der Grenze befand, in den Dollart entwässert.

Über einen Fußweg konnte man das niederländische Sperrwerk von Deutschland aus erreichen. Ein weiterer Fußweg führte vom Abstellplatz für Pkw, auf der deutschen Seite, zum Kiekkaasten. Dieser Weg aus Holzbohlen war mehrere hundert Meter lang und verlief durch den nassen und unwegsamen Schilfgürtel des

Dollarts. Am Ende befand sich die große Vogelbeobachtungshütte, genannt Kiekkaaste, direkt am Dollart. Eine eiserne Wendeltreppe führte hinauf in den Beobachtungsraum. Wände und Decken waren aus Holz, die Unterkonstruktion bestand aus Stahl. Alle Holzwände hatten Öffnungen, durch die man auf den Dollart und die Umgebung schauen konnte.

Sein Absperrband, das an der Zugangspforte zum Bohlenweg im Wind flatterte, hatte seinen Zweck erfüllt. Niemand befand sich auf dem langen Weg oder in der Beobachtungshütte.

Ein Auto fuhr über den alten Deich in Richtung des Sperrwerkes. Er sah sich das Kennzeichen LER-MA … an und grinste. Sein ›Gastredner‹ Menno Alting, der Gänsevater, war pünktlich.

Die Einladung für Alting hatte er über einen anonymen Maildienst versandt. Er hatte sich als niederländischer Lehrer ausgegeben. Angeblich sollte Alting hier in der Beobachtungshütte einen Vortrag vor niederländischen Schülern halten. Außerdem stand in der Mail, dass man den Bohlenweg für diese geschlossene Veranstaltung extra sperren würde. Alting dürfe natürlich durch die Sperre gehen.

Der große, kräftige Mann war aus dem Auto gestiegen und stand jetzt alleine vor der Absperrung. Er kraulte seinen grauen Vollbart und überlegte wohl, ob er weitergehen sollte. Jetzt kam der kritische Moment, würde er die Falle riechen?

Der Beobachter mit dem Fernglas atmete erleichtert auf, als der Mann mit der Glatze über das Absperrband kletterte. Mit der einen Hand hielt er sein Fernglas und in der anderen Hand einen Kasten mit verschiedenen Knöpfen. Er legte einen Schalter auf dem Kasten um und die LED-Leuchten über der Reihe von Knöpfen flammten auf.

Der Mann auf dem Bohlenweg ging weiter in Richtung Hütte. Der Beobachter wartete geduldig, bis Alting die

Hälfte des Weges zurückgelegt hatte. Sein Finger drückte den ersten Schalter des Kästchens. Die erste Bombe unter den Bohlen explodierte. Holzsplitter flogen durch die Luft. Alting fuhr erschrocken herum und schaute entsetzt auf das fehlende Wegstück hinter ihm. Beim nächsten Knopfdruck riss eine Explosion einen Teil des Bohlenweges weg, der schon dichter am Standort des Mannes war. Die dritte Bombe ging noch dichter hoch, und Alting begann in Richtung Hütte zu rennen. Der nächste Knopfdruck, und die Bombe Nummer vier explodierte hinter ihm. Alting rannte schneller. Auf seinem Gesicht spiegelten sich blankes Entsetzen und Angst. Die Explosionen trieben ihn vor sich her, bis er die Wendeltreppe erreichte.

Jetzt gab es zwei Möglichkeiten. Entweder würde er in den Dollart springen oder sich in die Hütte flüchten. Der Beobachter atmete erleichtert auf und grinste: Der Mann nahm die Treppe. Was er wohl für ein dummes Gesicht machen würde, wenn er die mit roter Farbe aufgesprühte Drohung las … Ja, genau jetzt dürfte der gehetzte Alting den Schriftzug an der Decke gelesen haben: *Alting, für den Mord an unserem Kameraden wirst du brennen.*

Zeit für die nächste Überraschung, die direkt unter der Hütte deponiert war. Ein Knopfdruck, ein dumpfer Knall gefolgt von einem roten Lichtschein, und eine riesige weiße Rauchwolke hüllte die gesamte Beobachtungshütte ein.

Zeit zum Aufbruch. Der Beobachter verstaute die Ausrüstung in seinem Rucksack und warf noch einen letzten Blick auf sein Werk.

Ein Klempner musste auch den Wasserhahn aufdrehen und dadurch den Druck auf die Leitung erhöhen, um die undichte Stelle im Leitungssystem zu finden. Er grinste … Mit dieser Aktion hatte er den Druck deutlich erhöht und nun brauchte er nur noch abzuwarten und alle Beteiligten an diesem Drama genau zu beobachten.

Tag 12, abends
Büro der Soko Nimrod

Jan Broning saß in einem Nebenraum und überlegte, ob er den Schädel des Ötzis ans anthropologische Institut schicken sollte. Mit einem speziellen Verfahren konnten Spezialisten das Gesicht rekonstruieren.

Maike kam herein. »Alting konnte ich nicht erreichen, nur seine Tochter. Er soll sich auf einer Tagung in den Niederlanden befinden. Rate mal, was für ein Thema?«

»Gänse?«, vermutete Jan.

»Gut geraten! Seine Tochter vermutet, dass er sich gerade auf den Nachhauseweg macht.«

»Seit wann ist er denn in den Niederlanden?«

»Seit vorgestern.« Maike lächelte, weil sie die nächste Frage ahnte. »Ja, er war noch zu Hause in Weener, als Böltjer ermordet wurde. Alting lebt alleine in dem Einfamilienhaus. Seine Tochter ist entweder bei der Arbeit im Krankenhaus oder bei ihrem Freund.«

»Danke, Maike! Also wird das mit einem Alibi für Alting nicht einfach«, stellte er fest. Als sie hinausging, klingelte das Telefon neben ihm. Er griff zum Hörer und meldete sich.

»Jan, hier ist Klaus von der Wache in Leer, wir haben gerade einen Notruf reinbekommen. Ein Bombenanschlag bei einer Vogelbeobachtungshütte an der deutsch-niederländischen Grenze am Dollart!«

»Ja … dieser Kiekkaasten bei Nieuw Staatenzijl, kenn ich, schieß los.«

»Mehrere Explosionen und die Vogelbeobachtungshütte soll brennen. Jetzt wird's richtig spannend: Vor der Zuwegung zur Hütte steht das Auto von diesem Gänsevater Alting, deshalb habe ich euch gleich angerufen. Ein Einsatzwagen aus Weener ist unterwegs.«

»Danke, Klaus, gut überlegt – wir fahren auch sofort

raus.« Jan legte auf und ging zu seinen Kollegen im großen Büro. »Alarm! Bombenanschlag am Dollart und Menno Alting ist beteiligt. Stefan, wir beide fahren sofort raus.«

Stefan Gastmann stand sofort auf und griff sich seinen Rucksack.

Jan sah Maike an. »Die anderen machen hier weiter. Wir melden uns, sobald wir eine Lage haben. Die Spurensicherung soll sich schon in Bewegung setzen. Tschüss!«

Er lief mit Stefan zu ihrem Zivilwagen und nahm den Fahrersitz, weil er wusste, wo sich die Beobachtungshütte befand. Er drehte die Seitenscheibe herunter und befestigte das Blaulicht auf dem Dach. Stefan schaltete es zusammen mit der Sirene an und Jan gab Vollgas. Er nahm den kürzesten Weg zur Bundesstraße und bog links ab. Auf den Ortsdurchfahrten Möhlenwarf und Bunde fuhr er vorsichtiger. Hinter Bunde nahm er einen Schleichweg, den Heerenweg, vorbei an den großen Windmühlen. An der Kreuzung zur Kreisstraße 40 bog Jan rechts ab. Ein Rettungswagen kam ihnen entgegen. Weiter ging die rasende Fahrt, vorbei am Boßelkegelheim links auf dem Parkplatz bis zur Abzweigung nach links beim alten Deichdurchlass.

Sie waren richtig, auf dem schmalen Weg standen Rettungswagen und Feuerwehrfahrzeuge. An einer Einmündung parkte Jan auf dem Seitenstreifen. Sie stiegen aus, ein Kollege in Uniform kam auf sie zu.

»Hallo, Stinus.« Jan Broning gab ihm die Hand. »Wie ist die Lage?«

»Noch ein bisschen chaotisch. Also, ein Zeuge auf der niederländischen Seite hörte mehrere Explosionen, ging nach draußen und sah eine große Rauchwolke bei der Vogelbeobachtungshütte. Die Leitstelle hat uns informiert, wir waren in der Nähe und sehr schnell hier. Swantje und ich stellten fest, dass der Bohlenweg zum Kiekkaasten an mehreren Stellen gesprengt worden ist.

Der Wagen von unserem Gänsevater Alting stand vor der Zuwegung und wir haben uns natürlich Sorgen um ihn gemacht. War er in der Hütte, oder lag er verletzt im Schilf. Eine große Rauchwolke hing noch über dem Dollart. Die Feuerwehr traf ein und gemeinsam haben wir überlegt, wie wir zur Hütte kommen. Wir haben Leitern über die Lücken im Weg gelegt und uns dann zur Hütte vorgearbeitet.« Stinus sah an sich herab, seine Uniform war verschmutzt, weil er eine verdächtige Stelle im Schilf inspiziert hatte. »Also. Swantje und ich gehen über die Wendeltreppe nach oben und sehen diese Farbschmiererei an der Decke …« Stinus suchte in seiner Hosentasche nach der Kamera.

»Stinus … Alting!« Jan Broning wurde ungeduldig.

»Ach ja«, Stinus fummelte an der Kamera herum, »den haben wir gefunden, war total fertig, der Mann.«

»Mensch, Stinus! Wie, fertig? Lass dir doch nicht jedes Wort aus der Nase ziehen!«

»Ein Nervenbündel, der Mann.« Stinus suchte nach den richtigen Worten. »Verwirrt und hat fürchterlich gehustet. Faselte unverständliches Zeug. Der Notarzt meinte, Rauchvergiftung und Nervenzusammenbruch. Jedenfalls ist Alting auf dem Weg ins Krankenhaus.« Stinus freute sich, weil er die Digitalbilder endlich im Menü der Kamera gefunden hatte. »Hier! Diese Drohung stand an der Decke.« Er zeigte Jan die Bilder aus dem Innenraum der Hütte.

Jan stieß die Luft hörbar aus, als er die Schrift las. *Alting, für den Mord an unserem Kameraden wirst du brennen.*

Tag 12, später abends
Vogelbeobachtungshütte Kiekkaaste am Dollart

Endlich konnten die Spurensicherungsbeamten einpacken. Albert Brede hatte ohne Unterlass geflucht und geschimpft, als er sich mit Egon durch den Schilfgürtel gekämpft hatte. Die Bauteile der explodierten Bomben waren über den ganzen Bereich verstreut. Jan Broning wagte gar nicht, Albert anzusprechen.

Vor ihm lagen diverse Teile der Bomben, die Albert und Egon inzwischen im Schilfgürtel sichergestellt hatten. Ein Teil war besonders interessant, Albert vermutete, dass es sich um eine Rauchbombe handelte. Die hatten sie unter der Hütte gefunden.

Alting war noch nicht ansprechbar, aber Broning konnte sich vorstellen, was hier passiert war. Alting war in eine gut vorbereitete Falle gelockt worden. Die Explosionen hatten den Gänsevater vor sich hergetrieben, Alting hatte sich in die Hütte gerettet, dann sollte er die Drohung lesen und vermutlich war dann die Rauchbombe hochgegangen. Er musste Todesängste ausgestanden haben, daher sicher auch der Nervenzusammenbruch.

Allerdings glaubte Broning nicht, dass man ihn hatte töten wollen. Anstelle der Rauchbombe hätten die oder der Täter die Hütte komplett in die Luft sprengen können oder in Brand setzen. Alting hatte in der Falle gesessen, und als der Rauch die Hütte einhüllte, hatte er geglaubt, dass sie brennen würde. Perfekt geplant und durchgeführt. Von wem?

Was stand in der Drohung ... *für den Mord an unserem Kameraden* ... Bedeutete das nicht, dass ein Jäger diese Falle vorbereitet hatte? Der oder die Täter wussten, dass die aufgesprühte Drohung nach der Aktion noch lesbar war. Hinterlässt ein Täter solch eine Visitenkarte? Broning mochte nicht daran glauben. Also eher wieder ein Ablenkungsmanöver, aber von wem, wer steckte hinter diesen gewaltsamen und rätselhaften Ereignissen? In Gedanken hörte er seinen Chef protestieren: »Jan, du siehst den Wald vor lauter Bäumen nicht. Denk doch nicht immer so kompliziert!«

Wie auch immer, die Sache war noch nicht vorbei.

Er war wütend. Der oder die Täter waren immer einen Schritt voraus. Broning hatte in den letzten Stunden mehrfach mit Maike im Soko-Büro telefoniert. Onno, Klaas und auch Stefan hatten sie nach Hause geschickt. Aber es wurde Zeit, zu agieren und nicht nur zu reagieren. Während Broning auf die Weite des Dollarts hinaussah, überlegte er, was sie als Nächstes tun sollten. Schließlich griff er zum Handy und rief Maike an.

Tag 13, morgens

Bis auf Maike saß das gesamte Team der Soko *Nimrod* schon früh im großen Büro. Jan Broning wirkte entschlossen, heute würden sie nichts anbrennen lassen. »Ich habe gerade mit dem Krankenhaus gesprochen. Unser Gänsevater Alting ist noch nicht ansprechbar, vielleicht haben wir heute Nachmittag Glück. Außerdem hatte ich ein aufschlussreiches Telefongespräch mit dem Jäger Wienna. Offensichtlich plagt ihn sein schlechtes Gewissen, seit er die Gerüchte von dem Bombenanschlag auf die Beobachtungshütte gehört hat. Gestern wollte er ja noch nicht mit uns reden, aber er hat wohl seine Meinung geändert.«

»Jan, mach es nicht so spannend«, unterbrach ihn Stefan ungeduldig. »Was hat er denn nun gesagt?«

»Seine Jägerkameraden Specker und Hummers, alias

Max und Moritz, haben bei einem geselligen Abend der Mitglieder des Hegeringes damit geprahlt, dass sie die Modellmühle des Gänsevaters gesprengt haben«, fasste Broning zusammen. »Wienna wollte seine Kameraden eigentlich nicht in die Pfanne hauen. Aber dieser Anschlag gestern hat wohl zum Sinneswandel geführt.«

»Na, das passt ja alles wunderbar«, sagte Onno. »Die Deichjäger Specker und Hummers haben einen Hass auf den Gänsevater Alting. Von der ausgesprochenen Drohung während der Befragung hatte ich euch ja schon erzählt.«

»Mit Sprengstoff können sie auch umgehen, und sollten Wiennas Befürchtungen zutreffen, dann haben sie jetzt noch mal zugeschlagen«, ergänzte Klaas.

Jan Broning nickte. »Wir müssen jetzt schnell reagieren und bei den beiden Hausdurchsuchungen durchführen. Die Sprengkörper müssen irgendwo zusammengebaut worden sein. Wir bilden zwei Teams und werden zeitgleich die Wohnungen durchsuchen. Maike hat die Beschlüsse dazu beantragt und wird gleich vom Amtsgericht zurück sein. Die Zeugen für die Durchsuchungen stehen bereit. Außerdem haben wir zur Unterstützung einen Hundeführer mit einem speziell auf Sprengstoffe trainierten vierbeinigen Kollegen.«

»Da war aber jemand fleißig!«, sagte Onno, beeindruckt von Jans und Maikes Vorbereitungen.

»Ja, es ist gestern spät geworden«, erklärte Jan, »aber wir müssen diesem Treiben ein Ende bereiten. Ich wollte euch etwas Ruhe gönnen, es wird heute noch anstrengend genug.«

Fast zeitgleich mit dem Hundeführer traf Maike auf der Dienststelle ein. Sie verteilte die Durchsuchungsbeschlüsse des Richters an die beiden Teams. Klaas, Onno und ein Zeuge sollten zum Haus von Wirtje Hummers, alias Moritz, fahren.

Jan vermutete, dass Siefko Specker das Alpha-Tier

im Duo war. Deshalb wollte er zusammen mit Stefan Gastmann, dem Hundeführer und dem Zeugen zu dessen Haus fahren. Ein Anruf bei Frau Böltjer ergab, dass Specker und Hummers pünktlich bei der Arbeit erschienen waren. Jans Plan war es, die zwei Jäger zunächst an ihrer Arbeitsstelle festzunehmen.

Die Einsatzfahrzeuge fuhren gemeinsam zum Lohnunternehmen Böltjer nach Bunde. Sowohl Specker als auch Hummers wurden vorübergehend festgenommen und getrennt. Danach fuhren sie mit den Beschuldigten zu den jeweiligen Wohnhäusern. Die beiden hatten das Recht auf Anwesenheit bei den Durchsuchungen. Jan Broning achtete darauf, dass die Durchsuchungen gleichzeitig stattfanden.

Einfamilienhaus der Familie Specker

Das Ehepaar Specker saß zusammen mit dem Zeugen von der Gemeinde im Wohnzimmer. Specker versuchte, cool auszusehen. Stefan und Jan beobachteten gespannt, wie der Hundeführer mit seinem vierbeinigen Kollegen die Arbeit aufnahm. Das gesamte Haus wurde abgesucht. Neben dem Siedlungshaus befand sich ein Schuppen mit einer Werkstatt.

Specker saß unruhig neben seiner Frau und stand immer wieder auf, um in den Flur zu sehen oder aus dem Fenster. Soweit möglich, beobachtete er die Aktionen der Polizisten. Jan stand im Flur und hatte Sichtkontakt mit Siefko Specker. Die Fassade der aufgesetzten Gleichgültigkeit bröckelte. Ständig musste Jan ihn auffordern, sich wieder hinzusetzen. Erna Specker funkelte ihren Mann wütend von der Seite an. Inzwischen ging der Hundeführer einmal um das Haus herum. Specker wurde sehr nervös, als der Polizeihund draußen zu bellen begann.

Stefan Gastmann, der sich in der Nähe des Hundeführers aufgehalten hatte, kam zu Jan und flüsterte ihm etwas ins Ohr. Jan Broning beobachtete Specker, der biss sich auf die Unterlippe, sein Gesicht so blass wie die Tapete im Hintergrund. »Kommen Sie mit!«, sagte Jan zu ihm, »und schließen Sie uns die Tür des Schuppens auf!«

Jetzt wurde auch der letzte Rest der aufgesetzten Gelassenheit des Festgenommenen durch Unsicherheit ersetzt. Mit hängenden Schultern stand er auf, nahm einen Schlüssel aus der Hosentasche und ging mit den Polizisten nach draußen. Als er die Schuppentür aufschloss, sprang der Hund in die Werkstatt, steckte die Schnauze in ein Regal und bellte aufgeregt. Specker wurde noch blasser.

Jan öffnete zwei Kaffeedosen aus dem Regal und sah, dass sich darin ein schwarzes, krümeliges Pulver befand.

»Sie haben gewonnen!«, sagte Specker und knirschte mit den Zähnen. »Seien Sie bloß vorsichtig mit dem Zeug, ist Schwarzpulver.«

Im hinteren Bereich des Schuppens stank es entsetzlich. Zwei Ketten mit spitzen Haken an den Enden hingen von der Decke und der Boden darunter wies etliche Flecken auf. Vermutlich geronnenes und eingetrocknetes Blut, dazu passte auch der Geruch nach Eisen. Ein Hauklotz stand in der Ecke und in dem Holz steckte ein etwa zwanzig Zentimeter langes Jagdmesser. Jan nahm eine Taschenlampe und sah sich die Klinge genauer an. Sie war breit und im Bereich der Spitze beidseitig geschliffen.

»Damit schlachte ich hier die geschossenen Tiere«, erklärte Specker mit weinerlicher Stimme aus dem Hintergrund.

Jan forderte das Spurensicherungsteam an. Egon Kromminga und Albert Brede trafen schnell ein und übernahmen die weitere Durchsuchung der Werkstatt.

Als Erstes stellten sie das Jagdmesser sicher. Außerdem fanden sie Stahlwolle, Flachbatterien und mehrere Holzkästchen. Albert Brede war sich sicher: die Einzelteile einer primitiven Bombe.

Einfamilienhaus der Familie Hummers

»Fehlt nur noch, dass Sie meine Schlüpfer durchsuchen!«, kreischte Trientje Hummers, die Ehefrau von Moritz.

»Wenn es sein muss«, antwortete Klaas gut gelaunt.

Wirtje Hummers saß kleinlaut neben seiner Frau auf dem Ostfriesensofa in der Küche. Nun richtete sie ihren Zorn auf ihren Mann. »Wirtje, du hast ja schon oft Mist gebaut«, ihre Stimme wurde gefährlich leise, »aber das hier …! Du gibst den Polizisten alles, wonach sie suchen, sonst …«

Wirtje Hummers zog den Kopf zwischen die Schultern. Onno stand neben Klaas in der Küche. Die Polizisten sahen sich vielsagend an, warteten aber erst einmal ab. Der Beschuldigte schien mehr Angst vor seiner Frau zu haben als vor der Polizei.

»Das mit der Sprengung war Siefkos Idee«, murmelte er fast unhörbar.

Seine Frau hatte offensichtlich gute Ohren und zählte eins und eins zusammen. »Ihr wart das?!«, schrie sie und ihre rechte Hand war blitzschnell. Hummers rieb sich seine glühende Wange. »Sofort sagst du, was ihr angestellt habt!« Die Hand der Ehefrau hob sich wieder drohend. Sollten Onno und Klaas eingreifen? Sie entschieden sich, abzuwarten.

»Wir wollten es diesem Gänsevater zeigen.« Hummers sah auf den Boden vor sich. »Die Sprengungen haben wir vorher ausprobiert. Die Einzelteile finden Sie in der Werkstatt.«

»Ihr hättet den Mann umbringen können mit euren Bomben!« Frau Hummers sank in sich zusammen. »Den Steg sprengen, wo der langläuft …!«

Wirtje Hummers sah seine Frau mit einem Fragezeichen im Gesicht an. »Bist du verrückt?!« Sein entsetzter Blick richtete sich auf die Polizisten. »Ich rede von dieser Modellmühle. Die haben wir in die Luft gejagt, doch nicht den Steg beim Kiekkaasten!«

Onno stellte fest, dass Hummers ohne seinen Kumpel Siefko Specker hilflos war. Außerdem hatte er Angst vor seiner Frau. Deshalb beschloss Onno nun, die Rolle des guten und netten Polizisten zu spielen. »Herr Hummers, zeigen Sie uns doch einmal Ihre Werkstatt!«

Hummers stand mit einem ängstlichen Seitenblick auf seine Frau auf und ging voraus.

»Bei Ihrer Frau kann ich Ihnen nicht helfen«, sagte Onno, fast hatte er tatsächlich Mitleid mit dem Kerl. »Aber ich hatte Sie ja bereits belehrt, es handelt sich um eine ernste Straftat. Ich an Ihrer Stelle würde jetzt reinen Tisch machen. Jetzt ist ein guter Zeitpunkt, um uns die Wahrheit zu sagen. Wer weiß, was Ihr Kumpel gerade meinen Kollegen erzählt.« Onno erhöhte den Druck und befand sich jetzt in der Phase zwischen dem guten und dem bösen Polizisten.

»Bitte!« Hummers' Stimme klang weinerlich. »Glauben Sie mir, wir haben nur diese Mühle gesprengt. Mit der anderen Sache haben wir nichts zu tun.«

»Zeigen Sie uns erst mal Ihre Werkstatt!«, forderte Onno ihn auf.

Hummers ging nach draußen und schloss eine große Garage auf. An der hinteren Wand standen ein langer Arbeitstisch und Regale. »Hier!« Er griff ins Regal und gab Onno eine alte Farbdose. »Aber vorsichtig, da ist Schießpulver drin!«

Die abgeschnittenen Rohre mit dem Gewinde an beiden Enden fielen Onno sofort auf. Einige passende Deckel lagen daneben. Onno hielt einen davon gegen das Licht. In der Mitte befand sich eine Bohrung.

Klaas sah seinen Kollegen fragend an.

»Die Einzelteile für eine Rohrbombe«, sagte Onno. Jetzt spielte er den bösen Polizisten, seine Stimme war laut und aggressiv, als er fragte: »Woher haben Sie den Sprengstoff?«

»Aus Patronen gesammelt«, antwortete Hummers kleinlaut.

»Sind Sie eigentlich bekloppt, hier Bomben zu basteln?!« Klaas wurde jetzt auch zum bösen Polizisten, allerdings war das nicht gespielt.

»Ich habe Siefko gleich gesagt, dass die Rohrbomben zu gefährlich sind und …«

»Und …?« Onno schrie ihn jetzt an, offensichtlich brauchte Hummers Druck.

»Da haben wir es mit Schwarzpulver in einem Holzkasten, Stahlwolle und einer Batterie gemacht!« Hummers sah die Polizisten flehentlich an.

»Lassen Sie mich raten: mit einer Schnur als Zünder?«, sagte Onno, wieder sehr laut. Wirtje Hummers konnte nur noch nicken. »Haben Sie uns noch was mitzuteilen, Herr Hummers?«

»Die geschlachteten Gänse haben wir auf dem Deich liegen lassen!«, murmelte Hummers.

Die Polizisten legten ihm Handschellen an und durchsuchten noch einmal das ganze Haus. Hummers zeigte ihnen den Waffenschrank. Den Schlüssel dafür nahmen sie an sich. Hummers durfte sich neben seine Frau in die Küche setzen – Strafe muss sein!, dachte Onno. Dann griff er zum Telefon und rief Jan Broning an.

Einfamilienhaus der Familie Specker

Jan hörte sich Onnos ausführlichen Bericht an und stellte einige Fragen, insbesondere nach den Bauteilen der Bombe.

Er beendete das Gespräch und dachte nach. Die Aktion war ein voller Erfolg, die Taktik der zeitgleichen Durchsuchungen war aufgegangen. Der Anfangsverdacht gegen die zwei Jäger hatte sich erhärtet. Grund genug, um sie weiter in Haft zu lassen.

Alle verdächtigen Messer, Sprengstoffe und das Sprengstoffzubehör wurden im Hause Specker eingetütet und beschlagnahmt. Danach mussten die Spurensicherer noch zum Haus von Hummers. Das ganze Brimborium noch mal. Armer Albert! Armer Egon! Es würde ein langer Tag für die Kollegen von der Spurensicherung werden.

Die Beschuldigten Specker und Hummers waren auf dem Weg zur Dienststelle in Weener. Die Trennung von Max und Moritz sollte auch bei den folgenden Vernehmungen beibehalten werden. Wirtje Hummers war der Schwachpunkt und diesen würde Jan ausnutzen.

Tag 13, nachmittags
Dienststelle in Weener

Bevor die Vernehmungen beginnen sollten, saßen die Kollegen der Soko *Nimrod* zusammen und fassten die Ergebnisse der Durchsuchungen zusammen.

»Wir haben Sprengstoff und Zubehör sichergestellt«, begann Stefan aufzuzählen, »dann haben wir dieses beidseitig angeschliffene Messer.«

»Spuren gesichert, Täter festgenommen und Fall gelöst?«, schlug Onno vor.

»Nicht nur ein Fall, sondern Fälle«, ergänzte Klaas und zählte auf: »Die Sprengung der Mühle, Ablegung der Gänsekadaver, Ermordung des stellvertretenden Hegeringleiters und den Anschlag an der Beobachtungshütte auf Alting. Hab ich noch was vergessen?« Er sah fragend in die Runde.

Maike bemerkte die Zweifel in Jan Bronings Gesicht. »Was ist, Jan? Du bist verdächtig still und brütest bestimmt wieder etwas aus.«

Jan zog eine Schnute. »Ich könnte jetzt was sagen, aber ich warte erst mal ab. Ich brauch unbedingt noch eine Aussage von Alting. Wieso befand sich unser Gänsevater bei der Beobachtungshütte? Hat ihn jemand dorthin bestellt und wenn ja, wie? Hat er jemanden bemerkt? – Onno, Klaas, fahrt bitte jetzt zum Krankenhaus und versucht, eine Aussage von ihm zu bekommen.«

»Machen wir«, sagte Onno und ging mit Klaas hinaus.

»Maike, Stefan, nehmt bitte Kontakt mit Albert auf«, fuhr Jan fort. »Was mich interessiert, ist natürlich das sichergestellte Messer, kommt es als Tatwaffe bei Böltjer in Frage? Vielleicht könnt ihr auch Fotos vom Messer zur Gerichtsmedizin schicken. Dr. Knoche soll mal einen Blick darauf werfen. Außerdem sind da noch die sichergestellten Bombenteile aus dem Schilf beim explodierten Steg. Mir kam es so vor, als ob es sich um eine technisch anspruchsvolle Konstruktion handelte. Albert ist ja Experte mit allem, was knallt, eine Einschätzung würde mir im Moment reichen.«

Jans Telefon klingelte ohne Unterbrechung. Er war sparsam mit Kommentaren und beendete die Telefonate schnell. Er wartete auf den Anruf aus dem Krankenhaus. Endlich sah er beim nächsten Klingeln, dass es sich um das Handy von Onno und Klaas handelte. Er drückte den grünen Knopf. »Hallo, Onno, was habt ihr rausgekriegt?«

»Alting geht es schon wieder recht gut.« Onno atmete tief durch. »Mann, war der mies drauf! Aber letztendlich konnten wir ihn beruhigen und die Informationen aus ihm rauskitzeln. Also ... Er ist per E-Mail zur Beobachtungshütte eingeladen worden. Angeblich ein Vortrag mit einer niederländischen Schulklasse. Alting hat bereits selber festgestellt, dass alles gefakt war. Angeblich ein anonymer Mailserver. Hat ein Bekannter von ihm rausbekommen. Vor Ort hat er niemanden gesehen, allerdings hatte er das Gefühl, dass die Zeitpunkte der Explosionen exakt gesteuert worden sind.«

»Kannst du das genauer erklären?«, hakte Broning nach.

»Schwer zu sagen ... Alting hat sich bei der ersten Explosion wohl so erschrocken, dass er nicht gleich losgelaufen ist. Die zweite oder die dritte Explosion hätte ihn töten können, aber Alting glaubt, derjenige, der die Bomben auslöste, hat jeweils gewartet, bis er sich nicht mehr an den Explosionsstellen befand. Ja, Jan ... klingt komisch, aber so hat Alting es formuliert. Dies sei ihm erst hinterher klar geworden. Kannst du was damit anfangen?«

»Kann ich, Onno, besten Dank. War's das?«

»Ja, leider, während der weiteren Befragung redete er sich wieder in Rage und diesmal gaben seine Überwachungsinstrumente Alarm, dann haben sie uns, salopp formuliert, rausgeworfen.«

»Die Informationen reichen mir erst einmal, wir werden uns später noch mit unserem Gänsevater befassen. Bis nachher!« Jan legte den Hörer auf und dachte über die neuen Informationen nach.

Maike de Buhr unterbrach seine Gedankengänge, als sie hereinkam. »Jan, ich habe gerade noch einmal mit Albert gesprochen.« Sie sah auf einen Zettel, den sie in der Hand hielt. »Zu dem Messer: Ein Test ergab Blutanhaftungen, die könnten aber auch von einem

Wildtier stammen. Außerdem glaubt Albert nicht, dass das Messer die Tatwaffe ist, weil die Klinge zu schmal ist. Der Gerichtsmediziner Dr. Knoche ist auch skeptisch wegen der Klingenbreite. Zu den Bombenteilen: Albert ist sich sehr sicher, dass es sich um ferngesteuerte Zünder handelt. Bei dem verwendeten Sprengstoff handelt es sich nicht um Schwarzpulver, sondern etwas mit mehr … Moment«, Maike suchte nach den richtigen Worten, »… Albert sagte: etwas mit mehr Wumms. Eine professionelle Arbeit mit professionellem Material.« Maike lächelte jetzt. »Außerdem lässt er dir ausrichten, dass er es nicht schätzt, solche schnellen Einschätzungen vorzunehmen.« Nun grinste sie übers ganze Gesicht. »Den Originalton möchte ich dir lieber nicht wiedergeben.«

»Kann ich mir denken.« Broning zog die Stirn in Falten. »Aber ich brauche die Info, schließlich müssen wir nachher entscheiden, ob unser Duo Infernale weiter in Haft bleibt.«

»Ist das denn diskussionsfähig?« Sie sah Jan aufmerksam an.

»Anfangs war ich mir auch sehr sicher, dass wir unsere Täter haben, aber …«, er schüttelte leicht den Kopf, »die neuen Informationen passen nicht zu unserer schönen aufgeklärten Version vom Tathergang. Wir warten erst einmal die Vernehmungen ab. Danach wissen wir sicher mehr.«

Wirtje Hummers saß Jan Broning und Maike de Buhr im Vernehmungsraum gegenüber. Die Belehrung als Beschuldigter war vorgeschrieben. Ein sensibler Zeitpunkt, weil dem Beschuldigten spätestens jetzt klar wurde, dass er nicht zu einer Aussage gezwungen werden konnte. Eine heikle Angelegenheit – wo hörte die Befragung im Rahmen der Vorermittlung auf und wo fing die Vernehmung als Beschuldigter an?

Sollte Wirtje Hummers von seinem Aussageverweigerungsrecht Gebrauch machen, würde das die Ermittlungen verzögern. Das wollte Jan Broning eigentlich vermeiden.

Die Sorge war überflüssig, Hummers war bereit auszusagen.

»Herr Hummers, in Anwesenheit meines Kollegen Elzinga haben Sie gestanden, die Modellmühle von Herrn Alting gesprengt zu haben«, sagte Jan.

»Ja, zusammen mit meinem Kumpel Siefko Specker«, antwortete Hummers.

»Haben Sie auch den Sprengstoffanschlag auf die Vogelbeobachtungshütte verübt?«, wollte Jan Broning nun wissen.

»Nein, wie oft soll ich denn noch sagen, damit haben wir nichts zu tun. Diesen Alting mögen wir nicht, ist ja kein Geheimnis, deshalb haben wir ja die Mühle hochgejagt.«

»Haben Sie Ihren Chef Böltjer gehasst und sich an ihm gerächt?«, schoss Jan die nächste Frage ab.

»Um Gottes willen, er hat uns behandelt wie den letzten Dreck, mit seinem Tod haben wir aber wirklich nichts zu tun!«, stammelte Hummers. »Als man ihn umbrachte, habe ich mit meinem Kumpel Siefko geangelt. Nachtangeln ... Ich weiß noch, wie ich am nächsten Tag zu Siefko sagte, als man ihn umbrachte, saßen wir ahnungslos an unserer Lieblingsangelstelle.«

»Und wie war das mit den geschlachteten Gänsen?«, hakte Broning nach.

»Ja, das waren wir. Im Nachhinein war es wohl nicht so schlau, die Reste der Tiere auf dem Deich liegen zu lassen«, sagte Hummers zerknirscht.

»Wo waren Sie gestern Abend?«, fragte Maike.

»Ist schon klar, Sie meinen, als der Steg zur Hütte hochging.« Hummers' Stimme wurde wieder fester. »Nach der Arbeit bin ich mit Siefko wieder zum Angeln gefahren. Ich bin immer froh, wenn ich nicht zu Hause bei meiner Frau rumsitzen muss.«

Jan stellte noch einige Fragen. Nein, niemand hatte die beiden Angler am Tief gesehen. Drei Angeln hatte jeder dabeigehabt und das Wetter war trocken gewesen. Nein, der Fang war erbärmlich gewesen. Einen kleinen Barsch, sonst Fehlanzeige.

Maike war klar, wieso Jan alle Kleinigkeiten erfahren wollte. Diese Aussagen von Wirtje Hummers wollte er später mit denen von Siefko Specker vergleichen.

»Wer hatte denn die Idee mit der Mühlenexplosion?« Jan Broning wollte eigentlich nur noch eine Bestätigung für seine Vermutung hören.

»Siefko war es, wir haben ein bisschen rumprobiert. Bei der Rohrbombe habe ich aber kalte Füße bekommen.« Hummers hoffte wohl auf Beifall für seine Weigerung, der blieb aus. »Er schlug dann vor, dass wir die harmlosere Variante mit dem Holzkistchen nehmen sollten.« Er sah Jan Broning eindringlich an. »Bitte glauben Sie mir, es sollte nur ein Denkzettel sein! Niemand sollte verletzt werden. Wir waren so sauer wegen diesem Mist, den Alting ständig über uns verbreitete.«

»Herr Hummers, können Sie denn auch mit Computern umgehen?«

Mit dieser Frage verwirrte Jan Broning ihn. »Nee, das ist ja das Problem in der Werkstatt. Siefko und ich sind ja zu blöd, hat wenigstens Böltjer immer gesagt. Die neuen Landmaschinen sind auch mit elektronischen Steuerungssystemen ausgerüstet. Da müssen zum Beispiel Fehler aus der Software ausgelesen werden, jedenfalls so irgendwie … Sollten sogar zum Computerkurs, dabei haben weder Siefko noch ich so ein Ding zu Hause stehen.«

Jan und Maike wechselten einen kurzen Blick. Im Moment hatten sie keine Fragen mehr. Sie vermerkten die Zeit der Unterbrechung im Vernehmungsprotokoll.

»Danke, Herr Hummers!« Jan brachte ihn zurück zum Zellentrakt und kam mit Siefko Specker zurück.

Specker begriff wohl, dass Schweigen sinnlos war. Jan Broning konnte ihn mit den Aussagen seines Kumpels unter Druck setzen.

Wieder wechselten sich Jan und Maike mit den Fragen ab. Sie stellten schnell fest, dass sich keine Abweichungen zwischen den Aussagen ergaben. Entweder hatten sich die Beschuldigten gut abgesprochen, oder die zwei Deichjäger waren tatsächlich nur für die Mühlenexplosion und das Ablegen der Gänse auf dem Deich verantwortlich. Specker bestätigte die Aussage seines Kumpels Wirtje Hummers , dass sie gemeinsam geangelt hatten, als Böltjer umgebracht worden war, und auch zur Zeit des Anschlages.

Als Specker wieder in seiner Zelle saß, sagte Maike: »Jetzt ist mir klar, woher deine Zweifel an der Täterschaft der beiden am Mord von Böltjer und dem Anschlag auf die Hütte kommen.«

»Lass uns rübergehen«, schlug Jan vor, »dann brauch ich nicht alles zweimal zu erzählen.«

Im großen Büro saßen alle Mitarbeiter der Soko *Nimrod* vor einer Tasse Tee.

Klaas sah seine Tasse skeptisch an und nahm einen Schluck. Synchron verzog er sein Gesicht. »Ist noch heißes Wasser übrig?«, fragte er Onno.

»Ja! Ent-schul-di-gung! Ist dem feinen Herrn der Tee wieder mal zu stark«, maulte Onno. »Habe ich mir schon gedacht, kannst dir ja einen Vanille-Cappuccino machen.«

Jan wartete, bis Klaas zurück war. »Ihr seid sicher schon gespannt, was bei den Vernehmungen herausgekommen ist, leider muss ich euch enttäuschen. Specker und Hummers als Täter für den Mord an Böltjer und Bombenbastler für den Hüttenanschlag ...« Er schüttelte den Kopf. »Mit dieser schönen Lösung wird es wohl nichts.«

»Sie haben ein Alibi für die Tatzeiten?«, schlug Stefan vor.

»Die Alibis sind tatsächlich schwach«, gab Jan zu, »sie sind angeblich immer gemeinsam beim Angeln. Am Arsch der Welt, wo sie keiner sieht. – Aber nein, etwas anderes passt nicht. Alting wurde mit einer anonymen E-Mail zur Hütte gelockt.«

»Und dies ist nur über einen anonymen Proxy-Server möglich«, ergänzte Maike.

»Genau, und unser beiden Helden haben keine Ahnung von Computern«, sagte Jan. »Und das glaube ich ihnen. Trotzdem können sie uns etwas vorgelogen haben.«

»Na ja!« Stefan wollte die Beschuldigten noch nicht vom Haken lassen. »Das ist aber alles noch sehr ungewiss.«

»Das stimmt.« Jan ging zur weißen Tafel und tippte auf Fotos der aufgefundenen Zünder. »Albert meinte: ausgeklügelte Zünder, ferngesteuert, und hochexplosiver Sprengstoff. Die Falle für Alting ist angefangen von der E-Mail über die komplizierten Bomben bis zu den anspruchsvollen Einzelteilen das Werk eines Spezialisten. Dazu der ausgefeilte Plan, die exakte Reihenfolge der Explosionen ... Und dagegen diese primitiven Bombenteile, die wir bei den Hausdurchsuchungen gefunden haben.« Er schüttelte den Kopf. »Mit den Alibis kommen wir nicht weiter, aber ich habe das sichere Gefühl, dass Specker und Hummers nicht verantwortlich für den Mord an Böltjer sind. Außerdem haben sie auch nicht den Anschlag auf Alting bei der Beobachtungshütte verübt.«

»Un nu?«, wollte Onno wissen.

Jan Broning sah in die Runde. Alle Kollegen wirkten niedergeschlagen. Keine Vorschläge, nur Schweigen. Er atmete tief durch und traf eine Entscheidung: »Bringt sie nach Hause; versucht noch einmal, die Alibis zu überprüfen; die Waffenschränke bleiben verschlossen und zur Sicherheit versiegelt ihr die Schränke auch noch.

Informiert bitte den Landkreis Leer über die Aktivitäten unseres Duos. Die Abteilung Waffen- und Jagdscheine soll entscheiden, ob die beiden Deichjäger noch zum Führen von Waffen geeignet sind.«

Tag 13, abends,
Büro der Soko Nimrod

Jan Broning stand vor den weißen Tafeln. Auf der linken befanden sich die Bilder von dem Toten in den Salzwiesen. Nada, nichts, keinen Schritt weitergekommen. Dann die rechte Tafel: die Bilder vom Opfer Böltjer auf dem Deich bei Coldeborg. Darunter die neuen Bilder vom Anschlag auf die Vogelbeobachtungshütte. Was war vom vielsprechenden Anfang des Ermittlungstages geblieben?

Er wollte seine Kollegen nicht entmutigen, und vielleicht hoffte er auch selber insgeheim auf eine schnelle Lösung des gesamten Falles. Aber wenn einem der Wind hart ins Gesicht blies, konnte man nicht schnell vorankommen. Kleine Schritte brachten einen auch ans Ziel, nur nicht stehenbleiben … Aber man konnte auch das Ziel aus den Augen verlieren und in die falsche Richtung gehen. War das heute geschehen, hatten sie in die falsche Richtung ermittelt?

Er musste es sich eingestehen, der Tag war gelaufen. Was hatte die ganze Mühe unterm Strich gebracht? Die Alibis von Specker und Hummers konnten sie vergessen. Keine Widersprüche bei den Einzelheiten zum Angeln. Entweder gut abgesprochen oder einfach zutreffend. Frau Böltjer hatte außerdem bestätigt, dass ihre Angestellten, was Computer betraf, von keiner Sachkenntnis getrübt waren.

Die beiden Deichjäger kamen nach seiner Einschätzung als Täter nicht in Frage. Es blieb allerdings ein Restrisiko, da musste er Stefan recht geben. Spielten ihm die Deichjäger geschickt etwas vor? Waren sie cleverer als vermutet? Dieses Restrisiko mussten sie absichern.

Jemand zog im Hintergrund geschickt die Fäden und wollte, dass die Soko den Verantwortlichen für den Anschlag auf die Beobachtungshütte in Jägerkreisen suchte. Die Botschaft an der Decke war eindeutig gewesen. Prompt waren sie den ausgestreuten Brotkrumen gefolgt. Nun, wenn derjenige dieses Verhalten beabsichtigt hatte, würde Jan Broning eben so tun, als gehörten die zwei Deichjäger noch zu seinen Top-Favoriten.

Er hasste es, wenn er im Dunkeln tappte. Jan dachte an ein Tau, das aus drei Seilen geflochten war. Die Hälfte des Taus war aufgedreht, es ging in drei Richtungen auseinander. Er hielt ein Seilende in der Hand. Die zwei anderen Seile konnten er sehen, aber noch nicht erkennen, an welcher Stelle sie zu einem Tau zusammenliefen. Was befand sich am Ende des Taus und wer hielt es in den Händen?

Die Kollegen der Soko saßen im großen Büro und schauten auf die weißen Tafeln. Jan Broning schrieb vier Ereignisse hintereinander auf die rechte:

1. *Sprengung der Modellmühle der Altings.*
2. *Abgelegte Gänsekadaver auf dem Deich.*
3. *Mord an Böltjer.*
4. *Anschlag auf die Beobachtungshütte.*

Er trat einen Schritt zurück und sah auf die Tafel. »Leider haben wir ausgerechnet die zwei unwichtigen Ereignisse aufgeklärt.« Jan drehte sich zu seinen Kollegen um. »Specker und Hummers haben die Sprengung der Mühle und die Entsorgung der Gänsekadaver zugegeben. Für den Anschlag auf die Beobachtungshütte kommen sie vermutlich nicht in Frage, darüber haben wir uns ja schon unterhalten.«

»Und was ist mit dem Mord an Böltjer? Aus der Nummer sind sie auch noch nicht raus«, stellte Stefan Gastmann fest. »Sie konnten sich auch dafür nur gegenseitig ein Alibi geben. Angeblich waren sie zusammen beim Nachtangeln. Wir haben noch einmal nachgefragt, es hat sie sonst keiner gesehen.«

»Was spricht unterm Strich für eine Täterschaft?«, fragte Jan. »Okay, sie haben Böltjer gehasst, aber das war's auch schon. Ein Haftgrund ist das nicht. Deshalb mussten wir sie ja auch laufen lassen.«

»Zumindest haben wir die Waffen der beiden gesichert«, versuchte Onno etwas Positives beizutragen. »Auf den Sprengstoff und das Zubehör können sie auch nicht mehr zugreifen.«

Broning nickte. »Das stimmt natürlich, nur wird das nicht reichen. Tagsüber sind die beschäftigt, aber was machen sie nach Feierabend? Stefan hat recht, es bleibt ein Restrisiko. Wir werden sie observieren müssen.«

»Beide?« Maike schüttelte den Kopf. »Dazu brauchen wir zwei Teams, wie wollen wir das bewerkstelligen?«

»Dieser Siefko Specker ist das Alpha-Tier«, antwortete Jan. »Maike hat natürlich recht, wir können nicht beide gleichzeitig observieren, dafür sind wir zu wenige. Deshalb sollten wir uns auf Specker konzentrieren. Wo der ist ...«

»... ist Wirtje Hummers auch nicht weit«, vervollständigte Maike den Satz.

»Die Observierung wird nicht einfach sein«, gab Stefan zu bedenken, »bei der offenen Landschaft bemerkt der uns doch sofort und wir sind verbrannt.«

»Dann ist das so«, entschied Broning. »Wenigstens haben wir erst einmal etwas Ruhe und behalten den Deckel auf dem Topf. Sie werden keine neuen Aktionen unter Polizeibewachung wagen.«

Onno und Klaas sahen sich an und nickten. »Klaas und ich könnten die erste Observierung übernehmen«, bot Onno an.

»Danke, dafür dürft ihr auch eher gehen.« Jan nahm das Angebot gerne an. »Wie sieht es eigentlich mit euren Einzelaufträgen aus? Onno, hast du jemanden beim Gewerbeaufsichtsamt erreicht?«

»Ja, hab ich. Der Lohnunternehmer Böltjer ist dort gut bekannt. Tatsächlich arbeitete Böltjer in einem Graubereich. Seine Konkurrenten waren nicht immer damit einverstanden, dass er ihnen auf seine spezielle Art die Aufträge wegschnappte. Ihre Beschwerden führten zu einer Prüfung des Unternehmens durch das Gewerbeaufsichtsamt.« Onno sah auf seine Notizen. »Hier, ich hab's, es gab einige saftige Strafen für Böltjer. Das sprach sich natürlich herum, Schadenfreude und so, damit war der Streit erledigt.«

»Du meinst damit, dass sich kein Motiv für den oder

die Täter aus dieser Richtung ergibt?«, hakte Jan Broning nach.

»Genau«, bestätigte Onno, » das können wir vergessen. Eine Sackgasse.«

»Maike, hast du noch etwas mehr über unseren …«, er grinste, »Gänsevater Alting herausbekommen?«

»Diesen Namen hat Alting natürlich bekommen, weil er sich sehr für unsere heimischen Gänse einsetzt«, antwortete Maike. »Wie ein Vater seine Kinder bis zum Letzten verteidigt, so handelt auch Alting.«

»Und wie sieht das in der Praxis aus?«, wollte Stefan wissen.

»Alting stört die Jäger, wo er nur kann«, erwiderte sie, »ein erbitterter Kleinkrieg. Alting hat etliche Einträge in unserem Polizeicomputer, aber alle nur in Bezug auf Gänse oder Jäger. Das Beste wird sein, ich schildere euch seinen Tagesablauf. Seine Basis ist ein alter Bauwagen im Deichvorland bei Midlum. Dort hält er auch Vorträge vor Schulklassen. Morgens holt er Schilder aus dem Bauwagen und stellt sie auf. Da steht dann drauf, zum Beispiel, *Gänsejagd ist Gänsemord*. Diese Schilder sollen natürlich die Jäger provozieren. Dann bezieht er seinen Beobachtungsposten mit Fernglas und Kamera mit Teleobjektiv und überwacht zum Beispiel Jogger, die laufen, wo sie nicht dürfen. Hört er Schüsse, fährt er zu den Jägern und nervt die ohne Ende. Er erstattet fleißig Anzeigen, wird angezeigt, so geht das schon seit Jahren.«

»Hang zum Fanatischen?«, fragte Jan. »Anders formuliert, wie weit würde er gehen, um«, er zeichnete Gänsefüßchen in die Luft, »›seine‹ Gänse zu schützen?«

»Alting ist aufbrausend und unbeherrscht.« Maike zog eine Schnute. »Wenn der ’nen schlechten Tag hat, dann …«

»… greift er zum Messer?« Jan ließ die Frage im Raum stehen. Dann schaute er Klaas an. »Du hast die Mitgliederliste des Hegeringes gecheckt.«

»Hab ich, Jan.« Klaas kramte in seinen Unterlagen. »Es verhält sich ähnlich wie bei Alting. Nehmen wir alle polizeilichen Einträge heraus, die in den Bereich des Gänsekrieges fallen, ist die Ausbeute eher mager. Die Jäger des Hegeringes haben eine saubere Weste. Allerdings macht Böltjer eine Ausnahme. Er neigte zur Gewalt, wenn er getrunken hatte. Ihr kennt ja diese Typen, die einem die schönste Feier versauen, Streit suchen, weil sie nicht mit Alkohol umgehen können. Bei den Auseinandersetzungen mit dem Gänsevater sind es besonders Böltjer, Hortema und unser Duo Infernale Specker und Hummers, die keinem Streit aus dem Wege gehen.«

»Noch einmal zu unserem Gänsevater, können wir ihn jetzt endlich vernehmen? Nachdem wir Zweifel an Speckers und Hummers' Täterschaft haben …«

»… wird Alting umso interessanter.« Maike grinste. »Worauf warten wir noch?«

Tag 14, mittags,
Krankenhaus Weener

Stefan Gastmann und Jan Broning gingen den langen Flur der Männerstation entlang. Gastmann schubste Broning kurz an und zeigte mit einem Kopfnicken auf einen Mann, der ihnen entgegenkam.

»Moin!«, grüßte der die Polizisten und ging vorbei.

»Moin!«, sagten Stefan und Jan.

Als der Mann außer Hörweite war, sagte Stefan: »Weißt du, wer das war?«

Jan zuckte nur mit den Schultern.

»Das war der Redakteur des *Rheiderlandkuriers*, Hilko Cordes!«, erklärte Stefan.

»Dann kann ich mir schon denken, was er hier im Krankenhaus wollte.« Jan machte ein griesgrämiges Gesicht. »Steht sicher alles in der Zeitung. Altings Exklusiv-Aussage ... der Anschlag ... mit einem entsprechenden Bild.«

Sie standen an der Tür von Altings Krankenzimmer und klopften kurz an, bevor sie eintraten.

Von den drei Betten war nur eins benutzt, darauf stand eine offene Reisetasche. Ein Mann saß auf der Bettkante und zog sich gerade Strümpfe an. Broning erkannte Alting an seiner Glatze, der großen Gestalt und dem grauen Vollbart.

»Moin, Herr Alting! Broning ist mein Name und das ...« er wies mit der Hand auf Stefan, »ist mein Kollege Gastmann.«

»Moin.« Alting machte ein mürrisches Gesicht.

»Na, soll es nach Hause gehen?«, fragte Jan mit Blick auf den Koffer.

»Ja, ich halte es hier nicht mehr aus.«

»Gestern beim Besuch meiner Kollegen konnte man ja noch nicht ahnen, dass sie so schnell entlassen werden.« Jan war verärgert. Alting hatte wohl nur auf den Redakteur der Zeitung gewartet, um sich im Krankenbett interviewen und fotografieren zu lassen.

»Was wollen Sie damit andeuten?«, reagierte Alting wütend und laut.

»Nichts, es freut mich nur, dass es Ihnen besser geht.« Jan schaltete einen Gang runter und versuchte, sich den Ärger nicht anmerken zu lassen.

»Haben Sie schon diese Jägerschweine festgenommen?«, wollte Alting wissen.

»Das ist der Grund für unseren Besuch.« Jan Broning dachte daran, wie Wienna den Gänsevater und dessen Gegenspieler Hortema beschrieben hatte. ›Sie sind sich zu ähnlich, deshalb haben wir diese Probleme.‹ Er zählte in Gedanken bis zehn, um sich runterzufahren, und sagte: »Es wäre gut, wenn Sie uns noch einmal alles genau erzählen könnten, angefangen von Ihrer Reise zum Lehrgang nach Holland bis zu diesem Anschlag auf Sie, bei der Beobachtungshütte.«

Alting erzählte von der gefälschten E-Mail und seiner Todesangst bei der Hütte. Dabei lief sein Gesicht vor Aufregung rot an. Jan hörte zu, beruhigte ihn und fragte nach. Dann steuerte er das Gespräch vorsichtig in Richtung Böltjer. Insbesondere zu dem Streit auf dem Firmengelände.

Alting schweifte immer wieder ab, und zwar auf sein großes Thema Gänsekrieg, und die Polizisten beobachteten dabei, wie er sich jedes Mal in Rage redete.

Stefan Gastmann riss schließlich der Geduldsfaden und er fragte Alting direkt nach einem Alibi für Böltjers Todeszeit. Es wurde plötzlich still im Raum.

Altings Augen verengten sich, er presste die Lippen fest aufeinander und sein Gesicht lief krebsrot an. »Das ist ja wohl eine Riesensauerei, jetzt soll ich Böltjer umgebracht haben! Zu Hause war ich, Zeugen gibt's keine, brauch ich auch nicht, Sie ... Sie ...« Er suchte vergeblich nach passenden Worten. »Raus, sofort! Ich will Sie nicht mehr sehen. Gerade war hier jemand von der Zeitung, den rufe ich sofort an und erzähle ihm, dass Sie mich schikanieren und die Attentäter noch frei rumlaufen lassen! Raus!«

Die Tür des Krankenzimmers wurde aufgerissen und eine junge Frau kam herein. Sie sah aus wie Pippi Langstrumpf, nur erwachsen. »Ich habe es Ihren Kollegen doch schon gesagt, lassen Sie meinen Vater in Ruhe, Sie sehen doch, wie er sich aufregt.«

Broning machte Stefan und der jungen Frau ein Zeichen, dass sie ihm auf den Flur folgen sollten. Alle drei verließen das Krankenzimmer. Im Flur lächelte er die junge Frau an und stellte sich und seinen Kollegen vor. »Und Sie sind ...?«

»Gretje Alting, die Tochter von diesem Sturkopf!«

»Wir müssen mit Ihrem Vater reden, es geht nicht anders«, erklärte Jan.

»Das verstehe ich ja, aber Sie sehen ja selbst, in was für einer Verfassung er ist.« Sie schüttelte ihre roten Haare. »Es war ja nie einfach mit ihm, aber die letzte Zeit ...«

Sie gingen gemeinsam den Flur entlang, die Treppe hinunter und setzten sich in die kleine Cafeteria. Sie waren die einzigen Gäste. Stefan holte Heißgetränke und Jan befragte die junge Frau.

Sie berichtete im Grunde nichts Neues. Ihr Vater war ein Choleriker, wenn es um ›seine Gänse‹ ging. Er lebte faktisch alleine in dem Einfamilienhaus am Stadtrand von Weener. Sie war viel unterwegs und was ihr Vater abends trieb, konnte sie nicht sagen.

»Seit sie ihm seine Modellmühle im Garten gesprengt haben, ist er völlig von der Rolle. Die toten Gänse auf dem Deich waren dann wohl der berühmte Tropfen zu viel.« Gretje Alting atmete tief durch. »Danach habe ich meinen Vater nicht wiedererkannt. Dieser Anschlag ... Ich vermute, er fühlt sich wie ein in die Enge getriebenes Tier und beißt nur noch um sich. Jetzt will er nach Hause.« Wieder schüttelte sie ihren Kopf, Tränen liefen an ihren Wangen herab. »Es wird nie aufhören, oder?« Sie sah die Polizisten flehentlich an. »Bitte stoppen Sie diesen Wahnsinn, ich halte das nicht mehr aus!«

Gretje Alting ging zurück ins Krankenzimmer zu ihrem Vater, und die Polizisten fuhren zurück zur Dienststelle. Unterwegs fragte Stefan: »Na, was hältst du von unserem Gänsevater?«

»Alting ist kurz vorm Durchdrehen. Die arme Tochter! Diese Glaubenskrieger denken nie an die Menschen, die es gut mit ihnen meinen.«

»Das meinte ich eigentlich nicht«, hakte Stefan nach.

»Ich weiß, was du meinst: Ist Alting der Mörder von Böltjer?«

»Genau!«

»In dieser Verfassung ist Alting zu allem fähig«, sagte Jan, »und das macht mir Sorgen.«

Tag 14, nachmittags,
Jägerheim im nördlichen Rheiderland

Sven Richter sah sich in dem großen Blockhaus um. Die Einrichtung war robust. Massive Tische und Stühle, alles aus Vollholz. Hirschgeweihe hingen neben Bildern von verstorbenen Jagdkameraden an der Wand.

Langsam trafen die Kameraden des Hegeringes ein und begrüßten sich.

Der stellvertretende Hegeringleiter Wienna hatte ihn heute angerufen und persönlich hierher eingeladen. Nun kam Wienna zu ihm an den Tisch und klopfte ihm lächelnd auf die Schulter. »Herr Richter, mein Name ist Wienna, wir hatten ja heute miteinander telefoniert! Schön, dass Sie es einrichten konnten und an unserer spontanen Versammlung teilnehmen. Ich habe gehört, welche hervorragende Arbeit Sie an den Hochsitzen geleistet haben, auch deshalb habe ich Sie eingeladen.«

»Ja, danke für die Einladung, Herr Wienna!«

Wienna sah ihn verschwörerisch an. »Ich habe schon mitbekommen, dass man Sie, wie soll ich sagen … ganz schön …«

»… ausnutzt?«, schlug Sven Richter vor.

»Ja, es ist leider so und bei Ihnen fällt es mir besonders auf, ich rede mal mit Hero Hortema darüber. Wir wollen Sie ja nicht gleich wieder vergraulen. Es ist nicht einfach, wenn man Jäger werden möchte«, Wienna lächelte mitfühlend, »und als Frischling wird es einem nicht leicht gemacht. Aber hier in diesem Hegering wird sich einiges ändern. Wir brauchen Männer wie Sie! Auf andere dagegen könnte man gut verzichten ...«

In diesem Moment ging die Tür auf und die Deichjäger Specker und Hummers betraten den Raum.

»Wenn man vom Teufel spricht!« Wienna schaute wütend zu ihnen hinüber. »Max und Moritz ... Diese Streiche haben auch bald ein Ende. Herr Richter, ich muss nach vorne zu Herrn Hortema. Bis später, vielleicht können wir dann noch ein wenig plaudern.« Er ging in Richtung Stirnseite des riesigen Tisches und setzte sich neben Hortema, den Hegeringleiter.

Eine flache Hand klatschte gegen Svens Hinterkopf. »Wenn das nicht unser begnadeter Chefmechaniker Sven ist!« Speckers Stimme triefte vor Hohn. »Komm, Wirtje, wir setzen uns zu Sven, dann sind nicht wir das Allerletzte in dieser Runde, haha!«

Sven sah in die Gesichter von Max und Moritz und wusste, dass dies ein Scheißabend für ihn werden würde. Siefko setzte sich rechts von ihm, in Richtung der Stirnseite, Wirtje nahm links Platz.

Die Veranstaltung nahm ihren Lauf und tatsächlich ließen seine Tischnachbarn keine Gelegenheit aus, um Sven zu piesacken. Wortführer war dabei natürlich Siefko Specker, und deshalb würde Sven sein Glück mal bei Wirtje versuchen. Specker war wohl der Fahrer, denn er trank keinen Alkohol. Wirtje nutzte diese Gelegenheit, um sich ein paar Longdrinks zu genehmigen. Sven Richter holte unbemerkt seinen Flachmann mit dem extrem starken Rum aus der Hosentasche. Immer wenn Siefko nicht aufpasste, würzte Sven den Longdrink von Wirtje Hummers mit Rum. Wirtje war das sehr recht, er kniff jedes Mal ein Auge zu, wenn er von Sven bedient wurde.

Hortema stand von der Stirnseite des Tisches auf und ging Richtung Toilette. Er suchte dabei den Blickkontakt zu Siefko Specker und winkte ihm zu, ihm zu folgen. Offenbar wollte er unbedingt mit ihm reden. Sven drehte sich zu Wirtje um, der sah ihn aus glasigen Augen an. Die Befragung konnte beginnen.

Siefko Specker kam erst nach einer geschätzten Viertelstunde und mit zerknirschtem Gesichtsausdruck zurück zum Tisch. Sven Richter lächelte still vor sich hin, weil seine kleine Befragung des inzwischen völlig besoffenen Wirtje Hummers gut gelaufen war.

Im Laufe der Veranstaltung wechselte Sven seinen Sitzplatz, stellte sich den einzelnen Jägern vor und fragte nebenbei nach dem Ötzi aus den Salzwiesen. Die, mit denen er sprach, wussten nichts oder wollten nichts wissen. Er kam nicht weiter und konnte auch die Intensität der Fragen schlecht steigern, wenn er damit nicht auffallen wollte. Schließlich setzte er sich resigniert neben seinen Kumpel Kuno, der erst mit Verspätung eingetroffen war.

»Na, Sven, kannst dir was drauf einbilden, dass man dich heute eingeladen hat. Man munkelt, dass demnächst zwei Stellen im Hegering freiwerden.«

»Max und Moritz?«, vermutete Sven.

»Genau.« Kuno sah zu den beiden Deichjägern hinüber. »Wie kann man so blöd sein …«

In diesem Moment wurde Wirtje Hummers grün im Gesicht. Er versuchte schnell aufzustehen, schaffte es aber nicht bis vor die Tür. Zum Entsetzen aller fing er an zu würgen. Er drehte sich zur Wand, wo ein prächtiges Geweih hing. Der Strahl des Erbrochenen traf es auch prompt.

»Das war's dann wohl«, sagte Kuno mit einem unterdrückten Grinsen. »Dieses jetzt tropfende Geweih war der Stolz meines Vaters. Selbst erlegt, präpariert und aufgehängt.«

Wienna drückte den wütenden Hortema in den Stuhl. »Max!«, rief er Specker zu. »Nimm deinen Kumpel Moritz und verschwindet, bevor hier ein Unglück geschieht!«

Tag 14, später Nachmittag,
vor dem Jägerheim

Der Zivilbulli des Observierungsteams stand mit sicherem Abstand zum Jägerheim auf einem Seitenstreifen. Onno Elzinga sah durch ein Fernglas auf den Parkplatz vor der großen Holzhütte und diktierte Klaas Leitmann die Kennzeichen der abgestellten Fahrzeuge.

»Das ist ja merkwürdig«, murmelte Onno, »ein Kennzeichen aus Süddeutschland.«

»Vielleicht eine bayrische Abordnung«, vermutete Klaas.

»Das Kennzeichen befindet sich an einem Oldtimer, ein Mercedes-Geländewagen, G-Klasse, sehr schön, hätte ich auch gerne«, stellte Onno fest. In diesem Moment sah er durchs Fernglas, wie die Tür der Holzhütte aufflog. »Da ist ja unser Dreamteam, Specker und Hummers, alias Max und Moritz, Hummers wird von Specker gestützt.«

»Wieso, was fehlt ihm denn?«, wollte Klaas wissen.

»Du, der ist voll, breit wie eine Axt«, antwortete Onno. »Und schlecht ist ihm wohl auch, er hat gerade ins Gebüsch geko...«

»So genau will ich es gar nicht wissen«, unterbrach ihn Klaas.

»Wieso kann der so schnell besoffen sein, die sind doch noch nicht lange dort?«, fragte Onno.

»Was weiß ich, vorgeglüht, Druckbetankung, du weißt doch: Wer Sorgen hat, hat auch Likör!«

»Womit wir wieder bei Wilhelm B. aus H. sind.« Onno legte das Fernglas auf das Armaturenbrett und startete den Motor. »Sie fahren los!«

Der Zivilwagen folgte dem goldfarbenen alten Volvo-Kombi von Siefko Speckers mit sicherem Abstand. »Die wollen wohl zum Haus von Wirtje Hummers.« Onno grinste. »Na, da wird sich Trientje aber freuen.«

Tag 14, später Nachmittag,
in der Jägerhütte

Sven und Kuno sahen zu, wie die Deichjäger die Hütte verließen. Kuno erzählte gerade eine Jägergeschichte, Sven Richter hörte nur mit einem Ohr zu.

Er nahm sein Smartphone aus der Tasche und sah auf das Display. »Kuno, tut mir leid, ich muss los«, erklärte er und stand auf. »Eine Verabredung!« Er achtete nicht auf Kunos Protest, schnappte sich seine Jacke und verließ die Hütte.

Draußen sah er in der Ferne den goldfarbenen Volvo von Specker wegfahren, gefolgt von einem blauen Bulli. Richter eilte zu seinem Geländewagen und fuhr hinterher. Ihm fiel auf, dass der Bulli immer großen Abstand zu Speckers Auto hielt. Verfolgte er die Verfolger von Specker, wurden Specker und Hummers observiert?

Er folgte den beiden Autos zunächst zum Haus von Hummers. Dort wartete er ab, genau wie der Fahrer des blauen Bulli. Als Speckers Volvo wieder auf die Landstraße fuhr, setzte sich der Bulli ebenfalls in Bewegung. Jetzt war sich Sven sicher. Es handelte sich um ein Observierungsteam der Polizei.

Sollte er ebenfalls die Autos verfolgen, wäre es nur eine Frage der Zeit, bis er auffallen würde. Nein, das ginge schief. Also drehte er um und fuhr zu seinem Lager.

Tag 14, später Nachmittag
Observierungsteam
vor dem Haus der Familie Hummers

Als der Volvo in die Auffahrt der Hummers eingebogen war, hatte Onno Elzinga den Bulli in einer Seitenstraße so geparkt, dass sie die Eingangstür beobachten konnten, und das Fernglas aus der Ablage genommen. Er sah zu, wie Specker ausstieg, zur Beifahrertür ging und seinem Kumpel aus dem Auto half. Specker lehnte Hummers an die Eingangstür des Hauses, drückte den Knopf und wollte sich schnell verdrücken.

»Oha, jetzt wird es spannend«, murmelte Onno.

»Was passiert?«, fragte Klaas aufgeregt.

»Oh, oh ... Das läuft nicht gut für Max und Moritz ...! Die Alte von Hummers hat schnell reagiert und sofort nach dem Klingeln die Tür aufgerissen. Sie hat Hummers im Genick und schmeißt ihn auf die Motorhaube von Speckers Volvo.« Onno konnte vor Lachen das Fernglas nicht ruhig halten.

»Und nun?« Klaas beobachtete neidisch, wie Onno sich köstlich amüsierte.

»Sie stellt sich hinter Speckers Auto und stemmt die Hände in die Hüften. Fluchtweg abgeschnitten und Annahme des volltrunkenen Ehegatten verweigert!«

Onno wurde das Fernglas aus der Hand gerissen. Er ließ es sich gefallen, weil ihm inzwischen Tränen das Gesicht herunterliefen, sein Bauch wackelte und ihm die Luft wegblieb. Ein Lachanfall.

»Du bist unmöglich! Observieren und nicht amüsieren lautet der Auftrag«, sagte Klaas mit einem Seitenblick auf seinen Kollegen, dann schaute er durchs Glas und fing ebenfalls an zu lachen. »Oha, Frau Hummers ist geladen und schreit die beiden an, jetzt packt Specker seinen Kumpel wieder ins Auto ...«

Onno atmete tief durch, wischte sich die Tränen aus dem Gesicht und startete vorsorglich den Motor. Speckers Volvo verließ die Auffahrt und fuhr in Richtung Norden. Onno versuchte einen möglichst großen Abstand zu halten. »Ich glaube, sie wollen jetzt zum Haus der Speckers.«

Der Wagen bog tatsächlich wenig später auf die Auffahrt der Speckers ab. Onno hielt an einer Bushaltestelle an. Sein Blick war nach vorn und nicht nach hinten gerichtet, deshalb bemerkte er den alten Geländewagen im Rückspiegel nicht. Der war mit großem Abstand hinter dem Bulli der Polizisten stehengeblieben. Onno sah zu, wie Klaas durch das Fernglas die Auffahrt beobachtete.

»Specker steigt aus und geht ins Haus, Hummers bleibt im Auto«, murmelte Klaas, »jetzt kommt Specker raus und hat lange Taschen in der Hand, der wird doch wohl nicht seine Flinten geholt haben, um Trientje Hummers zu erschießen?«

»Was?«, Onno griff sich das Fernglas, sah hindurch. »Entwarnung, das sind Angeltaschen, sieht man doch!«

»Ent-schul-di-gung! Werter Onno, ich kenn mich mit solchen Sportarten nicht aus«, knurrte Klaas.

»Weiter geht's …« Onno sah, wie Specker die Taschen verstaute, den Volvo rückwärts von der Auffahrt lenkte und in Richtung Norden fuhr. »Die wollen angeln! Fragt sich bloß wo?« Er startete den Motor und folgte dem Volvo.

Der alte Geländewagen hinter dem Bulli blieb unbemerkt stehen, wendete dann und fuhr in die entgegensetzte Richtung.

Onno nutzte die weite Sicht, um einen möglichst großen Abstand zum vorausfahrenden Volvo einzuhalten. Sie befanden sich auf der Landstraße 16 in Höhe Bunderhammrich. Vor ihnen lag die Ortschaft Ditzumerverlaat mit vielen Kurven, und Onno verlor schließlich den Blickkontakt zu Speckers Auto und wurde unruhig.

Am Ortsende in Richtung Ditzumerhammrich konnten sie die Landstraße wieder überblicken.

Das Auto der Jäger war verschwunden!

»Mist! Hast du gesehen, wo die abgebogen sind?«

»Nee …« Klaas sah durchs Fernglas. »Ich seh sie nicht, die können sich doch nicht in Luft aufgelöst haben!«

»Sie sind irgendwo abgebogen.« Onnos Gedanken überschlugen sich. Es gab mehrere Möglichkeiten – die Kreuzung hinter ihnen, der Weg nach Heinitzpolder … Dann die Kreuzung in Richtung Landschaftspolder …

Onno wendete den Bulli und gab Gas. In der scharfen Linkskurve bog er rechts ab, folgte der Straße und zwang sich, langsam zu fahren, weil links eine Schule und ein Sportplatz lagen.

Klaas auf dem Beifahrersitz schaukelte leicht nach vorn, als könnte er den Bulli damit beschleunigen. Mit dem Fernglas suchte er weiter die Umgebung ab. »Bis zum alten Deichdurchlass Fehlanzeige.« Er schüttelte den Kopf.

»Mist!« Onno wendete an einer Auffahrt. Wieder zurück nach Ditzumerverlaat. An der Kreuzung bog er rechts ab und fuhr in Richtung Bunderhammrich. In Höhe der Brücke bog er rechts ab Richtung Landschaftspolder. Die vor ihnen liegende Kreisstraße war unendlich weit einzusehen. »Und, kannst du jetzt was sehen?«

Klaas setzte das Fernglas ab, schüttelte den Kopf und sah Onno fragend an. »Ich versteh das nicht – wo sind die abgeblieben?«

»Vielleicht haben sie uns bemerkt«, meinte Onno zerknirscht, »oder der Abstand war einfach zu groß. So ein Mist!«

»Wir sind ja auch keine Observierungsspezialisten«, versuchte Klaas ihn zu beruhigen. »Außerdem, bei dieser offenen Landschaft, ständig hinter einem Auto, ohne Ablösung durch ein zweites Team …«

Onno versuchte den Ärger zu verdrängen und sich in

die beiden Jäger hineinzuversetzen. Sicher wollten sie ihre Ruhe haben. Ein kleines Zelt für die Nacht hatten sie vermutlich auch dabei. »Wo würde ich hinfahren?«, überlegte Onno, der selber angelte.

»In der Vernehmung haben sie doch etwas von einem Lieblingsangelplatz erzählt«, erinnerte sich Klaas. »Soll ich Maike anrufen und fragen, wo das ist?«

»Damit sie gleich wissen, dass wir sie verloren haben?« Onno verzog das Gesicht. »Peinlich für uns. Außerdem wollen Specker und Hummers nach der Aufregung bestimmt Ruhe, insbesondere vor der Polizei, deshalb glaube ich nicht, dass sie ausgerechnet zu dem uns bekannten Platz fahren.«

»Peinlich hin oder her, wir sollten sie überwachen und brauchen die Ortsangabe«, sagte Klaas und wollte zum Handy greifen.

»Ich habe noch eine Idee, wo sie sein könnten!« Onno wollte noch nicht aufgeben. »Wenn wir sie dort nicht finden, kannst du immer noch anrufen.«

»Na gut ...« Klaas legte das Handy weg. »Auf die paar Minuten kommt es auch nicht mehr an.«

Onno wendete den Bulli und fuhr wieder zurück nach Ditzumerverlaat. Im Ort bog er rechts ab, überquerte die Brücke und bog links in die Denkmalstraße. »Wo geht's denn hier hin?«, fragte Klaas und sah mit offenem Mund auf die weite, einsame Landschaft vor ihm.

»Hatzumerfehn«, antwortete Onno. »Wenn dir das Rheiderland bis jetzt einsam und menschenleer vorkommt, dann warte mal ab, bis du Hatzumerfehn kennengelernt hast.«

»Setz mich bloß nicht aus«, stöhnte Klaas, »das ist ja wie dieses Outback in Australien!«

»Für Angler ein Paradies, weil sie hier ihre Ruhe haben«, erklärte Onno. » Links liegt das Ditzum-Bunder Sieltief. Ein Siel, welches, wie der Name schon verrät, vom Verlaat nach Ditzum führt.«

»Ich fühl mich auch schon verlaaten«, jammerte Klaas mit Blick in die unendlich scheinende Weite.

Onnos gute Laune war verflogen. Er klang ungnädig, als er zu Klaas sagte: »Erstens: der Begriff. Verlaat kommt aus dem Niederländischen, ein Wasserbau-Fachbegriff. Ein Bauwerk, welches den Zufluss zu einem tief gelegenen Gelände regelt. Zweitens: Das Sieltief liegt links und der Ausguck möge sich bitte auf diese Peilung konzentrieren!«

»Peilung, Ausguck, ach, wir sind wohl wieder in maritimen Gefilden«, erwiderte Klaas und fügte sehr leise hinzu: »Klugscheißer.« Und nach einer Weile: »Ausguck meldet: Jägerauto gesichtet, zwei Strich steuerbord, Maschine Stopp!«

Onno hielt den Bulli an. »Du bist vielleicht ein Hilfsmatrose, sagst steuerbord und schaust nach links.« Aber seine gute Laune kehrte zurück. »Klaas, das da«, Onno zeigte nach links, »ist backbord!«

»Ent-schul-di-gung! Ist doch Jacke wie Hose, Hauptsache, wir haben unsere Jäger wiedergefunden«, freute sich Klaas.

Onno schnappte sich das Fernglas. Speckers Volvo stand auf dem Seitenstreifen. Specker und Hummers trugen ihre Angelausrüstung zum Sieltief. Den Polizisten fiel ein Stein vom Herzen. Sie hatten Glück gehabt und der passive Teil der Observierung konnte beginnen.

Klaas wurde auf dem Beifahrersitz plötzlich blass. »Oh Gott!« Er drehte sich um und griff nach seinem Rucksack, sah hinein. »Ich hab mein Essen auf der Dienststelle liegen lassen!«

»Kannst dir ja ’nen Fisch fangen!«, frotzelte Onno, grinste übers ganze Gesicht und tat so, als ob er konzentriert durchs Fernglas sehen würde.

Tag 14 später Nachmittag,
nördliches Rheiderland, alter Flakbunker am Dollart

Die alte Flakstellung aus dem Zweiten Weltkrieg lag etwa einen Kilometer von Hortemas Anwesen entfernt im Hammrich. Es waren zwei Bunker. Sven Richter benutzte, vom Hof der Hortemas aus gesehen, den zweiten. Sie waren ideal für seine Vorhaben, wegen ihrer einsamen Lage und weil er sie von seiner Unterkunft aus schnell erreichen konnte. Hinter dem zweiten Bunker konnte er seinen Wagen abstellen, ohne dass der von der Hauptstraße aus gesehen werden konnte. Nur gut, dass sein Geländewagen über Allradantrieb verfügte. Zur Sicherheit warf Sven, wenn er hier war, ein Tarnnetz über sein Auto.

Der zweite Flachdachbunker bestand aus einem Raum mit massiven Wänden und Decken aus Beton. Es gab nur eine Eingangstür und Sven hatte sie nur mit Mühe wieder herrichten können. Spezielle Behälter mit Trockengranulat regulierten die Feuchtigkeit in dem kleinen Raum, schließlich lagerten hier die empfindlichen Teile seiner Ausrüstung.

Er grinste, als er daran dachte, wie er Hummers in der Jägerhütte befragt hatte. Der Rum war stark, Hummers schwach und ein Idiot. Merkte nicht, dass er ausgequetscht wurde. Er hörte in Gedanken noch dessen lallende Stimme: »Ja, Sven, Siefko und ich haben einen super Angelplatz am Sieltief zwischen Ditzumerverlaat und der Wassermühle Wynhamsterkolk. Du kennst dich ja nicht aus, kommst ja aus Süddeutschland, aber da haben wir immer unsere Ruhe …«

Wenn Hummers sich da man nicht täuschte. Natürlich kannte er dieses Sieltief, und zwar sehr gut. Opa Trinus hatte alle Wasserwege im Rheiderland gekannt, und Enkel Sven war nicht selten sein Begleiter gewesen.

Dieser Angelplatz konnte eigentlich nur am ersten Drittel des Siels liegen, zwischen Verlaat und Wynhamsterkolk. Sven Richter wusste ziemlich genau, wohin Specker und Hummers zum Angeln wollten. Er konnte in aller Ruhe seine Ausrüstung zusammenstellen, das Kanu holen und vom Wasser aus operieren.

Kurz darauf stand er vor dem Eingang des alten Flakbunkers. Die alte, verrostete Eisentür war mit einem Vorhängeschloss gesichert. Sven öffnete es und zog die quietschende Tür auf. Vorsichtig sicherte er die Auslöseplatte im Boden. Sie befand sich im unteren Türrahmen, direkt hinter der Tür.

Seine wertvolle Ausrüstung lag im Inneren des Bunkers und musste geschützt werden. Sollte der Feind die Eisentür überwinden und den Bunker betreten, würde er eine sehr unangenehme Überraschung erleben. Die Auslöseplatte für die Mine im Boden wurde durch das Betreten gespannt. Sollte der Druck von oben auf die Platte dann nachlassen, zum Beispiel durch einen Schritt nach vorn, ginge die Ladung hoch. Die Beine wären auf jeden Fall weg, dafür würde die Mine schon sorgen.

Sven Richter schaltete die Taschenlampe ein, öffnete die große, olivgrüne Umhängetasche und suchte seine Ausrüstung zusammen. Den Quadrocopter, eine ferngesteuerte Drohne mit vier Propellern, die Fernbedienung mit dem Monitor und das Spezialzubehör. Dabei handelte es sich um eine durchsichtige Röhre, in der sich speziell präparierte Kunststoffkugeln befanden. Sie hatten die Größe von Tennisbällen und bestanden ebenfalls aus einem durchsichtigen Material. Das Besondere an den Sprengsätzen war die Füllung. Sie bestand aus einer Mischung aus Sprengstoff und kleinen Kugeln aus Blei. Den ferngesteuerten Zünder steckte Sven erst kurz vor dem Einsatz in die Kugel. Das rote Blinken des einsatzbereiten Zünders war dann zur besseren Kontrolle von außen zu sehen.

Dieses Rohr mit den fünf Bällen wurde unterhalb des Quadrocopters, neben der Übertragungskamera, montiert. Es sah ein bisschen so aus wie die Zahlenkugeln bei den Lottoziehungen.

Auch die Fernbedienung für die Drohne, eine Konsole mit einer Antenne, auf der sich verschiedene elektronische Steuerungshebel befanden, wies einige Besonderheiten auf.

Zunächst einmal konnte er mit der Kamera genau sehen, was sich direkt unter der Drohne befand. Mit einem kleinen Schalthebel an der Konsole konnte er die Kamera bewegen und genau ausrichten. Mit einem anderen Schalter wurde die Öffnung der Röhre unterhalb der Drohne freigegeben, in der sich die Sprengbälle befanden. Ein hochexplosiver runder Sprengsatz fiel dann heraus. Sven konnte die Position der abgeworfenen Kugel mit der Kamera und dem Monitor kontrollieren. Zur Sicherheit ließ er die Drohne dann immer etwas steigen, damit sie bei der Sprengung nicht beschädigt wurde. Danach brauchte er nur noch auf den Schalter für die Zündung zu drücken.

Die gleichzeitige Bedienung der Schalthebel war nicht einfach und erforderte sehr viel Übung. Die Versuche auf dem Truppenübungsplatz waren mühsam gewesen, aber Zeit war dort kein Thema. Zuletzt war Sven Richter mit dem Ergebnis doch sehr zufrieden gewesen. Eine sehr schöne Streuung mit dem Schrot. Er zog den Reißverschluss der Tasche zu und grinste. Die Schrotladung bestand aus Angelblei, linsengroße Kugeln mit einer Kerbe, damit man sie an der Angelschnur befestigen konnte.

Im Nachhinein war es doch sehr vorausschauend von ihm gewesen, ausgerechnet Angelblei für die Füllung zu verwenden. Sven Richter dachte an die grinsenden Gesichter von Specker und Hummers. Seit seiner Ankunft hatten sie keine Gelegenheit ausgelassen, ihn zu quälen und zu demütigen. Jetzt wurde es Zeit, das Grinsen aus den Gesichtern verschwinden zu lassen.

Tag 14, später Abend,
Ditzumerverlaat, Sieltief

Onno beobachtete die zwei Angler durch das Fernglas. Klaas neben ihm auf dem Beifahrersitz döste vor sich hin. Kein Wunder, dass Onnos Kollege weggesegelt war. Gab es etwas Langweiligeres, als Angler bei ihrer Tätigkeit, oder besser gesagt Untätigkeit, zu beobachten?

Seit Stunden saßen sie nun schon im Bulli und observierten Specker und Hummers. Das Fenster an der Fahrertür hatte Onno geöffnet. Der Wind trug die Stimmfetzen der Angler bis zu ihm. Zu Beginn der Observierung hatten sich die beiden angeschrien und verflucht.

So werden sie wohl keinen Fisch fangen, hatte Onno gedacht. Dann wurde es ruhiger, Hummers döste vor sich hin und Specker begann seinen Frust in Alkohol zu ertränken. Onno verzog bei jedem Schluck sein Gesicht, weil Specker direkt aus der Schnapsflasche trank.

Plötzlich tat sich etwas am Angelplatz, die Stimmen wurden wieder lauter. Etwas schien die Angler zu beunruhigen. Onnos Blick durchs Fernglas konzentrierte sich auf Specker, den er besser sehen konnte.

Specker legte die Angelrute an die Seite, stand auf und sah in Richtung Wynhamsterkolk. Aber es sah aus, als ginge sein Blick nach oben. Täuschte Onno sich oder hörte er tatsächlich ein gleichmäßiges Summen aus Richtung Sieltief? Hochspannungsleitungen gab es nicht in der Nähe, woher kamen also diese eigenartigen Geräusche? Er folgte mit dem Fernglas der Blickrichtung von Specker. Da, jetzt sah er es auch. So was hatte Onno schon mal im Fernsehen gesehen, so ein modernes Fluggerät ... so eine Art Modellhubschrauber. Vier Propeller, die quadratisch angeordnet waren.

Onno konnte außer den Anglern keine Personen in der Nähe sehen. Er vermutete deshalb, dass Specker oder Hummers diese Drohne steuerte. »He, Klaas, schau dir mal an, was die da für ein Spielzeug mitgebracht haben!«

Klaas gähnte und sah ebenfalls hinüber zum Sieltief.

In diesem Moment beobachtete Onno, wie sich ein kleiner weißer Gegenstand unterhalb der Drohne löste und Richtung Boden fiel. Die Kugel verschwand aus seinem Sichtfeld. Plötzlich gab es einen Lichtblitz und es knallte laut. Vor Schreck wäre Onno fast das Fernglas aus der Hand gefallen. Er wusste sofort, dass dort ein Sprengkörper explodiert war.

»Was zum Teufel war das denn!«, schrie Klaas neben ihm. »Schießen die auf uns?«

»Nein, das kam von oben, eine kleine Bombe fiel aus der Drohne heraus.« Sofort richtete Onno das Fernglas auf die beiden Angler. Die standen nebeneinander, sahen sich entsetzt an und hielten sich ihre Hände an die schmerzenden Ohren. Dann suchte Onno mit dem Fernglas die Umgebung ab.

Da war niemand, nur die Angler, die sich jetzt hektisch umschauten. Die Drohne schwebte über ihnen. Onno sah, wie sie sich langsam senkte. Da! Er konnte es genau sehen, wieder löste sich ein Gegenstand unterhalb der Drohne und fiel zu Boden. Die Drohne stieg wieder und obwohl Onno ahnte, was passieren würde, überraschte ihn doch die Explosion. Erstarrt vor Schreck sah er weiter durchs Fernglas. Die Angler rannten um ihr Leben, in Richtung des abgestellten Volvo. Beide humpelten, als hätten sie Verletzungen an den Beinen.

Die Drohne verfolgte sie. Das Summen klang wie eine

angriffslustige Wespe. Kurz bevor die Angler das Auto erreichten, senkte sich die Drohne und wieder fiel eine Kugel herab. In diesem Moment entdeckte Specker den Bulli, in dem Onno und Klaas saßen. Specker gestikulierte wild und zeigte in ihre Richtung. Die Kugel explodierte und die Angler warfen sich zu Boden. Jetzt rappelten sie sich wieder auf, rannten weiter in Richtung Volvo. Specker drohte mit der Faust zum Bulli.

Die beiden Angler sprangen ins Auto. Mit zu viel Gas raste der Wagen auf den blauen Bulli der Polizisten zu. Die Drohne befand sich jetzt zwischen dem Bulli und dem heranrasenden Volvo. Mit Entsetzen sah Onno, wie sich wieder eine Kugel unterhalb der Drohne löste und auf die Straße fiel.

Er fühlte nicht, wie Klaas an seinem Arm riss und ihn in Deckung ziehen wollte. Wie erstarrt, die Hände ums Lenkrad geklammert, sah Onno weiter nach draußen. Der Volvo raste genau auf sie zu, wollte Specker den Bulli rammen? Na klar, vermutlich dachte er, der Angriff mit der Drohne wurde vom Bulli aus durchgeführt. Es war ja auch sonst kein Mensch oder ein anderes Fahrzeug in der Nähe und der Bulli war nicht als Polizeiwagen zu erkennen.

Alles lief in Zeitlupe ab, die Drohne stieg aufwärts und Klaas versuchte vergeblich, Onno zu sich herabzuziehen. Nur noch fünfzig Meter Abstand vom Bulli bis zum heranrasenden Volvo. Mit aufheulendem Motor würde das Fahrzeug der Angler frontal in den Bulli einschlagen. Onno wusste, dass sie schlechte Karten hatten. Im Gegensatz zum Volvo besaß der Bulli vorne keine große Knautschzone.

In diesem Moment explodierte direkt vor dem Volvo die abgeworfene Sprengkugel. Der Wagen wurde vorne etwas angehoben, ein Reifen der Lenkachse zerplatzte und das Fahrzeug drehte sich. Mit vor Entsetzen geweiteten Augen sah Onno, wie der Volvo sie nur um

Zentimeter verfehlte, vorbeirauschte und in einen Vorfluter rechts von ihnen schleuderte.

Die Drohne blieb für einen Moment über dem Vorfluter in der Luft stehen, als betrachte sie ihr Werk. Dann flog sie auf den blauen Bulli der Polizisten zu. Klaas hatte sich wieder aufgerappelt und sah ebenfalls nach draußen. Beide Polizisten vergaßen zu atmen, als die Drohne sich vor ihrer Windschutzscheibe senkte.

Die Kamera unter der Drohne schwenkte und das Objektiv war jetzt in den Bulli gerichtet. Für einen langen Moment starrten die Polizisten in die Kamera. Onnos Blick heftete sich auf die letzte Sprengkugel, die sich noch in der durchsichtigen Röhre unter der Drohne befand. Im Inneren der Kugel glomm ein rotes Lämpchen. Der ferngesteuerte Zünder!, dachte Onno.

Plötzlich stieg die Drohne wieder hoch in die Luft, schwenkte in Richtung Wynhamsterkolk und flog davon.

Tag 14, später Abend,
Büro der Soko Nimrod

Jan Broning telefonierte gerade mit seinem Chef Renko Dirksen. »Wieso habt ihr die beiden Jäger nicht dem Haftrichter vorgeführt?«, wollte Dirksen wissen. »Was soll ich denn jetzt dem Staatsanwalt und den Presseleuten sagen?«

Jan sah zur Decke und zählte langsam bis zehn. »Renko, ich hab hier andere Sorgen …« In diesem Moment stürmte Maike de Buhr aufgeregt ins kleine Büro. Sie gestikulierte wild und er beendete das Gespräch abrupt. »Renko, ich melde mich nachher noch einmal, sorry – ich muss auflegen.«

»Jan, Onno und Klaas haben einen Bombenanschlag aus der Luft gemeldet! Ein Anschlag auf Specker und Hummrich.«

»Sind unsere Kollegen verletzt?«, fragte er entsetzt.

»Nein, aber es muss schlimm gewesen sein.« Maike gab Jan einen Zettel. »Hier, eine Beschreibung der Örtlichkeit, sie sind dort und warten auf uns!«

Jan sah auf den Zettel und überlegte, wo der Tatort lag und wie sie am schnellsten dorthin gelangen konnten. Jetzt fiel es ihm wieder ein – auf diesem Sieltief waren sie mal mit einem Kanu gepaddelt. »Stefan!«, rief er. »Alarm, wir müssen raus!«

Unterwegs überholten sie zwei Feuerwehrfahrzeuge. Stefan Gastmann klammerte sich am Haltegriff an der Decke des Einsatzwagens fest und Jan fuhr schnell, aber sicher. Die Gedanken in seinem Kopf überschlugen sich. Gerade hatte er noch gedacht, die Lage wieder im Griff zu haben, und jetzt das hier! Bis jetzt wusste er noch nicht genau, was passiert war. Er machte sich große Sorgen um Onno und Klaas.

In Rekordzeit waren sie in Ditzumerverlaat und bogen rechts in die Denkmalstraße Richtung Hatzumerfehn ein. Der schmale Weg war mit Einsatzfahrzeugen versperrt. Feuerwehrfahrzeuge, Rettungswagen und Notarzt. Alles vorhanden. Jan stellte den Wagen so ab, dass er nicht den Weg versperrte. Sie sprangen aus dem Einsatzfahrzeug und suchten nach dem blauen Bulli der Kollegen.

In diesem Moment fuhr ein Rettungswagen an ihnen vorbei Richtung Hauptstraße.

Sie fanden den Bulli hinter einem Feuerwehrauto. Die große seitliche Schiebetür stand offen. Onno und Klaas saßen total verdreckt hinten. Ein Riesenstein fiel Jan vom Herzen. In Gedanken hatte er sie schon im Rettungswagen liegen sehen.

»Onno, Klaas!« Er stieg mit Stefan in den Bulli. »Wie geht es euch, seid ihr verletzt?«

Onno schüttelte nur den Kopf. Klaas sagte: »Nur unser Stolz hat etwas abbekommen.«

»Hauptsache, ihr seid okay«, versuchte Jan seine Kollegen zu beruhigen, »alles andere ist erst einmal unwichtig. So, und jetzt erzählt, was passiert ist.«

Onno berichtete von dem plötzlichen Erscheinen der Drohne über dem Sieltief. »Jan, Stefan … da war niemand außer den beiden Anglern. Es war unheimlich, unwirklich. So als handelte die Drohne selbstständig, wie in diesen Sciencefiction-Filmen.«

Klaas ergänzte: »Wir waren wie hypnotisiert, alles ging so schnell!«

Onno war sehr blass und seine Hände zitterten leicht, als er sagte: »Der Volvo mit den Jägern raste knapp an uns vorbei und landete im Graben. Diese Scheißdrohne schwebte drüber und kam zu uns. Unter der Drohne waren eine Kamera und ein durchsichtiges Rohr angebracht. Die Rohröffnung zeigte nach unten, darin befand sich noch ein Sprengball, ich wusste sofort, das ist eine dieser kleinen Teufelsdinger, eine von diesen Bomben! Ich dachte, wenn das Ding jetzt rausfällt, war's das!«

»Sollten wir aus dem Auto springen? Die Waffen ziehen und das Ding abschießen?«, ergänzte Klaas. »Das wäre wohl keine gute Idee gewesen. Das Unheimlichste war, dass die Kamera unter der Drohne direkt auf uns gerichtet war, so als würde sie uns beobachten und prüfen, ob wir eine Bedrohung sind. Zum Glück ist das Ding dann Richtung Norden verschwunden.«

»Dann haben wir einen Notruf abgesetzt, sind aus dem Bulli gesprungen und zum verunglückten Volvo gelaufen.« Onnos Stimme klang immer noch aufgeregt und hektisch. »Wir konnten die Türen nicht öffnen, weil die Grabenseiten das verhinderten. Einfach zu eng und trotzdem versank der Wagen langsam. Deshalb haben wir die Windschutzscheibe mit einer Brechstange eingeschlagen. Gut, dass wir das Ding immer dabei haben. Feinwerkzeug der Autobahnpolizisten. Die ganze Zeit haben die Insassen panisch geschrien, weil sie die Türen nicht öffnen konnten. Sie saßen in einer Todesfalle und waren auch noch verletzt.« Onno schüttelte seinen Kopf, das Atmen fiel ihm offensichtlich schwer.

Klaas übernahm die weitere Schilderung der Ereignisse. »Also, der Volvo drohte im Vorfluter zu versinken. Wir hatten keine Zeit, insbesondere nicht für die Fahndung nach dem Attentäter. Wir mussten uns entscheiden, entweder Hilfeleistung oder Straftäter verfolgen.«

»Ihr habt richtig entschieden!«, versicherte Jan. »Erzählt weiter!«

Onno nahm aus seiner Hosentasche ein Inhalier-Gerät, steckte die Öffnung in den Mund und drückte den Auslöser. Das Spray entwich mit einem leisen Zischen und Onno versuchte, tief einzuatmen.

Klaas schaute besorgt zu ihm hinüber und erzählte dann weiter. »Den Beifahrer Hummers haben wir zuerst rausgeholt, der hat geschrien wie am Spieß. Danach den Fahrer Specker, es war sehr anstrengend, weil der sich auch noch gewehrt hat. Hat den Einsatz mit der Brechstange wohl falsch gedeutet. Kurz bevor der Volvo dann ganz unterging, schafften wir es gemeinsam, ihn rauszuziehen. Hummers und Specker waren beide verletzt, standen unter Schock. Wir haben ihre Wunden versorgt. Die Beine und der Ar…, äh, der verlängerte Rücken bluteten. Es sah so aus, als hätten sie eine Ladung Schrot abbekommen. Keine großen Wunden, dafür aber sehr viele.« Klaas verzog sein Gesicht. »Wird sicher sehr weh tun, wenn sie die Kugeln rausholen.« Er holte ein sauberes Taschentuch von der Ablage. »Hier …«, Klaas klappte das weiße Taschentuch auf, »einige von diesen Kugeln haben wir draußen gefunden, damit waren diese kleinen Bomben gefüllt.« Wieder warf er seinem

Kollegen einen besorgten Blick zu. »Angelbleikugeln, meint Onno.«

Onno räusperte sich und wirkte wieder gefasster. »Insgesamt betrachtet haben sie Glück gehabt. Beide haben allerdings einen Schock erlitten. Die Rettungskräfte trafen aber schnell ein und übernahmen von uns die Erstversorgung der Verletzten, jetzt sind beide auf dem Weg ins Krankenhaus.«

»Ihr habt alles richtig gemacht«, lobte sie Jan Broning, »ihr konntet nicht anders handeln. Sollen wir euch jetzt nach Hause bringen, damit ihr euch umziehen könnt?«

Onno sah hinüber zu Klaas. Beide schüttelten synchron den Kopf. »Nee, lass man«, sagte Onno, »das kriegen wir beide schon hin. Eine Dusche und trockene Klamotten wären allerdings gut.«

»Und etwas essen«, ergänzte Klaas. »In der ganzen Aufregung hab ich glatt vergessen, dass ich Kohldampf habe.«

»Okay, fahrt nach Hause!«, schlug Jan vor. »Für euch ist heute Feierabend. Ich rufe euch später noch an.«

Als er mit Stefan aus dem Bulli stieg, sagte Onno: »Jan, etwas ist mir noch aufgefallen. Ich glaube, Specker dachte, wir sind verantwortlich für den Drohnenangriff, und wollte uns rammen …« Er suchte nach den richtigen Worten. »Diese Drohne, besser gesagt die Person, die die Drohne lenkte, hat uns den Allerwertesten gerettet. Der Volvo hätte uns sonst voll erwischt. Ist doch seltsam, oder?«

Jan nickte. Seine Stirn legte sich in Falten. »Das ist allerdings ungewöhnlich! – Du, Onno, lass Klaas bitte zurückfahren und morgen ist für dich erst einmal eine Auszeit.«

»Danke, Jan, ehrlich gesagt geht es mir auch nicht besonders.« Onno atmete schwer. »Wird sicher gleich besser.«

Jan gab Klaas ein Zeichen, dass er ihm folgen sollte. Sie

gingen auf Abstand zum Bulli, in dem Onno sich gerade auf die Rückbank legte. »Klaas, ich mach mir Sorgen um Onno«, sagte Jan leise. »Du kennst doch auch diese üble Geschichte ... Onno wurde bei einem Anschlag in seinem Haus verletzt.«

»Ja«, antwortete Klaas. »Die Narben in seinem Gesicht sind ja bis heute nicht zu übersehen.«

»Und ob.« Jan versuchte sein Kopfkino unter Kontrolle zu behalten und sich auf die jetzige Situation zu konzentrieren. »Diese Sache hier, diese Explosionen und die Todesgefahr werden Onno jetzt stark belasten. Alles Verdrängte wird wieder ... präsent, kommt wieder zum Vorschein! Ist sein Asthma schlimmer geworden?«

Klaas nickte und dachte daran, wie Onno nach der ersten Explosion zur Salzsäule erstarrt war. Dies und die Anstrengung bei der Bergung der zwei Männer – kein Wunder, wenn ihm die Luft weg blieb. Onnos Asthma gefährdete dessen Polizeidienstfähigkeit und schwebte wie das berühmte Damoklesschwert über dem Kopf seines Kollegen. Alles musste Jan Broning aber auch nicht wissen, deshalb schwieg Klaas.

»Bringst du ihn nach Hause? Weißt du, ob seine Frau zu Hause ist?«, fragte Jan.

»Mach ich.« Klaas sah auf seine Uhr. »Anke wird da sein.«

»Morgen bleibt Onno zu Hause. Er soll sich einen guten Schluck genehmigen, ausschlafen ... und du«, Jan lächelte, »kommst auch erst nach dem Mittagessen. Leider brauche ich dich, insbesondere für eine Aussage, sonst könntest du auch den ganzen Tag frei haben.«

Klaas nickte. »In Ruhe essen ist doch auch schon mal was. – Tschüss, Jan, wir machen die Biege!«

Jan Broning sah zu, wie der Bulli wendete und davonfuhr. Dann ging er zu Stefan Gastmann hinüber, der gerade vor dem Volvo kniete, den man soeben aus dem Vorfluter geborgen hatte.

»Sieht tatsächlich aus wie eine Schrotladung«, stellte Stefan fest und stand auf.

»Komm, lass uns aufräumen«, sagte Jan. »Spurensicherung, Hundeführer, das ganze Programm.«

»Ich hab mal ein bisschen im Internet recherchiert«, Stefan zeigte auf sein Smartphone. »Diese Drohnen werden ferngesteuert, aber die Funkreichweite zwischen Drohne und Fernsteuerung ist begrenzt.«

»Und zwar ...?«, hakte Jan nach.

»Rund 500 Meter, dann ist Feierabend«, sagte Stefan. »Also: Wieso haben unsere Kollegen dann nur unsere beiden Opfer in der Umgebung gesehen? Kein anderes Auto, keine Person in der Umgebung mit so einer Fernsteuerung in der Hand? Seltsam.«

Tag 14, nachts,
Anwesen der Familie Hortema

Sven Richter saß in seinem alten Geländewagen. Sein Kanu lag nun wieder gut versteckt unter der Brücke. Die Sache am Sieltief war gut verlaufen, und er ließ die Ereignisse der letzten Stunden in Gedanken Revue passieren.

Wie erwartet hatten seine Quälgeister Hummers und Specker an ihrem Angelplatz am Sieltief gesessen. Am Bulli der Polizisten konnte Sven nicht vorbei, aber es gab noch die andere Richtung: Er konnte den Angelplatz aus Richtung Wynhamsterkolk in Richtung Ditzumerverlaat erreichen. Er war zur Brücke gefahren und hatte etwas Luft aus dem Kanu gelassen, damit es sich für den Transport im Auto zusammenklappen ließ. Es war nicht weit, zur Sicherheit benutzte er einen Schleichweg. Den Geländewagen stellte er etwas versteckt ab, machte das

Kanu einsatzbereit, verstaute seine Ausrüstung darin und ließ es weit hinter der Wasserschöpfmühle zu Wasser. Die Schirmmütze tief ins Gesicht gezogen, war er losgepaddelt in Richtung der Angler. Der Abstand zwischen ihrer und seiner Position war immens wichtig. Er durfte nicht zu nah ran, um nicht bemerkt zu werden, zu groß durfte der Abstand aber auch nicht sein.

Sven Richter lächelte, als er sich erinnerte, wie die Angler die Drohne angestarrt hatten, während er mit der Fernbedienung gut versteckt mit dem Kanu im Uferschilf gelegen hatte. Die Kamera unter der Drohne übertrug ihm die Bilder zuverlässig auf den kleinen Monitor. Gut, dass er die Steuerung und den Abwurf der kleinen Sprengsätze immer wieder geübt hatte. Schließlich wollte er niemanden ernstlich verletzen. Deshalb hatte er keine Stahlsplitter, sondern weiche, kleine Bleikugeln in die Sprengbälle gefüllt.

Die Wirkung, als einer der Sprengsätze unter der Vorderachse des Volvo explodiert war, hatte ihn dann aber doch überrascht. Zum Glück hatte er gerade noch verhindern können, dass diese Idioten den Polizeibulli rammten. Trotzdem musste er wieder lächeln, als er sich an die entsetzten Gesichter der Polizisten erinnerte. Insbesondere der auf dem Beifahrersitz hatte mit offenem Mund in die Kamera gestarrt.

Lange hatte Sven sich dabei allerdings nicht aufhalten können, die Polizisten sollten ja noch die Angler aus dem Auto holen. Sven war schnell zurück zum Geländewagen gepaddelt, hatte wieder Luft aus dem Kanu gelassen und alles im Auto verstaut. – Ja, diese Aktion war gelungen und jetzt konnte er es sich im Ferienhaus der Hortemas bequem machen.

Tag 15, früh morgens,
Büro der Soko Nimrod

Jan Broning gähnte, die Nacht war kurz gewesen. Nun saßen Maike de Buhr, Stefan Gastmann und er im großen Büro. Vor ihm lag die neueste Ausgabe des *Rheiderlandkuriers*. Na klar, der Artikel, den sie schon erwartet hatten, stand auf Seite eins.

Der Kern waren ein Interview mit dem Gänsevater Alting und ein großes Bild, das ihn im Krankenbett zeigte. *Feiger Anschlag auf Naturschützer! Der bekannte Naturschützer Menno Alting gab gestern dem Redakteur dieser Zeitung ein Exklusivinterview. »Man hat mich in eine Falle gelockt, versucht, mich in die Luft zu sprengen«, so Alting. Der engagierte Gänseschützer ist überzeugt, die Drahtzieher hinter diesem Anschlag zu kennen: die Mitglieder des hiesigen Jägerhegeringes. Der Anschlag hat zwar keine körperlichen Verletzungen hinterlassen, aber Alting wirkte während des Gesprächs mit dem Redakteur seelisch angeschlagen. Außerdem beschwerte sich Alting später telefonisch über die mangelhafte Ermittlungsarbeit der hier in Weener eingerichteten Sonderkommission unter Leitung des Hauptkommissars Jan Broning. Alting wörtlich: »Sie (die Polizei, Anmerkung der Redaktion) unternehmen nichts gegen die Jäger, dann werde ich mich selber darum kümmern ...«*

»Das nenne ich mal eine Kampfansage.« Jan verzog das Gesicht und schob die Zeitung an die Seite. »Und das nur Stunden vor dem Anschlag auf Hummers und Specker am Sieltief.«

»Du denkst, dass Alting die Drohne gesteuert hat?«, fragte Stefan.

»Warum nicht? Nur weil er gestern noch im Krankenhaus lag? Du hast doch selbst gesehen, dass Herr Alting überaus fidel war. Der hat doch nur auf den Redakteur

Cordes gewartet, um sich als bettlägeriges Opfer darzustellen.«

»Auch wieder wahr«, gab Stefan ihm recht. »Alting schäumte ja vor Wut und es hat nicht viel gefehlt und er wäre uns an den Kragen gegangen.«

»Nach diesem Artikel wird es sicher nicht lange dauern und Renko Dirksen oder der Staatsanwalt werden hier peinlichst nachfragen«, sagte Jan. »Wäre gut, wenn wir ein paar Antworten geben könnten. Was haben denn Albert und Egon von der Spurensicherung bis jetzt?«

Maike kramte in ihren Unterlagen. »Das Gute oder das Schlechte zuerst?«

»Bitte fang mit dem Guten an«, forderte Jan sie auf, »ich brauch was Positives!«

»Also, wir haben eine Unmenge von Spuren am Tatort«, sagte Maike mit einem Lächeln, »hauptsächlich von den Sprengkörpern. Jetzt kommt das Beste: Die Zünder, die Albert und Egon am Sieltief gefunden haben, sind identisch mit den aufgefundenen Zündern am Steg der Vogelbeobachtungshütte am Dollart. Auch beim verwendeten Sprengstoff gibt es eine Übereinstimmung, da ist sich Albert sicher.«

»Na, das ist doch schon mal was«, freute sich Stefan. »Die Jäger sind raus – entlastet!«

»Wieso?«, wollte Jan wissen.

»Die angebliche Botschaft in roter Farbe an der Decke der Beobachtungshütte sollte den Verdacht auf die Jäger lenken, darüber sprachen wir bereits. Die an der Hütte verwendeten Sprengsätze wurden elektronisch ferngezündet, Opfer: Gänsevater Alting«, zählte Stefan auf. »Die gleichen Sprengsätze beim Drohnenangriff am Sieltief, Opfer: zwei Mitglieder des Hegeringes.«

»Du meinst, Jäger greifen nicht ihre Kameraden an?«, brachte Jan die Zweifel seines Kollegen auf den Punkt.

Stefan nickte.

»Aber wir wissen doch auch, dass es zwischen den

Jägern Streit gab«, erinnerte ihn Jan. »Die Opfer am Siel sind extrem unbeliebt bei den anderen Jägern. Ihr Verhalten hat alle anderen automatisch mitbelastet.«

»Auch wieder wahr«, gab Stefan zu.

»Wisst ihr, was mir die ganze Zeit durch den Kopf geht?« Maike sah ihre Kollegen an. »Wir haben bei diesen beiden Anschlägen, bei denen Sprengstoff verwendet wurde, eine Übereinstimmung nicht nur beim verwendeten technischen Material.«

»Maike, mach es nicht so spannend«, sagte Jan ungeduldig mit dem Blick aufs Telefon.

»Beim ersten Anschlag, an der Beobachtungshütte, wurde Alting nicht verletzt. War das ein Zufall? Hat Alting nur Glück gehabt?«, fragte Maike und gab sich selbst die Antwort: »Nein. Alting selbst bemerkte, dass man ihn geschont hatte, und …«

»Jetzt dämmert es mir, worauf du hinauswillst«, unterbrach sie Jan, »aber beim zweiten Anschlag, am Tief, wurden Specker und Hummers verletzt – da stimmt etwas nicht mit deiner Verschonungstheorie, also sind es nicht nur sehr üble Streiche.«

»In den Sprengbällen befanden sich aber kleine Bleikugeln und keine scharfkantigen Stahlteile oder Nägel«, versuchte Maike ihre Theorie zu stützen. »Onno und Klaas berichteten, dass die Bälle erst am Boden gezündet wurden. Die Verletzungen der beiden Jäger beziehungsweise Angler befanden sich an den Beinen und am Allerwertesten. Stellt euch vor: dieselbe Ladung, diesmal mit Stahlsplittern gezündet, vor den Köpfen – oder auf dem Autodach. Nein, ich bin mir sicher: Wer immer die Sprengsätze an der Beobachtungshütte und am Sieltief zündete, wollte weder Alting noch Specker und Hummers töten.«

Für einen Moment wurde es still im Büro. Alle dachten über Maikes Theorie nach.

»Wie hilft uns das weiter?«, fragte Jan. »Gehen wir

mal davon aus: ein und derselbe Täter für beide Sprengstoffanschläge. Der oder die Täter wollten niemanden töten, sondern nur einen höllischen Schrecken einjagen. Deshalb wissen wir aber immer noch nicht, wer hinter diesen Anschlägen steckt, und ...« Er stand auf, ging zur rechten Tafel und tippte auf das Bild von dem toten Böltjer. »Man kann ja auch wohl nicht behaupten, dass Böltjer unbedingt nett behandelt wurde. -- Maike, war's das mit dem Positiven?«

Sie nickte.

»Dann können wir ja jetzt zum Negativen kommen, leg los.«

Sie sah wieder in den Tatortbefundbericht, unterschrieben von Albert Brede. »Ich fasse es mal zusammen. Keine Spur von demjenigen, der die Drohne am Sieltief steuerte. Keine Reifenspuren, keine Fußabdrücke und keine Zeugenaussagen über auffällige Personen. Onno und Klaas waren sich auch sehr sicher, niemanden am Tatort gesehen zu haben. Angesichts des begrenzten Einsatzbereiches der Drohne fragt man sich, wo sich diese Person während des Drohnenangriffs befand.«

»Vielleicht ein Schwimmer oder Taucher?«, schlug Stefan mit schwarzem Humor vor.

»Wasser ... ist gar nicht so dumm.« Jan sah ihn an. »Diese Idee mit dem Boot haben wir doch gestern noch geprüft.«

»Und kein Boot in der Nähe gefunden«, ergänzte Stefan.

Jan Broning sah auf die weißen Tafeln. Links der unbekannte Tote aus den Salzwiesen, der Mord an dem Jäger Böltjer, der Anschlag auf den Gänsevater Alting an der Vogelbeobachtungshütte und jetzt aktuell der Drohnenangriff auf die zwei Jäger beziehungsweise Angler.

Die Modellmühlensprengung und das Ablegen der Gänsekadaver am Deich bei Coldeborg hatten sie aufgeklärt.

Er schüttelte den Kopf, dieser ganze Fall war rätselhaft und eigenartig, nichts passte zusammen. Was sollte er dem Staatsanwalt oder seinem Chef erzählen?

Das Telefon klingelte. Maike ging hin, schaute auf das Display und atmete tief aus. »Die Staatsanwaltschaft Aurich!«, sagte sie zu Jan und dachte, dass es manchmal doch gut sein konnte, wenn man nicht Ermittlungsleiter war.

Tag 15, vormittags,
nördliches Rheiderland in der Nähe von Coldeborg

Sven Richter zog die alten Nägel aus der Leiter des Hochsitzes. Die Stufen waren durchgegammelt und sein Boss Hero Hortema wollte die Arbeit bis zum Abend erledigt haben. Svens alter Geländewagen stand mit dem nötigen Material und Werkzeug in der Nähe des Hochsitzes. Er arbeitete sehr konzentriert, war aber in Gedanken noch bei der gelungenen Überraschung für seine beiden Jägerkameraden. Hoffentlich tat es ordentlich weh, wenn sie ihnen die einzelnen Schrotkugeln aus dem Arsch zogen. Jetzt würden sie ihn erst einmal in Ruhe lassen. Nur schade, dass er ihnen nicht mitteilen konnte, wer für den Angriff verantwortlich war.

»Sie Mörder!«, schrie ihn eine Stimme von hinten an. Erschrocken drehte sich Sven Richter um und sah in das wutverzerrte Gesicht von Menno Alting, der sich wohl von hinten angeschlichen hatte. »Na, machen Sie wieder Ihre Killerbehausung fertig, damit Sie ungesehen die armen Tiere abschießen können?«

Sven wollte etwas sagen, zum Beispiel, dass er kein Jäger war, aber Alting ließ ihm keine Chance. Er stand viel zu dicht vor Sven und schrie: »Mörder!« Dann hob er die Hände, als wollte er ihn würgen. Sie verkrampften sich direkt vor Svens Hals und erstarrten dort. Die Spucke aus Altings Mund traf ihn mitten ins Gesicht.

Angewidert wischte Sven sie ab und unterdrückte mit Mühe den Reflex, Alting ins Gesicht zu schlagen. Seine rechte Hand, zur Faust geballt, entspannte sich wieder. Er verdrängte die Wut, sie war immer ein schlechter Ratgeber. Seine Vernunft behielt die Oberhand und er ahnte, was Alting beabsichtigte. Eine provozierte Schlägerei und Alting das arme Opfer ... Nein, mein lieber Gänsevater, so einfach mache ich es dir nicht. Stattdessen blickte er Alting direkt in die Augen.

Alting versuchte dem Blick standzuhalten, sah aber schon nach kurzer Zeit weg und ging. Er drehte sich noch einmal um, drohte mit der Faust und schrie »Mörder!

Tief durchatmen, lass dich nicht provozieren, dachte Sven. Es fiel ihm schwer, nicht hinterherzurennen und den selbstgerechten Gänseretter nach Strich und Faden zu vermöbeln.

Er konzentrierte sich wieder auf die Instandsetzung des Hochsitzes. Dabei wanderten seine Gedanken immer wieder zu Alting. Die Anschuldigung »Mörder« hatte ihn tiefer getroffen, als es sich Alting vorstellen konnte. Der meinte natürlich die Gänse. Sven dagegen dachte an Afghanistan. »Mörder!«, das hatten die Dorfbewohner ihm damals auch zugerufen.

Ungestraft würde Alting nicht auf seiner Seele herumtrampeln. Rache ja, aber kalt serviert, mit Logik – und wenn sie ihm bei seinen nächsten Plänen half, umso besser.

Tag 15, mittags,
Büro Soko Nimrod

Maike kam aus dem kleinen Büro, wo Jan Broning gerade telefonierte. Seine Laune war extrem mies. Zuerst das Gespräch mit dem Staatsanwalt, da war es ja noch gegangen. Aber als dann Renko Dirksen anrief und Fragen stellte ... Maike konnte aus Jans Antworten schließen, was da von Dirksen kam: Wieso konnte so etwas passieren, wo doch die verletzten Jäger von Mitgliedern der Soko *Nimrod* observiert wurden? Die Kollegen vor Ort hätten doch eingreifen müssen, oder zumindest den Täter verhaften! Wieso wurde die Fahndung von Onno und Klaas so spät eingeleitet? Weshalb griff Alting die Polizei so scharf an? Hätte man ihn nicht beruhigen können?

Jans Antworten wurden immer lauter und sie gefielen Dirksen wohl nicht. Maike kannte ihren Jan genau, mit Kritik hatte der kein Problem. Allerdings stellte er sich bedingungslos vor seine Leute. Er hasste es, wenn hinterher die Hühner gackerten – so nannte es Jan, wenn Soforteinsätze im Nachhinein vom Schreibtisch aus zerpflückt wurden. Es war schlicht unfair gegenüber den Kollegen, die vor Ort keine Zeit gehabt hatten, erst mal alles abzuwägen.

Zuletzt wurde Jan richtig laut und wiedersprach heftig, als er Onno und Klaas verteidigte. In diesem Moment kam Klaas gut gelaunt ins Büro. Maike fragte ihn, wie es ihm und Onno ging. Klaas machte einen lustigen Spruch, aber etwas verheimlichte er ihr, dass spürte sie genau.

»Klaas, du weißt ja, dass du oder Onno jederzeit mit Jan oder mir sprechen könnt«, sagte sie. Ihr Kollege nickte nur. Sie lächelte ihn an. »Sag mal, kannst du mich hier kurz ablösen? Ich möchte zu Frau Brons ins Seniorenheim. Nachfragen, was die Übersetzung macht.«

»Klar, geh ruhig!«, antwortete Klaas. »Stefan und Jan sind ja auch noch da!«

»Apropos Jan …« Maike zog einen Flunsch. »Geh ihm lieber aus dem Weg, er ist etwas schlecht gelaunt. Klaas, denkst du an den Bericht über die Ereignisse während der Observation, des Drohnenangriffs und danach?«

Er nickte und seine Mimik zeigte deutlich, was er von dieser Aufgabe hielt.

Wenig später stellte Maike ihren Mini auf dem Parkplatz an der Mühlenstraße ab und ging ins Seniorenheim. Sie kannte den Weg zum Zimmer von Frau Brons. Auf ihr Klopfen wurde mit einem fröhlichen »Herein« geantwortet.

Frau Brons strahlte übers ganze Gesicht, als sie Maike sah. »Ah, ich bekomme Besuch, wie schön! Moin, Frau de Buhr! Kommen Sie doch herein!« Sie kam Maike entgegen, gab ihr die Hand und zeigte auf eine kleine Sitzgruppe, zwei bequeme Stühle vor einem Ecktisch. Auf dem lag das Heft, dessen Sütterlinschrift Frau Brons übertragen sollte, daneben ein Laptop und verschiedene handbeschriebene Seiten. Mit einem kurzen Blick stellte Maike fest, dass es sich um eine sehr schöne Kalligrafie-Schrift handelte.

Frau Brons bemerkte ihren Blick. »Ja, alt und neu nebeneinander. Mein alter Kalligrafie-Füller und der neue Laptop mit WLAN. Leider habe ich keinen Drucker, deshalb schreibe ich meine Ergebnisse mit der Hand auf.«

»Sie haben eine sehr schöne Schrift, Frau Brons«, lobte Maike, »und ich kann sie auch gut lesen. Auf den Drucker können wir also verzichten.«

»Frau de Buhr«, sagte Frau Brons, » es tut mir leid! Es gibt da erhebliche Probleme!«

»Ich dachte, Sie sind mit der Sütterlinschrift vertraut.« Maike konnte ihre Enttäuschung schlecht verbergen.

»Das mit dem Sütterlin ist auch nicht das Problem.

Der Opa von Frau Driever, also der Verfasser dieses Werkes«, Frau Brons tippte auf das Heft vor ihr auf dem Tisch, »hat nicht nur Sütterlin geschrieben, und zwar in einer unglaublichen Sauklaue, sondern auch noch in Plattdeutsch. Genauer gesagt im breitesten Rheiderländer Platt. Platt kann ich gut verstehen und auch leidlich sprechen, aber diese Kombination ist eine harte Nuss!«

Frau Brons beobachtete amüsiert, wie Maike vor Enttäuschung eine Schnute zog.

»Aber …«, Frau Brons lächelte wieder, »ich habe hier jemanden gefunden, der mir helfen kann. Eine nette Mitbewohnerin kennt sich mit dem Plattdeutschen besser aus als ich. Nur: Es dauert, weil wir jetzt zusammen jedes geschriebene Wort übersetzen müssen.«

Auch Maike lächelte jetzt wieder. »Also besteht noch Hoffnung?«

»Durchaus, meine junge Dame, aber jetzt wollen wir uns mal über etwas anderes unterhalten. Ich bekomme ja nicht so oft Besuch, weil ich quasi der Rest von der Familienmischpoke bin.«

Die Frauen unterhielten sich prächtig und kamen sich dabei näher. Maike erinnerte Frau Brons sehr an ihre Oma Swantje aus Wolthusen. Deshalb dauerte es auch nicht lange und sie erzählte aus ihrer Kindheit, von ihrem Vater Johann und ihrer großen Liebe zu Jan Broning. Im Gegenzug erzählte Frau Brons, dass sie immer gern Lehrerin gewesen war und auch in Ditzum unterrichtet hatte.

Maike lächelte. »Als Kind wollte ich immer den Pastor von Ditzum heiraten.«

»War das so ein schmucker Mann?«, wollte Frau Brons wissen.

»Nein«, lachte Maike. »Der Ort Ditzum hat mir so gut gefallen und der Rest – Kinderphantasie …«

»Und darf ich fragen, wo Sie jetzt wohnen?« Frau Brons wirkte plötzlich sehr aufmerksam.

»Ach, ich wohne mit Jan zusammen in der Leeraner Altstadt«, antwortete Maike und winkte ab.

»Gefällt es Ihnen dort nicht?«, hakte die alte Dame nach.

»Doch, aber Jan und ich möchten raus aus der Stadt, und wenn erst einmal Kinder da sind, wäre es doch auf dem Land sehr schön.« Unbewusst strahlte Maike übers ganze Gesicht, als sie sagte: »Wenn es geht, fahren wir immer gerne mit dem Fahrrad ins Rheiderland. Die Weite und die Ruhe sind ein schöner Ausgleich zu unserem Beruf. Fisch essen und dann ein Spaziergang durch Ditzum muss einfach sein«, schwärmte sie.

»Viele Häuser sind ja die meiste Zeit im Jahr unbewohnt, weil sie nur als Ferienhäuser genutzt werden«, sagte Frau Brons mit Bedauern in der Stimme.

»Finde ich auch schlimm«, sagte Maike, »diese leeren Häuser mit den heruntergezogenen Rollos sehen tot aus. Schade für den Ort. Wenn ich – falsch: Wenn wir ein Haus in Ditzum hätten, würden wir es bestimmt immer nutzen.«

Frau Bons lächelte. Sie dachte an ihr leerstehendes altes Kapitänshaus. Bis jetzt hatte sie noch keine passenden Käufer gefunden. Das Haus sollte wieder mit Leben erfüllt werden – und sie ahnte bereits, wie sie das anstellen konnte.

Tag 15, nachmittags,
Pogum, Parkplatz Emsblick

Onno stellte seinen Motorroller auf dem Parkplatz ab. Der alte Mercedes-Geländewagen mit dem süddeutschen Kennzeichen, der ebenfalls dort stand, fiel ihm sofort auf. Na klar, der hatte gestern vor der Jägerhütte gestanden. Vermutlich Urlauber aus Süddeutschland, die hier Jägerkameraden besuchten. Onno stieg die Treppe zum Deich hinauf und ihm wurde wieder bewusst, warum diese Stelle Emsblick hieß. Die Aussicht von hier oben war grandios. Rechts das Sperrwerk bei Gandersum und die Ortschaften Ditzum und Pogum. Links lagen der Dollart und die Ems, dazwischen der Geisedamm. Sofort lief sein Kopfkino ab ... Wie oft war er mit dem Dienstboot hier vorbeigefahren!

Er setzte sich auf eine Bank neben der Treppe und versuchte, seinen Atem zu kontrollieren. Dieses Scheißasthma quälte ihn seit mehreren Jahren und war immer schlimmer geworden. Manchmal kam er sich vor wie ein alter Mann, wenn schon einfache körperliche Arbeiten ihm den Atem raubten. Gestern bei der Bergung der Jäger aus dem verunglückten Volvo war er über seine Leistungsgrenze hinausgegangen. Die Quittung in Form eines Asthmaanfalls hatte er prompt erhalten.

Auch das neue Medikament half nicht wie erwartet und gehofft. Wie würde es weitergehen? Inzwischen lag auch das Ergebnis seiner Anfrage nach der derzeitigen Höhe seiner Pensionsansprüche vor. Es würde gerade so reichen, zum Glück arbeitete seine Frau noch und das teure Wohnmobil konnte man ja verkaufen. Was sollte er dann als Frühpensionär machen? Er konnte sich durchaus ein Leben ohne Polizei vorstellen, aber jetzt wurde es Zeit, sich ein Hobby zu suchen.

Als er auf die Uhr sah, stellte er fest, dass er seit einer

Stunde hier saß und grübelte. Der alte Geländewagen stand noch immer auf dem Parkplatz. Irgendwie hatte Onno damit gerechnet, den Fahrer oder die Fahrerin von oben zu sehen, aber Fehlanzeige – trotz der weiten Sicht.

Jetzt noch der kleine Spaziergang durch Pogum und dann wieder Richtung Heimat. Seinen Rundgang begann Onno immer mit dem Fußweg oben auf dem Deich. Dann die Deichtreppe in Höhe der Ortschaft Pogum hinunter, einmal um die Kirche rum und zurück zum Parkplatz.

Als er am kleinen Friedhof des Ortes vorbeiging, sah er einen jungen Mann, der mit einer kleinen Harke ein Grab pflegte. Der Mann sah sehr traurig aus, wahrscheinlich besuchte er das Grab eines Angehörigen. Na, dachte Onno, da bin ich nicht der Einzige, der einen miesen Tag hat, und ging weiter.

Tag 15, nachts,
vor dem Einfamilienhaus der Altings in Weener

Sven Richter saß im Wagen und beobachtete das Haus. Heute Nachmittag war er auf dem Friedhof in Pogum gewesen, beim Grab seines Vaters. Alles war verwahrlost, machte einen traurigen Eindruck. Das hohe Unkraut hatte er ausgerissen, nun fehlten nur noch einige neue Pflanzen. Jetzt sah es wieder ordentlich aus. Eine Grabstelle neben seinem Vater war frei und wartete nur auf seinen Opa Trinus. Sven lachte freudlos. Vielleicht würden sie sich dann ja vertragen …

Neben ihm lag ein Rucksack, darin befanden sich Zünder, ein Sprengball und die rote Farbe, mit der er die Botschaft an die Decke der Beobachtungshütte gesprüht hatte. Nun brauchte er nur noch diese Teile seiner Ausrüstung in Altings Haus zu verstecken. Sven stellte zufrieden fest, dass der Naturschützer allein war. Eine junge Dame mit roten Haaren hatte das Haus vor einer Stunde verlassen. Sie hatte besorgt gewirkt, als sie Alting an der Eingangstür zum Abschied auf die Wange geküsst hatte. Sven vermutete wegen der Kleidung, dass sie Nachtschwester war und zum Dienst musste.

Endlich gingen die Lichter im Haus aus. Sven stieg aus und schlich sich ans Haus heran.

Seitlich stand ein Anbau. Das Schloss war ein schlechter Witz. Im Inneren des Anbaus befand sich eine kleine Werkstatt. Erfreut stellte Sven fest, dass auch viele feine Werkzeuge darunter waren, wie zum Beispiel Lötkolben für Platinen. Typisch für einen Modellbauer. Über dem Werktisch befand sich eine Bodenklappe. Sven öffnete sie, warf den Rucksack durch die offene Luke nach oben und kletterte in den kleinen Dachraum. Dort versteckte er den Rucksack in einer Ecke.

Geschafft! Er saß wieder in seinem Wagen. Teil eins seines Plans war erledigt. Jetzt zu Teil zwei. Er klappte den Laptop auf und schaltete den Rechner ein. Dann klickte er auf die verfügbaren WLAN-Router in der Nähe. Wie erwartet hatte Alting sein WLAN nicht gut abgesichert. Es dauerte etwas, aber schließlich konnte sich Sven einloggen.

Er versendete die vorbereitete E-Mail über Altings Router und so würde dessen IP-Adresse in der Mail zu finden sein. Die sollte die Polizei sicher zu Alting führen. Als Absender gab Sven *Kommando Gänseblut* ein. Das sollte das Interesse des Redakteurs wecken. Als Sven noch einmal den Text las, war er sehr zufrieden.

An den Redakteur des Rheiderlandkuriers.
Bekennerschreiben des Kommandos Gänseblut!
Hiermit bekennen wir, das Kommando Gänseblut, uns zu dem Anschlag auf zwei Jäger, die am Sieltief angelten.

Die betroffenen Jäger haben einen hinterhältigen und feigen Sprengstoffanschlag auf einen Naturschützer verübt. Diese Tat musste gesühnt werden. Wer Wind sät, wird Sturm ernten! Diese feigen Mörder schießen mit Schrot auf wehrlose Gänse. Die Aktion sollte zeigen, dass der Spieß auch umgedreht werden kann. Deshalb wurden die Männer von oben mit Schrot beschossen. Gleichzeitig kündigen wir weitere Aktionen an.
Kein Jäger wird sich mehr sicher fühlen
Absender: Kommando Gänseblut

Diese letzten Aktionen würden die Ermittler in Atem halten. Die falsche Fährte war gelegt und Sven blieb mehr Zeit, um eigene Nachforschungen durchzuführen.

Tag 16, früh morgens,
Redaktion des Rheiderlandkuriers

Hilko Cordes schaute seine E-Mails durch. Normalerweise löschte er anonyme Mails sofort, aber diese eine war interessant, weil *Info Gänsemord* im Betreff stand. Absender war ein *Kommando Gänseblut*. Sollte das ein schlechter Witz sein?

Als er das Bekennerschreiben las, fiel ihm sofort der Gänsevater ein. Alting war seit dem Anschlag an der Beobachtungshütte extrem gereizt und nervös. Bei dem Besuch im Krankenhaus war Cordes klar geworden, dass Alting kurz vorm Durchdrehen war. Jetzt diese Mail … und was war in Ditzumerverlaat geschehen? Man munkelte von einem Autounfall, an dem zwei Jäger beteiligt gewesen waren. Im Bekennerschreiben stand, dass die beiden irgendwie von oben mit Schrot beschossen worden seien. Wie sollte das möglich sein?

Und der Autounfall – war der plausibel oder etwa nur vorgeschoben? Die Polizei mauerte. Nun, vielleicht konnte ihm diese E-Mail Informationen verschaffen. Hilko Cordes griff zum Telefon und wählte die Nummer der Sonderkommision im alten Polizeigebäude in Weener.

Tag 16, vormittags,
Büro der Soko Nimrod

Jan Broning berichtete gerade von den Gesprächen, bei denen er sich jeweils einen Anschiss abgeholt hatte – zuerst vom Staatsanwalt Grohlich und dann von Renko Dirksen. Renko erwartete einen schnellen Erfolg der Soko *Nimrod*. »Jan, so geht das nicht weiter, wir müssen das stoppen, zumindest die Leute beruhigen«, zitierte Jan seinen Chef.

Die Kollegen sahen ihn mitleidig an, sie ahnten, wie die Telefonate gelaufen waren.

In diesem Moment klingelte das Telefon wieder. Maike nahm das Gespräch entgegen, hielt dann die Sprechmuschel zu und flüsterte Jan zu: »Hilko Cordes vom *Rheiderlandkurier* für dich!«

Jan nahm ihr den Hörer ab. »Broning.«

»Ja, Moin, hier ist Hilko Cordes vom *Rheiderlandkurier*, ich halte gerade ein Bekennerschreiben zu dieser Jägergeschichte in der Hand. Das dürfte Sie sicher interessieren, soll ich mal bei Ihnen vorbeischauen?«

»Ist ja interessant, Herr Cordes.« Jan wollte den Redakteur nicht hier in dieser sensiblen Umgebung sprechen. »Wir kommen bei Ihnen in der Redaktion vorbei. Ist ja gleich um die Ecke.«

»Na gut!«, sagte Cordes merklich enttäuscht. Bestimmt hatte er gehofft, sich die Räumlichkeiten der Soko einmal persönlich ansehen zu können.

Tag 16, vormittags,
Redaktion des Rheiderlandkuriers

Kurz darauf saßen Stefan Gastmann und Jan Broning dem Redakteur in seinem Büro gegenüber. Cordes war schlank, groß und Jan fiel sofort die sonore Stimme des Mannes auf.

»Schön, dass wir uns einmal persönlich kennenlernen«, begann Cordes. »Ich bin kein Freund großen Palavers, deshalb komme ich gleich zur Sache. Ich habe hier ein Bekennerschreiben, das man nur uns zugesandt hat, oder täusche ich mich da?« Er sah die Polizisten abwartend an. Sie blieben stumm. »Dachte ich mir.« Cordes nickte. »Ich befinde mich jetzt in einer Situation, die nicht einfach ist.«

»Oh, das sehe ich ganz anders«, sagte Jan Broning. »Sie händigen uns das Bekennerschreiben einfach aus und erzählen uns genau, wie Sie es erhalten haben.«

»Ich dachte mir …«, Cordes suchte nach den richtigen Worten, »meine Kooperation mit der Polizei – dafür eine kleine Wertschätzung, sagen wir mal in Form von kleinen exklusiven Informationen an uns … Bitte verstehen Sie mich nicht falsch, ich habe auch Pflichten gegenüber der Bevölkerung …«

»Herr Cordes, ich weiß genau, was Sie meinen«, unterbrach Jan. »Ich kann Ihnen nur versprechen, dass ich Sie zuerst informieren werde, sobald wir Pressemitteilungen herausgeben.«

Cordes wollte noch nicht aufgeben. »Ich dachte mehr an …«

»Ist mir schon klar«, unterbrach Jan wieder. »Sie sollten jetzt aber auch verstehen, dass Sie wichtiges Beweismaterial in der Hand halten und das wollen Sie uns doch sicher nicht vorenthalten.«

»Okay. Ich bin froh, wenn ich das Ding los bin.« Er

schob Jan das Papier hinüber. Der las das Bekennerschreiben durch und gab es weiter an Stefan Gastmann.

Cordes beobachtete genau die Reaktion der Polizisten. »Da war doch dieser Autounfall mit zwei verletzten Jägern am Sieltief in Ditzumerverlaat, hat das Bekennerschreiben damit etwas zu tun?«, fragte er mit einem unschuldigen Lächeln.

»Ein Computerspezialist muss sich Ihren Rechner ansehen«, sagte Jan, als hätte er die Frage nicht gehört. Jetzt bekam Cordes große Augen und bevor er protestieren konnte, fügte Jan hinzu: »Mein Kollege Gastmann könnte das auch gleich hier erledigen, natürlich in Ihrer Anwesenheit, dann bräuchten wir nicht den ganzen Rechner mitzunehmen.«

Cordes schnappte nach Luft wie ein Fisch auf dem Trockenen. Im Gegensatz zu den meisten Bürgern war er sich der weitreichenden Befugnisse der Polizei bewusst. Er könnte zwar Einspruch einlegen, aber dann würde der Rechner per richterlichem Beschluss beschlagnahmt und verschwände für mehrere Wochen. Dann lieber die schnelle Nummer! Er zeigte mit säuerlicher Miene auf den Computer. »Bitte sehr, aber ich sehe ihm über die Schulter!«

Stefan bat ihn, das Mail-Programm zu öffnen. Bei der Eingabe der Passwörter sah er dezent zur Seite. Dann räumte Cordes seinen Stuhl vor dem Bildschirm und Stefan setzte sich an den Rechner. Broning war froh, dass der Kollege ihn unterstützen konnte. Stefan war ihr Computerspezialist, seine Lehrgänge in IT und sein Interesse für die neuen Medien kamen ihnen nun zugute.

Jan verstand nur Bahnhof, sinngemäß suchte Stefan die IP- oder eine MAC-Adresse in der Kopfzeile der E-Mail. Seinem Gesichtsausdruck nach war er dabei erfolgreich. Mit einer kleinen Digitalkamera fotografierte er die Informationen auf dem Bildschirm.

»Kurz und schmerzlos!« Stefan sah den Redakteur an und stand auf.

»Wie, das war es schon?« Cordes' Blick ging zwischen Stefan Gastmann und Jan Broning hin und her.

»Mich müssen Sie nicht fragen«, lachte Jan. Als sie das Büro verließen, drehte er sich noch einmal zu dem Redakteur um. »Herr Cordes, als Sie Alting im Krankenhaus interviewten, ist Ihnen da noch etwas aufgefallen? Etwas, das Sie nicht im Artikel geschrieben haben?«

»Wenn Sie so fragen, da war tatsächlich etwas, das ich bewusst nicht geschrieben habe. Alting war ja sehr aufgebracht und hat die Jäger mehrfach wörtlich Mörder genannt. So was gehört nicht in die Zeitung!«

»Das sehe ich auch so«, sagte Jan. »Danke für Ihre Kooperation.«

»Denken Sie dran, *Rheiderlandkurier* zuerst!«, erwiderte Cordes und grinste.

Tag 16, vormittags

Die Kollegen saßen wieder zusammen im großen Büro der Soko. Maike verteilte Kopien des Bekennerschreibens. Jan Broning wandte sich an Stefan Gastmann: »Wenn ich dich richtig verstanden habe, hast du die Adresse dieses Absenders im Computer des Herrn Cordes finden können?«

»Ja, die IP-und die MAC-Adressen könnten uns zu Namen und Anschrift führen«, erklärte er, »nur gibt's da einen Haken. Ich brauch eine richterliche Anordnung dafür.«

»Worauf wartest du noch?«, fragte Jan. »Flitz zum Amtsgericht und hol sie uns. Du kannst wenigstens formulieren, was wir brauchen.«

»Schon weg!« Stefan griff sich einen Autoschlüssel.

»Und was haltet ihr von diesem Bekennerschreiben?«, fragte Jan in die Runde.

»Das enthält Fakten, die eigentlich nur der Täter wissen kann.« Maike begann aufzuzählen: »Zwei Jäger, Sieltief, Sprengstoffanschlag auf Naturschützer und von oben mit Schrot beschossen.«

Onno gab ihr recht. »Nur der Täter kann das alles wissen, von uns mal abgesehen.«

»Außerdem ist dieses Schreiben eine Bestätigung für unsere Annahme, dass sowohl der Anschlag bei der Beobachtungshütte als auch der Anschlag am Sieltief von denselben Tätern begangen worden sind«, ergänzte Klaas.

»Wer benutzt denn immer dieses Wort Mörder?«, fragte Jan provokativ. »Denkt an seine Schilder, die er immer am Deich aufstellt, und im Interview im Krankenhaus fiel das Wort auch mehrfach.« Jan tippte auf das Bekennerschreiben. »Ich zitiere: feige Mörder!«

»Du sprichst von unserem Gänsevater Alting«, stellte Maike fest.

»Verrückt genug ist er ja.« Jan ging zur weißen Tafel, an der eine Kopie des Interviews von Alting im Krankenhaus hing. »Gegenüber Cordes hat Alting mehr als einmal angedeutet, dass er sich selber kümmern wollte, weil wir seiner Ansicht nach nicht genug unternehmen.«

Tag 16, mittags,
Büro der Soko Nimrod

Stefan war es in Rekordzeit gelungen, eine richterliche Anordnung zu besorgen. Jetzt konnte er mit den IP- und den MAC-Adressen herausfinden, wer die Mail verschickt hatte. »Ich hab's!«, rief er aufgeregt, »ratet mal, wer das Bekennerschreiben über seinen Router versendet hat.«

Alle Kollegen riefen: »Alting!«

»Woher wisst ihr das?« Stefan war verblüfft. »Es ist tatsächlich Menno Alting aus Weener.«

»Ja, Stefan, gut gemacht«, lobte ihn Jan Broning, »aber jetzt musst du leider noch einmal nach Leer zum Amtsgericht und ...«

»... einen Durchsuchungsbeschluss für Altings Haus etc. besorgen«, unterbrach ihn Stefan. »Das habe ich mir schon gedacht und den Richter vorgewarnt, schaut auf eure Uhren, die Zeit läuft!« Er packte seine Unterlagen und rannte zum Dienstwagen.

Tag 16, nachmittags

Die Einsatzfahrzeuge der Polizei hielten vor dem Einfamilienhaus von Menno Alting. Der Auftrag war klar, Durchsuchung von Altings Haus, Auto und sonstigen Räumlichkeiten, die der Gänsevater nutzte. Jan Broning drückte auf die Klingel. Die Eingangstür wurde sofort aufgerissen, Alting war das Anrücken der Polizei nicht entgangen. Hinter ihm stand seine Tochter Gretje, die hemmungslos weinte.

»Herr Alting, dies ist ein Durchsuchungsbeschluss.«

Jan drückte Alting die Papiere in die Hand. »Bitte gehen Sie mit Ihrer Tochter in die Küche und stören Sie bitte nicht unsere Maßnahmen.«

Er hatte mit Gegenwehr gerechnet, aber die blieb zum Glück aus. Vermutlich war Alting total überrumpelt und begriff nicht, was passierte. Das würde nicht lange anhalten, es würde bestimmt noch Ärger mit ihm geben.

Klaas begleitete Alting und seine Tochter in die Küche. Der Zeuge der Stadt Weener setzte sich dazu. Die Polizisten schwärmten aus. Onno sollte sich draußen umsehen, zusammen mit dem Diensthundeführer und seinem vierbeinigen Kollegen. Die Polizisten sollten nach einer Art Werkstatt Ausschau halten, schließlich musste Alting die Sprengkörper irgendwo zusammengebastelt haben. Außerdem nach der Tatwaffe, die beim Mord an Böltjer verwendet worden war.

Onno stand draußen vor einem Anbau und sah durch das kleine Fenster. Er konnte ein Art Werktisch mit einem großen Schraubstock und etlichen Werkzeugen an der Wand sehen. Die Tür stand offen, auf der Werkbank lagen eine Sperrholzplatte, Raspeln und Sägen. Der Polizeihund bellte laut und schnüffelte an der Werkbank. Der Hundeführer ließ ihn von der Leine. Der Hund lief aufgeregt durch die Werkstatt, schnüffelte und ging zurück zur Werkbank.

Onno sah sich um und ging noch einmal nach draußen. Er hatte sich nicht getäuscht: Über dem Raum musste sich ein Dachboden befinden. Er ging zurück in den Anbau und suchte die Decke nach einer Öffnung ab. Direkt über dem Tisch war eine Luke eingelassen. Mit Mühe kletterte Onno auf den Werktisch und drückte sie auf. Der Hund bellte wieder, diesmal lauter. Mit der Taschenlampe leuchtete Onno in den langen Bodenraum. Der stand voll mit Gerümpel aller Art. »Herrmann, kann Bronko da mal rumschnüffeln?«

»Na klar.« Der Hundeführer Hermann Blohm sah sich um, fand eine Kiste und stellte sie auf die Werkbank.

»Ich kann ihn ja auch reinheben«, schlug Onno vor, »ich hab keine Angst vor Hunden, obwohl …«

»Das solltest du besser nicht versuchen.« Hermann lachte. »Bronko fasst nur einer ungestraft an.« Er klopfte auf die Werkbank und Bronko sprang aus dem Stand hinauf. »Braves Hundchen!«

Onno kletterte zur Sicherheit wieder von der Werkbank herunter. Der Hundeführer klopfte auf die Kiste und Bronko sprang erst darauf und von dort in den Dachboden. Onno stieg wieder auf die Werkbank und hob seinen Kopf vorsichtig in den Bodenraum. Bronko kratzte laut bellend an einem großen Rucksack in der Ecke und sah Onno an, als wenn er sagen wollte: ›Schau mal, was ich gefunden habe.‹

»Braves Hundchen!«, sagte Onno und lächelte.

Es dauerte eine Weile, bis die Experten vom Kampfmittelbeseitigungsdienst eintrafen. Bis dahin wurde das ganze Haus auf den Kopf gestellt. Der einzige verdächtige Fund blieb der Rucksack mit unbekanntem Inhalt auf dem Dachboden über der Werkstatt. Jan Broning wollte sichergehen und bestand darauf, dass sich zunächst die Kampfmittelbeseitiger den Rucksack genau ansahen.

Der Mann im Schutzanzug hatte Mühe, durch die Dachluke zu kriechen. Gespannt warteten die Kollegen in sicherem Abstand auf die Freigabe.

Endlich erschien der Sprengstoffexperte wieder und erklärte, dass die Polizisten jetzt die Werkstatt betreten könnten. Sein Helm klemmte unter seinem Arm, was Broning für ein gutes Zeichen hielt. »Bitte nicht rauchen!«, sagte das Michelin-Männchen, grinste und gab den Weg in die Werkstatt frei.

Auf dem Werktisch lag jetzt der Inhalt des Rucksacks vom Dachboden. Eine durchsichtige Kugel, so groß wie ein Tennisball, elektronische Bauteile, Beutel mit einem

Granulat, ein weiterer Beutel mit kleinen Bleikugeln und eine Spraydose mit roter Farbe. Am auffälligsten war aber eine Konsole mit vielen kleinen Knöpfen und Joysticks.

»Volltreffer!«, sagte Jan Broning.

»Versenkt!«, ergänzte Onno.

»Jan?«, rief Stefan von draußen. »Kommst du mal raus? Wir haben ein Problem.«

Broning trat vor die Tür. Stefan stand an der Hausecke und schaute zur Auffahrt. Jan ging zu ihm und folgte seiner Blickrichtung. »Ach du Scheiße!« Er verdrehte die Augen, als er etliche Schaulustige dort stehen sah. Außerdem war die Presse vertreten, Jan erkannte den Redakteur Cordes, der mit einer Kamera in der Hand wartete.

In diesem Moment hörten sie laute Schreie aus dem Haus. Alting war offensichtlich aus seiner Starre erwacht. Stefan und Jan rannten hinein. Die Schreie kamen aus der Küche. Klaas und Gretje Alting versuchten den Gänsevater zu beschwichtigen.

»Er war ganz ruhig, aber als er aus dem Fenster gesehen hat, ging hier die Post ab«, erklärte Klaas.

Inzwischen war es der Tochter gelungen, ihren Vater zu beruhigen. Jan Broning war klar, was Alting beabsichtigte: die große Show vor der Presse. Und jetzt musste er Alting verhaften und ihm den Haftgrund mitteilen. Er befürchtete, dass sich aus der gespielten Aufregung des Mannes ein echtes Drama entwickeln könnte.

»Stefan ...« Jan hatte sich entschieden. »Besorg zur Sicherheit einen Krankenwagen mit Notarzt, ich weiß nicht, wie Alting bei der Festnahme reagieren wird. Nachher klappt er uns noch zusammen.«

Er ging in die Küche und blieb vor dem Gänsevater stehen. »Herr Alting, bei unserer Durchsuchung haben wir eindeutiges Spurenmaterial gefunden, unter anderem Sprengstoff, Zünder und eine Steuerungskonsole.

Es besteht der dringende Verdacht, dass mit diesen Gegenständen Sprengstoffanschläge verübt worden sind. Außerdem werden Sie verdächtigt, den Jäger Jakobus Böltjer ermordet zu haben.«

Alting saß mit offenem Mund auf dem Sofa und schüttelte ungläubig seinen Kopf.

»Herr Alting, haben Sie das verstanden?« Jan beobachtete genau Altings Körpersprache. »Wir nehmen Sie vorläufig fest, wegen der Herbeiführung von Sprengstoffanschlägen und Mordversuch!«

Für einen Moment herrschte Stille in der kleinen Küche. Alting sah mit bleichem Gesicht ungläubig von Broning zu seiner Tochter.

Plötzlich änderte sich seine Gesichtsfarbe in knallrot. Altings schriller Schrei hallte durch die Küche. Ohne Vorwarnung sprang er auf Jan Broning zu und stürzte zusammen mit ihm auf den Fußboden. Stühle fielen um, weil alle gleichzeitig zu Hilfe eilen wollten. Bronko war am schnellsten und verbiss sich in Altings Oberschenkel. Alting trat und schlug wild um sich. Klaas warf sich auf Alting und nagelte ihn mit seinem Gewicht fest. Onno riss seine Handschellen aus der Tasche und gemeinsam mit Stefan gelang es ihnen, sie um Altings Hände zu legen. Dies hielt Alting nicht davon ab, weiter um sich zu treten. Onno erhielt einen Tritt an sein Knie und Klaas hatte noch weniger Glück und wurde zwischen den Beinen getroffen.

Alting schrie wie ein Verrückter, Schaum bildete sich vor seinem Mund und seine Augen verdrehten sich unnatürlich. Menno Alting war durchgedreht, darüber gab es keinen Zweifel. In diesem Moment stürmte Stefan mit dem Notarzt in die Küche, der eine aufgezogene Spritze in der Hand hielt und brüllte: »Halten Sie den Mann fest, so kann ich ihm keine Spritze geben!«

Alle mussten zupacken, um Alting am Boden festzuhalten. Der Notarzt fackelte nicht lange und setzte die Spritze mit dem Beruhigungsmittel an. Während er darauf wartete, dass die Wirkung einsetzte, betrachtete er besorgt das extreme Verhalten des Mannes.

Endlich entspannten sich dessen Muskeln und die Polizisten konnten aufatmen.

»Wer ist hier der Einsatzleiter?«, fragte der Notarzt. Jan hob seine Hand. »Kommen Sie mit, wir müssen uns kurz unterhalten«, sagte der Notarzt und ging voraus in den Flur. »Hören Sie, ich weiß nicht, was hier passiert ist, aber eins kann ich Ihnen sagen, dieser Mann«, er zeigte Richtung Küche, »ist durchgedreht, kollabiert!«

»Wir haben ihn gerade verhaftet und wollten ihn mitnehmen«, erklärte Jan.

»Das können Sie vergessen, wir nehmen ihn mit«, erwiderte der Notarzt mit Nachdruck. »Und wenn ich Ihnen eine Prognose geben soll, dann gehen Sie mal davon aus, dass er nach der Untersuchung in die Psychiatrie eingewiesen wird. Den können Sie die nächste Zeit abhaken, salopp formuliert. Ich kenne Herrn Alting aus dem Fernsehen und hab auch schon Beiträge zum Thema Gänsekrieg im Internet gesehen. Da war sein Verhalten schon grenzwertig. Das kommt dabei raus, wenn man auf dem Grat wandert – und das ist er. Irgendwann fällt man, die Feder wird überspannt und schnappt über. Das ist hier heute geschehen!«

»Dauerhaft?«, wollte Jan Broning wissen.

»Kann ich nicht sagen, aber er wird sicher für längere Zeit aus dem Verkehr gezogen.«

»Seine Tochter ist auch hier.« Jan zeigte zur Küche.

»Sie kann mitfahren, außerdem sollte einer Ihrer Kollegen mit ins Krankenhaus kommen«, erklärte der Arzt.

Zwei Rettungssanitäter erschienen im Haus mit einer Trage. Der Notarzt gab ihnen einige Instruktionen und folgte ihnen in die Küche. Alting wurden die Handschellen abgenommen und man legte ihn auf die Trage. In diesem Moment wurde er wieder wach und schrie wie ein Berserker. Der Notarzt griff in eine Arzttasche und zog eine weitere Spritze auf. Die Aktion verlief diesmal ruhig.

»So, mehr kann ich ihm nicht geben«, sagte der Notarzt. »Abmarsch! Kommen Sie mit, Frau Alting?«

Jan sah Onno und Klaas an. »Begleitet ihr den Transport ins Krankenhaus und kümmert euch um Frau Alting?«

Onno nickte. »Okay, wir melden uns!«

Als die Rettungssanitäter mit der Trage nach draußen kamen, ging ein Raunen durch die kleine Menge der Schaulustigen. Kameras wurden hochgerissen und Fragen an die Einsatzkräfte gestellt. Alting wurde wach und begann zu schreien. »Zu Hilfe! Mörder! Sie wollen mich schlachten, wie die armen Gänse! Mörder! Das sind alles Jäger, die haben sich getarnt! Mörder!«

Der Rettungswagen fuhr davon, ein Murmeln und Raunen ging durch die Menge. »Jetzt ist er ganz durchgedreht …« – »… wusste immer, mit dem stimmt was nicht …« – »Die arme Tochter!«

Jan Broning drehte sich um und ging zurück ins Haus. Es gab noch viel zu tun.

Tag 16, abends,
ein einsamer Bauernhof im nördlichen Rheiderland

Die Gerüchte in Weener hatten sich in Windeseile verbreitet, den sozialen Netzwerken sei Dank. Menno Alting war durchgedreht, als man ihn festnahm. Die Polizei hatte Altings Haus auf den Kopf gestellt. Hundeführer und sogar das Bombenräumkommando, angeblich hatte er die Jäger mit Sprengstoff umbringen wollen.

Der Mann grinste und überlegte, wie er die Neuigkeiten für sich nutzen könnte. Die polizeilichen Ermittlungen der letzten Tage beunruhigten ihn zutiefst. Altings Festnahme war ein Glücksfall für ihn selbst. Die Gretchenfrage lautete: Ging die Polizei davon aus, dass Alting Böltjer umgebracht hatte?

Was könnte er tun, um den Verdacht gegen Alting zu erhärten? Er ahnte, dass ein Grund für die Durchsuchung von Altings Haus der Versuch gewesen war, die Tatwaffe zu finden. Die Lanzenspitze konnten sie bei Alting aber nicht finden, weil sie neben seinen anderen Souvenirs in seinem Safe lag: der Taschenuhr des Wilderers, der goldenen Glocke aus dem Watt und, sobald die Gerbung abgeschlossen war, auch der Brusthaut seines Opfers Böltjer, auf einer Edelholzplatte.

Die Lanzenspitze oder die Haut von Böltjer aufgefunden in Altings Haus … damit wäre alles klar gewesen. Der durchgedrehte Jägerhasser behält die Tatwaffe und versteckt sie in seinem Haus. Dies wäre natürlich ein sehr dummes Verhalten, aber es wurde durch den Geisteszustand von Alting doch sicher durchaus plausibel für die ermittelnden Polizisten. Das wäre eine elegante Lösung seines Problems.

Nur war Altings Haus bereits durchsucht worden. Er überlegte. War denn auch Altings Gänsewagen am Deich bei Midlum durchsucht worden, der ausrangierte Bauwagen, von dem aus Alting seine Streifengänge immer gestartet hatte? Der selbsternannte Gänsevater bewahrte seine Schilder, das Infomaterial und Regensachen in diesem Wagen auf. Die einzige Tür war nur mit einem Vorhängeschloss gesichert, das war ihm bereits öfters aufgefallen. Durchs Fenster hatte er auch die alten Bundeswehrspinde gesehen, wenn überhaupt waren die ebenfalls nur mit Vorhängeschlössern gesichert.

Es war sicher nur noch eine Frage der Zeit, bis die Polizei auch diese Gänsebude durchsuchen würde. Keine Zeit zu verlieren … Jetzt musste er sich noch überlegen, welches seiner Souvenirs er dort verstecken wollte. Die Haut oder die Mordwaffe, die Lanzenspitze? Er entschied sich schweren Herzens für die Lanzenspitze.

Jetzt musste er sich beeilen und suchte seine Ausrüstung zusammen. Einen Bolzenschneider für die Vorhängeschlösser. Damit sein Einbruch nicht auffiel, nahm er ein Ersatzvorhängeschloss mit, den Schlüssel würde er am Gänsewagen leicht auffindbar deponieren. Er verstaute seine Ausrüstung im Auto und fuhr los.

Tag 16, abends

Onno und Klaas betraten das Büro der Soko *Nimrod*. Sie hatten die Kollegen bereits darüber informiert, dass der Notarzt mit seiner Prognose zu Altings Gesundheitszustand richtig gelegen hatte: Einweisung in die geschlossene Psychiatrie in der Nähe von Oldenburg.

»Auf ein Geständnis können wir lange warten!«, stellte Klaas fest.

»Haben wir jetzt alle Fälle gelöst?«, wollte Maike wissen.

»Der Sprengball von Altings Boden sah genauso aus wie das Ding unter der Drohne!«, war sich Onno sicher.

»Diese Sprühdose mit der roten Farbe …«, sagte Stefan. »Würde mich nicht wundern, wenn damit die Drohung an die Decke der Beobachtungshütte geschrieben worden ist. Den Anschlag bei der Hütte hat Alting also selbst inszeniert.«

Jetzt sahen alle Jan Broning an, der verdächtig ruhig war.

Er fasste zusammen. »Das war sehr gute Arbeit vom gesamten Team! Wir haben Spurenmaterial gefunden, das darauf hinweist, dass Alting für beide Anschläge verantwortlich ist. Leider sind wir mit dem Mord an Böltjer nicht weitergekommen«, stellte er fest. »Wäre auch ja zu schön gewesen, die beidseitig geschliffene Tatwaffe in Altings Haus.«

»Wir haben alles auf den Kopf gestellt, sein Haus, den Anbau und seinen Wagen«, zählte Onno auf.

»Okay, aber haben wir wirklich alles gründlich durchsucht? Irgendetwas vergessen?«

»Scheiße!«, sagte Maike sehr undamenhaft. »Wir haben was vergessen!« Sie wühlte in ihren Unterlagen. »Hier!« Sie wedelte mit einem Zeitungsauschnitt in der Luft. »Altings Basis am Deich, die alte Gänsebude!«

»Worauf warten wir noch?«, sagte Jan entschlossen, »lasst uns hinfahren! Wo steht das Ding genau, Maike?«

»Beim Deich bei Midlum, so ein alter Bauwagen mit aufgemalten Gänsen«, erklärte sie.

»Kenn ich, ich weiß, wo dieser Wagen steht!«, sagte Onno.

Jan nickte. »Okay, Onno und Klaas, fahrt doch mal da hin. Irgendwie müsst ihr die Bude durchsuchen und wenn ihr dafür die Tür aufbrechen müsst. Ihr könnt ja, wenn ihr fertig seid, ein Siegel auf die Tür kleben.«

»Zur Not haben wir ja noch unser Feinwerkzeug im Bulli liegen, die Brechstange. – Los, Klaas, keine Zeit zu verlieren!«

Tag 16, abends,
am Deich bei Midlum

Der Mann gab auf, dieses Vorhängeschloss bekam er mit dem Draht nicht geöffnet. Sein Wagen stand ohne Lichter mit laufendem Motor neben dem bunt bemalten Gänsewagen. Jetzt holte er den Bolzenschneider aus dem Kofferraum. Mit Erleichterung stellte er fest, dass sich kein polizeiliches Siegel an der Tür befand. Demnach war die Polizei noch nicht hier gewesen.

Endlich, das Schloss fiel auf den Boden. Den Bolzenschneider legte er zusammen mit dem zerstörten Schloss zurück in den Kofferraum und nahm das Ersatzschloss heraus.

Im Gänsewagen stand ein kleiner Tisch mit wackeligen Stühlen. An der Seite standen alte Bundeswehrschränke. Er öffnete eine Tür und holte die in einen Lappen eingewickelte Lanzenspitze aus seiner Jackentasche. Er atmete tief durch, der Abschied von seinem Souvenir fiel ihm nicht leicht, aber es ging nicht anders. Die Lanzenspitze legte er ganz nach unten in den Schrank.

Draußen vor der Eingangstür legte er das neue Vorhängeschloss an und sah sich um. Wo konnte er den Schlüssel deponieren?

Neben der Tür stand eine Kunststoffgans. Mit solchen Nachbildungen lockten Jäger Gänse an. Sicher bei einem Streifengang gefunden. Das Modell der Gans war hohl und der kleine Schlüssel passte durch die kleine Öffnung. Der Mann stellte das Modell neben die Treppe und sprang in seinen Wagen. Er zog die Latexhandschuhe aus und gab Gas. An der Kreuzung zur Deichstraße kam ihm ein blauer Bulli entgegen.

Tag 16, abends,
unterwegs von Weener nach Midlum

Onno und Klaas bogen rechts ab in Richtung Deich, während ein Geländewagen, der ihnen entgegenkam, an der Kreuzung rechts abbog.

»Was macht dein Knie?«, fragte Klaas.

»Und was machen deine Weichteile?«, grinste Onno. »Mann, wat 'ne Show in Altings Küche! Das Gesicht von dem, als Bronko zugebissen hat ...! Gutes Hundchen, hast uns gerächt!«

»Dem Hundeführer Hermann war es auch ein bisschen peinlich«, meinte Klaas.

»Alting ist doch selber schuld. Dieser Schrei ... Wir haben uns doch alle erschrocken! Hauptsache, er bekommt von dem Biss keine Entzündung«, sagte Onno besorgt.

»Wer, Bronko?«, lachte Klaas.

»Nee. Alting«, erwiderte Onno. »Da ist ja unsere Gänsebude!« Er zeigte zum Deich.

Den Bulli stellte er neben der Bude ab. Dann zogen sich die Polizisten Einweghandschuhe über und stiegen aus.

»Die Eingangstür ist mit einem Vorhängeschloss gesichert und den Schlüssel hat sicher unser abgedrehter Gänsevater«, stellte Klaas fest.

»Zeit fürs Feinwerkzeug?«, fragte Onno.

»Moment noch, ich schau mich erst einmal um. Vielleicht hat er den Schlüssel unter einen Blumentopf gelegt.«

»Ent-schul-di-gung, lieber Klaas, es gibt hier keine Blumentöpfe!«

»Wann wirst du es endlich lernen, dieses Wort mit der nötigen Prise Verachtung auszusprechen?«, fragte Klaas unbeeindruckt und bückte sich nach einem Gänsemodell. Er schüttelte die Figur und man hörte ein klingelndes Geräusch. Klaas grinste, als er Onno den Schlüssel präsentierte. »Verstand siegt über Gewalt, mein lieber Onno, du kannst dein Feinwerkzeug im Bulli lassen.«

Sie gingen hinein und sahen sich um. Links ein Tisch mit Stühlen, rechts Schränke. Sie waren aus Blech, dunkelgrün angestrichen mit schmalen Türen. Sicher alte Bundeswehrspinde, dachte Onno und stellte erleichtert fest, dass die üblichen Vorhängeschlösser fehlten. Onno und Klaas begannen mit der Durchsuchung. Sie fanden Infomaterial über Gänse und Protestfahnen aus alten Bettlaken, die zwischen zwei Kanthölzern befestigt waren. Onno rollte die aufgewickelten Stoffbahnen ab, der Schriftzug *Gänsemord* in roter Farbe kam zum Vorschein, aber keine Mordwaffe. Nun konzentrierten sie sich auf die Spinde. Klaas begann sie von links außen zu durchsuchen, Onno von der anderen Seite.

»Mann, wat 'n Krempel!« Onno leuchtete mit seiner Taschenlampe einen Schrank aus.

»Oh, was haben wir denn da?« Klaas klang erschrocken und erfreut zugleich.

Onno ging zu ihm und Klaas trat einen Schritt zurück, um den Blick in das Schrankinnere freizugeben. Er richtete den Lichtkegel seiner Taschenlampe auf den unteren Bereich des Spindes. Dort lag ein langes Päckchen auf dem Boden. Die Spitze einer beidseitig geschliffenen Klinge, eingewickelt in einen Lappen, glänzte im Licht der Taschenlampe.

Tag 17, früh morgens

Renko Dirksen ließ es sich nicht nehmen, persönlich bei der Soko *Nimrod* in Weener vorbeizuschauen. Er saß mit der kompletten Mannschaft im großen Büro. Auf dem Tisch standen Tassen und belegte Brötchen, ein Spende von Dirksen.

»Ich möchte Ihnen allen meinen Dank aussprechen.« Dirksen rieb sich seine Hände, ein Zeichen dafür, dass er sehr zufrieden war. »Vor sieben Tagen erreichte hier der Gänsekrieg mit der Ermordung des Lohnunternehmers Böltjer seinen traurigen Höhepunkt. Heute, nur sieben Tage später, sind dieser Mord und die anderen Anschläge aufgeklärt.«

Jan Broning wollte ihn unterbrechen, aber Renko Dirksen war in Geberlaune. »Dieses Team hat vorbildlich zusammengearbeitet und ja, ich gebe es zu, dass ich etwas ungeduldig war und im Nachhinein«, Dirksen schaute zu Jan hinüber, »dich etwas zu früh kritisiert habe.«

Jan staunte. Renko Dirksen gab einen Fehler zu?! Jetzt wurde es Zeit, ihn ein wenig auszubremsen. »Renko, hab Dank für deine netten Worte, jedoch muss ich dir mitteilen, dass die Beweislage zwar optimal aussieht, aber dass ich finde, wir haben noch sehr viele Ungereimtheiten.«

»Ach, Jan, damit habe ich bereits gerechnet«, grinste Renko, »so leicht bist du ja nicht zufriedenzustellen. Ich für meinen Teil bin es und die letzten Fragen, auf die du anspielst, werden sicher auch noch beantwortet. Ich muss jedoch in anderen Dimensionen denken. Das Ganze metamäßig«, Renko sah Klaas und Onno an, »also von oben betrachten.« Renko bemerkte, dass Jan die Augen verdrehte und unschuldig in Richtung Decke sah. »Ja, man fragte mich in den letzten Tagen, was wir, die Polizei, unternehmen, um die besorgte Bevölkerung zu schützen. Man erwartete Ergebnisse und heute Nachmittag ist eine Pressekonferenz im Mutterhaus.«

Jan Broning holte tief Luft.

»Keine Angst, Jan, da braucht keiner von euch hin. Ausnahmsweise natürlich, damit ihr ungestört an den letzten Ungereimtheiten – deine Worte! – arbeiten könnt. Ich kann vermelden, dass vier Durchsuchungen stattgefunden haben. Wichtige Beweismittel wurden gefunden. Sprengstoff, Zünder und sogar die Tatwaffe«, wieder rieb sich Renko die Hände, »und das Beste zum Schluss: Drei Verdächtige wurden verhaftet.«

Jan sah schon in Gedanken, wie Renko vor der Presse mit ihrer Ermittlungsarbeit prahlen würde. »Mit der Präsentation Altings als Mörder von Böltjer würde ich noch warten«, sagte er.

Renko Dirksen winkte nur ab, damit war für ihn das Thema erledigt. »Besonders bedanken möchte ich mich bei Frau de Buhr, die trotz ihrer angeschlagenen Gesundheit im Team wertvolle Arbeit geleistet hat«, sagte er und stand auf, um allen Kollegen noch zum Abschied die Hand zu reichen.

Jan konnte es nicht lassen und sagte: »Renko, ich möchte mich auch im Namen meiner Kollegen für deine warmen Worte bedanken. Nur wäre es für die Kollegen wichtig, dass sie einen Dank erhalten, von dem sie sich etwas kaufen können. Die nächste Beurteilungskonferenz steht an und es wäre doch schön und angemessen, wenn am Ende ein paar Beförderungen dabei herausspringen.«

»Wir wollen mal sehen, was sich machen lässt«, versprach Renko Dirksen und verschwand.

Jan atmete erleichtert aus, als er seinen Chef davonfahren hörte. Im Stillen wusste er: Das Pferd, welches den Hafer verdient, bekommt ihn nur selten. Würde sich das jemals ändern? Er kannte die aktuelle Beförderungssituation, die Chancen waren im Moment extrem mies. Da konnte so ein Denkanstoß doch nicht schaden.

»Ist mal gerade 24 Stunden her, dass er rumgemault hat«, stellte Maike fest, »und jetzt rutscht er auf der Schleimspur fast aus.«

»Man darf sich nicht täuschen lassen«, erwiderte Jan, »ab einem bestimmten Dienstgrad aufwärts werden aus Polizisten halbe Politiker, oder, wie Renko sagte: Die Perspektive oder die Dimension ändert sich.«

»Na, Onno, ist doch nett, dass Herr Dirksen extra für uns einfache Polizisten das mit der Dimension erklärt hat.« Klaas' Stimme triefte vor Sarkasmus.

»Also sind wir beide Frösche im tiefen Gras und Renko Dirksen ist der Adler?«, erwiderte Onno trocken.

»Dann passt man auf, dass er sich nicht in einen Storch verwandelt und euch …«, lachte Stefan und machte ein Handbewegung horizontal zur Kehle.

»Hauptsache, der bleibt ihm dann nicht im Halse stecken«, sagte Onno, er sah Klaas dabei an und kniff ein Auge zu.

»Was Männer doch manchmal für einen Unsinn zusammenreden«, stellte Maike fest.

»Freut mich, dass wir noch miteinander lachen können.« Jan stand auf und ging zu den weißen Tafeln. »Zurück zu unseren Fällen. Die zeitliche Abfolge der Ereignisse war sehr dicht, was uns nicht immer viel Zeit zum Nachdenken ließ. Ich fasse noch einmal kurz die Ereignisse zusammen. Begonnen hat ja alles mit diesem Gänsekrieg. Die Auseinandersetzung zwischen Jägern und den Naturschützern. Dieses Vorgeplänkel, so nenne ich es einmal, bestand hauptsächlich aus Beleidigungen, Jagdstörungen und gegenseitigen Anzeigen. Die armen Kollegen, die sich damit beschäftigen mussten …! Nach diesem zumeist verbalen Schlagabtausch erfolgt eine Steigerung im Gänsekrieg: Die Modellmühle von unserem Gänsevater Alting wird gesprengt. Inzwischen wissen wir, wer dafür verantwortlich ist, die Jäger Hummers und Specker. Das Tatmittel: eine primitive Bombe auf

Schwarzpulverbasis. Primitiv deshalb, weil als Zünder eine Batterie, Stahlwolle und eine Angelschnur benutzt worden sind. Fast zeitgleich findet unser Möchtegern-Schliemann den Ötzi in den Salzwiesen am Dollart ...« Jan tippte auf die linke Tafel. »Danach habe ich ja eine kurze Auszeit genommen.« Er kniff ein Auge zu und lächelte Maike an.

»Stefan hat dann versucht, die Identität des Ötzis zu ermitteln. Dann ein Ereignis, das später noch wichtig sein wird: Auf dem Deich bei Coldeborg werden Gänsekadaver mit herausgeschnittenem Brustfleisch aufgefunden.« Jan zeigte auf die entsprechenden Bilder an der Tafel und fuhr fort: »Jetzt wird es dramatisch, der Lohnunternehmer Böltjer wird zum Deich bei Coldeborg gelockt und grausam ermordet. Dies ist im Nachhinein betrachtet der Höhepunkt des Gänsekrieges. Ein Mord, begangen mit der Spitze einer Lanze.«

Onno winkte. »Jan, darf ich dich ganz kurz unterbrechen? Was ist das eigentlich für eine Lanzenspitze? Sieht doch aus wie aus dem Mittelalter.«

Jan grinste. »Du hast jetzt etwas vorgegriffen, aber das macht nichts. Es handelt sich um eine sogenannte Saufeder.« Er bemerkte die Fragezeichen in den Gesichtern der Kollegen. »Ja, so ein Gesicht habe ich auch gemacht, als mir unser geschätzter Kollege Albert Brede das erklärte. Früher benutzte man diese Lanze, um eine in die Enge getriebene Sau abzustechen. Die Schusswaffen, früher Bögen und Armbrüste, wollten die Jäger dazu nicht benutzen, weil sie befürchteten, dabei ihre Hunde zu verletzen. Wenn man so will, eine historische Nahkampfwaffe der Jäger. Sehr effektiv, weil sie beidseitig geschliffen war, aber dazu später mehr. Inzwischen ist sich Albert sehr sicher, dass es sich bei der Lanzenspitze, die Onno und Klaas in Altings Gänsebude sichergestellt haben, um die Mordwaffe handelt. Das Ergebnis der kriminaltechnischen Untersuchung steht noch aus.«

Jan befestigte ein Foto der aufgefundenen Lanzenspitze unter einer historischen Abbildung der sogenannten Saufeder. »So, jetzt kommen wir zum Anschlag auf unseren Gänsevater Alting bei der Vogelbeobachtungshütte am Dollart. Die Spurenlage ist so, dass die Drohung an der Decke der Hütte mit der Farbdose aufgesprüht wurde, die wir in dem Sack auf Altings Dachboden fanden. Albert, das Schlitzohr, hat einfach Farbe aus der Dose auf ein Stück Pappe gesprüht und das neben die Schrift an der Decke der Hütte gehalten. Er meint: Treffer, will aber die KTU noch abwarten.«

»Alting hat das Ganze inszeniert«, unterbrach ihn Stefan. »Die Konsole für die Zündung der Sprengsätze unter dem Steg lag doch, wie der Sprengstoff und die Zünder, auch in diesem Rucksack.«

»Das stimmt, aber lass mich erst kurz die Ereignisse zusammenfassen«, sagte Jan, »ich verspreche dir, Stefan, wir kommen darauf zurück. Wir wussten ja zu dieser Zeit noch nichts von dieser Theorie.« Er bemerkte, dass Stefan protestieren wollte. »Gleich, Stefan, lass mich erst weiter aufzählen. Es folgten die Durchsuchungen bei Specker und Hummers. Das Ergebnis: Die Modellmühle und die Gänsekadaver gingen auf ihr Konto. Jetzt wird es noch einmal dramatisch ...«

Jan sah zu Onno und Klaas. »Bei der Observierung werden die zwei Jäger aus der Luft mit einer ferngesteuerten Drohne angegriffen und verletzt. Teile der verwendeten Ausrüstung fanden wir ebenfalls in dem Rucksack auf Altings Dachboden. Das Tüpfelchen auf dem i ist der Fund der Tatwaffe in Altings Gänsebude. Deshalb glaubt Renko, alles sei aufgeklärt und in trockenen Tüchern.«

»Wir kommen, glaube ich, jetzt zu Jans Ungereimtheiten«, vermutete Maike.

»Was könnte ihn denn stören an dieser schönen Entwicklung?« Stefan grinste. Alle Kollegen sahen jetzt Jan gespannt an.

»Ich will hier nicht der Spielverderber sein«, erklärte er, » aber das Problem, ich sprach es schon am Anfang an, war der Zeitfaktor. Die Ereignisse haben unsere Ermittlungen vor sich hergetrieben. Wir reagierten meistens, ohne viel Zeit zu haben, über alles nachzudenken. Ich gebe Renko ja recht, wir haben sehr viel erreicht, aber irgendetwas stimmt nicht. Bei den schnellen Aktionen, die wir durchführten … zum Beispiel die Durchsuchungen, das sieht ja im Fernsehen immer so einfach aus, die Vorbereitungen kosten in Wirklichkeit viel Zeit und verursachen einen immensen Schreibkram. Das führte wiederum zu größerem Zeitdruck. Ein Beispiel: Wir konnten uns noch nicht um unseren Ötzi kümmern.«

»Was hat denn jetzt unser Ötzi mit all dem hier zu tun?«, unterbrach ihn Stefan und schüttelte den Kopf.

»Ein Punkt in der Ereigniskette, um den wir uns auch noch nicht gekümmert haben.« Jan versuchte, seine Gedankensprünge zu sortieren, weil er spürte, dass seine Kollegen ihm nicht mehr folgen konnten. »Ich fange jetzt anders an.« Er konzentrierte sich. »Also, Alting ist verantwortlich für den Sprengstoffanschlag an der Vogelbeobachtungshütte, den Anschlag auf die beiden Jäger am Sieltief mit der Drohne und schließlich für die Ermordung Böltjers! Richtig?«

»Genau«, bestätigte Stefan, »deshalb war Dirksen ja auch so zufrieden.«

»Und genau das glaube ich nicht!«, ließ Jan die Katze aus dem Sack. »Der Mord an Böltjer war extrem grausam. Nicht nur, dass Alting ihn brutal erstochen hat, nein, Alting schneidet ihm auch noch ein Stück Haut aus der Brust! Passt das zu einem Mann, der sich für Lebewesen einsetzt?«

»Der ist doch komplett durchgedreht, er handelt nicht rational!«, gab Stefan zu bedenken.

Jan nickte. »Okay, aber ihr erinnert euch doch an die Szene in Altings Küche, als ich ihm mitgeteilt habe, was wir auf dem Boden gefunden haben. Bis dahin war er ruhig und hat nur ein bisschen Show für die Presse draußen gemacht, aber dann ... Ihr habt es ja mit eigenen Augen gesehen. Ich deute seine Reaktion so, dass er völlig überrascht von dem Fund auf dem Boden war.« Er konnte Stefans Gesicht ansehen, dass der Kollege anderer Meinung war.

»Ich weiß, Stefan, aber ich bin noch nicht fertig.« Jan zeigte auf die Tafel, wo die Einzelteile der abgeworfenen Sprengsätze abgebildet waren. »Bleikugeln, schonend eingesetzt. War es nicht Maike, die von der Verschonungstheorie sprach? Wieso sticht Alting Böltjer brutal ab, um dann die anderen Jäger nur zu erschrecken? Mehr Sprengstoff und an Stelle der Bleikugeln Stahlsplitter, dann wäre es wohl nicht bei den leichten Verletzungen geblieben. Ich stimme Maike zu, beim Sieltief wurden die Jäger geschont. Eine weitere Frage: Woher hat Alting Sprengstoff? Und ich rede nicht von gesammeltem Schießpulver oder Schwarzpulver. Albert sprach von wirklich gefährlichem Zeug. Das kriegt man doch nicht an jeder Straßenecke. Dann die Mordwaffe, die passt doch eher zu einem Jäger, woher hat Alting das Ding? Um es auf den Punkt zu bringen: Hier passt einiges nicht zusammen.«

»Und was ist jetzt mit unserem Ötzi? Du hast dich vorhin etwas nebulös ausgedrückt«, hakte Stefan nach.

»Ganz ehrlich«, Jan atmete tief durch, »ich kann es schlecht in Worte fassen, es ist mehr eine Ahnung. Ein Gefühl, dass wir herausfinden müssen, wer dieser Mann ist. Vielleicht ist es nur Zufall, aber mit der Ausgrabung dieses Unbekannten fing doch alles an. Maike, fährst du noch einmal zu Frau Brons ins Seniorenheim und bringst mit, was fertig ist? Und wenn es nur ein paar Seiten sind. Stefan, Klaas, bitte versucht festzustellen, wo man an Sprengstoff rankommt. Hat ein Jäger so einen Sprengstoffschein oder hat man hier eine Bombe aus dem Weltkrieg gefunden?«

Onno sah Jan mit blassem Gesicht an. Er hatte schwarze Ränder unter den Augen, und seine Hände zitterten leicht.

»Onno, kommst du kurz mit?« Jan ging voraus ins kleinere Büro. Er zeigte auf einen Stuhl und schloss die Bürotür. »Hör mal, was ist los? Entschuldige, aber du siehst richtig schlecht aus.«

»Mein Asthma ist schlimmer geworden.« Onno räusperte sich. »Ich weiß – zu viel Asthmaspray und dann zittern meine Hände und schlafen geht auch nicht.«

»Ist da noch etwas, wovon ich nichts weiß?«, fragte Jan vorsichtig. »Das Asthma hast du doch schon länger.«

»Ja, nur ist es in letzter Zeit immer schlimmer geworden. Bis jetzt hatte ich das gut im Griff, auch was meine Dienstfähigkeit betraf.« Onno schüttelte verzweifelt den Kopf. »Bei einem Soforteinsatz habe ich dann einen Unfall verursacht. Zum Glück nur Blechschaden ...« Onno bemerkte, dass Jan ihn unterbrechen wollte. »Ja, Jan, ich weiß, kann jedem passieren. Bei mir ist das aber ein bisschen anders. An diesem Tag mit dem Unfall ging es mir nicht gut, trotzdem ging ich zum Dienst, weil sonst ein Kollege für mich kurzfristig hätte einspringen müssen. Ich krieg das einfach nicht mehr auf die Reihe. Meine Scheißkrankheit und den Dienst, bei dem ich zu hundert Prozent fit sein muss ...«

Jan ahnte, worauf es hinauslief. Onno stellte hohe Ansprüche an sich selbst, seine Dienstausübung war davon nicht ausgenommen. Dies war ein Teil seiner Persönlichkeit.

»Es ist ein Teufelskreis, der einen fertigmacht.« Onno hasste es, rumzujammern, und Jan sah ihm das auch jetzt an. »Atemnot, Spray, Herzklopfen, dadurch Schlafprobleme und dann noch der Schichtdienst. Irgendwann baue ich richtig Mist, schlaf ein während einer Einsatzfahrt, oder ich kann meinen Kollegen nicht helfen, weil mir die Luft wegbleibt. Damit könnte ich nicht leben. Wenn sie mich lassen, werde ich den Dienst quittieren, noch habe ich einen guten Namen. Ich warte nicht so lange, bis etwas passiert und ich mir den Rest meines Lebens Vorwürfe mache. Warum bin ich nicht eher gegangen, werde ich mich dann fragen?«

Jan wusste, dass er Onno im Moment nicht helfen konnte. Ein reiner Schreibtischjob kam nicht in Frage, dafür war Onno nicht der Typ, er würde wie die berühmte Primel eingehen. Außerdem, wer wollte den Beamten um die fünfzig? »Du hast doch früh bei der Polizei angefangen, wie sieht es denn mit deinen Pensionsansprüchen aus?«

»Je älter man wird, desto weniger Geld braucht man. Auch mit den erheblichen Kürzungen der Pension, wegen des vorzeitigen Abschieds, müsste es gehen.«

»Onno, du beantragst eine Kur, ich mache ein bisschen Druck, wenn du einverstanden bist. Sankt Peter Ording kann ich dir empfehlen. Wenn das nicht hilft ... Es gibt auch ein Leben nach der Polizei. Und heute Mittag machst du Feierabend. Setz dich auf deinen Roller und lass dir den Wind am Dollart um die Nase wehen und die Sorgen aus dem Kopf blasen. Wir kennen uns jetzt schon so lange, haben viele Gefahren gemeinsam gemeistert ... Ich lass mir noch was einfallen«, versprach Jan.

»Danke, Jan.« Onno konnte wieder lächeln.

Tag 17, vormittags,
Seniorenresidenz in Weener

Maike de Buhr stellte ihren roten Mini auf dem Parkplatz des Seniorenheimes ab. In Gedanken war sie noch bei Jans Ausführungen zu ihrem Hauptverdächtigen Alting. Sollte er mit seinen Bedenken recht behalten, so blieb die Frage offen, wer im Hintergrund die Fäden zog. Wer hatte Böltjer auf dem Deich ermordet und verstümmelt? Wenn nicht Alting, wer dann? Verdachtsmomente gab es noch gegen die Jäger Hummers und Specker.

Dies war wirklich ein verzwickter Fall, und Jan vermutete offenbar außerdem einen Zusammenhang mit dem aufgefundenen Toten in den Salzwiesen. Bis jetzt kannten sie noch nicht einmal seinen Namen. Vielleicht konnte Frau Brons weiterhelfen. Maike hatte sich telefonisch angemeldet.

Die alte Dame saß im Eingangsbereich des Seniorenheims und war ausgehfertig angezogen. Sehr schick gekleidet, fand Maike. Nicht die typischen Klamotten einer älteren Frau, sondern moderne und flotte Sachen. Alles an ihr war stimmig, und als Maike zu ihr ging, bemerkte sie den dezenten Duft eines Parfüms.

Frau Brons erhob sich. »Moin, Frau de Buhr, Sie sind sicher etwas überrascht, mich hier fertig angezogen anzutreffen. Ich habe hier etwas für Sie.« Die alte Dame klopfte auf ihre Handtasche. »Ich mag so gerne Auto fahren und ich dachte mir, dass wir beide einen kleinen Ausflug machen und ich berichte Ihnen dabei von meinen Fortschritten mit der Übersetzung. Ich glaube, Sie werden überrascht sein – positiv! Wollen wir dann?« Sie lächelte und zeigte dezent in Richtung Parkplatz.

Maike war tatsächlich überrascht. »Wenn der Ausflug nicht so weit ist, warum nicht?«

»Ist Ditzum zu weit?«, fragte Frau Brons.

»Nein, das ist in Ordnung«, sagte Maike mit einem Lächeln.

»Oh, was für ein schönes Auto«, staunte Frau Brons, als Maike die Beifahrertür ihres Minis für sie öffnete.

Maike stieg ebenfalls ein, startete den Motor und lächelte die alte Dame auf dem Beifahrersitz an. »Ditzum?«

»Ja, meine Liebe, Ditzum – einmal hin und leider auch wieder zurück!«

Frau Brons genoss die Autofahrt ganz offensichtlich, öffnete aber schließlich ihre Handtasche und zog das Heft mit der Sütterlinschrift heraus. »Im Grunde brauch ich das nicht mehr, ich kann es fast auswendig, zumindest die wichtigsten Passagen. Es ist ja sozusagen ein Gemeinschaftsprojekt im Seniorenheim geworden, sonst wäre ich noch nicht so weit. Also: Bei dem Verfasser handelte es sich um Abel Driever, geboren 1885 in Pogum, wohnhaft damals Dyksterhusen. Das stand vorne auf dem Heft. Genauer hab ich die Adresse leider nicht.«

»Seine Enkelin, Gretchen Driever, wohnt immer noch in Dyksterhusen und zwar in der Nähe des Fundortes des unbekannten Toten«, stellte Maike fest.

»Genau. Dieser Abel Driever ist zum Kriegsende 1945 sechzig Jahre alt und Angehöriger des letzten Aufgebots, des sogenannten Volkssturms. Sie gaben mir ja den Tipp, besonders auf Namensnennungen zu achten ...« Frau Brons sah nun kurz auf einen Zettel. »Mit Namen hab ich es nicht mehr so, die musste ich mir aufschreiben. Hier steht es, drei Namen, die immer wieder auftauchen im Heft. Drei Männer, die mit Abel Driever zusammen in der Schule waren: Jakob Rund, Hilko Gösing und Nesko Trüst.«

»Also waren sie alle gleichaltrig?«, hakte Maike nach.

»Wenn sie nicht wiederholen mussten, können wir davon ausgehen«, bestätigte Frau Brons. »Diese vier Männer waren wohl immer zusammen. Besser gesagt, sie wurden zusammengeschweißt. Es muss schrecklich gewesen sein damals, bei Kriegsende Frühjahr 1945, besonders hier im Rheiderland. Im Januar berichtet Abel von Tieffliegerangriffen. Abel und seine drei Kameraden wurden eingesetzt, um Deckungsplätze zu buddeln. Die waren wohl auch wichtig, ein Beispiel dafür hat Abel sehr eindringlich geschildert. Ein Tiefflieger erwischte einen Eisenbahner tödlich. Bei seiner Beerdigung wurden die vor dem Grab versammelten Trauernden auch wieder von Tieffliegern angegriffen. Die Männer waren im April sehr verzweifelt, weil mit so ungleichen Waffen gekämpft wurde. Die Alliierten setzten alles ein – Panzer, Artillerie, Flammenwerfer und Flugzeuge. Gerüchte waren im Umlauf von schweren Kämpfen in Diele, Holthusen und auf der Heide. Ganze Siedlungen wurden von den Alliierten plattgemacht. Dann berichtet Abel immer wieder von großen Sorgen, weil sie weder Ausweise noch Soldbücher hatten. Bei Gefangennahme riskierten sie, als Partisanen behandelt zu werden. Die Kanadier rückten von Süden her vor. Weener und Bunde wurden besetzt. Abel berichtet von Rückzugsgefechten. Deutsche Marineeinheiten eröffnen von Pogum und Dyksterhusen aus das Feuer auf die anrückenden Kanadier.«

Frau Brons sah immer wieder nach draußen, inzwischen hatten sie den Ortsrand von Ditzum erreicht. Maike de Buhr sah sie fragend an.

»Zum Hafen bitte!« Frau Brons lächelte. »Wir machen nachher weiter mit dem Heft.« Vor dem Deichtor sagte sie: »Jetzt bitte links abbiegen, in die Pfefferstraße … und jetzt bitte anhalten.«

Frau Brons stieg vor einem alten Kapitänshaus aus. Sie öffnete die Pforte zur Auffahrt und gab Maike ein Zeichen, aufs Grundstück zu fahren.

Maike stellte den Wagen auf der Auffahrt ab und stieg aus. Das Grundstück war breit und hatte vorn einen kleinen Garten. Maike stutzte: Eine alte Schaukel hing an einem starken Ast eines Apfelbaums. Auf einmal hatte sie das Gefühl, schon einmal hier gewesen zu sein. Dieser merkwürdige Traum, als sie aus dem Koma erwacht war ... In diesem Traum hatte sie genau in dieser Schaukel gesessen, in einem Hochzeitskleid, war herausgesprungen und Jan hatte sie aufgefangen. Dieser Traum war damals sehr intensiv gewesen.

Sie sah sich um. Im Hintergrund, durch eine Lücke zum Nachbarhaus, konnte Maike den Deich zum Hafen sehen. Oben stand eine Bank. Genau dort hatte sie als Kind einmal zusammen mit ihrem Vater gesessen und ihm ernst erklärt, sie wolle den Pastor von Ditzum heiraten.

Maike schüttelte die Gedanken an die Vergangenheit ab und konzentrierte sich wieder auf die Gegenwart. Das Haus war großzügig geschnitten und lag zwischen der Pfefferstraße und dem Deich. Vier Stufen führten zu der gepflegten alten Eingangstür.

»Schön, nicht wahr?« Frau Brons hatte ihren bewundernden Blick genau registriert. Sie holte Schlüssel aus der Handtasche und klimperte damit. »Na, wollen wir uns das mal von innen ansehen?«

»Ist das Ihr Haus?« Maike staunte immer noch.

»Ja, ich hatte Ihnen doch schon davon erzählt«, lachte Frau Brons und ging voraus. Sie stöhnte leise, als sie die Treppe zur Eingangstür hochging. »Diese Stufen sind nicht gut für ältere Menschen«, sagte sie mit Schwermut in der Stimme. Oben blieb sie kurz stehen und wartete, bis die Schmerzen in den Knien nachließen.

Sie schloss die Tür auf und ging voraus. »Bitte kommen Sie rein, Frau Broning – oh, Entschuldigung: Frau de Buhr ... Da hab ich wohl etwas vorgegriffen.«

Sie zeigte Maike das ganze Haus. »Von der Küche aus können Sie auf den Vorgarten schauen und den Kindern beim Schaukeln zusehen. Hinten im Wohnzimmer geht der Blick auf die ehrwürdige Holzwerft und den Hafen.«

»Das ist ja wunderschön, von so einem Haus habe ich

immer geträumt.« Maike erzählte von ihrem starken Gefühl, schon einmal hier gewesen zu sein.

»Glauben Sie an Bestimmung, an Schicksal, Frau de Buhr?« Die Stimme der alten Dame klang eindringlich und bewegt zugleich.

»Ja, aber ich weiß nicht, worauf Sie hinauswollen«, sagte Maike unsicher, weil die ganze Situation surreal war.

»Dieses Haus ist für Sie bestimmt.« Jetzt lachte Frau Brons. »Sie sollen mit Ihrer Familie hier wohnen und ich werde dem Schicksal nicht im Wege stehen, ganz im Gegenteil!«

»Sie meinen ... Sie wollen ...«, stotterte Maike.

»Ja, meine Liebe, ich verkaufe Ihnen das Haus und bin froh, wenn hier wieder Leben einzieht!« Frau Brons ging zu Maike und umarmte sie vorsichtig. »Natürlich nur, wenn Sie möchten ...?«

Maike konnte ihr Glück nicht fassen und drückte die alte Dame fest an sich. »Natürlich möchte ich!« Sie wollte Frau Brons gar nicht mehr loslassen. Tränen des Glücks kullerten ihr übers Gesicht.

»Im Übrigen können wir uns jetzt auch duzen, Maike, ich heiße Rika. Und wir müssen langsam zurück, Mittagessen im Seniorenheim, sonst verpass ich noch das Dessert.« Ihre Stimme klang jetzt auch sehr gerührt.

Auf der Rückfahrt fiel es Maike schwer, sich auf den Bericht zu konzentrieren, für den sie ursprünglich eigentlich zum Seniorenheim gefahren war.

»Wo war ich stehen geblieben?«, grübelte Rika laut. »Ach ja, die deutschen Rückzugsgefechte. Da wird es spannend in Abels Aufzeichnungen. Einer dieser versprengten deutschen Soldaten, sein Name ist Trinus Visser, ist ein Schulkamerad von Abels Sohn Bauko Driever. Dieser Wehrmachtssoldat schließt sich den vier Volkssturmmännern an. Abel kriegt sich gar nicht wieder ein, als er feststellt, dass der Soldat Trinus Visser nicht nur aus Pogum stammt, sondern auch mit seinem Sohn zur Schule gegangen ist.«

Rika Brons wartete einen Moment, bis sie die Katze aus dem Sack ließ. »Jetzt halt dich fest, Maike: Dieser Trinus Visser hat die anderen älteren Kameraden mit Gänsen und Enten aus dem Dollart beglückt. Wörtlich schreibt Abel Driever: ›Wenn wir diesen Wilddieb Trinus nicht hätten, müssten wir nur Kartoffeln und Bohnen essen. Jetzt gibt es immer wieder mal eine schöne Gans dazu.‹«

In diesem Moment begriff Maike die Tragweite der Sache. »Trinus Visser, gebürtig aus Pogum, wildert in den letzten Kriegstagen im Dollart?«

»Und zwar sehr erfolgreich, wenn man Abels Worten Glauben schenken darf«, bestätigte Rika.

»Unser unbekannter Toter trug einen abgetragenen Wehrmachtsmantel und war mit einem Karabiner aus der Kriegszeit bewaffnet«, sinnierte Maike, »und Katzen lassen das Mausen nicht.«

»Ja, vielleicht hat er auch nach dem Krieg weiter gewildert. Kann es denn vom Alter her passen?«, wollte Rika wissen.

»Der Rechtsmediziner ging davon aus, dass der Unbekannte aus den Salzwiesen zum Zeitpunkt des Todes etwa siebzig Jahre alt war«, überlegte Maike laut. »Natürlich brauchen wir jetzt noch die Angabe, in welchem Jahr der Mann starb. Da haben wir auch wieder nur eine grobe Schätzung von Dr. Knoche: circa Mitte der achtziger Jahre. Die Plomben aus den Zähnen im Totenschädel wurden ja erst ab 1980 verwendet.«

Beide Frauen versuchten, grob die bekannten konstanten Jahreszahlen, zum Beispiel das Geburtsjahr von Abel Driever und die Zeit des Kriegsendes, mit den variablen Zeiten zu kombinieren, zum Beispiel das mögliche Geburtsjahr des Sohnes Bauko Driever und wie alt der dann bei Kriegsende gewesen sein konnte. Bauko und Trinus waren vermutlich ein Jahrgang gewesen. Eine schwierige Rechnung, mit einigen Unbekannten.

»Es ist zwar nur eine Schätzung, aber es könnte passen«, sagte Maike. »Trinus Visser, ein Wilderer am Dollart – endlich eine Spur! Danke, Rika, danke für alles!«

Maike brachte die alte Dame bis zum Speisesaal. Die Frauen umarmten sich zum Abschied. »Rika, das mit dem Haus, ich glaube, ich träume«, sagte Maike gerührt. »Bist du dir sicher?«

»Bin ich, Maike, ihr sollt es haben«, lächelte Rika. »Ich weiß, dass es in gute Hände kommt. – Wir telefonieren. Und jetzt seht zu, dass ihr den Mörder schnappt und dem armen Mann seinen Namen zurückgebt!«

Tag 17, mittags

Jan Broning fiel sofort auf, wie glücklich Maike aussah, als sie das große Büro der Soko *Nimrod* betrat.

»Jungs, ich weiß, wer unser Ötzi ist!« Sie sah lachend in die Runde. »Jedenfalls vermutlich ...«

»Maike, mach es bitte nicht so spannend!«, bat er sie. »Was haben die Damen in der Seniorenresidenz herausbekommen?«

Sie ging zur weißen Tafel und tippte mit dem Finger auf die Fotos von dem Unbekannten aus den Salzwiesen. »Darf ich vorstellen, Trinus Visser aus Pogum. Zumindest sind wir uns da ziemlich sicher. Ein Wilderer, der seine älteren Kameraden in den letzten Kriegstagen mit Gänsen und Enten aus dem Dollart beglückte.«

Maike berichtete von den Schwierigkeiten mit der Entzifferung der Aufzeichnungen von Abel Driever. »Herr Driever fand es wohl lustig, den Text in Plattdeutsch aufzuschreiben. Eine harte Nuss für die Damen, aber sie haben es geschafft und uns damit sehr geholfen.«

»Maike, ich könnt dich knutschen!«, sagte Jan Broning, »Und die Damen auch gleich.«

»Vielleicht erhältst du noch die Möglichkeit dazu.« Das Lächeln wollte gar nicht aus Maikes Gesicht verschwinden.

»Endlich sind wir einen Schritt weiter mit unserem Herrn Ötzi, Entschuldigung, Herrn Visser«, sagte Jan begeistert. »Dies hat jetzt Vorrang, ich möchte mit absoluter Sicherheit wissen, ob es sich bei diesem Trinus Visser wirklich um unseren Unbekannten aus den Salzwiesen handelt.«

Er verteilte gut gelaunt Aufträge an seine Kollegen. Nur Onno schickte er wie versprochen nach Hause.

Tag 17, nachmittags,
Kirche Pogum

Onno stellte seinen Motorroller beim Emsblick in Pogum ab. Er überlegte – als er das letzte Mal hier gewesen war, hatte auf dem Parkplatz der alte Mercedes-Geländewagen mit dem süddeutschen Kennzeichen gestanden, der ihnen bei der Observierung am Jägerheim schon aufgefallen war. Diesmal stand Onnos Roller alleine hier.

Er ging die Treppe zum Deich hoch und setzte sich auf eine Bank. Die frische Luft hier oben tat ihm gut. Eigentlich wollte er mit den Kollegen weiter am Fall arbeiten, gerade jetzt mit diesem neuen Aspekt. Aber Jan hatte gemeint, es würde reichen, wenn vier Beamte an den Ermittlungen dran seien.

Onno sah auf seine Taschenuhr. Noch ein bisschen Zeit

bis zum Termin beim Lungenarzt. Er schaute nach links auf das Deichvorland, in der Nähe lag der Fundort des unbekannten Toten, des Ötzis, wie ihn die Presse nannte. War mit dessen Identifizierung und der Festnahme von Alting jetzt bald alles vorbei? Die Meinungen von Renko Dirksen und Jan Broning gingen da weit auseinander.

Zeit für seinen kleinen Rundgang um Pogum. Onno stand auf und ging auf dem Deich weiter in Richtung Ditzum. Nach der Deichbiegung befand er sich in Höhe des Ortes Pogum. Er ging die Deichtreppe hinunter, dann zunächst nach links und schließlich rechts in den Kirchring. Dieser Weg führte einmal um die kleine Kirche mit dem Kirchhof und dem separaten Glockenturm herum. Als Onno vor dem Turm stand, ging sein Blick, wie schon so oft, zur Windfahne, dem Schwan.

Plötzlich stutzte er. Vor dem Kirchturm befand sich ein kleiner Parkplatz und dort stand der ihm schon bekannte alte Geländewagen mit dem süddeutschen Kennzeichen.

Nun wurde Onno doch neugierig und ging hin. Niemand war zu sehen, und er blickte in das Wageninnere. Dort lagen Werkzeuge, die man für die Grabpflege benötigte, kleine Harken, eine Grabschaufel und eine Kiste, in der noch Erdkrümel zu sehen waren. Vermutlich Reste von neuen Pflanzen für ein Grab. Sein Blick ging über den Friedhof, weil er davon ausging, den Besitzer des Geländewagens bei der Grabpflege zu sehen. Eine Person auf dem Friedhof wäre ihm auch sofort aufgefallen, so groß war der Kirchhof nicht. Nein, da war niemand.

Die kleine Kirche war tagsüber für Besucher geöffnet und Onno sah sich gerne Kirchen von innen an. Die großen Bilder an den Wänden dieser Kirche mochte er besonders. Er ging hinein und bemerkte sofort den jungen Mann, der in der Reihe unter dem Familienwappen eines Kirchensponsors saß.

Sie waren allein. Der junge Mann drehte sich zu Onno um. Sein Gesichtsausdruck wechselte von Gleichgültigkeit in plötzliches Entsetzen. Ich sehe ja im Moment nicht so gut aus, dachte Onno, aber deswegen braucht er sich doch nicht so zu erschrecken. Der junge Unbekannte sah auch nicht besser aus. ›Müde und gehetzt‹, fiel Onno als Erstes ein. Ein Ostfriese, dachte er, blonde Haare, blaue Augen und eine große kräftige Figur. Ein Kind dieser Landschaft.

»Moin, kennen wir uns?«, fragte Onno. »Sie sehen mich so erschrocken an.«

»Nein, entschuldigen Sie bitte! Ich war so in Gedanken und als Sie plötzlich hinter mir standen …«, sagte der Mann mit einem müden Lächeln.

»Macht nichts, ich wollte Sie auch nicht stören in Ihrem Gebet«, erwiderte Onno.

»Beten?« Der junge Mann schüttelte den Kopf. Seine Stimme klang niedergeschlagen, als er sagte: »Nein. Bin nur in Gedanken. Hier finde ich Ruhe.«

Onno beschloss, die Gelegenheit zu nutzen und ihn etwas auszufragen. Außerdem war ihm der Mann mit dem traurigen Blick sofort sympathisch. »Da geht es mir ähnlich. Darf ich mich zu Ihnen setzen?«

»Bitte.« Der Mann deutete neben sich. »Platz ist ja genug!«

»Danke!« Onno setzte sich und sah sich um. »Mir gefallen besonders diese Bilder an den Wänden, auch wenn sie ein bisschen düster sind.«

»Sie passen gut zu meiner Stimmung«, erklärte der Mann neben ihm.

»Meine ist auch etwas im Keller, aber Sie sind doch ein junger Mann und sollten eigentlich nicht allein mit düsteren Gedanken in einer Kirche sitzen«, meinte Onno und sah auf die Schmutzränder unter den Fingernägeln des anderen.

Der schaute ihn wieder traurig an. »Auf mich wartet keiner, nur meine Verwandten dort auf dem Friedhof.«

»Entschuldigen Sie meine Neugier, aber ich meine

einen Akzent aus Ihrer Stimme herauszuhören«, sagte Onno. »Süddeutschland?«

»Erraten«, erwiderte der Mann. »Bin hier nur zu Besuch bei einem Kameraden.«

»Kameraden? Sie sind sicher bei der Bundeswehr«, sagte Onno mit einem Lächeln.

»Fast richtig, ich *war* bei der Bundeswehr, aber das war in einem anderen Leben.«

»Das ist schon merkwürdig«, bemerkte Onno.

»Was, dass ich bei der Bundeswehr war?«

»Nein, sehen Sie mal nach links oben, auf das Familienwappen.« Onno zeigte hin. »Zwei Arme mit jeweils einem Schwert in der Hand. Würde man die Schwerter in die Gegenwart übertragen, wären es zwei Arme mit Schusswaffen. Sie waren bei der Bundeswehr und ich bin bei der Polizei.«

»Ach ja? Aber Sie haben bestimmt noch niemanden erschossen!« Der Satz kam viel zu trocken, ohne jede Emotion über seine Lippen.

»Das stimmt leider nicht.« Onno musste schlucken und sich räuspern. »Ich habe tatsächlich einen Mann erschossen, um meinen Kameraden zu retten.«

Jetzt drehte sich der Mann ganz zu Onno um und sah ihm lange prüfend ins Gesicht. »Dann sind wir beide nicht zufällig hier. Das schlechte Gewissen treibt uns in die Kirchen«, sagte er mit belegter Stimme. »Du sollst nicht töten!«

»Auch nicht, um das Leben eines anderen Menschen zu retten?«, hakte Onno nach. Der junge Mann hatte einen wunden Punkt berührt. Onno hatte ihn eigentlich nur etwas ausfragen wollen, aber jetzt vergaß er seinen Vorsatz und begann ein tiefes, ernstes Gespräch.

Lag es daran, dass sich die Männer fremd waren? Lag es an der besonderen Stimmung in der leeren Kirche? Jedenfalls erzählte der junge Mann, wie er einen Talibankämpfer in Notwehr erschossen hatte und von seinen

Problemen, dies zu verarbeiten. Und Onno erzählte von der Aktion, bei der er seinem Streifenpartner das Leben gerettet hatte, als dem jemand ein Messer an den Hals gehalten hatte. »Zwei Schüsse aus meiner Dienstwaffe, der Mann war sofort tot.«

»Und wie kommen Sie damit klar?«, wollte der junge Mann wissen.

»Es vergeht kein Tag ohne Gedanken an die Situation«, antwortete Onno. »Immer überleg ich, was …«

»… was man hätte tun oder lassen sollen, um das zu vermeiden«, vollendete der Mann seinen Satz. Beide schwiegen für einen langen Moment.

Schließlich sah Onno ihn an und sagte: »Ein alter Asiate sagte mal: ›Ein kluger Mann gibt nur einen Rat, wenn er gefragt wird, ein weiser Mann gibt gar keinen Rat.‹ Dem stimme ich grundsätzlich zu, weil jedes Alter seine eigene Überzeugung hat. Sie sind noch jung und ich bin ja bald ein alter Mann. Trotzdem versuche ich Ihnen jetzt einen Rat zu geben: Wenn Sie sich in der Vergangenheit festgrübeln, wird es nicht besser. Sie können nichts mehr ändern an dem, was passiert ist, aber Sie können nach vorne sehen, dort ist noch alles möglich. Mir hat diese Einstellung jedenfalls geholfen. Im Dienst und auch in der Freizeit.«

»Sie sind bei der Polizei«, stellte der junge Mann fest, »dann haben Sie doch auch ein starkes Bedürfnis nach Gerechtigkeit und Achtung vor der Würde des Menschen?«

Onno nickte. »Das versteht sich von selbst!«

»Das dachte ich mir. Ist es nicht schlimm, wenn die Menschen nicht ordentlich beerdigt werden? Wenn sie verscharrt werden wie ein totes Tier? Zum Beispiel diese unbekannte Leiche aus den Salzwiesen, wie nennen ihn die Medien? Ötzi? Der hat doch auch das Recht auf eine ordentliche Beerdigung.«

»Da stimme ich Ihnen zu.« Onno lächelte. »Zufällig arbeite ich mit an diesem Fall.«

»Ach, ist ja interessant«, sagte der Mann, jetzt wieder scheinbar beiläufig. »Haben Sie denn schon herausgefunden, um wen es sich handelt?«

Onno überlegte. Die Sache schien dem Mann etwas zu bedeuten. Viele Menschen nahmen bewegt am Schicksal des Ötzis teil, deshalb war die Frage nicht ungewöhnlich. »Ich kann nur so viel sagen: Wir sind auf einem guten Weg einen großen Schritt weiter. Und ich kann Ihnen versprechen, dieser Mann wird ein ordentliches Begräbnis erhalten und zwar mit seinem Namen auf dem Stein!«

»Sie wissen, also wer dieser Ötzi ist?«, hakte der Mann noch einmal nach.

Onno zuckte nur mit den Schultern.

Plötzlich stand der junge Mann auf und sagte: »Ich danke Ihnen für das gute Gespräch – hat mir gutgetan! Übrigens, mein Name ist Richter, Sven Richter.«

Onno stand auf und streckte ihm die Hand entgegen. »Das denke ich auch, ein sehr gutes Gespräch, Herr Richter. Mein Name ist Onno Elzinga.«

Sie schüttelten sich die Hände.

»So, ich habe noch ein wichtiges Gespräch mit meinem Chef«, sagte der junge Mann mit einem Lächeln.

Onno trat in den schmalen Gang zwischen den Kirchenbänken, um Platz zu machen. Sein Gesprächspartner ging an ihm vorbei Richtung Ausgang.

»Vielleicht sehen wir uns einmal wieder, Herr Richter«, sagte Onno. Richter winkte kurz und verließ die Kirche. Mit etwas Abstand ging auch Onno nach draußen und sah, wie der junge Mann in dem alten Geländewagen davonfuhr. Onno sah auf seine Uhr. Verflucht – er musste sofort los zu seinem Arzttermin.

Sven war zufrieden gewesen mit den neuen immergrünen Pflanzen, die er auf das Grab seines Vaters gesetzt hatte. Nun sah es wieder ordentlich aus, nicht mehr so trostlos und vergessen wie beim ersten Mal, als er es nach diesen vielen Jahren gesehen hatte. *Harm Visser* stand mit goldenen Buchstaben auf dem schwarzen Stein. Gestorben durch eine Überdosis Drogen, den goldenen Schuss, hatte Sven in Gedanken hinzugefügt.

Er hatte sein Werkzeug zum Auto auf dem Parkplatz beim Glockenturm zurückgebracht und sich an einer Zapfstelle die Hände gewaschen, weil er nicht mit schmutzigen Händen in die Kirche wollte.

Dann hatte er alleine in der Kirchenbank gesessen, in Gedanken wieder weit weg in Afghanistan. Als er Schritte hinter sich gehört und sich umgedreht hatte, war zu seiner Bestürzung der Polizist aus dem Bulli auf ihn zugekommen – er erinnerte sich noch gut an die entsetzten Gesichter, die ihm seine Drohnenkamera auf den Monitor übertragen hatte. Kein Zweifel, jetzt war es so weit, hatte er gedacht, alles war vorbei und er konnte seinen Plan vergessen. Verzweifelt hatte er darauf gewartet, dass der Polizist seine Handschellen herausholen würde, um ihn zu verhaften.

Stattdessen hatte der die Bilder an der Wand betrachtet, war dann aber doch auf ihn zugekommen – sein Gesichtsausdruck musste ihn verraten haben. Der Polizist sah aber selbst irgendwie krank aus, sehr blass, viele tiefe Gesichtsfalten und dunkle Ringe unter den Augen. Er war fast so groß wie Sven selber. Breite Schultern und etwas zu dick.

Sven war zum Glück eine Ausrede eingefallen, die seinen entsetzten Gesichtsausdruck erklären konnte. Sein Dialekt war ihm allerdings zum Verhängnis geworden und prompt hatte der Polizist danach gefragt. Aber warum sollte er ihm nicht erzählen, dass er aus Süddeutschland kam und hier nur zu Besuch war?

Vielleicht hatte ihn der Polizist vorsichtig befragt, vielleicht war das auch nur eine Art Berufskrankheit: immer misstrauisch und von Natur aus neugierig.

Dann auf einmal war das Gespräch sehr merkwürdig verlaufen. Die Reaktion des Polizisten auf die Frage, ob er schon einmal jemanden erschossen habe, hatte Sven total überrascht. Er hatte sich einen Moment zu lange auf das Gesicht des Polizisten konzentriert, nach den Anzeichen für eine Lüge gesucht, aber der Mann sagte die Wahrheit. Diesen Gesichtsausdruck, den kannte er selbst nur zu gut, aus dem Spiegel. Und dann plötzlich hatte er dem Polizisten alles anvertrauen wollen, dann wäre endlich alles vorbei gewesen. Aber im letzten Moment hatte er sich zusammengerissen und wieder eine Distanz geschaffen.

Wussten die Polizisten inzwischen tatsächlich, dass der ›Ötzi‹ sein Opa Trinus war? Der Polizist war da auf einmal sehr vorsichtig geworden, aber er sollte niemals Poker spielen. Sein Gesichtsausdruck war eindeutig gewesen, sie waren offensichtlich zumindest kurz davor, die Identität herauszufinden. Nun wurde es eng für Sven, es war nur eine Frage der Zeit, bis sie herausfanden, dass er der Enkel von Trinus Visser war. Die Sprengstoffanschläge hatten mit seiner Ankunft auf dem Hof der Hortemas begonnen. Dazu noch seine Ausbildung als Feuerwerker bei der Bundeswehr, und sie brauchten nur noch eins und eins zusammenzuzählen. Gewehr aufnehmen! Abmarsch! Zeit zu gehen!

Sven hatte sich bei dem Polizisten für seinen plötzlichen Aufbruch entschuldigt, und der Grund dafür, das Gespräch mit seinem Chef Hortema, entsprach der Wahrheit.

Als Sven wieder in seinem Geländewagen saß, dachte er noch einmal über das merkwürdige Zusammentreffen nach. Dieser Onno Elzinga war ihm sehr sympathisch. Ein gutes Gespräch unter Männern, Männer mit einem ähnlichen Schicksal. Das persönliche Drama, für den gewaltsamen Tod eines Menschen verantwortlich zu sein, traf Sven mit seinem ausgeprägten Gerechtigkeitssinn besonders. Es war schlicht ungerecht, warum musste ausgerechnet ihm das passieren? Am falschen Ort und zur falschen Zeit, war es so einfach? Nun wusste er, dass auch noch andere diese schwere Last mit sich herumtrugen. Niemals würde Sven wieder eine Waffe abfeuern, deshalb benutzte er für die Anschläge nur Sprengstoff. Eine Waffe wäre viel einfacher gewesen.

Der Polizist aus der Kirche, was wusste der über ihn? War es schlau gewesen, seinen Namen anzugeben? Wann würden die Polizisten seinen Geburtsnamen Visser herausfinden? Der Name seines Stiefvaters Richter würde ihn nicht mehr lange schützen. Sein Kennzeichen war sicher schon bekannt. Sein Auto hatte am Tag der Observierung vor der Jägerhütte gestanden, bevor der Bulli das Auto der Jäger Specker und Hummers verfolgt hatte. Die Polizisten kannten sicher alle Kennzeichen der damals dort abgestellten Autos. Außerdem war dem Polizisten vorhin sein Wagen vor dem Glockenturm bestimmt aufgefallen.

Verflucht! Sven konnte regelrecht spüren, wie sich die Schlinge um seinen Hals zuzog. Die große Frage, wer für den Tod seines Opas Trinus verantwortlich war, blieb bis jetzt unbeantwortet. Seine Nachfragen und die von ihm bewusst provozierte Unruhe zwischen Jägern und den Naturschützern liefen ins Leere. Der Rat des Polizisten fiel ihm wieder ein. Mit Unbehagen stellte er fest, dass er sich wirklich nur nach hinten, in die Vergangenheit konzentrierte. Was sollte nach dieser Aktion aus ihm werden, welche Pläne gab es dafür?

Sven musste sich eingestehen, dafür gab es noch keinen Plan.

Nun, er wollte nicht in den Knast, das war schon mal Punkt eins auf seiner neuen Liste. Zweitens, für einen Neuanfang brauchte er eine neue Identität. Das Ausland war nur einige Kilometer entfernt, dort konnte er untertauchen. Einen neuen Pass würde er vermutlich in einem Rotlichtviertel bekommen, aber dafür brauchte er Geld.

Inzwischen war er auf dem Hof der Hortemas angekommen. Der sichtlich gut gelaunte Kuno kam ihm entgegen.

»Hallo, alter Kamerad, du bist ja gut drauf!«, stellte Sven fest.

»Heute Abend ist großes Familientreffen bei meinem Onkel in der Krummhörn, wird sicher wieder lustig. Dann hast du zusammen mit unserem guten Rambo den ganzen Hof für dich alleine, sturmfreie Bude!«, sagte Kuno und lachte.

»Ist dein Vater zu Hause?«, fragte Sven.

»Jo, in seinem Büro!«

Sven wandte sich zum Gehen, drehte sich aber noch einmal um. »Kuno?«

»Ja, Sven?«

»Du warst mir immer ein guter Kamerad und hast immer zu mir gestanden, egal was die anderen über mich sagten.«

»Sven, jetzt wirst du aber sentimental.« Kuno räusperte sich und war offensichtlich selbst gerührt. »Ich weiß sehr wohl, dass ich für dein Trauma verantwortlich bin. Ich werde dir nie vergessen, was du für mich getan hast!«

»Schön zu hören, vergiss das nicht!«, sagte Sven und umarmte ihn kurz.

Dann ließ er einen ratlosen Kuno stehen und ging die

Treppen hoch zur Eingangstür. Er klingelte und kurz darauf öffnete Lini Hortema. »Hallo, Sven!«

»Hallo, Lini, ich möchte zu deinem Mann.«

»Komm rein, er ist hinten in seinem Büro.«

Im Flur kam ihm schwanzwedelnd Hortemas Jagdhund entgegen. Sven kraulte ihn unter der Schnauze, das mochte Rambo besonders gerne. Dann klopfte er an die Bürotür.

»Herein!«, rief sein Chef. »Was gibt's, Richter?« Hortema bot ihm natürlich keinen Stuhl an.

»Ich wollte fragen, ob Sie mit meiner Arbeit zufrieden sind«, begann Sven das Gespräch.

»Im Prinzip, ja«, antwortete Hero Hortema.

»Ich hab doch alle Aufträge genau ausgeführt und …«

»Die Arbeit meinte ich nicht«, unterbrach ihn Hortema. »Da gibt es nichts zu meckern.«

»Aber …?« Sven sah ihn fragend an.

»Mir ist zu Ohren gekommen, dass Sie unsere Jägerkameraden … sagen wir mal: befragen, oder man könnte auch sagen: ausquetschen.« Hortemas Stimme triefte vor Sarkasmus.

»Ich verstehe nicht …«

»Oh doch, du weißt ganz genau, was ich meine: deine Fragen nach diesem Ötzi aus den Salzwiesen.«

»Es stand so viel darüber in den Zeitungen …«

»Verkauf mich nicht für blöde, Richter«, warnte ihn Hortema lauernd. »Du treibst hier ein ganz merkwürdiges Spiel, aber da komm ich noch dahinter.«

»Wenn Ihnen meine Nase nicht passt, dann zahlen Sie mich doch aus und ich verschwinde«, schlug Sven vor.

»Auszahlen, ich hör wohl nicht richtig! Wenn du noch vier Wochen weiter so gut arbeitest, ist deine Unterkunft bezahlt. Dann kommst du in die Gewinnphase, aber nur, wenn du in Zukunft die Klappe hältst und nicht weiter deine Nase in Sachen steckst, die dich nichts angehen. Haben wir uns verstanden?«

»Jawohl, Herr Hortema!« Sven drehte auf den Hacken um und verließ das Büro.

Auf dem Weg nach draußen überdachte er die Situation. Die Jäger waren eine eingeschworene Gemeinschaft. Seine Fragen waren nun also doch aufgefallen und Hortema zu Ohren gekommen. Schlecht gelaunt setzte Sven sich auf die Stufe der Eingangstür seiner Unterkunft, des kleinen Ferienhauses. Rambo war ihm gefolgt und legte sich neben Sven nieder.

Das Ding war gelaufen, sein Plan funktionierte nicht. Aus den Jägern würde er nichts mehr herausbekommen, sie waren misstrauisch geworden.

Hier konnte er nichts mehr gewinnen. Sollte er wie ein moderner Sklave für Hortema weiterarbeiten und darauf warten, dass ihn die Polizei einsackte? Nein, das hatte keinen Sinn. Aber dieser Dreckskerl schuldete ihm noch etwas. Freiwillig wollte der ihm seinen Lohn nicht geben – na gut, dachte Sven, dann hole ich mir, was mir zusteht.

Die Hortemas wären später alle weg zu dieser großen Familienfeier. Im Haus kannte sich Sven aus. Hinter dem Büro befand sich ein weiterer Raum, das war ihm draußen bei den Arbeiten auf dem Hof aufgefallen – das einzige Fenster mit Gittern davor. Die Tür vom Büro in diesen hinteren Raum war auch stabiler als die anderen. Was Hortema dort wohl versteckte?

Einen Safe mit Schwarzgeld? Menschen wie Hortema lagerten immer irgendwo Schwarzgeld. Eine geringe Menge Sprengstoff würde die Tür und den Safe aufsprengen. Kein ernstzunehmendes Hindernis für Sven.

Rambo würde Hortema als Wache zurücklassen. Ein guter Gedanke, Herr Hortema, nur sollte der Einbrecher nicht mit dem Wachhund befreundet sein … Sven kraulte Rambo unter der Schnauze und der Hund schaute ihn genießerisch an. »Na, Rambo, Lust auf ein kleines Abenteuer?«

Tag 17, abends,
Hof der Familie Hortema

Sven Richter beobachtete, wie die Familie in feinen Klamotten aus dem Haus kam, in den Geländewagen einstieg und vom Hof fuhr. Rambo blieb im Büro zurück.

Das Fenster zu Hortemas Büro leistete nur wenig Widerstand. Wie erwartet sah ihm Rambo von innen gespannt zu, wie er es aufhebelte. Nur ein kurzes Bellen zur Begrüßung.

»Komm, Rambo, hab was Leckeres für dich!«, lockte Sven ihn von außen. Mit einem Satz war der Hund draußen und fraß ihm das Leckerli direkt aus der Hand.

»Komm, wir machen einen Ausflug.« Sven legte Rambo eine Leine an und brachte ihn zu seinem Auto. Der Hund sprang hinein und wartete auf Sven. Der schloss die Hecktür hinter ihm und ging zurück zum Haus. Der Hund war in Sicherheit, die Sprengungen sollten ihn nicht verletzen.

Durch das aufgehebelte Fenster stieg Sven ins Büro. Die Tür zum hinteren Raum war natürlich verriegelt. Das Schloss war sehr hochwertig und Sven wollte sich nicht lange damit aufhalten. Den Sprengstoff befestigte er an den Türscharnieren. Er wurde elektrisch gezündet. Sven benötigte dazu eine Kabelverbindung von den Zündern, die sich im Sprengstoff befanden, bis zu einem kleinen Kasten. Aus sicherem Abstand drehte man einen kleinen Hebel oben auf diesem Kasten und der elektrische Impuls wurde dann über die Verbindungskabel in die Zünder geleitet.

Das eine Ende des langen Zündkabels war fertig. Das andere Ende warf er nach draußen. Sven stieg aus dem Fenster und befestigte das Kabel am Auslösekasten. So, jetzt genügte ein kurzer Dreh mit dem Hebel und die Ladung ginge hoch. Er lief zur Auffahrt und sah sich um, ein günstiger Moment, alles ruhig. Sven ging vor dem Fenster in die Hocke und steckte sich Gehörschutzstöpsel in beide Ohren. Die Mauer unterhalb des Fensters diente ihm jetzt als Deckung. Er drückte den kleinen Kasten auf den Boden und löste die Sprengung aus.

Die Explosion war heftig, eine Staubwolke wehte aus dem geöffneten Fenster. Sven wartete kurz ab, kletterte ins Büro und stellte erleichtert fest, dass die Tür weggesprengt war. Die Schäden durch die Druckwelle waren enorm. Das Büro war vollständig verwüstet. Die Einrichtung lag zerstört im ganzen Raum verteilt. Die Mauer um die Türzarge war auch beschädigt.

Das erste Hindernis war beseitigt und Sven musste sich beeilen. Im Nebenraum befanden sich ein bequemer Sessel, ein kleiner antiker Tisch und ein sehr großer Safe. Die Einrichtung lag verstreut auf dem Fußboden. Der Safe war rund zwei Meter hoch und sehr massiv gebaut. Sven fluchte. Das Aufsprengen würde nicht so einfach werden. Er sah ihn sich genau an. Hier würde er vor der Sprengung die Bohrmaschine benutzen müssen. Sven beeilte sich, weil er nicht wusste, wie viel Zeit ihm blieb. Der Bohrer war von sehr guter Qualität und fraß sich in den Stahl.

Auf dem Truppenübungsplatz, wo er zuletzt gedient hatte, gab es öfters Versuche einer Privatfirma mit den von ihnen hergestellten Safes. Dabei wurde über ein Bohrloch ein Gasgemisch in den Safe geleitet und gezündet. Bei dieser Öffnungsmethode gab es einen gravierenden Nachteil für die Einbrecher: Das Gasgemisch verbrannte zum Beispiel Geldscheine im Safe. Sven wollte die Scheine aber unbeschädigt.

Also kein Gasgemisch, sondern den schon bewährten Sprengstoff. Sven sah immer wieder nervös auf seine Uhr. Die Bohrlöcher waren fertig. Jetzt die Sprengladung in die Löcher, die Zünder mit dem Kabel in den Sprengstoff, alle Kabel miteinander verbinden, abwickeln und wieder nach draußen. Gehetzt sah er sich um und nahm die Stöpsel aus seinen Ohren. Nein, keine Sirenen hier draußen oder andere verdächtige Geräusche. Der einsamen Lage des Hofes sei Dank.

Er steckte die Stöpsel zurück in seine Ohren, ging wieder unter dem Fenster in Deckung und zündete die Sprengladungen am Safe. Die Explosion dröhnte in seinen Ohren und eine gewaltige Staubwolke flog aus dem Fenster.

Im Büro sah er, dass die Safe-Tür aufgesprengt war. Waffen, Teile des schönen Sessels und etliche Papiere lagen verstreut davor. Er schob sie mit dem Fuß zur Seite. Im Innern des Safes lagen zwei große, verbeulte Metallkassetten. Er steckte sie zusammen mit seiner Ausrüstung in einen mitgebrachten alten Seesack.

Gehetzt sah er sich um, ihm blieb keine Zeit mehr, hier alles zu durchwühlen. Sven schulterte den Seesack und sprang aus dem Fenster. Draußen wickelte er die Reste des Kabels auf und steckte es zusammen mit dem Auslösekasten in den Sack. Danach rannte er zu seinem Wagen. Rambo war sehr aufgeregt, kein Wunder bei den lauten Explosionen. Während der kurzen Autofahrt sprach er mit dem Hund und konnte ihn etwas beruhigen.

Er war sehr erleichtert, als er den Bunker erreichte und das Tarnnetz über den Wagen werfen konnte. Rambo musste im Auto bleiben und wurde von Sven versorgt.

Vor der Bunkertür sicherte er die Auslöseplatte der Bodenmine und brachte seine Beute in den fensterlosen Raum. Die erste Metallkassette brach er mit einem Brecheisen auf. Svens Gesicht strahlte, als er die Geldscheinbündel sah. Grob geschätzt hunderttausend Euro, vermutlich Hortemas Schwarzgeld.

Was sich wohl in der anderen Kassette befand? Wieder setzte er das Brecheisen an. Die Kassette war durch die Explosion verzogen, deshalb musste Sven mehr Kraft aufwenden. Als der Deckel plötzlich nachgab, fiel die Kassette um und gleichzeitig kullerte der Inhalt heraus. Eine kleine Glocke klingelte, als sie über den Boden rollte.

Svens Blick fokussierte sich auf einen anderen glänzenden Gegenstand, der herausgefallen war. Er griff danach. Vor Schreck wäre ihm die Taschenuhr seines Opas fast aus der Hand gefallen. Eine kalte Hand legte sich um Svens Herz und drückte es zusammen. Er stand regungslos da und überließ sich seiner kleinen geistigen Zeitreise, einer Flut von Erinnerungen, Bildern und Szenen aus seiner Kindheit.

Es dauerte sehr lange, bis es Sven gelang, den Bann zu brechen. Schließlich schüttelte er die Erstarrung ab. Zärtlich und ehrfürchtig strichen seine Finger immer wieder über die Uhr. In Gedanken hörte er die Stimme seines Opas Trinus. »Nur siebenmal den Schlüssel rum, sonst ist die Feder krumm!«

Sven bekam weiche Knie. Er setzte sich mit der Uhr in den Händen auf einen Campingstuhl. Die Tränen liefen über seine Wangen und tropften auf seine Knie. Das letzte Mal, als er geweint hatte, war er in Afghanistan gewesen.

Endlich schaffte er es, die Uhr aus den Händen zu legen. Die Kassette lag noch offen auf dem Fußboden. Als er aufstand, trat er auf einen flachen Gegenstand. Der Strahl der Taschenlampe beleuchtete eine Holzplatte, die so groß war wie ein DIN-A4-Blatt.

Er hob sie auf, und als sein strapaziertes Gehirn die Informationen seiner Augen umsetzte, schrie er auf. Auf der Platte befand sich ein präpariertes Stück Menschenhaut.

Mit Mühe konnte er den Brechreiz unterdrücken. Sven versuchte sich selbst zu beruhigen. Warum sollte es ausgerechnet Menschenhaut sein? Bleib ganz ruhig, Sven! Denk nach!

Sven erinnerte sich an die Pressemitteilungen der letzten Tage, die Berichte über die verstümmelten Gänse auf dem Deich. Den Gänsen hatte das Bruststück gefehlt. Der Mord an Böltjer am gleichen Ort … der war ebenfalls im Brustbereich verstümmelt worden. Der Täter hatte angeblich ein viereckiges Stück Haut aus seiner Brust geschnitten.

Es gab für ihn nur diese eine Erklärung: Dieses Stück Haut aus Böltjers Brust lag nun präpariert vor ihm. Voller Ekel legte er die Holzplatte zur Seite, weit weg von Opas Taschenuhr. Dann sah er sich den weiteren Inhalt der Kassette an. Zeitungsberichte über einen Selbstmord eines Mannes in Hortemas Alter. Unterlagen über bezahlte Bargeldsummen, an Personen, die Sven nicht kannte. Eine Liste über Schmiergeldzahlungen? Dokumente über Grundstückskäufe, daneben stand handschriftlich der Wert des jeweiligen Grundstückes und was Hortema dafür bezahlt hatte.

In diesem Moment begriff Sven, dass die Dokumente und Gegenstände nicht zufällig zusammen in dieser Kassette gelegen hatten. Hier drin befanden sich Hortemas Andenken. Seine Trophäen. Schließlich war Hortema Jäger und so wie er sonst die Geweihe von Hirschen sammelte und präparierte, so sammelte er auch die Trophäen seiner persönlichen Erfolge über Menschen. Nur so ließ sich diese Zusammenstellung erklären.

Konnte man stolz darauf sein, einen Menschen in den Selbstmord getrieben zu haben, Politiker und hohe Beamte zu bestechen oder einen alten Mann umzubringen? – Dieser letzte Gedanke traf ihn wie ein Schlag in den Magen.

Die plötzliche bittere Erkenntnis war logisch. Hortema hatte seinen Opa umgebracht, und als Trophäe hatte er die Taschenuhr seines Opas mitgenommen. Dann war es auch Hortema gewesen, der seinen Opa wie ein totes Tier in den Salzwiesen verscharrt hatte.

Sven musste sich zwingen, seine Wut zu kontrollieren. Er dachte nach. Die sehr alt aussehende Glocke ... eine Trophäe wovon oder wofür?

Die präparierte Haut auf der Platte ein Andenken an Böltjers Ermordung? Wie krank war dieser Mann eigentlich?

Opa Trinus war seine Leidenschaft, das Wildern, zum Verhängnis geworden. Dabei war er vermutlich von Hortema überrascht und getötet worden. Aber Böltjers Tod ... Warum sollte Hortema ihn umgebracht haben? Schließlich war er Hortemas Stellvertreter gewesen, und vom Charakter waren sie sich auch sehr ähnlich.

Es gab jemanden, der diese Fragen beantworten konnte: Hero Hortema. Nun, dann würde er ihn halt befragen müssen. Eine sehr spezielle Art der Befragung und nebenbei konnte er sich an Hortema rächen. Sobald Hortema den Verlust seiner Trophäensammlung bemerken würde, war er verwundbar. Die Polizei konnte er schlecht einschalten. Panik würde einsetzen und die würde Sven ausnutzen.

Die Nacht von Tag 17 auf Tag 18

Lini Hortema saß wie immer nach einer Familienfeier am Lenkrad des Geländewagens, hinter sich auf der Rückbank Sohn Kuno und neben ihr auf dem Beifahrersitz Hero. Die Männer waren betrunken und dösten vor sich hin.

Als sie auf dem Schotterplatz vor dem Hof parkte, bemerkte sie, dass der Wagen von Sven Richter nicht da war. Beim Aussteigen sah sie auf dem Schotter ein Stück Papier liegen. Sie bückte sich danach und stellte verwundert fest, dass es sich um ein Dokument aus dem Büro handelte. Ihr wurde flau im Magen, als sie in einiger Entfernung noch mehr Papiere auf dem Schotter liegen sah. »Hero, Kuno – steigt aus, hier stimmt was nicht!«

Kuno war als Erster draußen. »Was ist denn los, Mama?«, fragte er mit schwerer Zunge.

»Hier liegen Papiere aus dem Büro, wie kommen die hierher?« Sie zeigte auf die verstreuten Blätter. »Komm mit ins Haus, hier ist was nicht in Ordnung!«

Inzwischen war auch Hero ausgestiegen. Er wankte leicht, als er ihnen folgte. Lini Hortema schloss die Eingangstür auf, wieso bellte Rambo nicht? Als sie die Tür öffnete, bemerkte sie sofort den starken Geruch, und sprachlos sah sie auf das Chaos vor ihr. Teile der Einrichtung lagen verstreut im Flur, Glasscherben und Papiere überall. »Hat hier eine Bombe eingeschlagen?!«

Zögernd ging sie weiter in Richtung Büro. Sie traute ihren Augen nicht, als sie die Zerstörung sah. Die Tür zum Nebenraum lag auf dem Boden. Ein Stück der Mauer um die Zarge herum fehlte. Und auch hier ein einziges Chaos.

Den Raum hinter dem Büro betrat sie jetzt zum ersten Mal. Heros Privatzimmer, so nannte sie es. Dieses Zimmer durfte nur ihr Mann betreten. Nur er besaß einen Schlüssel. Wenn er ungestört sein wollte, sagte er stets, dass er jetzt in sein Privatzimmer gehen würde. Es war ihr immer schon ein Rätsel gewesen, was ihr Mann hier stundenlang trieb.

»Raus hier, sofort!«, schrie er sie plötzlich von hinten an, außer sich vor Wut. Jetzt griff seine Hand in ihre Haare und riss sie zurück.

Sie schrie auf. »Au! Bist du verrückt geworden? Du tust mir weh!«

»Verschwindet in die Küche!«, brüllte Hero.

Erschrocken stellte Lini fest, dass ihr Mann leichenblass war. »Komm mit, Kuno, wir gehen in die Küche und rufen die Polizei an.«

»Die Polizei wird nicht angerufen! Ich kümmere mich darum!«, schrie Hero wütend.

Lini zog den protestierenden Kuno hinter sich her. Sie verstand die Situation nicht, wieso sollte sie nicht die Polizei rufen? Im Privatraum ihres Mannes stand ein aufgesprengter Safe. Für die ganzen Schäden gab es nur eine Erklärung: ein Einbruch mit Sprengstoff.

Im Büro war es sehr still. Vorsichtig schlich sie zurück und schaute noch einmal hinein. Ihr Mann kroch auf allen vieren durch die Trümmer, wühlte verzweifelt darin herum und wurde dabei immer hektischer. »Nein, nein«, schrie er.

Offensichtlich fand er nicht, was er suchte. Sie wagte nicht, ihn anzusprechen, weil er sie ängstigte. Er führte sich auf wie ein Wahnsinniger. Das Schlimmste war, dass er weinte. Jetzt wusste sie, dass es wirklich schlimm sein musste. Noch nie hatte sie ihn weinen sehen.

Was war hier los?

Tag 17 nachts,
in einem alten Flakbunker
vor dem Hof der Hortemas

Svens sah sich im Bunker um. Die Ketten und der Flaschenzug befanden sich an der Decke. Er saß mit einer Lötlampe vor einem kleinen Spiegel und hatte immer wieder einen Korken angesengt, um mit der Rußschicht sein Gesicht zu schwärzen. Außerdem trug Sven eine schwarze Kapuzenjacke, schwarze Hosen und dunkle Turnschuhe. Es war absolut wichtig für seine Operation, dass man ihn in der Dunkelheit nicht sah.

Den Jagdhund Rambo hatte er unter der Polderbrücke bei seinem Kanu angebunden zurücklassen. Der Hund war mit einer alten Bundeswehrdecke als Schlafplatz, einem Fressnapf und einer Schüssel mit Wasser gut versorgt. Rambo sollte ihn hier während seiner Aktion nicht stören.

Draußen sah er zu der Vogelscheuche im Baum hinüber und grinste. So, alle Vorbereitungen waren abgeschlossen. Zu Fuß schlich er den Weg zurück zum Hof der Hortemas. Sein Magen verkrampfte sich und sein Kopf pochte im Herzschlag. Was sollte er tun, wenn sein Plan nicht aufging?

Zu seiner Erleichterung war es still vor dem Haus der Hortemas. Keine Einsatzwagen der Polizei, nur der Geländewagen stand auf dem Schotterplatz. Die Erklärung dafür war logisch: Hero Hortema konnte keine Polizei wollen, die ihm peinliche Fragen stellte.

Vorsichtig näherte er sich von außen dem zerstörtem Büro. Bloß kein Geräusch … Sorgsam setzte er seine Füße zwischen die Glasscherben am Boden.

Plötzlich hörte er Linis Stimme. Offenbar wollte sie ihren Mann beruhigen. Klappte wohl nicht, Hero schrie sie an. »Lini, ich hab dir doch gesagt, die Polizei kommt morgen, geh ins Bett und lass mich endlich in Ruhe!«

Sven wartete auf den richtigen Moment.

Inzwischen sollte Hero alleine im Büro sein. Sven holte die kleine Glocke aus der Jackentasche und nahm den Lappen aus dem Glockeninneren. Ab jetzt musste er schnell sein. Er schwang die Glocke in seiner Hand. Kling, Klong, ein schönes Läuten und gut zu hören. Sven rannte los, weil er einen großen Abstand zwischen sich und seinem Feind brauchte. Außerdem konnte Hero Hortema bewaffnet sein. Svens Waffen waren nur der Überraschungseffekt und seine Tarnung.

An der Auffahrt schaute er zurück. Hero Hortema lehnte sich mit dem Gewehr in der Hand aus dem offenen Bürofenster und suchte offensichtlich die Ursache des Läutens, seine Glocke.

Sven schwang sie noch einmal. Kling Klong, Kling Klong ... Der Schall trug weit. Hortema drehte sich in seine Richtung. Sven rannte wieder los. Als er beim nächsten Mal zurückschaute, sah er Hortema mit dem Gewehr in der Hand aus dem Fenster springen und ihm folgen.

Während Sven weiterrannte, kontrollierte er zwischendurch immer wieder seinen Abstand zu Hortema, und läutete die Glocke. Hortema folgte dem Geräusch, der Schein einer Taschenlampe durchschnitt suchend die Dunkelheit. Sven vermutete, dass sie sich auf dem Gewehr befand. Die Jagd war eröffnet und Sven wusste, dass er um sein Leben rannte.

Inzwischen war er am ersten Bunker vorbeigelaufen und rannte weiter zu dem kleinen Baum, der neben dem zweiten Bunker stand. Eine Art Vogelscheuche hing daran, ein mit Stroh gefüllter Overall, darüber eine Kapuzenjacke. Am Ende eines Armes befand sich eine Angelschnur, die nach oben über einen Ast verlief und von dort fast unsichtbar zurück zum ersten Bunker. Zog man an der Angelschnur, hob sich der Arm der Puppe.

Sven befestigte schnell die Glocke am beweglichen Arm und lief zurück zum ersten Bunker. Er nahm das Ende der Angelschnur in die Hand. In der anderen hielt er einen Baseballschläger. Sven zog an der unsichtbaren Angelschnur und der Arm der Puppe bewegte sich. Die Glocke läutete.

Er hörte die Schritte von Hero Hortema, der inzwischen beim ersten Bunker angekommen war. Sven drückte sich in den Schatten der Wand und zog wieder an der Schnur. Sein Feind ging an ihm vorbei, ohne ihn zu sehen. Hortema war ganz auf das Geräusch beim zweiten Bunker konzentriert. In diesem Moment erfasste die Taschenlampe auf dem Gewehr die Puppe. Hortema legte an, zielte und schrie die Puppe an: »Nimm die Hände hoch, du Drecksack! Ich will meine Sachen zurück!«

Sven zog noch einmal an der Schnur. Die Bewegung der Puppe und das Läuten lenkten Hortemas ganze Aufmerksamkeit nach vorn. Sven schlich sich von hinten an und ließ den Baseballschläger auf Hortemas Kopf niedersausen. Der Mann schlug wie ein gefällter Baum auf dem Boden auf. Sven nahm ihm das Gewehr ab und warf es hinter sich. Er beugte sich hinunter und fühlte den Puls. Gut so – nicht tot, sondern nur bewusstlos. Schließlich wollte er ihn noch befragen.

Mit einem speziellen Rettungsgriff zog er den Mann in den zweiten Bunker, sein Hauptquartier. Er legte ein Seil um Hortemas Oberkörper, hakte eine Eisenkette daran fest und zog an der Kette des Flaschenzuges. Der Körper des Bewusstlosen wurde angehoben. Als seine Füße über dem Boden schwebten, befestigte Sven die Hände mit Kabelbindern an den seitlichen Ketten.

Sven stellte einen Campingtisch so vor den hängenden Mann, dass dieser ihn gut sehen konnte. Darauf stellte er die alte Glocke, die Taschenuhr seines Opas, die Holzplatte mit der präparierten Haut und die kleine Lötlampe.

Außerdem stand dort noch ein Pappschild mit einem groß aufgemalten Fragezeichen. Denn bei den Vorbereitungen war Sven bewusst geworden, dass er die Fragen nicht persönlich stellen konnte. Aus seiner Stimme würde Hortema seine Unsicherheit heraushören und an seiner Entschlossenheit zweifeln. Die unpersönliche Befragung mit dem Schild dagegen erhöhte die Unsicherheit bei seinem Feind. Vor einer Schlacht, deren Bedingungen man selber festlegen konnte, musste man sich eben überlegen, welche Waffen man einsetzen wollte.

Er zündete die Lötlampe. Der rotblaue Lichtschein der flackernden Flamme beleuchtete schwach die Gegenstände auf dem Tisch. Auf dem Boden hinter dem Flaschenzug stand eine Campingleuchte, deren Licht man mit einem Drehregler einstellen konnte. Er drehte den Dimmer auf, und es wurde heller im Bunker. Licht an, Vorhang auf, dachte Sven und fand seine Bühne perfekt. Es wurde Zeit, mit der Befragung zu beginnen. Sven trat hinter Hortema, griff die Kette des Flaschenzuges und ließ den Körper langsam herab, so dass dessen gesamtes Gewicht an den seitlich ausgestreckten Armen hing.

Die Schmerzen weckten Hortema auf. Er schrie wie am Spieß und Sven zog ihn wieder hoch. Hortema versuchte sich zu orientieren. Sein Kopf bewegte sich, soweit er konnte, hin und her. Dann richtete er seinen Blick auf den kleinen Tisch vor ihm. Sven ließ ihm etwas Zeit, um sich alles genau anzusehen.

»Hilfe! Lassen Sie mich runter«, schrie Hortema. »Ich weiß nicht, was Sie von mir wollen!«

Sven ließ Hortema wieder nach unten sinken. Die Schmerzensschreie hallten ziemlich in dem Raum. Sven drehte das Licht fast ganz aus, ging nach vorne zum Tisch und stellte das Pappschild mit dem Fragezeichen hinter die Taschenuhr seines Opas. Dann ging er wieder zurück in den dunklen Bereich hinter Hortemas Rücken. Der Mann wimmerte nur noch. Sven hob den Körper mit dem Flaschenzug an und entlastete ihn damit.

Es dauerte einen langen Moment, bis sich sein Opfer etwas erholte. Dann drehte Sven den Dimmer der Lampe hoch und es wurde wieder etwas heller im Bunker. Hortemas Blick richtete sich auf den Tisch. Die Botschaft war klar und Sven brauchte nicht ein Wort zu sagen. Nun schaltete er noch das kleine Diktiergerät an. Die Aufnahmekontrolllampe leuchtete, es konnte losgehen. Hortema erzählte stockend, wie er damals mit seinem Jägerkameraden Böltjer im Dollart nach dem Wilderer gesucht hatte. Dann das Zusammentreffen mit dem Wilderer im Nebel.

Hortema schrie es heraus. »Der Wilderer und ich

standen uns gegenüber. Der Nebel … Ich verlor ihn aus den Augen und als ich ihn wiedersah, fummelte er an seiner Waffe herum. Es war Notwehr!«

Sven ließ den Körper wieder etwas herunter, sofort hallte Hortemas Schmerzensschrei durch den Raum. »Ja, ich hab ihn erschossen!«

Sven zog ihn wieder hoch.

»Und später hab ich den Mann in den Salzwiesen vergraben.«

Das lief doch schon ganz gut mit der Befragung. Zeit für den nächsten Gegenstand. Diese Glocke, was war damit?

Sven drehte das Licht herunter und stellte das Fragezeichen hinter die Glocke. Sein Opfer würde am Campingtisch nur einen dunklen Körperumriss sehen. Dann ging er zurück in den Schatten, drehte das Licht auf und Hortema sah in Richtung des neuen Arrangements.

»Die Glocke hatte der Wilderer bei sich, wahrscheinlich gefunden, im Dollart!«

Die Kette des Flaschenzuges rasselte, als Sven danach griff.

Inzwischen war seinem Opfer klar, was das bedeutete: rasselten die Ketten, begannen die Schmerzen. Hortemas Stimme klang hysterisch, als er schrie: »Nein! Aufhören! Hören Sie auf, ich sage Ihnen ja alles!«

Sven ließ die Kette los und wartete.

»Ja, ich habe die Glocke gestohlen, als Andenken, genauso wie die Taschenuhr des Wilderers. Mit der Glocke fing alles an … Diese Begegnung mit dem Wilderer im Nebel … Damals wollte ich aufgeben bei der Suche, umdrehen – und plötzlich hörte ich dieses Läuten im Nebel und bin auf das Geräusch zugegangen. Verstehen Sie, wenn diese Glocke nicht gewesen wäre …«

Das Licht ging aus, als Sven die Gaslampe herunterdrehte. Er ging zum Tisch und stellte das Fragezeichen hinter die Tafel mit dem präparierten Hautstück.

»Hören Sie, lassen Sie mich doch laufen, behalten Sie das Geld aus dem Safe!« Hortemas Stimme klang flehentlich. »Ich hab Ihnen doch schon alles gesagt!«

Hast du nicht, dachte Sven, ging wieder aus dem Sichtbereich seines Opfers und drehte das Licht an. Oh ... da haben wir wohl einen wunden Punkt erwischt, dachte er. Hortema sagte nichts. Sven griff nach der Kette des Flaschenzuges. Die Kette rasselte.

»Nein, nein, ich sag Ihnen ja alles!«, schrie Hortema verzweifelt. »Mein Stellvertreter Böltjer war damals, als ich den Wilderer erschoss, mit mir zusammen im Dollart. Wir waren aber getrennt unterwegs gewesen. Damals hatte er wohl auch schon einen Verdacht, aber als dieser Schatzsucher letztens den Toten in den Salzwiesen fand, hat er sich den Rest denken können. Er rief kurz nachdem sie den Mann ausgegraben haben bei mir an. Dieses Dreckschwein ... Böltjer wollte mich erpressen. Seine Worte werde ich nie vergessen. ›Hero, ich weiß, dass du diesen Wilderer damals erschossen hast und wenn du nicht willst, dass ich mit der Polizei rede, dann ...‹ Aber einem Hero Hortema droht man nicht, das musste ihm doch klar sein. Hegeringleiter wollte er werden, ausgerechnet Böltjer! Aufträge sollte ich ihm besorgen!« Hortema schwieg atemlos.

Sven wollte schon wieder mit der Kette rasseln, aber das war nicht nötig.

»Niemals hätte Böltjer mich in Ruhe gelassen«, sagte Hortema wütend, »ich musste handeln. Ich bin nicht so weit gekommen, nur um mir dann von so seinem Mann alles wegnehmen zu lassen. Ich habe Böltjer zu einem Treffen auf dem Deich überredet. Er musste sterben und ich überlegte mir, auf welche Weise ich das machen wollte. Da fiel mir die Saufeder ein, das passende Werkzeug für ein Erpresserschwein. Allerdings musste ich den Stiel abschrauben, war praktischer so.« Plötzlich lachte Hortema, ein kalter Schauer lief über Svens Rücken.

»Ja, wie ein Schwein hatte ich ihn in die Enge getrieben!« Wieder lachte Hortema. »Sein blödes Gesicht, als ich ihm die Klinge zwischen die Rippen trieb ...! Dann fiel mir die Sache mit den Gänsen ein und ich wusste, wie ich den Verdacht auf die Naturschützer lenken konnte. Das Stück Haut war schnell abgeschnitten und Böltjer brauchte es sowieso nicht mehr!«

Hortemas Lachen dröhnte durch den Bunker.

Sven schluckte. Das Lachen seines Feindes, das war zu viel für ihn. Zeit, dem Ganzen ein Ende zu bereiten. In der Ecke des Bunkers stand eine Kühlbox. Sven holte ein großes rundes Eisstück heraus. Er hielt es seinem Opfer von hinten direkt vors Gesicht. Im runden Eispanzer befand sich eine Handgranate. Sven ließ ihm Zeit, jede Einzelheit zu studieren. Sah Hortema das entscheidende Detail, den fehlenden Sicherungsstift? Die Herstellung so einer Waffe war nicht weiter schwierig, aber nichts für nervöse Menschen ...

Er drehte die Beleuchtung im Bunker herunter. Das Diktiergerät mit Hortemas Geständnis, die Dokumente aus dem Safe, das Holzstück mit Böltjers Haut verstaute er in einer der Metallkassetten. Die war für die Polizei bestimmt, deshalb stellte er sie so weit es ging von der Handgranate entfernt ab.

Die Taschenuhr seines Opas, die Glocke und Hortemas Schwarzgeld packte er in einen Rucksack. Den Eisblock mit der gefrorenen Handgranate stellte er so auf den Tisch vor Hortema, dass die Lötlampe den Block etwas erwärmte und gleichzeitig beleuchtete. Das Pappschild mit dem Fragezeichen drehte er um. Hortema konnte nun lesen, was darauf stand, vier Buchstaben: *Bumm!*

Als Sven noch einmal zurücksah, stellte er fest, dass der Eisblock zu tropfen begann. Hortema verstand jetzt wohl die Bedeutung dieser letzten Zusammenstellung auf dem Tisch. Seine Schreie begleiteten Sven nach draußen.

Tag 18, sehr früh,
Wohnung von Jan Broning und Maike de Buhr, in der Altstadt von Leer

Jan Broning wälzte sich im Bett von einer Seite auf die andere. Dieser Fall brachte ihn um den Schlaf, seine Gedanken liefen in einer Endlosschleife.

Gestern war er doch noch zum Mutterhaus gefahren, um mit seinem Chef vor der Pressekonferenz zu reden. Schadensbegrenzung war das Stichwort und prompt war es zwischen den Männern zum Streit gekommen.

Jan konnte sich sehr wohl in die Position von Renko Dirksen hineinversetzen: Der saß zwischen allen Stühlen. Der Druck der Medien und des Staatsanwaltes waren enorm. Aber es war einfach noch zu früh, um die Aufklärung des Falles offiziell bekanntzugeben. Jan Broning spürte es, sie waren kurz davor, die letzten Fragen in diesem schwierigen Fall zu beantworten. Also warum nicht noch einige Tage warten mit der Konferenz, bevor man sich blamierte? Die vorzeigbaren Ergebnisse konnte man auch per E-Mail verteilen.

Jan Broning sah die Gefahr darin, dass es auf alle Mitarbeiter der Soko zurückfallen würde, sollte die Konferenz nach hinten losgehen. Bei der Pressekonferenz würde Renko es sich nicht verkneifen können, Alting als Mörder von Böltjer vorzuführen.

Schließlich hatten sich Renko Dirksen und er geeinigt: Um 24 Stunden sollte die Pressekonferenz verschoben werden. Sollte Jan Broning bis dahin keinen anderen Verdächtigen präsentieren können, blieb es bei der alten Version mit Alting als Mörder.

Maike verfolgte inzwischen verbissen die Spur mit dem jetzt bekannten Namen des Toten aus den Salzwiesen. Aber diese Ermittlungen waren kompliziert und dauerten. Die Anfragen bei den Sterberegistern der Einwohnermeldeämter und nach den Eintragungen in den Kirchenbüchern hatte sie gestern gleich gestellt. Heute würden die ersten Ergebnisse hoffentlich eintreffen.

Und Stefan hatte bis jetzt noch nicht herausfinden können, woher der verwendete Sprengstoff beim aktuellen Fall stammte.

Jan sah auf die Leuchtziffern seines Weckers. Vier Uhr und er war hellwach.

Eine Frage blieb offen. Auch wenn die Unterlagen der Ämter bestätigten, dass es sich bei dem unbekannten Toten tatsächlich um Trinus Visser handelte, half ihnen das wirklich weiter? Gab es eine Verbindung zwischen dem Tod von Visser in den achtziger Jahren und den jüngsten Ereignissen?

Darüber gab es zwischen Renko Dirksen und ihm unterschiedliche Auffassungen. Das war einer der Streitpunkte von gestern.

Trinus Visser hatte in den letzten Tagen des Krieges gewildert. Bei dem Toten in den Salzwiesen hatte ein Karabiner gelegen. Es bestand die Möglichkeit, dass Trinus Visser seit der Kriegszeit weiterhin als Wilderer sein Unwesen getrieben hatte.

In diesem ganzen Drama war der Tod Böltjers der traurige Höhepunkt. Ein cholerischer Jäger, der stets am Rande der Legalität navigierte … Wer tötete einen Menschen auf diese abscheuliche Art und Weise?

Wieder hallte die Stimme seines Chefs Renko in seinem Ohr. »Genau, Jan, ein verrückter Fanatiker macht so etwas und damit haben wir genau Herrn Alting beschrieben!«

Ganz daneben lag Renko mit seiner These nicht, aber Jan kannte noch eine weitere cholerische Person außer Alting und Böltjer, und zwar den Chef des Hegeringes Hero Hortema.

Auch die Mordwaffe ließ Jan keine Ruhe, diese Saufeder passte nicht zu dem Naturschützer Alting, aber sehr wohl zu einem Jäger. Es wurde Zeit, dass sie diesem Mann etwas auf den Zahn fühlten.

Das Telefon klingelte. Jan Broning sah auf die Uhr, halb sechs, er war wohl wieder eingenickt. Maike neben ihm zog sich die Bettdecke über den Kopf. Jan nahm das Telefon mit in die Küche.

»Broning!«, meldete er sich etwas verschlafen.

»Klaus Hensmann«, dröhnte die Stimme des Schichtleiters der Polizei Leer aus dem Telefonhörer. Broning hielt den Hörer auf Abstand zu seinem Ohr. »Moin, Jan, es tut mir leid, euch so früh zu stören, aber ich glaube, es ist wichtig.«

»Schieß los, Klaus, was liegt denn an?«

»Du, eine Frau Lini Hortema hat hier gerade angerufen. So richtig schlau bin ich nicht daraus geworden. Also, angeblich wartet sie schon längere Zeit auf das Erscheinen der Polizei. Bei uns hat sie aber vorher gar nicht angerufen. Gestern Abend ist die Familie Hortema von einer Feier zurückgekommen und dann stellten sie fest, dass ihr Büro verwüstet worden ist. Auf meine Nachfrage gab sie an, dass eine Tür und ein Safe aufgesprengt worden seien. Als mir dann einfiel, dass Hortema ja der Hegeringleiter im Rheiderland ist, dachte ich mir, dass die Soko *Nimrod* davon vielleicht schon Kenntnis hat.«

»Negativ, Klaus«, antwortete Jan, »davon höre ich das erste Mal, erzähl weiter.«

»Ja, es wird noch besser. Herr Hortema soll die Polizei angerufen haben. Sie, Lini Hortema also, ist dann wohl irgendwann eingeschlafen. Achtung, jetzt wird's richtig merkwürdig. Sie hörte in der Nacht eine Glocke läuten, mehrfach!«

»Wie bitte?« Jan glaubte, nicht richtig gehört zu haben. Einige Gehirnabschnitte waren noch nicht völlig wach.

»Ja!« Klaus Hensmann lachte dröhnend. »Ich hab auch noch einmal nachgefragt. Sie blieb dabei, was das Glockenläuten betraf. Jetzt wird es aber noch besser ...«

»Oh Klaus, sei gnädig, mach es nicht so spannend, dafür ist es einfach zu früh«, stöhnte Jan.

»Ihr Mann Hero Hortema, er ist weg, verschwunden«, sagte Klaus. »Und sie fragt, ob er bei uns ist, und das ist er nicht. Kannst du mir weiterhelfen?«

»Nein, Klaus, wir wissen nichts von einem Einbruch bei den Hortemas«, antwortete Jan. »Er hat auch nicht bei uns angerufen. Ich weiß auch nicht, wo der Mann ist. Wann hat sie ihn denn das letzte Mal gesehen?«

»Sie hat gesagt, als sie gestern ins Bett ging, saß ihr Mann sehr aufgewühlt in seinem zerstörten Büro. Wie gesagt, in der Nacht hörte sie dieses rätselhafte Läuten. Heute Morgen stand sie auf, um die Kühe zu melken, dabei stellte sie fest, dass ihr Mann verschwunden ist.«

»Klaus, ruf bitte bei der Familie Hortema an und sage ihnen, wir kommen gleich vorbei.«

»Okay. Brauchst du noch Unterstützung von uns?«, fragte Klaus Hensmann.

»Nein danke, ich fahre direkt zum Hof der Hortemas und dann sehen wir erst einmal, was da eigentlich los ist. Gut, das du mich gleich angerufen hast, Klaus!«

Maike erschien in der Küche und gähnte. »Jan, was ist passiert, kann ich helfen?«

Er gab ihren einen Kuss. »Guten Morgen, mein Schatz! Bei den Hortemas ist eingebrochen worden und Hero Hortema ist verschwunden!«

»Was?!« Maike folgte ihm ins Schlafzimmer, wo er sich anzog. Dabei erzählte er ihr von dem Telefongespräch mit Klaus Hensmann. Dann folgte sie ihm ins Bad und sah Jan bei seiner schnellen Katzenwäsche zu.

»Ich fahre jetzt zum Hof der Hortemas.« Jan griff nach dem Autoschlüssel. »Ruf bitte bei Stefan an und sage ihm, dass wir uns dort treffen. Das Soko-Büro muss besetzt werden und die anderen sollen sich auch bereit machen, insbesondere die Spurensicherung!« Jan gab ihr noch einen Kuss und verließ die Wohnung.

Maike schüttelte den Kopf, so einen Schnellstart am Morgen mochte sie überhaupt nicht. Dann griff sie zum Telefon und wählte Stefans Nummer.

Tag, 18, früher Morgen,
auf dem Weg von Leer nach Dyksterhusen

Jan Broning fuhr in seinem alten Mercedes aus der Stadt in Richtung Emstunnel. Dahinter verließ er die Autobahn an der Anschlusstelle Jemgum/Bingum. An der Kreuzung der Landstraße bog er links ab. Weiter ging es durch die Ortschaften Jemgum, Midlum, Hatzum bis Oldendorp. Dort bog er wieder links ab und folgte der Straße bis zur Aaltukerei. Hinter der Brücke setzte er den rechten Blinker und stand kurz darauf auf dem Schotterparkplatz des Hortema-Hofs.

Lini Hortema kam ihm in Arbeitsoverall und Gummistiefeln entgegen. Sie war völlig aufgelöst und schlug ständig die Hände zusammen. »Gott sei Dank, dass Sie da sind! Sie sind doch der Herr Broning, nicht wahr, ist mein Mann bei Ihnen?«

»Moin, Frau Hortema.« Jan gab ihr die Hand. »Nein, Ihren Mann habe ich das letzte Mal bei unserer Befragung hier zusammen mit Herrn Wienna gesehen.«

Enttäuscht ließ sie die Schultern etwas fallen und wischte sich Tränen aus dem Gesicht. »Kommen Sie mit und sehen Sie sich das Ganze selber an«, forderte sie ihn auf. »Der Polizist mit der lauten Stimme sagte mir, dass ich nichts anfassen soll, aber mein Mann hat gestern schon darin herumgewühlt.«

Jan folgte ihr ins Haus. Im Flur lagen Papiere und Holzsplitter. Sie gingen weiter in einen Raum, den Jan Broning noch gut kannte, Hortemas Büro. Die Beschreibung ›als hätte eine Bombe eingeschlagen‹ konnte man wörtlich nehmen. Ein Chaos – Papiere aller Art, Aktenordner und zerstörte Möbel. Am auffälligsten waren die herausgesprengte Tür und die beschädigte Mauer. Die massive Tür war Jan Broning bei Hortemas Befragung hier im Büro schon aufgefallen. Vermutlich der Raum für seine Jagdwaffen.

»Heros Privatzimmer«, sagte Frau Hortema aus dem Hintergrund, »da darf nur mein Mann rein. Ich habe da noch nie einen Fuß reingesetzt!«

Vorsichtig ging Jan durch die beschädigte Türöffnung in das Privatzimmer. Auch hier herrschte das Chaos, der große Safe an der Wand war aufgesprengt worden. Vor den Resten des einzigen Fensters war ein massives Gitter angebracht. Der Weg des Einbrechers war eindeutig: Der erste Angriff war auf das Fenster im Nebenzimmer erfolgt, dem Büro. Vermutlich aufgehebelt. Dann eine Sprengladung an den Scharnieren der Zwischentür. Jan sah auf den Fußboden und bemerkte Metallspäne. Der oder die Täter hatten Löcher in den Safe gebohrt und Sprengladungen hineingesteckt. Erfolgreich, wie man sah, das Werk von Profis.

»Ich mach uns erst einmal einen Tee«, sagte Frau Hortema. »Haben Sie schon gefrühstückt?«

»Ehrlich gesagt wäre mir ein Kaffee lieber«, antwortete Jan Broning, der wusste, dass ihm Tee auf leeren Magen nicht bekam.

»Okay. Dann lass ich Sie mal allein«, sagte sie und ging in Richtung Küche.

Jan Broning sah sich in Hortemas Privatzimmer um. Reste eines teuren Sessels, beschädigte Teile eines antiken Tisches und kaputte Flaschen. Der Duft von teurem Weinbrand und Zigarren hing in der Luft. In Gedanken sah Jan Broning, wie Hero Hortema mit einer Zigarre und einem Kognakschwenker in der Hand im teuren Sessel saß und ... Ja, was und? Was machte Hero hier alleine?

Die Antwort lag auf dem Boden. Eine Geweihsammlung, allerdings zerstört. Dann ein alter Jagdbogen, Teile einer antiken Armbrust und andere antike Waffen. Ja, so wird es sein, dachte Broning, hier betrachtete Hero Hortema ungestört seine Sammlung von Jagdtrophäen und Waffen. An der Wand konnte man gut sehen, wo genau die Teile vor der Explosion an der Wand gehangen hatten. Die Wände waren etwas vergilbt und die Umrisse der Gegenstände zeichneten sich deshalb gut ab.

Er stutzte, ging näher an die Wand und schaute sich eine Stelle an, auf der eine Lanze gehangen haben musste, die Konturen der Spitze waren gut zu erkennen. Eine Saufeder, so wurde diese Art der antiken Jagdwaffen genannt. In diesem Moment wurde Jan klar, dass die Mordwaffe aus diesem Privatzimmer stammte. Lini Hortemas Aussage fiel ihm ein: In dieses Privatzimmer durfte nur ihr Mann.

Broning sah sich weiter um. Im Durcheinander lagen Waffen, Patronen und eine verzierte Holzstange. Diese Gegenstände waren vermutlich bei der Sprengung des Safes herausgeschleudert worden. Die Holzstange interessierte Jan besonders, vor allem die zwei Bohrungen am Ende. Auch die Mordwaffe wies zwei Bohrungen auf und Broning wurde klar, dass die Lanzenspitze, die sie in Altings Gänsebude gefunden hatten, und diese Stange aus Hortemas Privatzimmer zusammengehörten.

Jan hörte Schritte auf dem Flur, und sein Kollege Stefan Gastmann rief: »Moin, Jan!« Seine Stimme klang sehr müde.

»Hier bin ich, Stefan!«, antwortete er. Stefan betrat vorsichtig den Raum und gab ihm die Hand. »Tut mir leid, Stefan, dass ich dich so früh hierher bestellt habe.« Er erklärte leise, was er bis jetzt wusste. Außerdem zeigte er ihm die verdächtige Stelle an der Wand im Privatzimmer, die Holzstange auf dem Boden und teilte ihm seine Gedanken und Schlussfolgerungen dazu mit.

Man konnte förmlich sehen, wie es in Stefans Kopf arbeitete. Der Kollege sah sehr nachdenklich aus, als er sagte: »Wenn das stimmt, dann haben wir für den Mord an Böltjer den Falschen verhaftet.«

Jan grinste, weil Stefan zum gleichen Ergebnis wie er gekommen war. »Genau. Natürlich müssen wir das noch genauer untersuchen, vielleicht gibt es ja noch mehr von diesen Lanzen oder Saufedern.« Er wollte die Euphorie etwas bremsen. »Die nächste wichtigste Frage ist: Wer hat diesen Einbruch begangen?«

»Unser Hauptverdächtiger Alting liegt noch im Krankenhaus!«, antwortete Stefan.

»Und wo ist Hero Hortema, hat er sich abgesetzt, ist er auf der Flucht?«, dachte Jan laut. »Stefan, die Fahndung nach Hortema hat jetzt Vorrang.« Er sah auf die Waffen auf dem Fußboden hinunter. »Die Kollegen sollen vorsichtig sein, vielleicht ist er bewaffnet!«

Stefan nickte und schlug vor: »Ich mach das vom Auto aus, muss ja nicht jeder mitbekommen.«

»Gute Idee, Stefan. Ich geh zu Frau Hortema in die Küche, du kannst dann ja nachkommen.«

Jan Broning klopfte an die Küchentür. »Herein!« Die Stimme von Lini Hortema klang verzagt.

In dem großen Raum mit einer zusammengesuchten Kücheneinrichtung passte nichts so richtig zueinander. Alles war alt, aber noch nicht antik. Entweder legte Lini Hortema keinen Wert auf die Einrichtung, oder ihr Mann verweigerte bis jetzt eine neue moderne Küche. In der Mitte stand ein großer Tisch mit einer Wachstuchdecke. Alle Stühle drumherum waren unterschiedlich. Auf einem saß Lini Hortema, in sich zusammengesunken. Neben ihr saß ein junger Mann, der sie offenbar zu trösten versuchte. Es roch nach frischem Kaffee, im Hintergrund gluckerte die Kaffeemaschine. Tassen und eine große Platte mit fertig geschmierten Butterbroten standen auf dem Tisch.

»Bitte setzen Sie sich doch«, sagte Lini und zeigte auf den jungen Mann neben sich: »Mein Sohn Kuno!« Die Männer gaben sich die Hand.

Lini stand auf, verteilte Tassen und schenkte Kaffee und Tee ein. »Hier sind Milch und Zucker und beim Brot können Sie auch gerne zugreifen.«

»Danke, Frau Hortema.« Jan rührte in seiner Tasse und griff sich ein Käsebrot. »Bitte erzählen Sie mir noch einmal genau, was sich gestern Abend und in der Nacht ereignet hat.«

»Gestern sind wir von dieser Familienfeier gekommen, und als wir hier ankamen, fiel uns auf, dass überall Papiere aus dem Büro rumlagen. Als wir ins Haus gingen, sahen wir das Chaos und dann ist Vater ausgeflippt«, berichtete Kuno Hortema.

»So hab ich meinen Mann noch nicht gesehen …! Als er sah, dass auch der Safe aufgesprengt worden ist …« Linis Stimme stockte. »Er hat mich an den Haaren gepackt und aus seinem Privatzimmer gezerrt. – Die große Liebe war es ja nicht mehr«, sie begann zu weinen, »aber er hat mir nie wehgetan, jedenfalls körperlich niemals!«

Kuno legte den Arm um die Schulter seiner Mutter und drückte sie an sich. »Mein Vater ist ein Schwein!«, stellte er fest. Lini sah ihren Sohn entsetzt an. »Ist doch wahr, er hat alle schlecht behandelt«, sagte Kuno zu ihr, »uns eingeschlossen!«

Jan hörte die Stimme seines Kollegen im Flur. »Stefan, wir sind hier in der Küche!«, rief er.

Stefan erschien in der Tür. »Jan, die Spurensicherung ist gerade eingetroffen. Egon und Albert sind jetzt im Büro bei der Arbeit.«

»Okay, Stefan, setz dich zu uns.« Jan fasste das soeben Gehörte für ihn zusammen. Stefan stellte noch einige Fragen, aber im Grunde konnten beide Hortemas sich nicht erklären, wieso Hero plötzlich verschwunden war.

Jan spürte, dass ihm Lini noch etwas unter vier Augen

sagen wollte. »Herr Hortema, gehen Sie bitte zusammen mit meinem Kollegen Gastmann und den Kollegen von der Spurensicherung alle Waffen im Haus durch«, bat er Kuno. »Ich möchte wissen, ob eine Waffe fehlt. Außerdem überprüfen Sie bitte Ihren Fuhrpark – sind alle Fahrzeuge vorhanden? Bitte alle Fahrzeuge überprüfen, vom Fahrrad bis zum Trecker.«

»Ein Fahrzeug fehlt schon mal, es gehört aber nicht zu uns«, stellte Kuno verbittert fest. »Der alte Geländewagen meines Freundes Sven Richter ist nicht da.« Seine Stimme klang enttäuscht. »Ja, er ist auch verschwunden, und mit ihm unser Jagdhund Rambo.«

»Kuno, du glaubst doch wohl nicht, dass dieser nette Junge etwas damit zu tun hat?«, fragte Lini.

»Leider ja, Mama.« Er erzählte ihr von Svens seltsamem Verhalten am gestrigen Tag. »Sven wollte sich wohl für immer verabschieden und ich hab ihm noch erzählt, dass wir alle am Abend weg wollten.« Jetzt klang seine Stimme wütend.

Jan Broning hakte nach. »Dieser Sven Richter, wo wohnt der?«

Lini Hortema zeigte nach hinten. »Bei uns auf dem Hof, in dem kleinen Ferienhaus neben dem Schotterplatz.«

»Okay.« Jan sah seinen Kollegen an. »Bitte außerdem noch das Ferienhaus überprüfen.«

Stefan nickte und gab Kuno ein Zeichen, dass er ihm folgen sollte. Nun war Jan Broning allein mit Lini in der Küche.

»Eins habe ich Ihnen noch nicht erzählt.« Ihre Stimme klang zögerlich. »Ich habe gestern, ohne dass mein Mann es mitbekommen hat, nach ihm gesehen. Er kroch auf dem Boden in seinem Privatzimmer herum und weinte hemmungslos. Da habe ich richtig Angst bekommen, weil man Mann noch nie geweint hat. Außerdem …«

»Ja, Sie können mir alles sagen!«, forderte er sie auf.

»Ich habe Totenglocken in der Nacht gehört.« Lini Hortema war sehr blass geworden. »Es klingt verrückt, aber ich habe in der Nacht ständig eine Glocke läuten hören.«

Jan Broning beruhigte Frau Hortema, dann fragte er nach aktuellen Feinden ihres Mannes oder einer heimlichen Liebesbeziehung. Dann stellte er Fragen nach Sven Richter und erfuhr, dass Kuno und Sven gemeinsam bei der Bundeswehr gewesen waren. Zu Richters Auto konnte sie nur sagen, dass es sich um einen alten Mercedes-Geländewagen mit süddeutschem Autokennzeichen handelte.

Broning machte sich gerade einige Notizen, als die Küchentür aufging. Stefan wirkte angespannt, als er sagte: »Es fehlt eine Jagdbüchse, darauf ist wohl eine Taschenlampe montiert, aber es fehlt keines der Fahrzeuge vom Hof. Dieser Freund von Kuno, Sven Richter, ist verschwunden, sein Geländewagen ist auch nicht da. Kuno Hortema meint, dass Richters Wagen schon nicht mehr auf dem Schotterplatz stand, als sie gestern Abend zurückkamen. Auch der Hund Rambo, der Wache im Haus halten sollte, war zu dem Zeitpunkt nicht da und ist bis jetzt auch noch nicht aufgetaucht.«

Jan ging zum zerstörten Büro zurück, wo Albert und Egon bei der Tatortaufnahme waren. »Albert, diese Holzstange auf dem Fußboden«, er zeigte darauf, »könnte die zu der Lanzenspitze, der Tatwaffe, passen?«

»Du meinst den Durchmesser des Stiels«, Albert bückte sich vor dem Gegenstand, »und den Abstand der Bohrungen?«

Jan nickte. »Genau. Und was hältst du von dem verwendeten Sprengstoff?«

Albert verzog missmutig das Gesicht. Jan wusste, dass er mit schnellen Festlegungen sehr vorsichtig war. »Es ist wichtig, Albert«, beeilte er sich hinzuzufügen, »nur eine Einschätzung!«

Albert nahm einen Zollstock und maß den Abstand der Löcher am Ende der Holzstange. »Der Abstand stimmt grob überein«, murmelte er, »natürlich unter Vorbehalt. Und beim Sprengstoff gibt es auch vermutlich eine Übereinstimmung zu den Anschlägen an der Beobachtungshütte und am Sielkanal, aber …«

»Ich weiß, Albert, nur unter Vorbehalt, aber das reicht mir im Moment völlig aus. Danke euch!«

Er ging zusammen mit Stefan nach draußen. Auf dem Schotterparkplatz vor dem Hof berieten sie sich kurz. »Stefan, wir müssen die Fahndung aktualisieren, Hero Hortema ist bewaffnet und er kann gut mit der Waffe umgehen. Die Eigensicherung ist hier besonders wichtig. Dann die Fahndung ausweiten, nach diesem Sven Richter und seinem Geländewagen mit den süddeutschen Kennzeichen. Kuno Hortema hat Sven Richter zum letzten Mal gesehen, als die Familie vom Hof zu dieser Familienfeier gefahren ist.«

»Jan, wir wissen ja noch gar nicht, wie dieser Sven Richter in das Drama passt«, erwiderte Stefan.

»Korrekt. Das können wir später klären, ich will mit diesem Mann sprechen und dazu müssen wir ihn erst finden! Außerdem brauchen wir hier einen Hundeführer. Entweder sind Hero Hortema und Sven Richter zusammen in Richters Auto unterwegs, oder … einer von beiden zu Fuß.«

»Okay, Egon und Albert haben hier noch lange zu tun.« Stefan sah auf seine Uhr. »Was hältst du von einem Hubschrauber, Jan?«

»Gute Idee, Stefan! So machen wir es!«

»Hat mein Mann sich umgebracht?«, fragte Lini Hortema. Sie stand mit Kuno in der offenen Eingangstür.

In diesem Moment hörten sie den dumpfen Knall einer Explosion. Alle zuckten erschrocken zusammen und schauten in Richtung der Zufahrtsstraße.

Tag 18, vormittags,
am Dollart

Erschrocken wachte Sven Richter in seinem Wagen auf. Rambo bellte! So ein Mist, wochenlang nicht richtig geschlafen und ausgerechnet jetzt war er für einige Stunden eingenickt. Sven kraulte den Hund unter der Schnauze. »Ja, ich weiß, Rambo, es wird Zeit. Danke, dass du mich geweckt hast!«

Er erinnerte sich, wie er den Bunker verlassen und das Schild an der Tür aufgehängt hatte: *Vorsicht! Sprengfalle!* Es sollte die Polizei warnen und aufhalten. Unschuldige sollten ja nicht verletzt werden. Die Puppe aus dem Baum, Hortemas Gewehr und seinen Seesack hatte er im Auto verstaut und war zur Bohrinsel Dyksterhusen gefahren. Er hatte aus seinem Seesack die Glocke geholt, war ins Watt gelaufen und hatte das verfluchte Ding mit Schwung in einen tiefen Priel geworfen. Dorthin, wo diese Teufelsglocke hergekommen war und seinem Opa anstelle des erhofften Reichtums nur den Tod gebracht hatte.

Danach war er zurück zum Polder gefahren, zur Brücke, unter der sich seine Ausrüstung befand. Außerdem wartete dort noch Rambo. Sven war die Böschung hinuntergegangen, um unter die Brücke zu gelangen. Er musste sich bücken, damit er sich nicht den Kopf an der Brücke über ihm stieß. Rambo hatte sich sehr gefreut, ihn wiederzusehen, und war an ihm hochgesprungen, als er ihn losband und mit nach oben nahm. Dann hatte er das Tarnnetz über den Wagen gelegt und war zusammen mit Rambo im Auto eingeschlafen.

Sven verdrängte die Erinnerungen, er musste sich beeilen. Das Kanu holte er unter der Brücke hervor und schleppte es über den Deich zum Dollart. Mit dem Auto würde er nicht weit kommen, nach dem lief bestimmt schon eine Fahndung. Die Flucht mit dem Kanu über den Dollart erschien ihm erfolgversprechender. Erleichtert stellte er fest, dass noch Hochwasser war. Gleich würde der Strom kippen und das Wasser würde wieder ablaufen, in Richtung See und Freiheit. Sein Auto und Rambo würden sie schnell finden und bis dahin musste er schon weit weg sein.

Tag 18, vormittags,
vor dem Hof der Familie Hortema

Die Explosion in der Ferne konnten sie nicht lokalisieren. Jan Broning bat Kuno Hortema, sich um seine Mutter zu kümmern, und ließ sich noch dessen Handynummer geben. In diesem Moment fuhr der Einsatzwagen des Diensthundeführers auf den Hof. Hermann Blohm ließ seinen vierbeinigen Kollegen Bronko aus dem Käfig. Nachdem der Spurensicherer Albert Brede sein Okay gegeben hatte, schnüffelte der Hund an der Jacke von Hero Hortema und nahm die Witterung auf. Bronko zog kräftig an der Leine und die Polizisten liefen hinter ihm her.

Sie folgten dem Hund die kleine Straße entlang Richtung Bohrinsel. Nach etwa einem Kilometer lagen links zwei alte Flachdachbunker. Bronko lief zielstrebig auf den zweiten zu und bellte vor einer Tür, an der ein Schild angebracht war: *Vorsicht! Sprengfalle!*

Jan sah Stefan Gastmann an. Sollten sie es wagen und die verschlossene Tür gewaltsam öffnen? Stefan starrte zurück und wartete …

»Nein, Stefan, zu gefährlich«, entschied Jan. »Mehrere Anschläge mit hochexplosivem Sprengstoff in den letzten Tagen – wir gehen hier kein Risiko ein. Ruf beim

KMBD an, dem Kampfmittelbeseitigungsdienst, und teile ihnen die Lage mit. Auch wenn es schwerfällt, wir warten hier.«

Tag 18, vormittags

Im Büro der Soko *Nimrod* behielt Maike die Ruhe und den Überblick. Der Hubschrauber war mit einem Kampfmittelbeseitiger schon unterwegs. Die Besatzung sollte den Mann mit seiner Ausrüstung bei den Bunkern absetzen und anschließend die Gegend von oben absuchen. Die niederländische Polizei hatte sie inzwischen um Mitfahndung im Bereich der Grenze gebeten. Vorsorglich bestellte sie auch einen Rettungswagen zum Flakbunker. Onno und Klaas waren mit dem blauen Bulli unterwegs. Als Onno von der Fahndung nach Sven Richter gehört hatte, war er wie von der Tarantel gestochen in Richtung Pogum gerast. Seinen Angaben nach stand dort öfters der gesuchte Geländewagen.

Die Bestätigung der Identifizierung von Trinus Visser war zur Nebensache geworden. Jetzt war erst einmal die Fahndung nach Hero Hortema und Sven Richter wichtig.

Tag 18, vormittags,
bei der Ortschaft Pogum

Onno und Klaas hörten auf dem Weg nach Pogum den Funkverkehr mit. Die Fahndung lief auf Hochtouren. Der Hubschrauber würde jeden Moment landen. Etwas enttäuscht stellte Onno fest, dass der gesuchte Geländewagen nicht auf dem Parkplatz des Emsblicks stand. Jetzt wollte er auf Nummer sicher gehen und fuhr das kurze Stück weiter nach Pogum. Sein Ziel war der kleine Parkplatz vor dem Glockenturm, aber der war leer und Onno wollte schon weiterfahren, als er plötzlich die Handbremse anzog. »Ich Idiot!« Er stieg aus dem Bulli und rannte in Richtung Kirchhof.

Klaas beobachtete vom Beifahrersitz aus, wie Onno sich die Grabsteine ansah. Kopfschüttelnd stieg er aus und ging zu seinem Kollegen, der inzwischen vor einem stehen geblieben war. »Bist du jetzt vollständig durchgedreht? Möchtest du unbedingt mit Alting zusammen in ein Doppelzimmer?« Dann folgte er Onnos Blick und sah auf den Grabstein. *Harm Visser* stand dort in goldenen Buchstaben. Das Grab war sehr gepflegt und die immergrünen Pflanzen waren erst vor kurzer Zeit angegossen worden.

»Verwandte besuchen«, murmelte Onno, »die schmutzigen Fingernägel und das Werkzeug in seinem Auto. Die Styropor-Kiste mit Resten von Erde.«

Er erzählte Klaas von der Begegnung mit Sven Richter in der Pogumer Kirche. »Verstehst du, Klaas? Dieses Grab wurde gepflegt und neu bepflanzt. Sven Richter war das, er hat das Grab seiner Verwandten gepflegt. Ich Idiot hätte es doch merken müssen … Seine Fragen nach unserem Ötzi!«

»Du glaubst, unser Trinus Visser, der Tote aus den Salzwiesen, der hier beerdigte Harm Visser und unser gesuchter Sven Richter sind verwandt?«

»Genau, Klaas.« Onno nickte. »Wir haben uns doch gefragt, ob nicht alles zusammen betrachtet werden muss. Jan suchte nach der fehlenden Verbindung zwischen Trinus Visser und dem aktuellen Gänsekrieg!«

»Wir sollten Maike und Jan anrufen!«, schlug Klaas vor.

Tag 18, vormittags,
am Flakbunker

Die Polizisten sahen zu, wie der Hubschrauber landete. Ein Mann im Overall stieg aus und nahm einige Taschen aus dem Heli, bevor die Maschine wieder abhob. Er begrüßte die Kollegen, ließ sich von Jan Broning die Situation erklären und beschrieb, wie er vorgehen wollte. Dann begann er sehr konzentriert mit seiner Arbeit.

Zunächst legte er seine Ausrüstung an und sah jetzt aus wie das berühmte Michelin-Männchen aus der Reifenwerbung. Der Sicherheitsabstand zur Tür war sehr groß, deshalb konnte Jan Broning nur erahnen, wie es weiterging. Der Kollege im Schutzanzug wollte mehrere Löcher in die Tür bohren und dann eine Minikamera durch die Bohrlöcher schieben.

Inzwischen war die schmale Straße komplett abgesperrt worden. Während die Polizisten warteten, sahen sie, wie ein blauer Bulli auf sie zukam. Onno und Klaas, dachte Jan erfreut und gab Onno ein Zeichen, nicht zu dicht heranzufahren. Er zog die seitliche Schiebetür auf.

»Wir haben wichtige Neuigkeiten, Jan«, sagte Onno. »Maike weiß Bescheid und meinte, wir sollten doch direkt hierher fahren, damit wir persönlich miteinander sprechen können.«

»Im Moment können wir nur abwarten«, sagte Jan und

sah zum Bunker. Er gab Stefan ein Zeichen, dass er sich zu ihnen in den Bulli setzen sollte. Als die vier Kollegen zusammensaßen, schob er die Tür zu und sagte: »Schieß los, Onno!«

Onno erzählte von seiner zufälligen Begegnung mit Sven Richter in der Kirche. »Der junge Mann sah so traurig ...«, Onno suchte nach dem richtigen Wort, »ja ... er sah regelrecht verloren aus. Bei dem Afghanistaneinsatz hat er einen Terroristen erschossen. Damit kommt er wohl nicht klar.«

»Weißt du, was genau Sven Richter bei der Bundeswehr gemacht hat?«, fragte Jan eindringlich. »Ich hab da so ein Gefühl, dass diese Frage sehr wichtig ist.«

»Nein, darüber haben wir nicht gesprochen«, antwortete Onno.

»Kuno Hortema ist ein Freund von Sven Richter«, erinnerte sich Jan, »ich hab seine Handynummer.« Er wählte und wartete. »Herr Hortema, hier ist Jan Broning, ich habe eine wichtige Frage zu Ihrem Freund Sven Richter. Sie waren doch gemeinsam bei der Bundeswehr ... Ach, zusammen in Afghanistan«, sagte er ins Telefon und hakte nach: »Was hat Sven Richter dort genau gemacht?«

Die Kollegen beobachteten, wie Jan während des Telefongesprächs immer wieder nickte, als wenn er sagen wollte: Ich hab es mir gedacht. Mit den Worten »Danke, Herr Hortema, und bitte bleiben Sie erreichbar«, beendete er schließlich das Gespräch.

»Bingo!«, sagte Jan erleichtert. »Dieser Sven Richter war als Feuerwerker eingesetzt. Quasi ein Kollege von unserem Kampfmittelbeseitiger. Seine Aufgabe war es, Sprengfallen zu entschärfen. Kuno Hortema verschweigt noch etwas, aber darum können wir uns später kümmern. Onno, drück doch bitte mal auf die Hupe!«

Der Kampfmittelbeseitiger unterbrach seine Arbeit und drehte sich zum Bulli um. Jan gab ihm ein Zeichen, und er kam näher. Jan erzählte von seinem Verdacht, dass ein ausgebildeter Feuerwerker diese Sprengfalle eingebaut haben könnte.

»Gut zu wissen«, antwortete der Mann im Schutzanzug, »ich werde besonders vorsichtig sein.« Er schloss seinen Helm wieder und ging zurück zur Tür des Bunkers. In diesem Moment traf ein Rettungswagen ein.

»Maike hat an alles gedacht«, stellte Jan erleichtert fest.

Tag 18, vormittags,
am Dollart

Sven hörte mit Entsetzen einen Hubschrauber in der Ferne. Auf dieses Geräusch waren seine Ohren seit Afghanistan besonders trainiert.

Wie standen seine Chancen, wenn er alleine auf der übersichtlichen Wasserfläche des Dollarts paddelte? Gab es dort einen Ausweg, wenn sie ihn entdeckten? »Scheiße«, murmelte er.

Tag 18, vormittags,
am Flakbunker

Der Kampfmittelbeseitiger hob den Daumen hoch. »So, jetzt wird's spannend«, sagte Jan und zog die Tür des Bullis auf.

»Ich habe, soweit es ging, den Türbereich sondiert«, erklärte der Mann. »Ich konnte eine Person an der Decke hängend erkennen, wir sollten uns beeilen. Warten Sie noch einen Moment, ich breche jetzt die Tür auf.« Jan ging wieder auf Sicherheitsabstand.

Die Tür leistete wohl erheblichen Widerstand. Endlich flog sie auf und der Kampfmittelbeseitiger verschwand im Bunker.

Die Sekunden kamen den Polizisten wie Stunden vor. Plötzlich lief der Mann wieder aus dem Bunker heraus und winkte aufgeregt.

Tag 18, vormittags,
im Büro der Soko Nimrod

Maike de Buhrs Gedanken überschlugen sich. Gerade hatte die Hubschrauberbesatzung, die sie auf die Suche geschickt hatten, gemeldet, dass ihnen ein Kanufahrer aufgefallen sei, der vom Deich aus im Dollart unterwegs war. In Fahrtrichtung Niederlande, zur offenen See. Einen Kanufahrer suchten sie doch nicht, oder ...? Plötzlich fiel ihr ein, dass sie nicht wussten, wie bei dem Anschlag am Sielkanal der Täter ungesehen so dicht an die Angler herangekommen war. Natürlich, ein Kanu wäre dafür bestens geeignet gewesen. Damit kam man fast ungesehen überall hin im Rheiderland.

Sie sah auf die Karte und ein Verdacht stieg in ihr auf. Der Plan war eigentlich genial. Der Täter brauchte nur sein Kanu über den Deich zu tragen, vor ihm lag der Dollart und die offene See. Wer achtete schon auf einen Kanufahrer? Normalerweise keiner.

»Bleiben Sie dran, der Kanufahrer könnte einer der Gesuchten sein«, sagte Maike zum Piloten.

»Moment, wir sehen gerade, dass die Person im Kanu ein Gewehr hat«, antwortete der Pilot. »Wir wollten eigentlich weiter am Deich entlang suchen, aber wir bleiben dran, solange wir können. Um den Kampfmittelbeseitiger abzuholen, mussten wir einen großen Umweg fliegen. Der Sprit wird also nicht mehr lange reichen, dann müssen wir zurück zum Flugplatz!«

»Danke«, erwiderte Maike. »Ich rufe die Kollegen von der Wasserschutzpolizei an, die sollen den Kanufahrer abfangen.«

Tag 18, vormittags

Jan Broning betrat den Bunker. Seine Augen brauchten einen Moment, um sich an die Lichtverhältnisse zu gewöhnen. Der Kampfmittelbeseitiger benutzte eine starke Taschenlampe, um das Innere auszuleuchten. Der Lichtstrahl erhellte eine grausame Szene. Ein Mann hing leblos an zwei Ketten von der Decke. Über seinem Kopf befand sich ein Ketten-Flaschenzug.

Jan holte eine große tragbare Leuchte aus dem Bulli und richtete den hellen Lichtstrahl auf den Körper. Als er näherkam, sah er in das Gesicht von Hero Hortema.

»Lassen Sie mich ihn untersuchen«, sagte der Notarzt, der inzwischen bereits neben ihm stand.

In diesem Moment öffnete Hortema die Augen und stierte Jan Broning an. Sein Stöhnen hallte durch den Bunker.

Der Kampfmittelbeseitiger bückte sich nach einem Gegenstand auf dem Boden und beleuchtete ihn mit Hilfe seiner Taschenlampe genauer. Dann hob er ihn auf und zeigte ihn Jan. »Das sind Teile einer Übungshandgranate!«

»Schnell, wir müssen den Mann befreien«, sagte der Notarzt.

Jan Broning sah sich den Flaschenzug genau an. »Onno, ich zieh ihn hoch«, sagte er zu seinem Kollegen, der im Hintergrund stand. »Schneide du die Kabelbinder an den Armen durch!«

»Okay.« Onno griff nach seinem Multitool, das er immer am Gürtel trug. Jan zog an der Kette, um die Arme zu entlasten. Sofort stöhnte Hero Hortema auf.

Onno schnitt vorsichtig die Kabelbinder an den Handgelenken durch und ließ die Arme jeweils langsam nach unten sinken. Trotzdem schrie Hortema jedes Mal laut auf. Anschließend ließ Jan den Mann vorsichtig herunter. Die Rettungssanitäter legten ihn auf die Trage und schoben ihn nach draußen. Der Notarzt konnte ihn im Tageslicht genauer untersuchen.

»Äußerlich kann ich nur eine Beule am Hinterkopf feststellen, vermutlich eine Gehirnerschütterung«, sagte er. »Eine seiner Schultern ist ausgekugelt, aus dem Gelenk gesprungen – nun, wir werden sehen.«

»Wo bringen Sie ihn hin?«, wollte Jan wissen.

»Ins Rheiderland-Krankenhaus. Sie können sich ja später bei uns melden.«

Die Polizisten sahen dem abfahrenden Rettungswagen hinterher. Jan griff zum Telefon und sprach zunächst mit Kuno Hortema. Dann rief er den Spurensicherer Albert Brede an. »Albert, wir brauchen einen von euch hier kurz an einem Tatort. Onno holt entweder dich oder Egon ab.« Jan verdrehte die Augen. »Ja, Albert, ich weiß ... Ja, du hast ja recht ... Ja, ich werde ein zweites Team anfordern, aber zunächst brauche ich hier eine Soforteinschätzung.«

Dann rief er Maike im Soko-Büro an und erklärte ihr die neue Einsatzlage. »Ja, so sieht's aus, Maike. Hortema ist auf dem Weg ins Krankenhaus, kannst du bitte eine Wache für ihn organisieren?«

»Mach ich«, antwortete sie. »Hast du über Funk die Meldung über den Kanufahrer mitgehört?«

»Ja«, antwortete Jan. »Vielleicht haben wir ja Glück.«

Tag 18, mittags

Das Schlauchboot der Wasserschutzpolizei näherte sich dem Kanu, das im Dollart trieb. »Legen Sie die Waffe weg!«, rief der Bootsführer Uwe Beske. Hinter ihm saß sein Kollege Jann Traunicht und hielt seine Waffe in der Hand.

»Ich fahr dichter ran«, sagte Beske.

»Okay, ich sichere uns ab«, erwiderte Traunicht.

Dem Bootsführer fiel auf, dass sich die Person im Kanu überhaupt nicht bewegte. Seine rechte Hand drückte den Gashebel etwas nach vorn und das Schlauchboot näherte sich. »Nehmen Sie die Hände hoch! Ich will Ihre Hände sehen!«

Keine Reaktion. Die Person im Kanu trug dunkle Kleidung, eine schwarze Kapuze war übers Gesicht gezogen. Eine Flinte lag quer vor der Person über dem Kanu.

Mit der linken Hand zog Beske das Kanu an das Schlauchboot heran und hielt es fest. Traunicht richtete noch immer seine Waffe auf die Person im Kanu. Der Bootsführer beugte sich hinüber, griff sich das Gewehr und legte es in sicherer Entfernung ins Dienstboot. Dann packte er an den Kopf der Person im Kanu und zog die Kapuze mit einem Ruck nach hinten.

»Ach du Scheiße! Eine Vogelscheuche!«, rief Beske und starrte auf einen Kopf aus Stroh.

Tag 18, mittags,
am Dollartdeich

Sven Richter war auf seinen Inlinern unterwegs und trug seinen alten Bundeswehrrucksack auf dem Rücken. Er befand sich auf der Deichverteidigungsstraße in Richtung Niederlande und wollte seine Arme frei bewegen können. Im Rucksack waren seine Straßenschuhe, Kleidung und Hortemas Schwarzgeld. In seiner Hosentasche befand sich sein wertvollster Besitz, die Taschenuhr seines Opas.

Die vier Rollen unter jedem Fuß rappelten etwas auf dem Weg, aber es ging immer besser. Links von ihm verliefen das Wymeerer Sieltief und rechts der Deich zum Dollart.

Der Plan mit dem Kanu war ihm im letzten Moment eingefallen. Die Gefahr, vom Hubschrauber gesehen zu werden, war zu groß. Die Puppe vom Bunker und Hortemas Gewehr würden ihren Zweck erfüllen, von der Deichverteidigungsstraße abzulenken, auf der er sich gerade befand.

Diese Straße war mit vielen Pforten für den Autoverkehr gesperrt worden. Für Fahrradfahrer befanden sich bei den Pforten schmale Nebenöffnungen. Stahlroste im Boden verhinderten, dass die Schafe dort hindurch ausbüxten. Mit dem Fahrrad konnte man die Pforten umfahren, oder man machte es wie Sven: Mit den Inlinern an den Füßen über den Stahlrost gehen, der jeweils neben den Pforten im Boden eingelassen war.

Vor dreißig Minuten hatte er noch bei seinem Wagen gestanden und sich die Inliner an den Füßen befestigt. Da hatte er noch etwas wackelig auf den Beinen gestanden, aber Fahrrad- und Rollschuhfahren verlernte man nicht. Zum Abschied hatte er noch Rambo unter der Schnauze gekrault, sich dann den Rucksack übergeworfen, und los ging es. Zunächst noch etwas unsicher, dann bekam er die Bewegungsabläufe wieder gut in den Griff. Die gleichmäßigen Bewegungen entspannten ihn und er dachte an seinen Opa. Was würde er jetzt sagen? Wie würde er Svens Aktionen bewerten?

Ja, sein Opa würde lächeln und sagen: ›Hast du gut gemacht, mein Jung.‹ Sven hatte niemanden getötet, noch nicht einmal den Mörder seines Opas. Leid tat ihm eigentlich nur Menno Alting, aber Strafe musste sein. Hoffentlich erholte sich der Gänsevater wieder.

Inzwischen war er in Heinitzpolder Süd eingetroffen. Nur noch ein kurzes Stück Weg bis in die Freiheit. Noch einmal den Deich hoch und er sah die niederländische Grenze direkt vor sich. Er schaute sich noch einmal um. Rechts von ihm befand sich die Beobachtungshütte. Links lag das Sielgebäude in den Niederlanden. Keine Polizei weit und breit. Sven Richter kletterte über eine Pforte, rollte über das Gelände des Siels und befand sich in den Niederlanden.

Tag 18, mittags

Jan Broning wartete auf das Eintreffen eines Kollegen von der Spurensicherung. In einer Ecke des Bunkers fand er eine große Stahlkassette, die auf dem Boden stand. Noch einmal kam der Kampfmittelbeseitiger zum Einsatz. Der Kollege im Schutzanzug untersuchte vorsichtig die Kassette und gab Entwarnung. Es handelte sich nicht um eine versteckte Sprengfalle.

Inzwischen war Onno mit Albert Brede eingetroffen. Albert schaute sich die Kassette und die Umgebung genau an. Er trug die Kassette nach draußen ins Sonnenlicht und öffnete den Deckel. Jan Broning schaute ihm über die Schulter. Sie bekamen große Augen, als sie eine Holzplatte sahen, auf der ein Stück präparierter Haut befestigt war. Jan war sofort klar, um wessen Haut es sich handelte. Er schüttelte sich vor Ekel.

Dann sahen sie das kleine Diktiergerät und Albert drückte den Wiedergabeknopf. Die Aufnahme hallte etwas. Trotzdem konnte Jan die Stimme des Hegeringleiters gut zuordnen und verstehen.

Er dachte gerade noch über Hortemas Geständnis nach, als sein Handy klingelte. »Broning!«, meldete er sich.

»Hallo, Jan, hier ist Maike. Schlechte Nachrichten von der Wasserschutzpolizei. Sie haben gerade angerufen. In dem verdächtigen Kanu befand sich nur eine Puppe.«

»Das versteh ich jetzt nicht, wieso nur eine Puppe?«, hakte Jan nach.

»Eine Puppe bestehend aus einem Overall und einem Kapuzenshirt. Die Puppe war mit Stroh ausgestopft und die Kapuze war über den Strohkopf gezogen.«

»So ein Mist … Er hat uns reingelegt! Und was macht die Fahndung?«

»Bis jetzt negativ, Jan. Sven Richter hat durch sein Ablenkungsmanöver Zeit gewonnen und mit jeder Sekunde werden seine Chancen größer, zu entkommen.«

»Ich weiß«, sagte Jan zerknirscht. Er hörte das Geräusch eines herannahenden Hubschraubers. »Maike, der Hubschrauber ist vom Tanken zurück – ich leg auf.«

Er war sich jetzt sicher, dass Sven Richter nicht über den Wasserweg geflüchtet war. Die Fluchtrichtung durfte jetzt wohl auch klar sein. Deshalb bat Jan die Hubschrauberbesatzung, die Suche zunächst landseitig am Deich entlang in Richtung Niederlande zu konzentrieren. Es dauerte nur Minuten und die Besatzung meldete einen verdächtigen Gegenstand an einem Sielkanal in der Nähe von Heinitzpolder Nord.

»Sieht aus wie ein Geländewagen«, sagte der Pilot über

Funk, »über dem Fahrzeug befindet sich ein Tarnnetz. Es steht an einem Kanal, bei einer Brücke.«

Jan ließ sich die genaue Position erklären und verglich sie mit einer vor ihm liegenden Karte. »Das könnte das gesuchte Fahrzeug sein. Fliegen Sie bitte weiter in Richtung Niederlande und suchen Sie nach einer verdächtigen Person!«

»Okay, passen Sie aber auf, beim Fahrzeug ist ein Hund angebunden!«, warnte ihn der Pilot.

»Danke für den Hinweis«, antwortete Jan. »Wir fahren jetzt los.«

Er überdachte kurz die Lage. Mit Sicherheit handelte es sich um das gesuchte Fahrzeug. Der Hund … vermutlich der vermisste Jagdhund Rambo. Und das Tarnnetz passte auch zum ehemaligen Soldaten Sven Richter.

»Stefan, bleibst du bitte hier am Bunker?«, sagte er. »Ich fahre mit Klaas und Onno zu dem gemeldeten Fahrzeug.«

Er setzte sich zu den Kollegen in den blauen Bulli, und Onno fuhr nach Jans Anweisungen. In Ditzumerverlaat bogen sie rechts ab und fuhren weiter in Richtung Heinitzpolder. Hinter dem alten Sieltor bogen sie wieder rechts ab.

»Da vorne an der Brücke steht der Wagen«, rief Klaas, der ein Fernglas in der Hand hielt. »Ist fast nicht zu sehen, wegen diesem Tarnnetz.«

Vor der Brücke stellte Onno den Bulli ab und die Polizisten stiegen aus. An der Anhängerkupplung des abgedeckten Fahrzeuges war ein Jagdhund mit einer langen Leine angebunden. Als sich die Polizisten mit gezogenen Waffen näherten, begann er wütend zu bellen.

Onno sah Klaas lächelnd an. »Tja, da werden wir wohl das Hundchen beruhigen müssen. Klaas, rück deine eiserne Reserve raus!«

»Was, mein schönes Leberwurstbrot?«, rief Klaas empört.

»Genau, her damit«, lachte Onno.

Klaas ging zurück zum Bulli und kam mit einem Schmollgesicht zurück. »Hier, aber das kannst du dem Hundchen selber bringen!«

Onno nahm das Leberwurstbrot und ging vorsichtig auf den Hund zu.

»Er heißt Rambo«, sagte Jan. »Vielleicht hilft das.«

»Schau mal, Rambo«, sagte Onno, »was Onkel Klaas für dich geschmiert hat!«

Der Plan funktionierte, Rambo freute sich vermutlich sowohl über das Leberwurstbrot als auch über die Gesellschaft. Onno kraulte ihn unter der Schnauze. In Reichweite des Hundes befanden sich Wasser und Trockenfutter in einem alten Bundeswehrkochgeschirr. Sven Richter mochte den Hund offensichtlich, dachte Onno.

Wie erwartet befand sich keine Person im Geländewagen. An einer Brücke entdeckte Onno Reste von Angelschnur an beiden Geländern. »Schau mal, Jan, so hat er sein Kanu unter der Brücke versteckt!«

»Damit hat er uns ordentlich verarscht«, erwiderte Jan. »Cleveres Kerlchen, uns sein Kanu mit der Puppe unterzujubeln. Alles konzentriert sich auf seinen Wagen oder auf sein Kanu im Dollart, und er ist weg.«

»Inzwischen radelt der wahrscheinlich in diese Richtung«, Onno zeigte auf die Deichverteidigungsstraße, »und ist sehr schnell in den Niederlanden.«

In diesem Moment meldete sich Maike über Jans Handy. »Jan, die Hubschrauberbesatzung konnte euch nicht über Funk erreichen und hat mich deshalb angerufen. Keine Spur von einer verdächtigen Person, sie haben alles abgesucht.«

»Danke, Maike – sie sollen noch etwas weitersuchen, nach eigenem Ermessen, und dann können sie den Kollegen vom Kampfmittelbeseitigungsdienst beim Bunker abholen und zurückfliegen. Der Hundeführer soll bitte hier den Hund abholen und zu den Hortemas bringen.«

»Okay, sonst noch was?«, fragte Maike.

»Das zweite Team der Spurensicherung soll sich hier den Geländewagen ansehen, wir fahren jetzt zum Krankenhaus Rheiderland.« Jan beendete das Gespräch. »Klaas, bleibst du hier und wartest auf die Kollegen von der Spurensicherung und den Hundeführer?«

»Mach ich«, sagte Klaas und sah traurig zu, wie Rambo den Rest von seinem Leberwurstbrot verschlang.

Tag 18, nachmittags,
Krankenhaus Rheiderland

Im Flur der Männerstation des Krankenhauses saß der uniformierte Kollege Stinus Wurps vor einem Zimmer und hielt Wache.

»Moin, Stinus, wie sieht es aus?«, fragte ihn Jan.

»Moin, Jan, Onno ... Ich bin die ganze Zeit in Hortemas Nähe geblieben«, antwortete Stinus. »Inzwischen haben sie ihn hierher verlegt. Die Befragung wird allerdings problematisch, weil seine Ohren verletzt sind. Er hört im Moment nichts.«

»Danke, Stinus!« Broning klopfte kurz an die Tür des Krankenzimmers, öffnete und schaute hinein. Kuno und Lini Hortema saßen am Krankenbett. Hero Hortema trug einen Kopfverband. Broning nahm Blickkontakt mit Kuno auf und gab ihm ein Zeichen, nach draußen auf den Flur zu kommen. Kuno flüsterte seiner Mutter etwas ins Ohr und verließ das Krankenzimmer.

»Kommen Sie mit, Herr Hortema«, sagte Broning, »wir gehen zusammen einen Kaffee trinken.« Onno und er führten ihn in die kleine Cafeteria des Krankenhauses. Als sie alle drei zusammen am Tisch saßen, fragte er: »Na, wie geht es Ihnen?«

»Für mich und meine Mutter ist gerade eine Welt zusammengebrochen«, antwortete Kuno Hortema. »Gestern war mein Vater noch der große Polderfürst und heute liegt er verletzt und von einem Polizisten bewacht in einem Krankenzimmer. Was ist eigentlich los?«

»Leider muss ich Ihnen etwas über Ihren Vater mitteilen … Das zu verkraften, wird sicher nicht einfach für die Familie.« Jan erzählte ihm, dass sein Vater vermutlich Jakobus Böltjer ermordet hatte.

Kuno Hortema hörte sprachlos zu und wurde immer blasser.

»Es tut mir leid für Sie«, sagte Jan, »aber sobald es Ihrem Vater besser geht, kommt er in Untersuchungshaft.« Er wartete einen Moment.

Kuno Hortema wirkte erschüttert, aber er hielt sich bis jetzt gut.

»Herr Hortema, ich hatte das Gefühl, dass Sie mir noch etwas über Ihren Freund Sven Richter erzählen wollten«, wechselte Jan das Thema.

»Sven hat mir in Afghanistan das Leben gerettet«, erklärte Hortema. »Sagt Ihnen die Abkürzung PTBS etwas?«

»Posttraumatische Belastungsstörung?«, antwortete Jan. »Eine psychische Schädigung nach traumatischen Erlebnissen.«

»Genau, und Sven Richter war davon betroffen, weil er einen Talibankämpfer erschoss.« Kuno Hortema räusperte sich ausgiebig. »Ich hab damals nicht aufgepasst und er hat mir den Arsch gerettet. Es war einfach nur ungerecht, weil er darunter litt wie ein Hund. Verstehen Sie … Ich hätte den Preis zahlen sollen.« Hortema sah ihn verzweifelt an. »Danach hat er sich verändert, konnte nicht mehr schlafen, und was er erlebt hatte, ging ihm immer wieder durch den Kopf.«

»Was wissen Sie über Sven Richters Familie?«, wollte Jan Broning nun wissen.

»Da hat er nie drüber gesprochen, einmal ist ihm allerdings rausgerutscht, dass sein leiblicher Vater Harm am goldenen Schuss gestorben ist. – Mit einer Sache haben wir ihn immer aufgezogen, da konnte Sven noch lachen: Er war einer der wenigen Kameraden mit einem Geburtsnamen. Sein Vater hatte ihn adoptiert und so hieß Sven nicht mehr Visser, sondern Richter.«

Onno Elzinga und Jan Broning sahen sich kurz an.

»Herr Hortema, Sie sagten meinem Kollegen, dass Sven als Feuerwerker ausgebildet und eingesetzt wurde«, stellte Onno Elzinga fest und Hortema nickte. »Bestand irgendwie die Möglichkeit, dass Sven Richter an Sprengstoff gelangen und ihn beiseiteschaffen konnte?«

»Nicht in Afghanistan«, Hortema schüttelte den Kopf, »aber zuletzt war er alleine auf einem Truppenübungsplatz eingesetzt. Da liegt natürlich einiges rum, Blindgänger und so ein Zeug. Sven war ein begnadeter Handwerker und Zeit war auf dem Platz reichlich vorhanden. Er musste immer die neuesten Männerspielzeuge haben und alles, wo ein Kabel dranhing, das war sein Ding, seine Leidenschaft!«

Tag 18, nachmittags

Onno und Jan fuhren mit dem Bulli zurück nach Heinitzpolder Nord. Jan telefonierte mit Maike. »Wie sieht es aus, was macht die Fahndung?«

»Leider bis jetzt negativ. Keine Spur von Sven Richter. Die Hubschrauberbesatzung hat gerade die Suche beendet. Sie holen noch unseren Kollegen vom KMBD ab und fliegen dann zurück.«

Jan berichtete vom Gespräch mit Kuno Hortema und

dem Zustand seines Vaters. »Onno und ich fahren noch einmal zu Sven Richters Auto in Heinitzpolder und bleiben erst einmal vor Ort.« Er beendete das Gespräch.

Als sie bei Sven Richters Geländewagen eintrafen, stand Klaas neben dem Einsatzwagen des Hundeführers. »Na, Klaas, wie sieht es aus?«

Klaas warf einen Blick in Richtung des Hundeführers, der mit dem vierbeinigen Kollegen den Deich absuchte. »Bis jetzt negativ. Bronko verfolgte Richters Geruchsspur von der Brücke über den Deich, in die Salzwiesen und weiter bis zum Dollart. Dort hat der vermutlich sein Kanu ins Wasser gesetzt. Dann ging es wieder hierher zurück. Die Spur beginnt hier am Wagen, verliert sich vorne an der Deichverteidigungsstraße.«

»Dann ist Sven Richter nicht zu Fuß geflüchtet«, stellte Jan fest.

»Vielleicht mit einem Fahrrad!«, schlug Onno vor.

»Wie auch immer, auf jeden Fall ist er uns entwischt«, sagte Jan wütend.

Tag 19, vormittags,
im Büro der Soko Nimrod

Die Kollegen der Soko *Nimrod* saßen zusammen. Es lagen bis jetzt keine Erfolgsmeldungen der anderen Dienststellen vor. Jan war sich bewusst, dass die Chancen, Sven Richter doch noch zu ergreifen, immer geringer wurden. Der Mann blieb verschwunden und Jan war sich sicher, Richter war ihnen entkommen. Er hatte seine Leute gestern nach Hause geschickt, als es bis zum Abend noch keine Rückmeldungen von den anderen Fahndungsdienststellen gegeben hatte. Die Fahndung blieb natürlich bestehen.

»Ist der Fall beziehungsweise sind die Fälle nun vollständig aufgeklärt?«, fragte Onno.

Jan ging zu den weißen Tafeln an der Wand. »Berechtigte Frage, Onno. Lasst uns doch einmal unsere Zeitschiene durchgehen. Womit fangen wir an?«

»Wie wäre es mit der schicksalhaften Begegnung des jungen Jägers Hero Hortema mit dem Wilderer Trinus Visser im Dollart?«, schlug Maike vor.

»Hortemas Aussage auf dem Diktiergerät aus dem Bunker war eindeutig. Unfall oder Vorsatz«, erklärte Jan, »auf jeden Fall erschießt Hortema Trinus Visser.«

Stefan war an der Reihe. »Sein Jagdkumpan Jakobus Böltjer, der mit ihm damals unterwegs war, ahnte etwas, aber er schwieg.«

Onno meldete sich zu Wort. »Der Wilderer Trinus wird vom Sohn Harm Visser und seinem Enkel Sven vermisst. Die Mutter von Sven Richter hat sich zu diesem Zeitpunkt nach Süddeutschland abgesetzt. Grund dafür sind wohl Drogenprobleme ihres Mannes. Der Vater setzt sich den goldenen Schuss und stirbt. In Pogum wird Harm Visser beerdigt. Die Mutter holt ihren Sohn nach Süddeutschland, heiratet wieder und Sven wird adoptiert. Jetzt heißt er nicht mehr Sven Visser, sondern Sven Richter.« Onno unterbrach seinen kleinen Vortrag. »Ist euch auch schon aufgefallen, dass der Familienname sehr passend ist?«

Jan nickte. »Ja, im Grunde hat er über Hero Hortema gerichtet. Seine inszenierte Gerichtsverhandlung fand sozusagen unter Ausschluss der Öffentlichkeit statt.«

»Auch auf die Gefahr hin, dass wir etwas vom Kurs abweichen«, sagte Onno, »ist euch auch aufgefallen, dass Sven Richter während der Aufnahme kein Wort sagt? Wie hat er denn die Befragung durchgeführt?«

»Vielleicht kann Hero Hortema später etwas dazu sagen«, antwortete Jan. »Irgendwie hat Richter wohl mit diesem Pappschild gearbeitet, das wir im Bunker fanden. Aber lasst uns jetzt mit der chronologischen Abfolge weitermachen. Trinus Visser wird von Hero Hortema erschossen und in den Salzwiesen vergraben. In den Jahren, in denen der Mann unentdeckt dort liegt, machen Hero Hortema und Jakobus Böltjer Karriere. Der Gänsekrieg zwischen den Naturschützern und den Jägern beginnt. Der Streit wird zunehmend erbittert geführt, dabei ist unser Gänsevater Alting fast immer beteiligt.«

»Die Büchse der Pandora wird geöffnet«, unterbrach ihn Maike, »der Schatzsucher Kowalski findet unseren Trinus Visser in den Salzwiesen. Im Gegensatz zu uns wissen oder zumindest vermuten drei Männer, wer dort ausgegraben wurde. Erstens Sven Richter, der vermutlich wegen dem Medienrummel auf den Fund aufmerksam wurde. Er vermutete zu Recht, dass es sich um seinen vermissten Opa Trinus Visser handelte. Zweitens: Jakobus Böltjer wird klar, was damals tatsächlich im Dollart geschah. Drittens: Hero Hortema muss sich furchtbar erschrocken haben. Die Vergangenheit holte ihn plötzlich ein.«

Onno meldete sich wieder. »Wenn Sven Richter wusste, wer dort ausgegraben wurde, warum hat er uns das nicht einfach mitgeteilt?«

»Darüber habe ich mir auch schon Gedanken gemacht«, antwortete Jan. »Sven Richter vermutete den Mörder richtigerweise unter den Jägern. Er wollte undercover herausfinden, wer für den Tod verantwortlich war. Dazu brauchte er Zeit und jemanden, der ihn dort einschleusen konnte: Kuno. Der Mann war ihm noch einen Gefallen schuldig.«

»Okay«, unterbrach Maike, »jetzt kommen wir zum Höhepunkt des Dramas. Böltjer versucht Hortema zu erpressen. Hero Hortema zerlegt die Saufeder, versteckt die Lanzenspitze unter seiner Jacke und geht zum Treffen mit Böltjer. Dort bringt Hero Hortema ihn für immer zum Schweigen. Um den Verdacht von dem eigentlichen Mordmotiv abzulenken, schneidet er ihm ein Stück Haut heraus. Haut und Lanzenspitze nimmt er als Trophäe mit und schließt die Sachen in seinem Privatzimmer ein.«

»Okay, Maike, lass mich weitermachen«, schlug Stefan vor. »Zu diesem Zeitpunkt haben wir zwei Tote und bilden hier die Soko *Nimrod*. Wir ermittelten sozusagen zweigleisig. Zu diesem Zeitpunkt wissen wir noch nicht, dass zwischen den beiden Toten ein Zusammenhang besteht. Dann haben wir zwei Anschläge. Einen auf den Gänsevater Alting an der Beobachtungshütte und den zweiten auf unsere beiden Jäger Hummers und Specker. Beide ausgeführt von Sven Richter.«

»Er wird versucht haben, den Täter aufzuscheuchen«, unterbrach ihn Jan, »und wie er uns mit den falschen Spuren an der Nase herumgeführt hat, war schon sehr genial.«

»Zuletzt hat er aber auch ein bisschen Glück gehabt«, gab Klaas zu bedenken. »Richter merkte wohl, dass es Zeit ist, zu gehen ...« Klaas sah Onno an. »Euer Zusammentreffen in der Kirche! Sven Richter brauchte Geld, ihm stand ja noch sein Lohn zu. Dann beschließt er, den Safe in Hortemas Privatraum zu sprengen. Er findet die Taschenuhr seines Opas, Böltjers präparierte Haut, und zählt eins und eins zusammen.«

»Hoffentlich lag da auch ein bisschen Schwarzgeld drin«, murmelte Onno.

Jan sah ihn an und lächelte. »Na, Onno, ich glaube, dieser Sven Richter ist dir sehr sympathisch.«

Onno zog es vor, zu schweigen.

»Hortema kam es sehr gelegen, dass wir Altings Haus durchsuchten und den Gänsevater verhafteten«, erklärte Jan weiter. »Diese Gelegenheit nutzte er, um den Verdacht gegen Alting zu erhärten, indem er die Tatwaffe in der Gänsebude versteckte. Er fühlte sich vermutlich ab diesem Zeitpunkt in Sicherheit.«

»Ganz kurz noch einmal zu unserem Gänsevater Alting«, fragte Onno nach, »die belastenden Sachen, die wir im Dachraum über Altings Werkstatt fanden, hat Sven Richter die dort versteckt?«

»Eine Gegenfrage, Onno, wie sollte Hortema an Sprengstoff und Zünder kommen?«, gab Jan zu bedenken. »Ja, es war Sven Richter, der unsere Ermittlungen geschickt in eine falsche Richtung gelenkt hat.«

»Ich frage mich die ganze Zeit, wie Sven Richter das alles geschafft hat«, sagte Maike nachdenklich. »Er hat Nachforschungen angestellt, Anschläge vorbereitet und präzise durchgeführt, falsche Spuren gelegt und sich nebenbei für die Jäger den Allerwertesten aufgerissen, indem er für sie arbeitete.«

»Ich vermute, dass er so gut wie überhaupt nicht geschlafen hat«, antwortete Jan nachdenklich. »Ein Symptom von PTBS ist Schlaflosigkeit. Und der starke Wunsch nach Gerechtigkeit für seinen Opa wird ihn angetrieben haben. – Aber jetzt zurück zu unserem Polderfürsten und Mörder Hero Hortema. Das trügerische Gefühl der Sicherheit schlug um in Panik, als er bemerkte, dass der Safe aufgebrochen wurde«, erklärte Jan. »Alle Beweismittel, die er als Trophäen sammelte, konnten jetzt gegen ihn verwendet werden. Diese Verzweiflung nutzte Richter aus und er lockte ihn mit der Glocke zum Bunker. Dort erfolgte seine spezielle Art der Befragung. Die Aufzeichnung mit dem Diktiergerät hinterlässt er zusammen mit den anderen Beweismitteln für uns im Bunker.«

»Und was ist mit dieser Explosion, die wir vor Hortemas Hof hörten?«, wollte Stefan nun wissen. »Diese Übungshandgranate, wollte er sein Opfer damit erschrecken?«

»Ist ihm wohl gelungen«, konnte sich Klaas nicht verkneifen hinzuzufügen. »Der ist immer noch nicht ansprechbar und vermutlich taub.«

Jan Broning sah ernst aus, als er sagte: »Onno, zurück zu deiner Frage am Anfang: Ja, alle Fälle sind gelöst und aufgeklärt. Auch wenn uns Sven Richter entwischt ist, finde ich, dass wir alle wieder mal sehr gut zusammengearbeitet haben. Die Aufklärung der Fälle ist eine Teamarbeit aller Kollegen und ich bin stolz darauf, dass ich mit euch zusammenarbeiten durfte.«

Tag 25,
auf dem Kirchhof in Pogum

Es waren nur wenige Menschen, die vor dem offenen Grab standen: alle Mitglieder der Soko *Nimrod*, der Pastor, der Redakteur des *Rheiderlandkuriers* Hilko Cordes und der Bestatter Erdmann.

»Und nun übergeben wir die sterblichen Überreste von Trinus Visser ….«

Onno lauschte auf die Stimme des Pastors, sah nach vorn auf das Grab und war sehr zufrieden. Nun endlich wurde Trinus Visser ordentlich bestattet. Genau neben dem Grab seines Sohnes Harm. Nur schade, dass sein Enkel nicht dabei sein konnte. Der war noch immer auf der Flucht.

Vor der Bestattung hatte Onno an ihr Gespräch in der Kirche zurückgedacht. Er hatte sich überlegt, wie gerne Sven Richter wahrscheinlich an der Bestattung teilgenommen hätte. Dann war ihm eingefallen, dass Richter vielleicht die Medien im Internet, insbesondere alles, was diesen Fall betraf, sehr genau studieren würde.

Onnos Idee hatte Jan Broning sofort gefallen. Er hatte vor der Bestattung beim Redakteur des *Rheiderlandkuriers* angerufen. »Herr Cordes, ich hatte Ihnen doch eine Exklusivstory versprochen. Heute wird der Tote aus den Salzwiesen in Pogum bestattet. Sie dürfen einige Fotos schießen und ich verspreche Ihnen eine Geschichte, die Ihre Leser zu Tränen rühren wird.«

»Das ist sehr nett von Ihnen, Herr Broning«, hatte Cordes geantwortet. »Und natürlich soll ich sie auch im Internet groß herausbringen, damit …«

»Ja …?«, hatte Broning gefragt.

»Damit Sven Richter auf diesem Weg erfährt, dass sein Opa würdevoll bestattet wurde.«

»Erwischt«, hatte Jan Broning zugegeben und gelacht.

Cordes am anderen Ende der Leitung hatte ebenfalls gelacht. »Ich komme gern, Herr Broning.«

Der Sarg mit den sterblichen Überresten von Trinus Visser wurde hinabgelassen. Der Bestatter Erdmann ging zum Grab und begann zum Erstaunen aller Anwesenden zu singen. Er hatte diese Gesangseinlage nicht angekündigt. Die Stimme des Bestatters klang hier auf dem Friedhof unglaublich intensiv und ergreifend. Das Lied war eine Ballade von einer wunderschönen Blume, die im Winter stirbt und im Frühjahr wieder erwacht.

Die Polizisten sahen sich überrascht an und viele nickten anerkennend. Maike de Buhr weinte hemmungslos und Jan Broning schluckte auch des Öfteren. Erdmann hatte auf einen Teil seines Lohns für die Bestattung verzichtet und einen Kranz gespendet.

Als die kleine Gesellschaft auseinanderlief, war Onno sehr zufrieden mit dem Ablauf der Bestattung. Der einzige Wermutstropfen war, dass Sven Richter nicht anwesend sein konnte.

Tag 26, Niederlande,
ein billiges Hotel am Groninger Bahnhof.

Sven Richter saß mit einem Computer-Tablet auf der durchgelegenen Matratze. Immer wieder las er den Bericht über die Bestattung seines Opas. Auf den zahlreichen Bildern zum Artikel erkannte er die Polizisten aus dem Bulli. Onno Elzinga, der Polizist aus der Kirche – Sven war überzeugt davon, dass der die würdevolle Bestattung arrangiert hatte. Er war unendlich erleichtert und dankbar. Sven nahm die Taschenuhr in die Hand und zog sie auf. Genau siebenmal und nicht mehr.

Neben ihm auf dem Bett lag sein neuer Pass. Eine gut gelungene Fälschung, mit Hortemas Schwarzgeld bezahlt. Daneben lag eine Fahrkarte. Das Ziel war die niederländische Insel Texel, dort wollte er auf einem Bauernhof arbeiten.

Sven sah in den Spiegel. Sein Bart wuchs kräftig, dazu die neue Haarfarbe und im Moment liefen ja alle mit Sonnenbrillen rum. Eine gute Tarnung, und die Insel lag weit weg. Ein guter Ort, um sich zu verstecken und ein neues Leben zu beginnen.

Tag 27,
Landeskrankenhaus bei Oldenburg

Der Gänsevater Alting war zunächst nicht sehr erfreut über den Besuch von Jan Broning. Mit einem Strauß Blumen in der Hand entschuldigte sich der Kriminalpolizist für die Ermittlungsfehler, insbesondere für die Durchsuchung und die anschließende Festnahme. Jan erzählte ihm, soweit zulässig, von den Ermittlungen.

Alting erkundigte sich nach der Gänsehütte. »Schließlich sind meine Gänse jetzt ganz allein«, erklärte er, schon wieder sehr engagiert. »Wird Zeit, dass ich ihnen beistehe. Ich will hier raus!«

Tag 30, nachmittags,
Ditzum, Kapitänshaus von Jan Broning
und Maike de Buhr

Maike und Jan saßen auf einer Bank am Ditzumer Sieltor auf dem Deich. Von hier oben konnten sie den ganzen Hafen überblicken. Jan sah auf seine Uhr, die Fähre würde bald eintreffen. An Bord befanden sich Maikes Vater und dessen Freundin. Sie hatten mit dem Fahrrad von Uphusen nach Petkum fahren und von dort die Fähre nach Ditzum nehmen wollen. Maike und Jan wollten die beiden am Anleger abholen.

Sie lehnte sich an Jans Schulter. »Sag mal, Jan, was hat Onno eigentlich zu deinem Vorschlag gesagt?«

»Er stellt sich heute bei meinem ehemaligen Kollegen vor. Der hat vor Jahren eine Firma gegründet, die Jachten überführt«, antwortete Jan.

»Onno als Aushilfskapitän, der Privatjachten von einem Hafen zum anderen überführt, das kann ich mir sehr gut vorstellen. Mit Booten kennt er sich ja gut aus, insbesondere mit Maschinenanlagen«, stellte Maike fest.

»Außerdem Seeluft satt. Er soll sich ja erst einmal den Laden ansehen. Reinschnuppern sozusagen, aber es gibt da noch Plan B«, sagte Jan.

»Du meinst dein Gespräch mit Onnos Vorgesetzten«, vermutete Maike.

»Ja, dienstlich wird sich für Onno jetzt einiges ändern. Kein Nachtdienst mehr und dann die Stundenreduzierung. Außerdem ist die Kur in Sankt Peter Ording auch schon genehmigt. Ich glaube, Onno bleibt uns als Kollege erhalten.«

»Das klingt gut! Außerdem – was soll sonst aus seiner besseren Hälfte werden?«

Jan sah Maike etwas irritiert an. »Onnos Ehefrau ist doch sicher froh, wenn er öfters zu Hause ist.«

Maike grinste. »Ich meine unseren Kollegen Klaas.« Sie schmunzelte. »Jedenfalls habe ich Lektüre für Onnos Kur besorgt. *Wie schreibe ich einen Krimi* lautet der Titel des Buches«, sagte sie gut gelaunt. Maike war sehr glücklich. Heute Morgen waren sie beim Notar gewesen und hatten den Kaufvertrag für das Kapitänshaus von Rika Brons unterschrieben. »Stopp«, sagte sie plötzlich.

»Was meinst du, Maike?«, fragte Jan erstaunt.

»Ich möchte die Zeit anhalten. Diesen Augenblick für immer genießen.«

»Aber vielleicht kommt das Beste ja noch, wäre doch schade drum«, antwortete Jan und lächelte tiefgründig.

»Noch besser? Geht das? Jetzt, wo wir beide Ditzumer geworden sind?«

»Das meinte ich nicht«, schmunzelte Jan und drehte sich zu ihr um. Er räusperte sich und griff in seine Jackentasche. Nun hielt er eine Schmuckschachtel in der Hand. Er stand auf, öffnete die Schachtel und ging vor ihr auf die Knie. In der Schachtel lag ein wunderschöner funkelnder Ring. Jan räusperte sich und sah jetzt sehr ernst aus. »Maike, möchtest du mich heiraten?«

»Ja, Jan, ich will!« Maike lachte und weinte gleichzeitig.

Jan lachte nun ebenfalls und verkniff sich ein Stöhnen, als sein Knie beim Aufstehen protestierte. Sie standen vor der Bank und umarmten sich. Nach etlichen Küssen steckte Jan ihr den Ring über den Finger.

Tag 30, nachmittags,
auf der Fähre Ditzum-Petkum-Ditzum

Johann de Buhr und seine Freundin Karin standen vorne an Deck der Fähre. »Ich bin wirklich gespannt auf das Haus von Maike und Jan«, sagte er. »Soll ja ziemlich alt sein.«

Karin lachte. »Ja, Johann, da gibt es sicher viel zu tun für einen alten Handwerker wie dich.«

»Aber dann kann ich ja nicht so oft mit dir nach Spanien!«, sagte Johann und versuchte enttäuscht auszusehen.

»Mein Gott, was bist du doch für ein schlechter Schauspieler, Johann de Buhr. Ist ja gut«, erwiderte Karin, »ich kann auch mal alleine verreisen!«

Er drehte sich um, sah in Richtung Ems und war jetzt sehr zufrieden.

Die Fähre legte an und die beiden schoben ihre Fahrräder über die Rampe. Sie sahen sich nach Maike und Jan um. »Nun guck dir beiden Verliebten da an«, Johann zeigte auf die Bank, auf der das Paar eng umschlungen saß.

»Die haben uns glatt vergessen! Karin lehnte sich an Johann. »Ist das Leben nicht schön?«

Tag 60, abends,
Ditzum, Kapitänshaus

Maike de Buhr saß in der Schaukel vor ihrem neuen Zuhause. Sie hörte, wie Jans alter Mercedes in die Pfefferstraße einbog. Der Oldtimer hielt auf der Auffahrt.

Jan stieg aus seinem Auto und ging auf sie zu. »Na, hast du Frau Brons wieder wohlbehalten im Seniorenheim abgesetzt?«

»Habe ich, Maike. Das gemeinsame Fischessen mit uns hat ihr wohl sehr gefallen.«

»Ja, sie hat richtig geweint, als sie von unserer Verlobung hörte.«

»Ja, Karin auch!«, antwortete Jan.

»Vater musste auch tüchtig schlucken«, sagte Maike gut gelaunt.

»Stopp?«, fragte Jan.

»Nein, vielleicht kommt ja noch was Besseres«, sagte Maike sehr leise.

Jan gab ihr von hinten einen Stoß und Maike bekam jetzt mehr Schwung beim Schaukeln. »

Nicht so doll, Jan!« Sie lachte.

»Hast wohl Angst, dass du runterfällst«, antwortete Jan lächelnd.

»Du hättest sagen müssen: ihr runterfallt.«

Er hielt die Schaukel fest und ging vor ihr in die Knie. Jetzt waren beide in Augenhöhe und er sah sie fragend an.

»Ja, du hast richtig gehört«, sagte sie, »unsere heiße Liebesnacht auf dem Schloss-Campingplatz in Frankreich ist nicht ohne Folgen geblieben.« Sie sah ihn unsicher an, wie würde er die Nachricht aufnehmen?

Jan strahlte übers ganze Gesicht. »Soll das heißen, du bist schwanger? Ich werde Vater?«

»Ja!«, sagte Maike und Jan nahm sie in seine Arme und drückte sie zärtlich an sich.

»Stopp!«, flüsterte er ihr ins Ohr.

Tag 80, nachmittags,
Ditzum, Kapitänshaus des Ehepaares
Jan und Maike Broning

Viele Tage später saß Maike wieder in der Schaukel. Sie hielt die neuen Seile, von ihrem Vater ausgetauscht gegen die alten, fest in ihren Händen. Vor einer Woche hatte Karin sie mit dem Brautkleid von Maikes Oma Swantje aus Wolthusen überrascht. Es hatte nur ein wenig geändert und aufbereitet werden müssen. Nun trug Maike stolz das alte Brautkleid ihrer Oma und nahm Schwung mit der Schaukel.

Plötzlich stand Jan vor ihr im schicken Anzug. Sie dachte an ihren Traum, als sie damals, nach der Entführung an der Autobahn, aus dem Koma erwacht war. »Fang mich!«, rief sie und ließ sich aus der Schaukel fallen.

Jan fing sie auf und stöhnte, weil sein Knie protestierte.

»Vielleicht hätte ich doch den jungen Pastor aus meinem Kindheitstraum heiraten sollen!«, sagte sie mit einem Grinsen.

Wolfgang Santjer

Geboren 1960 in Leer, lebt in Bingum an der Ems. Schon mit 15 Jahren begann er seine Ausbildung beim Bundesgrenzschutz, wechselte nach zwei Jahren zur Landespolizei und ging schließlich zur Wasserschutzpolizei nach Emden. Ausbildung in Hamburg. Vom WSPK Emden zur Polizeistation Leer. Als Polizeioberkommissar war er Bootsführer des Polizeibootes *Niedersachsen 8*, bis diese Station aufgelöst und das Boot verkauft wurde. 2007 wechselte er zur Autobahnpolizei Leer. Sein erster Kriminalroman *Emsgrab* erschien 2013 im Leda-Verlag, 2015 folgte *Ostfriesenspieß*.

Wolfgang Santjer
Emsgrab
Kriminalroman
Leer
978-3-86412-064-0

Wolfgang Santjer
Ostfriesenspieß
Kriminalroman
Leer
978-3-86412-075-6

Peter Gerdes
Zorn und Zärtlichkeit
Kriminalroman – Leer
978-3-939689-64-5

Peter Gerdes
Ostfriesische Verhältnisse
Ostfrieslandkrimi
978-3-86412-077-0

Volker Feldkamp
Blut-Leer
Kriminalroman
978-3-86412-066-4

Birgit Rutenberg
Vier Pfoten und ein Todesfall
Kriminalroman
978-3-86412-089-3

Wolke de Witt
Sturm im
Zollhaus
Kriminalroman – Leer
978-3-934927-77-3

Ingrid Schmitz
Spiekerooger
Utkieker
Inselkrimi
978-3-86412-097-8

Ulrike Barow
Baltrumer
Badezeit
Inselkrimi
978-3-86412-202-6

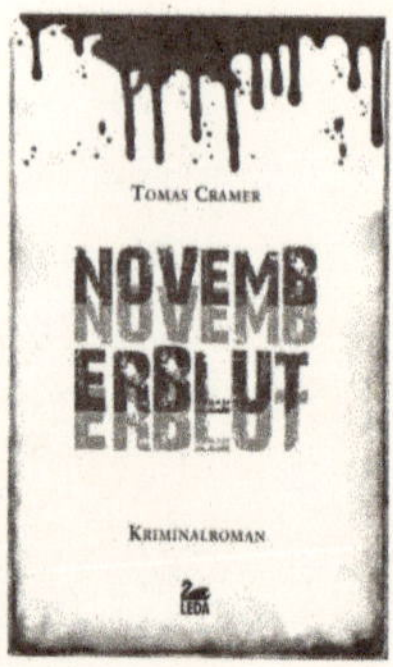

Frank Posiadly
Die Stille nach
dem Tod
Kriminalroman HH
978-3-86412-098-5

Christoph Ernst
Ansverusfluch
Kriminalroman
Ratzeburg
978-3-86412-093-0

Tomas Cramer
Novemberblut
Kriminalroman
Cloppenburg
978-3-86412-201-9